KB254166

이명박 회장의
최후통첩 그리고 피랍

이명박 회장의
최후통첩 그리고 **피랍**

초판 1쇄 인쇄일 _ 2007년 7월 5일
초판 1쇄 발행일 _ 2007년 7월 11일

지은이 _ 서정의
펴낸이 _ 최길주

펴낸곳 _ 도서출판 BG북갤러리
등록일자 _ 2003년 11월 5일(제318-2003-00130호)
주소 _ 서울시 영등포구 여의도동 14-5 아크로폴리스 406호
전화 _ 02)761-7005(代) ㅣ 팩스 _ 02)761-7995
홈페이지 _ http://www.bookgallery.co.kr
E-mail _ cgjpower@yahoo.co.kr

ⓒ 서정의, 2007

값 12,500원

* 저자와 협의에 의해 인지는 생략합니다.
* 잘못된 책은 바꾸어 드립니다.

ISBN 978-89-91177-38-3 03810

현대건설 노조위원장 납치 전모 및 회고(回顧)

이명박 회장의

최후통첩

그리고 피랍

| 서정의 지음 |

BiG 북갤러리

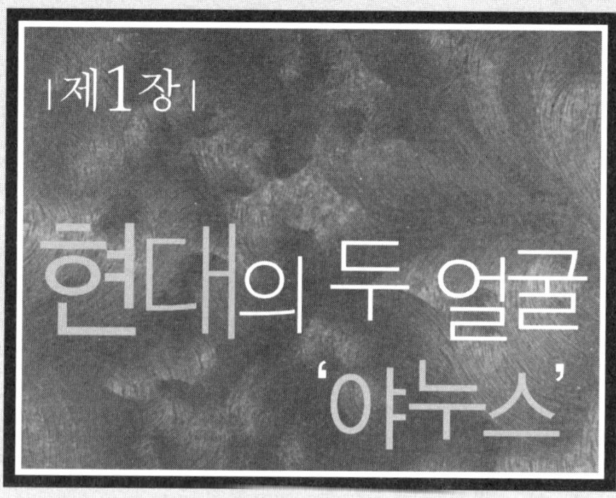
|제1장|
현대의 두 얼굴
'야누스'

제1장

현대의 두 얼굴
'야누스'

이명박 씨가 회장으로 있었던 그때 현대건설은…

그날, 그러니까 나에 대한 회사측의 납치 계획이 폭력배들에 의해 실행으로 옮겨지던 날인 1988년 5월 6일, 나는 심신이 지칠 대로 지쳐있었다.

현대건설 직원 노동조합을 설립하기 위해 그 신고서를 관할구청인 종로구청 사회복지과에 제출한 5월 2일부터, 노조 설립을 저지하려는 회사측의 회유와 압력이 너무 집요했었기 때문이다. 평소 친하게 알고 지내던 동료 직원과 학교 선배, (심지어는 인간적으로 도저히 배신할 수 없는 관계인) 천진욱(千鎭旭) 차장 같은 사람들까지 총동원하여 나를 설득하려 했기 때문에, 나는 노조 설립 신고를 한 2일부터 납치 당일인 6일까지 잠을 한숨도 제대로 잘 수 없었다.

노조 설립을 반대하는 회사측의 이야기는 너무 간단했다. 5대 재벌회사 중 모기업인 현대건설이 제일 먼저 직원 노조를 설립해서는 안 된다는 것이었다. 이는 다분히 경쟁 재벌 기업인 삼성과 대우를 의식한 대의명분이었지만, 내가 생각할 때 그 반대 이유가 너무 어처구니없었다.

윗분이 노조 설립을 허용해선 안 된다고 하더라는 것이었다.

노조 설립의 당위성을 따지기에 앞서 최고 경영진에서 안 된다고 하니까, 무조건 반대하는 식이었다. 물론 나는 노조의 필요성을 입술이 부르터서 퐈리가 다 될 정도로 힘껏 역설해 마지않았고, 설립을 포기하라는 회사측의 모진 압력을 단호하게 거절했다. 거절의 대가(代價)는 금세 혹독한 시련으로 변해 돌아왔다. 두 명의 직원을 나에게 감시인으로 붙여 나의 일거일동을 감시, 보고하게 했던 것이다.

한 사람이 나를 감시하고 있는 동안 다른 사람은 내가 지금 어디 있고 누구를 만나 무슨 말을 하고 있으며, 또 누구를 만날 예정이라는 걸 상세하게 보고하곤 했다. 뚜렷한 잘못도 없이 다른 사람으로부터 공연히 의심받고, 미행당하고, 감시당하는 것처럼 불쾌하고 고통스러운 일도 달리 있을까, 아마 없을 것이다.

하물며 나는 법이 허용하는 한도 내에서의 정당한 노동 활동인 노조 설립을 추진하고 있었는데도 말이다. 그러나 나는, 나를 감시하는 동료 직원들을 나무랄 수가 없었다. 그들의 행위는 분명히 동료 직원으로서의 한계를 벗어난 것이었지만 그들도 상사의 지시에 따라 마지못해 그렇게 하는 것일뿐, 스스로 좋아서 하는 일이 아니라는 걸 잘 알고 있었기 때문이다.

하지만 그들로 인해 내가 받는 고통은 너무 엄청난 것이었다. 일을 제대로 할 수 없는 것은 물론 밥도 제대로 먹을 수 없었고, 심지어는 밤늦게까지 집으로 불쑥 찾아와 설립 포기를 종용하는 바람에 잠도 마음 놓고 잘 수가 없었다.

그래서 막상 노조 결성 보고대회를 하기로 예정된 날인 5월 6일엔 손가락 끝 하나 까딱하고 싶지 않을 정도로 잔뜩 지쳐있었다. 출근하기 위해 아침에 잠자리에서 일어나자 코피가 터졌고 다리가 후둘 거렸으며, 현기증이 일어 눈앞에선 별들이 오락가락 했다. 당장이라도 쓰러질 것만 같았다. 그러나 나는 쓰러질 수가 없었다. 내가 쓰러진다면, 그건 노조 설립을 방해하려 하는 회사측의 음모에 내 스스로 동조해 주는 꼴 이외엔 아무것도 아니었기 때문이다.

그리고 또 내가 쓰러져서는 안 될 결정적인 이유가 하나 있었다. 내가 노조를 설립해서 자기네들의 권익을 대변해 주길 은근히 기대하고 있는, 현대건설의 4천여 직원들이 나에게 보내주고 있는 무언의 격려였다.

그들의 격려를 지팡이삼아 나는 이를 악물고 억지로 일어났다. 아내의 정성이 가미(加味)된 아침 밥상을 마주 하고 앉았다. 그러나 극심한 과로의 흔적이 풀리지 않고 그대로 남아 있어서, 모래알처럼 깔깔해진 입맛이 아내의 정성을 도리질하게 만들었다. 나는 아침을 뜨는 둥 마는 둥하고 출근을 서둘렀다.

금력(金力) 앞에 너무나 무력한 관권(官權)

"여보, 이건 안가지고 가세요?"

내가 집을 나서려하자, 아내가 물었다.

돌아다보니, 메가폰을 손에 들고 있었다. 노조 결성 보고대회를 할 때, 내 의사를 노조원들에게 정확하게 전달해 주기 위해 없어선 안 될 물건이었다.

그러나 나는 그걸 들고 출근할 수가 없었다. 메가폰을 들고 사무실에 들어가면, 노조 결성 보고대회를 오늘 하게 된다는 걸 회사측에서 당장 눈치챌 것이기 때문이다.

회사측에선 그동안 노조 결성 보고대회 날짜를 알아내기 위해 무진 애를 썼었다. 두말할 필요 없이 노조 결성을 방해하기 위해서였다. 때문에 나는 보안을 철저하게 유지하기 위해, 발기인들에게도 결성 보고대회 일자를 정확히 알려주지 않았다. 구청에서 노조 설립 신고필증이 나오면, 그때 할테니까 그런 줄 알고 있으라는 식으로만 넌지시 일러주었다.

오늘이 바로 그 신고필증이 나오기로 예정된 날이었다. 그래서 출근하는 즉시, 구청으로 달려가서 신고필증을 찾아올 계획이었다. 그렇게 되면 이것 저것 할 일도 많고, 준비할 것도 많으니까 메가폰은 아무래도 거추장스럽다는 생각이 들었다.

그래서 아내에게 조금 미안하긴 했지만,

"당신이 이따가 그걸 들고 종로구청 앞으로 좀 나와 줘"

라고 말하고 집을 나섰다.

마지못해 그러마고 고개를 끄덕거리긴 했지만, 아내는 여간 불만스러운 표정이었다. 나는 그러한 아내의 불만을 충분히 이해한다.

노조 지도자는 곧 파업을 주도하는 반사회분자이고, 파업 주동자는 교도소로 직행해서 전과자가 되기 십상이라는, 노조활동을 사회의 안정을 깨뜨리는 불안 요소인 것쯤으로 생각하고 있는 일반인들과 마찬가지로, 아내 역시 나의 노조활동을 내심 불안하게 생각하고 있었던 것이다.

말썽 없이 편하게 살고 싶어 하는 게 인간의 속성이라면 아내 또한 내가 회사와 가정에 충실한 직장인으로 평범하게 살아가기를 원하고 있을 것이다. 나는 그러한 아내의 소박한 소망을 배반하고 싶은 생각이 추호도 없다. 그러면서도 노조 설립에 집착하는 이유는 노조가 결코 근로자들의 권익을 대변하는 것만이 아닌, 근로자와 사용자와의 협상의 창구이자 의사소통을 원활하게 할 수 있는 곳이라서 불신의 벽을 허물 수 있는 등 궁극적으로는 사용자에게도 도움이 될 수 있다는 생각에서였다. 또한 무엇보다도 당시 현대건설 직원 대부분이 노조 설립을 간절하게 원하고 있었기 때문이다. 물론 아내도 그 점만은 이해해 주고 있었다. 그러나 지난 며칠 동안, 직장 동료와 상사들이 수시로 우리 집에 찾아와서 나를 회유하기 위해 밤늦도록 응접실에 죽치고 앉아 때때로 큰소리를 내기도 하자, 아내는 그것이 싫었던 것이다.

나는 비로소 노조 설립 때문에 시달림을 당하는 사람이 나 혼자만은 아니라는 사실을 깨달았다. 내가 당하는 고통은 곧 아내의 고통이었던 것이다. 비로소 아내에게 몹시 미안해졌다.

아내에게 사죄하는 뜻으로 노조 결성 대회가 끝나면 아내를 데리고 어디 조용한 곳으로 여행이나 며칠 다녀와야겠다고 생각하면서 아파트 층계를 다 내려갔을 때였다. 현관 입구에서 1층 5호에 사는 아주머니를 만났다.

그 아주머니네와는 평소에도 친척처럼 사이좋게 잘 지내던 터라, 나는 인사 삼아 아저씨가 지금 집에 계시느냐고 물어보았다. 그러자, 아주머니는

"어마, 어쩌나? 지금 막 출근하셨는데…"

하면서 지금 막 남편을 배웅하고 돌아오는 길이라고 대답했다.

그러면서 왜 자기 남편을 찾느냐고 물었다. 나중에 알게 된 사실이었지만, 그날 내 얼굴이 몹시 수척하고 꺼칠해 보여서, 무슨 큰 고민거리가 있는 줄 알았다는 것이다.

"아뇨…."

나는 다시 고쳐 말했다.

"아저씨한테 상의할 일이 하나 있어서 그래요."

그 순간에 퍼뜩 생각해낸 것이지만, 그 아저씨라도 만나 의논을 하고 싶

었던 것이다. 누군가라도 만나 마음속에 있는 말들을 다 털어 놓아야지 그렇지 않곤 못 배길 정도로, 직장 동료와 상사들로부터 시달림을 당한 나는 그 당시 심한 스트레스에 쌓여있었다.

"그래요? 그이가 퇴근하면 이야기할테니깐 이따가 우리 집에 놀러 와요."

마음씨 좋은 그 아주머니는 선선히 승낙했다.

"부탁합니다."

나는 아주머니와 헤어져 아파트를 나섰다. 버스를 타기 위해 정류장으로 걸어갔다.

그날도 나는 번거로운 출근 절차를 거쳐 회사에 도착했다. 그러나 곧바로 회사로 들어가지는 않았다. 구청에 들러 신고필증을 받아가지고 갈 요량으로 종로구청부터 먼저 찾았다.

구청에 도착한 나는 구청으로 들어가기 전에 우선 그 근처에 있는 다방으로 들어갔다. 노조 결성 보고대회를 할 때 사용할 플래카드와 가입원서를 담은 가방을 그 다방에 맡기기 위해서였다.

커피를 한잔시켜 마신 다음 내가 지불한 커피 값을 가방 보관료로 대신한 뒤, 그 다방을 나섰다. 구청으로 갔다.

사회복지과로 들어가기 위해 구청을 들어서던 나는 구청 입구에 서있는 두 사람을 발견하고 깜짝 놀랐다. 내가 구청에 도착하기를 진작부터 기다리고 있었음이 분명한 그 두 사람은, 고등학교(중동고등학교) 선배인 김종항(가명) 차장과 최병수(가명) 차장이었다. 그 두 사람은 요 며칠 사이 내 뒤를 그림자처럼 따라 다니면서 내 일거일동을 감시, 보고하던 감시인들이었다.

"정말 너무 하십니다. 여기까지 제 뒤를 따라오시다니….."

내가 어처구니없다는 듯한 표정을 짓자, 두 사람이 멋쩍게 웃었다.

"우릴 나무라지 말게. 자네 자업자득이니까 말이야. 자네가 마음을 고쳐

먹기만 하면 우리도 이 더러운 짓 하래도 안할 거야."

"오늘부로 아마 두 분 차장님의 고생도 끝날 것 같습니다."

"정말인가?"

"그럼은요. 신고필증이 나오면 회사에서도 어쩔 수 없을 것 아닙니까?"

나는 자신만만하게 대답한 뒤 두 사람을 꼬리처럼 꽁무니에 달고 사회복지과로 올라갔다.

종로구청장의 주먹만한 직인(職印)이 서류 하단에 엄숙하게 찍힌 신고필증을 간단히 받을 수 있으리라고 예상했었던 나의 기대는, 그러나 간단히 바람을 맞고 말았다.

"몇 가지 보완할 게 있어서 신고필증을 내드릴 수가 없군요."

노조 설립 신고서를 접수시키러 나흘 전에 왔을 때 한 번 만난 기억이 있어 그리 낯설지 않은 담당자가, 신고필증을 받으러 왔다는 내 말에 그렇게 대답했던 것이다.

그러면서 보완해야 할 내용을 말해 주었다. 그가 지적한 보완 내용은 다음 세 가지였다. 즉,

① 규약 제34조, 총회 의결사항의 쟁의 결의사항 중 노동쟁의 행위의 절차와 방법을 첨가할 것.

② 규약 제48조의 노동조합법 32조에 의한 해산 부분 삭제(이미 1987년 11월 28일자의 노동조합법 개정으로 32조가 삭제되었으므로, 이 조항을 삭제할 것).

③ 대표자와 임원의 규약 위반에 대한 탄핵조항을 첨가할 것.

그 세 가지 시정 사항을 보완해오지 않는 한, 신고필증을 내줄 수가 없다는 것이었다. 나로서는 담당자의 그 시정지시가 도저히 이해되지 않았다.

우선 ①항의 쟁의 행위의 절차와 방법을 규약으로 정하라는 문제만 해도

그랬다. 노동쟁의발생 신고는 총회(대의원대회) 결의 없이 신고하기만 하면 되는 것이기 때문이다. 그것을 어떤 방법으로 어떻게 하겠노라고, 규약에 미리 못을 박아 명시한단 말인가.

말도 안 되는 소리였다. 그리고 ③항의 대표자와 임원의 규약위반에 대한 탄핵조항을 첨가하라는 지시도 그랬다.

대표자와 임원의 규약을 위반했을 땐, 특별총회를 소집해서 3분의 2 이상 찬성이면, 자연히 대표자와 임원을 탄핵하게 되어 있는 것이다. 규약 제48조에도 명시되어 있는 그 내용을 별도로 표시한다는 건, 법 적용의 낭비 외엔 아무것도 아니었다. 법이란 본래 간소할수록 좋다고 하지 않았던가.

조합을 해산할 수 있는 조항인 ②항 역시 마찬가지였다. 나는 다음 사유가 발생 했을 시, 조합을 해산할 수 있다고 분명히 명시했었다.

1) 노종조합 제31조 및 제32조에 의한 해산명령을 받았을 시

2) 재적 조합원 3분의 2 출석과 조합원 3분의 2 이상의 찬성으로 해산 결의시.

그런데 담당자는 그 법이 이미 개정되었다면서 삭제하라는 시정 지시를 내린 것이다. 노동조합법이 이미 개정되었다면, 후법은 선법에 우선하므로 규약에 명시한 그 조항 역시 효력이 없는 것으로 가주하면 된다.

그런데 그것을 문제 삼아 신고필증을 내줄 수가 없다니, 나는 그 순간 막연하게 우려했던 불안한 예감이 드디어 적중했다는 느낌을 받았다.

회사에서 손을 뻗쳐 구청 사람들을 구워삶은 것이다. 그런 느낌이었다. 그 예감은 주인인 나를 배반하지 않았다.

내가 아무리 그 부당성을 반박하고 항의해도, 윗사람 지시라서 자기는 모르는 일이라고 발뺌하는 담당자 말을 듣고, 그 차상급자인 계장, 과장 그리고 부구청장까지 일일이 다 찾아보았으나, 하나같이 자리에 없었다. 휴가를

떠났다는 것이었다.

휴가철이 아닌 5월에, 그것도 연휴가 겹친 주말이라면 혹시 또 모를까, 주중인 금요일에 무슨 휴가란 말인가. 그것도 기안용지에 결재권을 가진 사람들만 말이다.

노조 설립 동기와 날아가는 화살도 멈추게 하는 '현대'

내가 최재한(가명) 이사에게 노조 설립 신고를 했다는 보고를 한 건, 나흘 전인 지난 5월 2일이었다.

노조 설립 신고서를 구청에 제출한 직후였다. 1시쯤이었는데, 신고를 마치고 근무처인 국내 공사관리부로 돌아오니 입사 동기인 권재성(가명) 과장이 날 구석진 자리로 데려갔다.

"회사 안 공기가 심상치 않아. 설립 신고를 하려면 빨리 하는 게 좋겠어."

"공기가 심상치 않다니?"

"최이사가 발기인이 누군지 밝혀내겠다면서 설치고 있어."

내가 노조 설립 주모자라는 사실은 이미 오래 전에, 그러니까 노조 설립의 필요성을 느껴 동조자들을 규합하고 있던 지난 2월에 밝혀진 터였다. 그래서 최이사로부터 노조 설립을 포기하라는 종용을 여러 번 받았었다.

최이사 말인즉,

① 5대 재벌회사 중 현대건설이 제일 먼저 직원 노조를 설립하지 말라.

② 현대그룹 회사 중 현대건설이 앞장서서 직원 노조를 설립하지 말라.

그러면서 노조 설립을 포기한다면, 포기 대가로 방계(傍系) 회사 중 어디든지 내가 가고 싶어 하는 회사로 보내주고, 또 무슨 일을 하든지간에 내가 하고 싶어 하는 일을 책임지고 도와주겠다는 것이 윗사람의 지시라는 것이었다.

나는 물론 그 제의를 일언지하에 거절해버렸다. 불의와는 절대로 타협하고 싶지 않는 내 나름대로의 생활 철학 때문이기도 했지만, 그런 식으로 어영부영 살아가기에 서른일곱이라는 내 나이가 너무 아까운 나이였기 때문이다.

나는 그 다음부터 최재한(가명) 이사 몰래 동조자들을 은밀히 규합하기 시작했다. 나야 이미 신분이 훤히 노출된 사람이라서, 회사로부터 어떤 박해를 받아도 상관이 없지만, 노조 설립 문제로 다른 사람들까지 불이익을 받아선 안 되겠다는 생각에서였다. 그 덕분에 지금까지 발기인이 누구인지 밝혀지지 않았던 것이다.

나는 설립 신고서를 이미 제출하고 온 직후라 일단 안도하면서 권과장에게,

"사실은 지금 구청에 신고서를 접수시키고 오는 길이야"

하고 말했다.

권과장한테는 그런 말을 해도 괜찮을 것 같았기 때문이다. 권과장도 내심 안도하는 것 같았다.

"그래, 잘 했어."

"이제부터 문제는 우리 회사가 아니라, 구청 측이다."

내가 그렇게 말하자, 권과장이 물었다.

"구청이 왜?"

"우리 회사야 노조 와해 공작을 잘 하기로 정평이 나있는 회사 아냐? 구청 사람들을 상대로 로비 활동을 집중적으로 하면 힘없는 구청 사람들이 넘어가지 않고 배기겠어?"

나는 아까 신고서를 접수시키면서도 그 점이 영 마음에 걸려 담당자와 계장에게 제발 우리 회사의 로비 공작에 놀아나지 말아달라고 신신당부했었다.

그러자, 옆자리에 있던 다른 계의 계장까지 합세하여, 염려하지 말라. 지금이 어떤 시대냐, 5공화국이 아니라 6공화국 아니냐, 위에서 어떤 지시를 해도 부당한 지시는 단호히 거부하겠다고 하는 것이었다. 그 말을 들으니 마음이 조금 놓이긴 했다. 하지만 생선 가시처럼 마음 한구석에 걸리는 찜찜한 그 무엇을 완전히 떼어내진 못했다. 찜찜한 그 무엇이란 다른 게 아니었다.

기존 노조마저 파괴하기 위해 혈안이 되어 있다시피한 현대 경영진에서, 과연 내가 주동이 되어 신설할 직원 노조를 가만히 놔두겠느냐 하는 것이었다. 내가 신고서를 접수시켰다는 사실을 알면, 구청을 상대로 집요한 로비 공작을 벌일 게 뻔했다.

그럴 경우, 과연 구청의 하급 공무원들이 현대의 막강한 로비 압력을 견디어낼 수 있을까. 나에게 했던 것처럼, 지금은 5공화국이 아니라 6공화국이라서 부당한 압력은 단호히 거절하겠노라고 당당하게 말할 수 있을까.

내 기분은 솔직히 말해 반신반의였다.

아니, 좀 더 솔직히 말한다면 금력 앞의 관력이란 너무 무력한 것이라서 믿을 만한 게 못되었다. 그러자 은근히 걱정이 되었다.

그럴 바엔 차라리 최이사에게 솔직히 말하고, 협조를 구해볼까 하는 생각이 들었다. 권과장도 그 순간 나와 똑같이 그런 생각을 했던 모양이다.

"이봐, 서대리. 최이사에게 미리 말하는 게 좋지 않겠어?"

"나도 지금 막 그 생각을 했는데, 정말 말해도 괜찮을까? 부서장님(최이사)은 노조 설립을 반대하는 사람인데."

"신고서까지 접수시킨 마당에 최이사가 뭘 어쩌겠어. 내 생각엔 솔직히 까놓고 말하는 게 좋을 것 같애. 그래야 나중에 서대리의 입장도 덜 난처해질 것 같고…."

부서장(副署長)이 사전에 인지하고 있으면, 나중에 책임 추궁을 당해도 조금 덜 당한다는 것이었다.

책임 추궁 문제야 차치하고서라도, 노조 설립 신고 같은 중대한 문제를 직속상관 모르게 한다는 것은 부하된 도리가 아니라는 생각이 들어, 나는 권 과장의 권고를 따르기로 했다. 그래서 최이사를 만나고자 그의 사무실로 들어갔다. 최이사는 마침 사무실에 있었다.

"최이사님, 말씀드릴 게 있습니다."

내가 자리에 앉아 그렇게 말하자, 최이사가 대뜸 물었다.

"노조 설립에 관한 문제인가?"

"그렇습니다."

"무슨 얘긴데?"

"오늘 종로구청에 노조 설립 신고서를 접수시켰습니다."

그러자, 최이사가 자리를 차고 벌떡 일어섰다.

"뭐야? 누가 너보고 그따위 짓을 하랬어?"

"누가 시켜 하는 일이 아닙니다. 노조 설립은 필연적인 거라서 안 할 수가 없습니다."

"너, 정말 왜 이러는 거야? 누구 망하는 꼴을 보고 싶어서 이래? 당장 신고 서류를 빼와!'

"그렇게 할 순 없습니다."

"정말 안 빼올꺼야?"

"강압적으로 말씀하지 마십시오. 이 일은 저 혼자 하는 게 아닙니다. 현대건설 전 직원의 바람입니다. 노조를 설립해야 한다는 직원들의 간절한 소망을 부서장님께서도 잘 알고 계시지 않습니까?"

노조 설립의 필요성이 강조되기 이전부터, 직원들 사이에선 회사에 대한 불평, 불만이 누적돼왔었다.

직원들의 불평, 불만은 대개 이익 재분배에 대한 것이었다. 현대건설은 지난 10년간, 중동 지방의 호경기에 힘입어 해외 수주물량이 엄청나게 많이 늘어나서 많은 흑자를 기록했었다. 그러나 직원들은 이익 분배에 대한 혜택은 받지 못하고 있다고 생각하고 있었다. 건설 쪽에서 얻은 흑자를 그룹 내 다른 계열사의 확장 사업에 돌려서, 재원이 부족했기 때문이다.

게다가 건설 쪽의 임금 수준이 다른 계열사에 비해 상대적으로 낮은데다, 이란, 이라크 전쟁으로 말미암아 중동 경기가 위축되자, 감원 바람이 불기 시작했고, 해외 수당마저 축소 조정되어버렸다. 불평, 불만이 안생길리 없었다.

그러나 그때까지만 해도 직원들은 노조 설립 같은 건 생각지도 않았었다. 국제 경기 때문에 다들 그러려니 하고 다분히 회사 입장을 이해하는 편이었다. 그러한 직원들을 자극해서 결정적으로 노조 설립을 추진하게 만든 건 불의에 발생한 KAL기 추락사건이었다.

전 국민을 전율과 분노에 떨게 만든 그 사건은 우리 현대건설에도 너무나 커다란 충격을 준 엄청난 사건이었다.

해외 근무를 마치고 집으로 돌아오던 동료 근로자들이 그 비행기에 탑승했다가 많이 희생당했기 때문이다. 사내(社內)에 분향소가 차려지고, 전국 각지에서 달려온 유가족들이 울부짖고, 동료 직원들이 싸늘한 영정을 어루만지면서 눈물을 흘리는 등 사내는 그야말로 눈물의 도가니로 변해버리고 말았다.

얼마 전까지만 해도 바로 우리 옆자리에서 같이 웃고 떠들던 그 친한 동료가 그리고 또 퇴근길에 칸데라 불이 가물거리는 포장마차 집에서 쓴 소주 잔을 기울이며 서로의 희망을 이야기하고, 기쁨과 슬픔을 함께 나누던 그 친한 동료가 공중에서 산화하여 인도양으로 추락해버렸는데, 눈물을 흘리지 않을 직원이 어디 있겠는가.

저마다 앞 다투어 분향소에 들러 친구의 명복을 빌었고, 유가족을 위로했으며, 이미 간 사람은 어쩔 수 없다 하더라도 남은 유가족이나마 편안하게 살기를 바라는 마음에서, 조위금 또한 선착순으로 갹출했었다. 그런데 그 처리 결과가 문제가 되었다. 회사 측에서 유가족들에 대한 보상 관계를 일체 발표하지 않은 것이다.

직원들이 박봉을 떼어 조위금을 갹출했다면, 임원진과 회장단에서도 마땅히 조위금을 내야 하는 것이다. 게다가 또 항공사에서 당연히 지불하게 될 법적 보상금과 회사 측에서 별도로 지불해 주는 위로금까지 합한다면, 모르긴 해도 상당한 액수의 금액이 유가족들에게 지급되었어야 마땅하다. 물론 회사에선 그렇게 처리해줬는지도 혹시 모르겠다.

그러나 그 처리 내용이 명확하게 밝혀지지 않은 것이다. 사실이 베일에 가려버리면 베일 바깥에 있는 사람들은 자연히 그 내용을 궁금해 하기 마련이다. 더욱이 유가족 중엔 보상을 제대로 받지 못했다고, 동료 직원을 붙잡고 눈물로 하소연하는 사람들도 있었다.

그런 사실이 직원들에게 알려지자, 직원들은 회사에 대해 의심을 갖기 시작했다. 의심은 불신으로 변했고, 불신은 또다시 회사에 대한 불평, 불만으로 변했다.

그러나 그런 것들을 회사 측에 전달해 줄 노조가 없었기 때문에 아무리 의혹이 있고 불평, 불만이 많다한들, 그 어디에도 하소연할 수가 없었다. 직원들끼리 술집에서 모자라는 안주를 대신삼아 회사를 성토하고, 경영진들을 매도하는 것으로 끝날 수밖에 없었다.

그때부터였다. 직원들 사이에서 노조의 필요성이 강력하게 대두되기 시작한 게.

그런 사실을 최이사도 물론 잘 알고 있었다. 그러면서도 나를 꾸짖고, 나무라고, 노조 설립을 방해하고 하는 이유는, 그의 사고방식이 해바라기성(性)이라서, 오로지 경영진 쪽으로만 향해있기 때문이라고 판단할 수밖에 없었다. 비단 최이사만 그런 게 아니었다. 대개의 임원들이 정도의 차이는 있지만, 다 그러했다.

어쨌거나 내가 강력하게 나가자, 최이사는 잠시 난처한 표정을 짓더니, 내 맞은편 자리에 앉았다. 그러면서 갑자기 누그러진 목소리로,

"이봐, 서대리. 내 개인적으론 노조를 충분히 이해하고 지지하고 있어."

나를 설득하기 시작했다.

"서대리 말마따나 직원들도 인간인 이상, 회사에 대한 불평, 불만이 없을리야 없겠지. 또 그 불평, 불만을 한군데로 모아 회사 경영진에게 전달해 줄 노조가 있어야 한다는 것도 충분히 인정해. 하지만 내가 최고 결정권자는 아니잖아? 부탁인데, 내 입장을 제발 한번만 이해해 주게."

"최이사님, 절 설득하실 생각 마시고 회장님을 설득해 주십시오. 저희들 쪽을 설득하는 것보단 오히려 그편이 더 빠를지도 모르니까요. 회장님은 한 분 뿐이지만, 저희들은 4천 명이 훨씬 넘지 않습니까? 그 많은 사람들을 언제 다 설득하시겠습니까?"

"자네도 회장님 생각이 확고부동하다는 걸 잘 알고 있지 않나?"

"그렇다면 저희들 결심도 회장님 못잖게 확고부동하다는 걸 알려드리고 싶군요. 정말입니다. 저뿐만 아니라, 발기인 그리고 직원들 모두 다 결심이 확고부동합니다. 저희들은 어떻게 하든 노조를 설립하고 말겠습니다."

"회사에서 반대하는데도 말인가?"

"최이사님, 노사는 대립적 관계가 아니라 상호 보완적 관계입니다. 회사에서 반대할 하등의 이유가 없지 않습니까? 그리고 또 노조라는 것도 그래요. 노조는 회사의 안정을 저해하는 반대 세력이 아니라, 사용자의 파트너입니다. 산업 발전의 동반자이기도 하고요. 저로선 노조 설립을 반대하는 이유를 영 이해하지 못하겠어요."

"그건 자네 생각이고 윗분들 생각은 그렇지 않아."

"그러니까 이사님께서 그 분들을 설득해달라는 말 아닙니까?"

"말 같지도 않은 소린 집어치워."

최이사는 그렇게 소리치더니, 골치가 아프다는 듯이 상을 찡그렸다.

나까지 덩달아 상을 찡그릴 필요는 없었기 때문에 나는 최이사에게 공손히 인사를 하고 그의 사무실을 나왔다. 항상 자신만만하고 고압적이던 최이사가 부하 직원 앞에서 난처한 표정을 지어보인 건 아마 그때가 처음이 아닌가 싶다.

나는 그 이유를, 노조 설립 신고를 기습적으로 해버렸기 때문에 그런 것이라고 생각했었다. 화살은 이미 시위를 떠났다. 어느 누구도 날아가는 화살을 붙잡을 순 없다.

그러나 그건 나의 너무나 순진한 착각이었다. 현대라는 재벌은 나는 화살을 멈추게 할 수도 있고, 화살을 되돌려서 사수(射手)의 가슴을 명중시킬 수도 있는 괴력을 갖고 있었다.

그 다음날 당장 구청에 대한 로비 공작을 벌여, 노조 설립 신고서를 담당자의 책상 속에서 낮잠을 자게 만들었던 것이다. 뿐만이 아니었다. 내가 그토록 노출하기를 꺼려했었던 발기인들이 누군지 간단히 알아내버리고 말았다.

그 다음날인 5월 3일이었다.

출근한지 얼마 되지 않았는데, 최이사가 자기 사무실에서 나와 내 자리로 걸어왔다. 나는 얼른 일어나 인사를 했다.

"서대리, 지금 바쁜가?"

인사를 받는 둥 마는 둥 하고 최이사가 그렇게 물었다.

"별로 그렇진 않습니다."

"그럼, 나하고 이야기 좀 할까?"

최이사는 그렇게 말하더니, 내 대답 같은 건 들을 필요도 없다는 듯이 발길을 옮겨 밖으로 나가버렸다.

나는 책상 위를 대충 정리한 뒤 최이사의 뒤를 따라 밖으로 나갔다. 복도엔 뜻밖에도 이욱준(가명) 이사가 최이사와 같이 서 있었다.

이욱준 이사는 최이사의 전임(前任) 국내 공사관리본부장이었다.

그러니까 나에겐 전임 직속 상사가 되는 셈이다. 내가 인사를 꾸벅하자,

"서대리, 자네 요즘 공사가 꽤 다망하다면서?"

이욱준 이사가 내 어깨를 툭 치며 그렇게 물었다.

"별 말씀을 다하십니다."

나는 얼굴을 붉히며 이욱준 이사가 어째서 최이사와 같이 서 있는가를 곰곰이 생각해 보았다.

의문의 해답은 곧 나왔다. 노조 설립 문제 때문이었다. 최이사가 자기 혼자의 힘으로 나를 설득시킬 자신이 없으니까, 이욱준 이사의 도움을 조금 빌리기로 한 것이다. 나의 예감은 족집게 무당의 점괘보다도 더 정확했다.

그들 뒤를 따라 회사 옆에 있는 계동 다방으로 들어갔더니,

"충신과 역적은 수간의 판단과 결심에 따라 결정되어지는 법이지. 찰나라고 하는 극히 짧은 한순간의 선택에 의해 충신이 되기도 하고 역적이 되기도 하는 거야."

자리에 앉기 바쁘게, 이욱준 이사가 알쏭달쏭한 말을 지나가는 말처럼 불쑥 했던 것이다. 그러나 그 말 속에 깃든 진의는 충분히 파악할 수 있었다. 노조 설립을 빗대어하는 말임이 분명했다.

나는 가만히 있었다. 이욱준 이사가 다시 물었다.

"서대리, 어때? 현대의 충신이 되어보고 싶지 않은가?"

"물론 되고 싶습니다. 하지만 제가 생각하는 충신의 개념은 두 분 이사님께서 생각하시는 충신하곤, 그 개념이 다를 겁니다."

"이를테면 윗사람의 미움을 사는 한이 있더라도, 다수의 영웅이 되고 싶다는 뜻인가?"

"말씀을 너무 확대하지 마십시오, 이사님. 다수의 영웅이라니, 당치도 않은 말씀입니다. 전 그저 노조의 초석이 되고 싶을 뿐입니다."

"이봐, 서대리. 모난 돌이 정을 맞는 법일세. 세상 돌아가는 이치에 맞춰 둥글둥글 살아가면 윗사람의 눈치 밖으로 드러날 걱정도 할 필요 없고, 정도 맞지 않으면서 편안하게 살아갈 수 있어."

"물론 그렇겠죠. 하지만 전 두 분 이사님처럼 세상을 많이 살아보지 않아서 그런지, 편하게 사는 처세의 비법을 아직 터득하지 못했습니다. 제 양심의 가르침에 따라 살아가고 있을 뿐입니다."

"양심까지 들먹일 필요는 없어. 자네가 눈 딱 감고 결심을 바꾸기만 하면 돼. 그러면 자넨 틀림없이 편안한 장래를 보장받을 수 있어. 그것만큼은 내가 책임지고 보증하지."

"결심을 바꾸기엔 이젠 너무 늦은 것 같습니다."

내가 초지일관으로 요지부동을 고수하자, 사람 좋은 이욱준 이사도 화를 벌컥 냈다.

"내가 아까운 시간을 이만큼 투자해서 자넬 설득했으면 자네도 옛정을 생각해서 뭔가 보답을 하던가 해야지, 무슨 사람이 그런가? 노조가 도대체 뭐야? 자네 장래와 맞바꿔도 좋을 만큼 노조가 그렇게 중요한 거냐?"

"지금 이 순간만큼은 그렇습니다."

"이 사람이 정말…."

그러자 그때까지 잠자코 있던 최이사가 끼어들었다.

"이봐, 서대리. 우리 이러지 말고 솔직하게 이야기하세. 회사에서 자네에게 어떻게 해주면 되겠나?"

"어떻게 해주다뇨?"

"남자답게 툭 까놓고 말해."

"뭘요?"

"우린 자네가 정치에 야심이 있다는 걸 알고 있어. 지난 11대 총선거 때 국회의원에 출마한 일이 있었지? 부산에서, 무소속으로 말이야."

"그렇습니다."

최이사 말 그대로, 나는 지난 1980년에 실시한 11대 총선거 때 무소속으로 국회의원에 출마한 일이 있었다.

현대건설에 입사, 부산 신항 건설현장에서 근무한지 달포가 지난 즈음이었다. YS가 제명처분되는 것을 보고 부산대 후배들과 유신철폐 운동을 하였다. 직원들이 데모에 참가하지 않도록 당부하는 정주영 회장의 친서가 현장으로 전달되었다.

그 당시 관리책임자인 강호진 부장이 "서주임, 왜 데모하러 다니는가?"라고 나를 말렸을 때, 나는 "견불의침묵(見不義沈默)이면 침묵(沈默) 또한 불의(不義)입니다"라고 웃으면서 말하였다. 그러자 강부장은 "서주임은 나가도 좋다"며 허락을 해주었다.

현장에서 숙식을 하고 있었지만, 퇴근 후에는 최루탄 가스를 실컷 마셨다. 곧이어 광주민주화운동이 일어났었다. 현장에 함께 근무하던 장민기 대리로부터 그 이야기를 듣고 울분을 감출 수 없었다. 더구나 군부세력이 부친(그 당시 장○○ 도지사)에게 민한당으로 출마해달라고 한다는 이야기를 장대리로부터 듣고서, 야당이 없는 선거가 되고 있는 것을 알게 되었다.

부마민주화운동의 일환으로 선거투쟁을 하기로 마음먹고 동지를 규합했다. 그리고 생면부지이지만, 신문지상으로부터 익히 알고 있었던 중구 출신 김웅주 의원에게 찾아가 내 뜻을 전하고 도움을 요청했다. 흔쾌히 나의 손을 잡으면서 친동생을 소개해 주었다. 박찬종 의원을 만나 함께 무소속으로 출마하기로 서로 약속을 하였다.

결혼을 앞두고 있던 장모님은 한사코 반대를 하였다. 출마를 하면 딸을 주지 않겠다고 했었다.

"나와 함께 뛰고 있는 동지와의 신의는 돈으로도 바꿀 수 없는 것입니다. 설사 따님을 주지 않는다 하더라도 약속은 지킬 수밖에 없습니다. 선거 출마는 국회의원이 되기 위해서 하는 것이 결코 아닙니다."

그러자 지금 나의 처가 "이번만 하고 앞으로 선거에 출마하지 않는다면 결혼을 하겠다"고 하여 겨우 승낙을 받았다.

그런데 무소속 공탁금이 오백만 원에서 천오백만 원으로 늘어났고, 선거구가 영도와 중구에서 영도, 중구, 동구까지 늘어나버렸다. 나와 처가 가진 예물들을 팔고 애지중지하며 아끼던 전축마저도 처분하고, 잠실에 있는 아파트 계약금마저 환불하여 가까스로 2천만 원을 만들었다. 공탁금을 주고 나니 5백만 원 남짓한 돈으로 선거를 치른 것이다. 6회의 연설을 하기 위해서는 나로서는 어마어마한 거금을 쏟아 부은 것이다.

계란으로 바위치기. 물방울로 바위 뚫기라고 하는 친구들에게 물 한 방울, 물 한 방울이 계속해서 떨어지면 언젠가는 바위도 구멍이 나겠지. 대학을 다녔던 나는 그만큼 사회로부터 혜택을 받은 것이 아닌가. 그러하다면 지금 침묵을 당하고 있는 국민들을 위하여, 정의사회를 위해 나설 수밖에 없다고 설득을 하였다.

보안사, 시경 쪽에서 나의 주변 사람들에게 압력과 감시를 하였다. 선거 중에 나를 감시하던 시경 정보과 직원에게 나는 말했다.

"나라의 독립을 위해 일본 사람에게 죽은 선열들에 비하면 나는 민주화를 위해 당신들의 손에 죽는다 하더라도, 동포 손에 죽으니 다행으로 생각하겠다."

그렇게 말하자, 그는 다음과 같은 말을 하고 가버렸다.

"내가 정치사찰을 오랫동안 했어도 당신 같은 사람은 처음이요. 개인적으로는 당신을 돕고 싶지만, 당신이 외치는 소리는 기사 한 줄도 나지 않을 것이다."

지금도 그 당시 부산시 제1선거구 선거 관리위원회에서 인쇄한 벽보를 보관하고 있는데, 그 내용은 다음과 같다.

야당의 부재 속에 한 젊은이가!

- 진정 평화적 정권 교체를 하기(원한다면) 위해 대통령 선거를 **직선제**로 하라.
- 일당(一黨)이 차지하는 비례대표제의 모순을 지양하라.

- 언론의 자율화란 미명 아래 통폐합을 통한 보도의 획일성, 왜곡성
  을 지양하라. 등이고,

나의 자세

- 술수 있는 정치가는 단명하고 정직한 정치가는 장수한다.
- 역사는 결코 왜곡되지 않는다. 역사의 흐름은 강물과 같아 외부적
  요인에 의해 물결치는 경우도 있고, 역류하는 현상이 있을지라도,
  그 흐름의 맥은 순리대로 흐르리라.
- 확고한 신념을 바탕으로 국민과 신의를 지킬 것이며, 지조 있는 자
  세로 초지일관 하겠다.
- 정의(正義)란 힘에 의한 정의가 아니라, 순리에 의한 정의가 되어야
  한다.
- 공인(公人)은 한 개인, 한 집단에 책임을 지는 것이 아니라, 국민
  앞에 책임을 져야 한다. 책임 없는 권력은 폭력이다.

그 당시 최고 권력자가 평화적 정권교체를 부르짖기에 '진정 평화적 정권교체를 원한다면' 이라는 원고를 내자, 선거관리위원회에서는 '원한다면' 이라는 단어를 빼지 않으면 접수를 받지 않겠다고 버티는 바람에 마감시간이 다되어 할 수 없이 '하기 위해서는' 으로 바꾸어 등록을 하였다. 그러나 내 입을 막을 수는 없었다.

그리고 또 나는 다른 입후보자들과는 달리 경력과 이력도 절대로 밝히지 않았다. 대개의 경우 국회의원에 입후보하게 되면, 유권자들의 표를 다만 한 표라도 더 많이 긁어모으기 위해 이력과 경력을 근사하게 윤색(潤色)해서 기다랗게 나열하는 법이다.

그러나 나는 그렇게 하지 않았다. 최종 학력만 팜플렛 끄트머리에 조그맣게 써넣었다. 내가 그렇게 한 이유는 극히 간단하다. 당선을 목표로 출마한 것이 아니기 때문이다.

그 당시, 나는 정부를 상대로 할 말이 참 많았었다. 그러나 언론이 강제로 통폐합되어 매스컴마저 관제(관제)가 되어버린 상황에서 정부에 비판적인 말은 단 한 마디도 할 수 없었다. 귀에 거슬리는 직언(直言)을 조금만 해도, '유언비어 날포' 혐의로 쥐도 새도 모르게 불려가서 얻어터지는 공포시대였기 때문이다. 정부당국의 잘못된 정책을 마음 놓고 비판할 수 있는 곳은 오직 유세장밖에 없었다. 때문에 나는 서로가 서로를 헐뜯고 인신공격하기에만 바쁜 다른 입후보자들과는 달리, 잘못된 정부 시책을 비판했다. 그리고 군사독재정권을 몰아내기 위해 선거제도를 직선제로 고쳐야 한다고 역설했었다.

나는 그 당시 내 손으로 직접 뽑은 대통령이 민주정치를 할 수 있는 풍토가 조성되기만 해도, 입후보한 보람이 충분히 있다고 생각했었다.

그러한 속사정까지 속속들이 알 수 없는 최이사는 당연한 추측이지만, 내가 정치에 야심이 있어 출마한 것으로 오해하고 있었다.

"자네가 노조 설립을 포기하기만 하면 윗분이 부탁해서 정당 공천을 받게 해주겠네. 자금 지원도 해주고 말이야."

그렇게 말했던 것이다. 사람의 진심을 헤아려 인간적으로 호소할 생각은 하지 않고, 만사를 돈으로 해결하려 하다니, 참으로 치사한 사람들이다. 나는 그렇게 생각했다. 그래서 최이사의 그 제의를 단호하게 거절했다.

"싫습니다."

"싫어?"

"제가 바라던 대로 직선제가 됐으니까요. 제가 지금 꼭 하고 싶은 일은 오직 노조 설립뿐입니다."

"쓸데없는 고집부리지 말고 내 사정을 한번만 들어주게. 내 입장이 여간 난처하지 않아."

최이사가 내 손을 잡으며 통사정했다.

"최이사님 입장이 그렇게 곤란하다면 제가 회장님(李明搏 현대건설 회장)을 직접 만나겠습니다."

"회장님을 만나 해결할 성질의 문제라면 나하고 지금 여기서 해결해도 되잖아?"

"아닙니다. 회장님을 만나 해결하려는 게 아니라, 제가 회장님을 설득하고 싶어 그렇습니다."

정말이었다. 노조 설립을 한사코 반대하는 것이 최고 경영진의 방침이라면, 최이사 입장을 난처하게 만들 필요 없이 내가 직접 이명박 회장을 만나 노조가 결코 회사 발전의 암적인 존재가 아니라는 사실을 역설해서, 노조에 대해 부정적인 시각을 갖고 있는 경영진의 사시(斜視)를 바로 잡아주고 싶었다.

최이사가 잠시 난처한 표정을 지으며 이욱준 이사를 보았다.

1시간 40분 동안이나 두 사람이 열심히 설득했음에도 불구하고 내가 조금도 설득당하는 기색이 보이지 않자, 자기로서도 이젠 두 손 들었다는 듯이, 이욱준 이사는 심드렁한 표정을 짓고 있었다.

"좋아, 그렇다면 이렇게 하세. 회장님과 면담 약속을 해놓을 테니까, 이따가 오후 2시에 회의실로 오게."

한참만에 최이사가 그렇게 말했다.

"좋습니다. 그렇게 하겠습니다."

"그 대신 자네 혼자 오면 안 되네. 발기인들을 모두 데려와야 해."

"발기인들은 왜요?"

"발기인들의 의향도 들어보고 싶으니까 말이야."

내가 노조 설립 추진위원장이고, 발기인들이 모두 다 나에게 협상 권한을 위임해준 이상, 내 뜻은 곧 발기인들 뜻이나 마찬가지인데, 번거롭게 발기인들까지 다 소집시킬 이유가 뭐냐고 내가 난색을 표했다.

"아직은 노조가 정식으로 확정된 게 아니니까 자네 뜻을 노조 전체의 뜻으로 인정해줄 수가 없어서 그래. 또 누가 발기인인지 회장님께서도 궁금해하실 테고 말이야."

최이사가 말했다.

이를테면 그렇게 해서라도 발기인이 누군지 알아내겠다는 수작이었다. 나는 순진하게 그렇게 생각했었다. 그러나 내가 이욱준 이사와 최이사로부터 설득을 당하고 있었던 그 시간에, 이미 회사에선 구청에 들어가 있는 노조 설립 신고서를 통해 발기인이 누구인지 모두 다 파악해 놓았고, 부사장 책임 하에 그들로부터 노조 설립 추진을 포기한다는 각서를 받는 각개 격파 작업을 진행하고 있었다.

그런 음모가 사내에서 벌어지고 있다는 걸 꿈에도 알지 못했던 나는 마지못해 그렇게 하겠다고 억지 승낙한 뒤 회사로 돌아왔다. 사무실로 돌아와 곰곰이 생각해보니, 발기인들을 다 데리고 이명박 회장을 만나러갈 순 없었다.

그들의 안전을 위해서였다. 그렇다고 또 안 데려갈 수도 없었다. 어떻게 해야 좋을지 몰라 골치를 썩이던 끝에, 나는 발기인들을 찾아 나섰다. 중지(衆智)를 모으기 위해서였다. 그러나 어찌된 셈인지 발기인들이 모두 다 자리에 있지 않았다. 외출 아니면 출장 팻말이 그들의 책상 위에 놓여있어 행선지를 대변해 주고 있었고, 그런 팻말마저 없는 사람들은 어디 갔는지 모르겠다는 옆 사람들의 대답이 행선지를 대신해 주고 있었다.

나중에 알게 된 사실이었지만 내가 발기인들을 찾아다니고 있던 그 시간에, 발기인들은 모조리 담당 부사장 또는 부서장에게 불려가서 설득을 당하고 있었던 것이다.

노조 설립에 가장 적극적이던 원자력부의 정예현 대리를 만난 건 점심시간이 막 끝난 오후 1시쯤이었다.

"어디 갔었노? 오전 내내 찾았었는데…."

내가 그렇게 묻자, 정대리가 잠시 괴로운 표정을 짓고 나서 반문했다.

"나를 왜?"

"2시에 회장님을 만나기로 했어. 발기인들을 다 데려오라는데 그럴 수가 있어야지. 그래서 정대리 의향을 들어보려고…."

"내 의향이고 뭐고 이젠 다 끝난 것 같애."

"무슨 소리야?"

"사실은 나, 오전 내내 이영한(가명) 이사랑 같이 있었어."

이영한 이사란 정대리의 직속 상사인 원자력 본부장을 말한다.

"왜?"

"포기 각서를 쓰라는 거야."

"정대리가 발기인이라는 걸 이이사가 어떻게 알았지?"

나는 그때까지 발기인 명단이 구청의 신고서류에서 유출되었으리라곤 꿈에도 생각지 못했다.

"모르겠어."

정대리 이야기인즉, 아침에 기획부에 들어온 이영한 이사가 10시쯤 자기를 사무실로 들어오라고 하더니 노조 발기 대회에 참석 했었느냐고 묻더라는 것이었다.

정대리가 그렇다고 대답했더니, 자기하고 밖에 나가 이야기하자면서 회사 옆에 있는 경양식집 그린 힐로 데려가더라는 것이었다. 거기서 12시 45분까지 포기 설득을 집요하게 당했다는 것이다.

설득의 내용은 내가 당한 것과 거의 대동소이했다.

부동산 경기의 침체로 말미암아 지금 현재 회사가 매우 어려운 입장에 놓여있다. 이럴 때 노조를 설립한다는 건 누가 보더라도 떳떳한 명분이 아니다. 뿐만 아니라 지금 현재 계열 회사인 관악중기에서 노조원들이 쟁의를 하고 있는데, 그 때문에 회장님 심기가 여간 불편하지 않다. 노조를 설립하더라도 이 다음에 회사 경기가 좋아 졌을 때 하기로 하고, 그때까진 노사협의회(勞使協議會)를 활성화시켜 그것으로 노조를 대신하면 되지 않겠느냐고 하더라는 것이었다.

정대리 역시 이영한 이사의 설득에 맞서, 노조의 필요성을 강력하게 역설했다고 한다. 한 사람은 노조 설립을 방해하려는 사람이고 또 한 사람은 노조 설립을 추진하려는 사람이니, 두 사람 사이의 타협이 제대로 될리가 없었다.

이영한 이사가 때로는 위협도 하고, 달래도 보고, 호소도 해왔지만 정대리가 끝내 말을 듣지 않자, 나중엔 정대리가 노조 가입 철회서를 쓰지 않으면 자기가 대신 사표를 써야 한다면서 위협 섞인 애원까지 다 하더라는 것이었다.

정대리는 너무 화가 나서, 이사님이 자기 때문에 사표를 쓴다는 건 말도 안 된다, 그거야말로 회장님으로부터 이사님이 부당한 대우를 받는 셈이나 마찬가진데, 그 책임을 왜 자기한테 전가시키려 하느냐면서, 자리를 박차고 나와버렸다고 한다.

"잘했어."

"이사님 비위를 잔뜩 건드려놨는데, 잘한 거야? 모르긴 해도 고과(考課) 점수가 왕창 깎여서, 진급시험 때 재수하기 십상일 텐데…."

"내가 재수 동기해 줄 테니깐 너무 염려하지마."

너무 의기소침해있는 정대리를 위로해 주기 위해 내가 그렇게 말했다.

"재수 동기생들이 너무 많아서 걱정이야. 발기인들 모두 다 부서장한테 끌려가서 설득당한 모양이야."

정대리가 잔뜩 어두워진 얼굴로 대답했다.

"다 들통나버렸단 말이야?"

"그래, 전기사업부 이태명(가명) 과장, 건축부 홍민수(가명), 설비부 이종호(가명), 다 당했다는 거야."

"그래서 오전에 자리에 없었나?"

내가 오전 내내 그들을 찾아다녔었다는 말을 했다.

"아마 그랬을 걸. 부서장 책임 하에 포기 각서를 받으라고 했다니까."

정대리가 고개를 무겁게 끄덕였다.

"모두 다 들통나버리고 말았으니, 어떡하지?"

내가 어두워진 표정으로 중얼거리자, 이번엔 정대리가 나를 위로했다.

"어차피 한 번은 치러야 할 홍역 아냐? 예정보다 조금 앞서 들통나버린 것뿐인데, 뭘 그래?"

"공연히 불이익을 당할까봐 그러지."

"발기인들을 회유하거나 협박해서 노조를 결성하지 못하게 하는 건 엄연히 노동법 위반이야. 부당 노동행위 저촉이지. 회사에선 지금 우리들을 상대로 반칙을 하고 있는 거야."

나중에 검찰 조사에서 밝혀진 사실이지만, 노조 설립을 방해하려는 회사측의 본격적인 대책은 그날, 그러니깐 각 부서장들이 발기인들을 한 명씩 맡아 포기 각서를 책임지고 받기로 한 5월 3일 세워졌다. 즉, 이명박 회장이 중역진에게 '노조 대책을 세우라' 고 지시함에 따라, 어충일(가명) 관리본부장(전무), 임승기(가명) 국내 전기사업본부장(전무), 최재한(가명) 공사관리부 이사, 전용현(가명) 기획부장, 강명호(가명) 총무부장 등이 노조 대책 위원회를 구성했던 것이다. 노조 대책 위원회의 첫 작품이 바로 발기인들 설득이었다.

그러나 발기인들의 저항도 만만치 않아서, 부서장들이 나를 제외한 발기인 9명으로부터 포기 각서를 받기까진 상당한 시간이 필요했다. 정예현 대리 같은 사람은 최악의 경우, 숫제 사직까지 각오하고 있었다.

"어쨌든 난 끝까지 버틸 생각이야. 사표 내라고 하면, 그까짓 사표 내버리지, 뭐."

그는 그렇게 말했다.

"그래선 안 돼. 그거야말로 회사에서 진정으로 바라고 있는 거니까 말이야. 우린 어떻게 하든 굳게 뭉쳐서 끝까지 싸워야 해. 우린 외롭지만, 우리가 하고자 하는 일은 결코 외롭지 않아. 오히려 정의로운 일이지. 주님께서도 우리가 하는 일을 지켜보시고 힘을 주실꺼야."

"최악의 경우 사직이라고 하는 배수진을 쳐놓고, 한 발짝도 물러나지 않겠다는 각오야. 내 말은."

"고마워, 정대리."

직책상 중간 간부 축에도 끼이지 못하는 대리급이라서 사내에서의 발언권이 극히 미약한 편이지만, 정대리처럼 각오가 반석(盤石)만큼이나 든든한 동료가 내 곁에 있다는 게 여간 마음이 든든하지 않았다. 천군만마를 얻은 것만큼 마음이 뿌듯했다.

“고맙긴, 뭘…. 우리 모두를 위해서 하는 일인데, 그만한 각오는 해둬야지요.”

“그나저나 어떡하지? 회장님을 면담할 때, 발기인들을 다 데려오라고 했는데….”

“모두 현장에 가 있어서 못 데려왔다고 하면 되잖아?”

“우리들 동태를 이미 다 파악해 놓고 있을 텐데, 그런 거짓말이 통하겠어?”

“더티 플레이를 먼저 한 쪽은 회사측이야. 선의의 거짓말을 조금 하기로소니, 뭐가 어때?”

그래도 내가 찝찝한 기분으로 잠시 망설였다.

“우리끼리 가서 노조 설립에 알레르기 반응을 심하게 보이고 있는 사람들 이야기 좀 들어보자고.”

정대리가 자리에서 일어섰다.

마침 약속 시간인 2시가 다 되어 있었다. 정대리와 나, 이렇게 단 둘이 가기엔 아무래도 조금 뭣한 생각이 들어 나는 발기인은 아니지만, 발기인 못지않게 노조 설립에 적극적인 조신한(가명) 대리를 불러내 세 사람이 이명박 회장을 만나러갔다.

비서실로 들어가 보니, 최이사가 우리를 기다리고 있었다.

“발기인들이 자네들, 세 사람 뿐인가?”

발기인이 모두 10명이고, 그들이 어느 부서에 근무하는 누구라는 것까지 이미 다 파악해 놓고 있는 최이사가 시치미를 뚝 땐 체 그렇게 물었다.

“다른 사람들은 현장에 나가 있어서 데려올 수가 없었습니다. 노조 설립도 중요하지만, 그것 때문에 회사의 일상 업무에 차질을 빚어선 안 되니까요.”

“회장님께선 발기인들을 다 만나고 싶어 하시던데…. 잠깐 기다려 봐.”

우리들을 비서실 옆의 회의실로 안내한 다음, 최이사가 고개를 갸우뚱거리며 자기 혼자 회장실로 들어갔다.

그러더니 곧 다시 나왔다. 그러면서 이렇게 말했다.

"회장님께서 발기인들을 모두 데려와야 면담을 하시겠대. 빨리 연락을 취해서 다 모이라고 해."

"현장에 뿔뿔이 흩어져있는데, 어떻게 모이라고 합니까? 저희들이 대표니까, 저희들과 면담하셔도 됩니다."

"현장 근무자는 빼놓고 본사 근무자만이라도 불러와."

그렇기 전엔 면담을 주선해 줄 수 없다는 최이사 말에 우린 다시 비서실로 나왔다. 그곳에 있는 구내전화를 통해 발기인들을 찾았다. 그러나 아무도 없었다. 발기인들이 정말 자리에 없다는 걸 똑똑히 지켜본 최이사도 할 수 없다는 듯이 다시 회장실로 들어갔다. 그러나 역시 이번에도 면담 불가의 결과만 얻고서 회장실을 나왔다.

"모두 다 오기 전엔 면담을 못하시겠대."

"그렇다면 할 수 없군요. 저희들은 회장님께서 저희들을 면담할 의사가 없는 것으로 알고 이만 물러가겠습니다."

내가 최이사에게 그렇게 말하고, 정대리와 조대리를 데리고 비서실을 나오려했다.

"잠깐만…. 두 사람은 돌아가고 서대리만 잠깐 남게."

최이사가 나를 불러 세웠다.

"왜요?"

"이야기 좀 하세."

"회장님하고 말입니까?"

"아니, 나하고."

"부서장님하고요? 싫습니다. 아무런 결정권도 갖고 계시지 못한 부서장님과 아무리 얘기해봤자, 토론밖에 더 되겠습니까? 전 비생산적인 일에 시간을 투자하고 싶진 않습니다."

나는 최이사의 요청을 단호하게 거절하고, 정대리, 조신한(가명) 대리와 함께 비서실을 나왔다.

근무처로 돌아왔다. 자리에 앉아 곰곰이 생각해보니, 발기인들을 모두 데려오지 않았다는 이유로 면담을 거절해버린 이명박 회장의 속셈을 도저히 알 수가 없었다. 나는 처음에 그 이유를 이명박 회장이 발기인들의 신상을 직접 파악하고 싶어 그러는 것이라고 생각했었다.

발기인들이 모두 다 모인 자리에서 공개적으로 위협을 가해 겁을 집어먹게 하는 것이려니 생각했다. 그러나 좀 더 깊이 생각해보니, 그게 아니었다.

발기인들의 신원은 이미 완전히 노출되어서 각 부서장 별로 설득 작업을 벌써 시작하지 않았던가. 그렇다면 이명박 회장도 부서장들한테서 보고를 받아 누가 발기인이고, 또 누가 노조활동에 적극적인지 등을 다 알고 있을 것이다. 그런데 왜 발기인들을 다 모이라고 했을까. 정말 의문이었다.

그러나 그것보다 나를 더 궁금하게 만든 건 발기인들의 안부였다.

발기인들이 부서장들의 철회 종용에 굴복해서 포기 각서를 써주었는지가 무척 궁금해졌다. 그래서 그 사실을 알아보기 위해 발기인들에게 일일이 전화를 걸어봤다. 그러나 모두 다 부재중이어서 통화를 할 수가 없었다.

할 수 없이, 다시 원자력부로 정예현 대리를 찾아갔다. 그러나 정대리도 자리에 있지 않았다. 이영한(가명) 이사가 오라고 해서 지금 중역실에 가있다는 것이었다.

정대리는 퇴근 시간이 지날 때까지도 중역실에서 나오지 않았다. 이영한 이사로부터 설득을 집요하게 당하고 있음이 분명했다.

나중에 정대리로부터 직접 들은 이야기지만, 내 예감 그대로 정대리는 그 시간에 중역실에서 이영한 이사와 국내 플랜트 사업 본부장인 이성찬(가명) 전무로부터 집중적인 설득을 당하고 있었다. 10명의 발기인 중 다른 사람이기도 한 원자력부 송창균 과장과 함께 포기 각서를 쓸 것을 종용당했었는데, 두 이사의 말인즉, 이번 일로 회사에서도 각성을 충분히 했다. 그 뜻은 회사에 전달이 되었다. 그리고 또 노조는 결성되어도 좋다. 그러나 원자력부 직원만은 제발 노조 간부로 참여하지 말아달라, 노조가 생기면 처음의 순수한 의도대로 되지 않고 강경 세력이 득세하기 마련이다. 그렇게 해서 회사에 득이 되는 게 뭐 있겠느냐, 그러니 제발 포기 각서를 써달라는 내용이었다.

중역들의 설득에도 불구하고 정대리가 좀처럼 뜻을 굽히지 않자, 나중엔 고중구(가명) 부사장이 직접 설득에 나섰다고 한다. 부사장이 불러서 부사장실에 가보니, 고중구 부사장이 노조 결성도 좋지만, 지금은 노조를 만들어도 좋을 만큼 회사 사정이 좋지 않다. 노조는 나중에 회사 사정이 호전됐을 때 결성해도 되지 않느냐, 그러니 회사를 한 번 믿어보라는 식으로 말하더라는 것이었다.

정대리는 아무 말도 하지 않았다고 한다. 그랬더니, 부사장이 원자력부 직원 모두 다 부사장실로 집합하라고 하더라는 것이었다.

그 자리엔 고중구 부사장, 이성찬(가명) 전무 그리고 이영한 이사 외에도 두 명의 중역이 더 있었는데, 열 명 가량의 원자력부 직원들은 이구동성으로 노조는 꼭 필요하다, 그러니 회사에선 노조 결성을 방해할 게 아니라 적극적으로 지원해줘야 한다고 말했고, 중역들은 한결같이 회사 사정을 들어 노조는 아직 시기상조라고 만류했다는 것이다.

결국 그 자리에서 아무 결론도 나지 않자, 고중구 부사장이 다른 직원은 다 돌아가고, 정예현 대리만 남으라고 했다고 한다. 정대리만 혼자 남자 이성찬 전무가 다른 발기인들이 서명, 작성한 노조 가입 철회 각서 사본을 내보이며 다른 사람들도 이미 다 포기 의사를 밝혔으니까 정대리도 고집 그만 부리고 포기 각서를 쓰라고 하더라는 것이었다.

나에게 한 이야기도 있고 해서 정대리는 끝까지 못쓰겠노라고 버티었다고 한다. 자기가 포기 각서를 쓰면 그건 노조 결성을 바라고 있는 대다수 직원들의 바람을 저버리는 것이고, 발기인들을 배신하는 것이므로 자기로선 사직서를 쓰는 한이 있더라도, 포기 각서를 써줄 수 없다고 말했다는 것이다.

그러나 정대리는 혼자였고, 상대방은 그룹 내의 굉장한 중역들이었다. 모두다 설득의 명수였다. 더욱이 정대리가 설득을 당하고 있는 동안, 다른 발기인들이 속속 항복하여 나중에 포기 각서 사본을 보여주는 걸 보니, 도합 6명이나 되었다.

정대리는 짙은 절망감과 함께 자포자기의 심정이 되었다고 한다. 다른 사람들도 다 포기했는데, 자기 혼자 버틴다고 해서 될 일이 아니라는 걸 깨달았다고 한다. 그렇다고 포기 각서를 선뜻 써줄 수도 없었다. 자기가 회사를 그만 둘 수밖에 없었다.

정대리는 정말 포기 각서를 써준 다음날, 그러니깐 5월 4일 사표를 냈다. 사직서와 그에 따른 내용증명 그리고 배달증명을 작성하여 속달 우편으로 회사에 우송한 뒤, 기분이 너무 울적해서 아내와 딸을 데리고 강릉으로 떠났던 것이다.

아무튼 포기 각서를 받으려고 하는 회사측의 집념은 너무 치사할 정도였다.

내가 발기인들을 한 명도 만나지 못한 채, 퇴근하여 집으로 돌아왔더니, 최재한 이사가 신선기 차장과 최병수(가명) 과장을 데리고 우리 집에까지 찾아왔던 것이다. 저녁 8시 30분경 이었는데, 최이사는 자리에 앉자마자 다시 또 노조 포기를 종용하기 시작했다.

요 며칠 사이 너무나 많이 들어서 역정이 나기까지 하는 상투적인 이야기. 이를테면 노조 설립은 윗분이 절대로 안 된다고 하더라, 윗사람이 싫다고 하는 일을 왜 하려하느냐, 대리 몇 사람이 모여 노조를 결성한다고 해서 그게 될 거 같으냐, 회사에서 호응해줘야지 그렇지 않곤 어림도 없다, 계란으로 바위 때리는 꼴 이외엔 아무것도 아니다, 그러니 제발 고집부리지 말고 포기 각서를 써달라는 것이었다.

나는 대꾸하기도 귀찮아 잠자코 있었다. 내가 대꾸를 조금 하기 시작한 건 최이사가 국내 공사관리부서장으로서의 자기 입장이 나 때문에 퍽 난처해졌다는 말, 그러니깐 국내 공사를 관리하는 현대건설의 핵심부서에서 노조를 주동하는 사람이 나와선 안 된다는 말을 했을 때였다.

"부서장님 입장이 그렇게 곤란하시다면, 회장님과의 면담을 주선해 주면 되잖습니까? 제발 그렇게 해주십시오. 그러면 아마 부서장님 입장도 난처해지지 않을 것입니다."

내가 그렇게 말한 이유는, 아무 결정권도 갖고 있지 못한 주제에 부서장이라는 직책 하나만으로 나를 우격다짐해서 포기 각서를 쓰라고 하는 최이사를 빨리 쫓아버리고 싶기도 해서였지만, 그보단 어떻게 하든 이명박 회장을 만나보고 싶어서였다.

이명박 회장을 만나, 노조를 한사코 방해하려하는 진심이 무엇인지 그 속셈을 알아보고, 가능하다면 이회장을 설득하고 싶었다.

"회장님을 만나게 해주면 마음을 돌려먹겠냐?"

"제가 마음을 돌려먹는지, 아니면 회장님께서 마음을 돌리게 되는지, 그건 면담 이후에 결정될 것 같습니다."

"좋아. 그럼 내가 책임지고 회장님과의 면담을 주선해보겠네."

최이사와의 대화는 언제나 그렇지만, 그런 식으로 소득 없이 끝났다.

남은 건 지독한 피로뿐이었다. 어느 사이 밤 10시 40분이 되어 있었다.

그때 전화벨이 울렸다. 발기인 중 한 사람인 설비부 소속 이종호(가명)였다.

"서대리? 나, 이대린데 괴로워 죽겠어."

금세라도 엉엉 울어버릴 것만 같은 이대리의 목소리 속엔 술기운이 흠씬 배어 있었다.

"왜 그래?"

"너무 괴로워서 술을 한잔 마셨어."

"집에 무슨 일이 생겼나?"

"그런 게 아니고, 서대리를 배신해서 그래."

"배신?"

나는 순간적으로 이대리가 포기 각서를 써줬다는 걸 알았다. 공연히 두 다리가 후들후들 떨렸다.

내가 딛고 서 있는 땅이 푹 꺼지는 것 같은 기분이었다. 그토록 절망스러웠다. 나는 떨리는 목소리를 겨우 가다듬어 다시 물었다.

"포기 각서를 써줬나?"

"응."

"이런, 바보같이…."

"미안해, 정말 미안해. 하지만 어쩔 수 없었어."

그러면서 울먹거리는 목소리로 자초지종을 띄엄띄엄 이야기하기 시작했다.

그가 근무하고 있는 현대해상화재보험 명동 빌딩 공사 현장에서 퇴근하여 집으로 돌아와보니, 뜻밖에도 소속 부서장인 홍원선 설비부장과 과장이 와

있더라는 것이었다. 이종호 대리가 깜짝 놀라 웬일이냐고 묻자, 밖에 나가 술이나 한잔하자더란다.

그래서 집 근처에 있는 어떤 레스토랑으로 안내했더니, 두 사람이 포기 각서를 써달라고 하더라는 것이었다. 두 사람 이야기인즉, 설비부서가 독립되지 못하고 건축사업본부에 소속되어 있으면서 가뜩이나 불이익을 많이 당하고 있는데, 설비부 직원인 이대리가 앞장서서 노조를 설립한다고 하면 사용자의 미움을 살 뿐이다. 그리고 더 큰 불이익을 당할 우려가 있다. 우리 설비부가 사는 길은 이대리가 포기 각서를 쓰는 길뿐이라면서 애원을 하더라는 것이었다. 이대리도 처음엔 포기 각서를 쓸 수 없다고 완강하게 버티었다고 한다.

그러자 홍원찬(가명) 부장이 다른 사람들도 다 포기 각서를 썼다고 하면서, 사본을 보여주더라는 것이다. 이대리가 사본을 보니, 정말 발기인들이 자필로 쓴 포기 각서였다는 것이다.

"변명 같지만 정말 괴로워 죽겠어. 포기 각서를 써준 내 손을 끊어버리고 싶은 심정이야."

"후회할 짓을 왜 했나?"

"정에 약해서…. 부장님이 인간적으로 호소해오는데, 뿌리칠 수가 있어야지."

나는 너무 화가 나서 뭐라고 말을 할 수가 없었다.

노조를 설립하자고 뜻을 하나로 모을 땐 언제고 이제 와서 구차한 변명을 늘어놓으며 포기 각서를 써준단 말인가. 오히려 포기 압력을 내가 다른 사람들보다 더 많이 받고 있는 편이었기 때문에, 나로서는 당연히 불만이었다.

그래서 내가 잠자코 있자, 그가 말했다.

"나만 그런 게 아냐. 모두 다 그래서 포기 각서를 써준 것 같애."

이대리가 다시 변명을 했다. 나중에 포기 각서를 쓰게 된 경위를 진술한 몇 사람의 진술서를 보니, 대개 다 비슷한 설득을 당해 포기 각서를 써줬던 것이다. 그 사람들의 경우를 진술서 그대로 밝혀보면 대충 이렇다.

---

① 국내 전기사업본부 소속 이태명(가명) 과장의 경우.

위 본인은 1977. 12. 20. 현대건설에 입사하여 현재 국내 전기사업본부 과장으로 근무하면서, 현대건설 노동조합 설립과 관련하여 포기 각서를 쓰게 된 경위를 다음과 같이 진술합니다.

본인이 1988년 5월 2일, 현대건설 노동조합 설립 발기인으로 서명한 신고 서류가 종로구청에 등록되었음. 그 후 5월 3일 오후 1시경, 소속 부서장인 박용한(가명) 부장으로부터 회사의 현재 사정이 어려우니, 노조 설립을 철회해달라는 종용을 받았음.

입장이 난처해서 회사를 나와 귀가해보니, 전기사업본부 중역인 임승수(가명) 전무와 김홍찬(가명) 이사가 집에 와있었음. 같은 노동조합 발기인의 철회 각서를 내보이며, 철회를 종용하기에 회사 사정과 소속 부서를 생각해 노동조합 설립 신고서를 철회한다는 각서를 써주었음.

5월 4일 출근 후에도 담당 중역으로부터 계속 노동조합 설립에 나서지 말 것을 권유 받았음. 주위 여건상 서울을 떠나 있으라고 회유하기에 동일 오후 6시 30분경, 김홍찬 이사와 함께 청주로 떠났음. 청주에서 3박 4일을 보낸 뒤 1988년 5월 7일 오후에 김홍찬 이사와 함께 서울로 돌아옴.

② 건축부 직원 홍민수(가명)의 경우.

본인은 현대건설 건축부 직원으로 노조 설립 추진위원장 서정의 씨와 노조 설립에 뜻을 같이 하여 5월 2일 노조 설립 서류를 종로구청 사회복지과에 접수시켰음.

그 후 5월 3일 오전(11시경)에 본사로부터 급히 들어오라는 전화를 받고 불응. 현장에 피신해 있다가 현장까지 쫓아온 본사 건축부 한대수(가명) 이 사로부터 임의동행 형식으로 본사 건축부 임원실까지 들어왔음.

거기서 박창한(가명) 전무를 비롯한 오용한(가명) 상무, 최도한(가명) 상무, 장효수(가명) 이사, 한대수 이사로부터 약 한 시간에 걸쳐 노조 설립 신고 포기 각서에 날인할 것을 종용받았음. 장시간 버티다가 어쩔 수 없이 날인해 주었음.

그 후 5월 5일 현장 근무 중에 본사 한대수 이사의 방문을 받고 같이 점심식사를 했음. 식사 후 바람이나 쐬러가자고 하기에 몇 번 거절했으나, 결국 차를 타고 강릉으로 향했음. 오후 3시경, 강릉 경포대에 위치한 동해 관광호텔에 도착해보니, 이미 그곳엔 노조위원(건축부 소속 이태일(가명))과 그의 직계 상사(신홍찬(가명) 소장)가 먼저 도착해 있었음. 그 후엔 그들과 같이 행동했음.

주로 해변가 횟집에서 술을 먹으며 직접적으로 탈퇴 종용은 받지 않았으나, 노조 설립에 앞장서지 말 것을 종용받았음. 그 후 호텔에서 이틀간 숙식하며 지내다가 5월 7일 1시경 출발하여 6시경 서울에 도착했음. 서울 도착 후에 서정의 씨 납치 사실을 알았음.

③ 전기부 직원 이상형(가명)의 경우

본인은 현대건설 전기부 직원으로 근무하면서 노조 설립 준비위원으로 활동 중, 5월 3일 오전 11시경 본사로부터 급한 호출을 받고 의아해 하고 있던 중, 부서장(박용한(가명) 부장)이 내왕(來往), 본사까지 동행했음. 임원 2명과 부서장으로부터 3시간에 걸쳐 노조 설립 포기 각서를 쓸 것을 종용받고 써줬음.

그 후 5월 4일 오후 6시경 부서장과 과장이 찾아와 만났는데, 그 자리엔 박병철 대리(노조 설립 준비위원)가 함께 있었고, 지방에 가자는 부서장 말을 듣고 난색을 표명하다가 동행했음. 5월 4일은 수원에서 1박하고, 청주에서 이태명(가명) 과장(노조 설립위원)을 만났으나, 곧 헤어진 후 전주까지 내려와 1박했음. 5월 7일 오전 10시경 상경하여 저녁 7시경 서울에 도착했음. 서정의 씨 납치사건은 그 도착 후에 알았음.

④ 건축부 소속 이태일(가명)의 경우

본인은 서정의 외 9명을 발기인으로 하여 현대건설 직원 노동조합을 구성하기로 합의한 일이 있음.

5월 2일 서정의 씨로 하여금 종로구청에 노조 설립 신고를 하자, 회사에서 사람을 보내와 노동조합 철회 각서를 요구해 오기에 거절하고 서명해 주지 않자, 주위 사람을 결부시켜 책임을 전가시키려고 했음. 노동조합 결성의 본래 목적이 주위 사람을 해치려고(피해 주려고) 하는 것이 아니었기 때문에, 결국 철회 각서에 서명해 주었음.

그럼에도 불구하고 회사에서는 5월 3일부터 각기 가까운 사람을 한 사람씩 붙여 9명 모두를 분리시키려고 했음. 본인은 5월 4일 출근하여 일을 조금 보고 신흥찬(가명) 소장과 함께 오전 10시쯤 소장 승용차로 강릉까지 갔음.

강릉에 도착해서 1시간쯤 지나니 홍민수(가명) 씨와 한대수(가명) 이사가 한이사의 승용차 편으로 도착했음. 동해 관광호텔에서 2박 3일간 묵으며 주로 해변의 횟집에서 술을 먹고 시간을 보내다가, 회사와의 연락한 결과 5월 7일 2시 30분경 출발하여 서울에 도착, 다시 일을 조금 보고 7시경 퇴근했음.

이태일(가명) 대리 같은 경우는 친척이 회사 내의 고위 관리직으로 근무

하고 있었다.

그가 진술서에서 밝힌, 주위 사람에게 피해를 주지 않기 위해 어쩔 수 없이 포기 각서를 써줬다고 하는 부분이 바로 그 뜻이다. 이태수가 포기 각서를 쓰지 않으면 그 친척이 피해를 당할 거라는 협박을 했기 때문에, 포기 각서를 쓴 것이다.

나야 물론 그런 사실들을 납치에서 풀려난 이후에 알았다. 그러나 문제는 회사에서 나를 제외한 발기인 전원을 지방으로 이동시켜 나와 격리시켰다는 점이다. 발기인들이 진술서에서 밝힌 그대로 5월 4일부터 일제히 소속 부서장이나 중역들에게 지방으로 끌려간 것이다. 즉, 홍민수(가명)와 이태일을 강릉으로, 이태명(가명) 과장은 전주로, 이상형(가명)은 전주와 광주, 지라산 등지로 그리고 이종호(가명)는 온양 도고호텔로 하는 식이었다. 그들은 본사와의 밀접한 연락 끝에 내가 박상인 일당에게 납치당한 다음날인 5월 7일에서야 겨우 감금에서 풀려나 서울로 돌아올 수 있었다.

그러니까 회사측에선 이미 5월 4일부터 나에 대한 납치 계획을 수립해 놓고 있었다고 봐야 한다. 항상 넥타이를 단정하게 매고, 엄숙한 표정을 지으면서 위엄있게 출근하는, 그리하여 본사 현관을 지키는 수위로부터 거수경례를 깍듯하게 받는 어떤 임원의 희끗희끗한 머릿속에, 경우에 따라선 이제야 겨우 예정의 반 정도밖엔 살지 못한 인간 서정의를 영원히 없어져버리게 만들런지도 모를 위험한 납치 계획이 들어있었던 것이다.

이명박 회장의 최후통첩

어쨌든 발기인들이 포기 각서를 써줬다는 사실을 알고 나서, 나는 잠을 이룰 수가 없었다. 너무 서운하고 안타까워서였다. 본인들이야 어쩔 수 없는 상황이었기 때문에 포기 각서를 써줬노라고 말하고 싶겠지만, 그만한 애로 사항쯤 없는 사람들이 어디 있단 말인가.

부양해야 할 가족이 그들에게 있어, 그 핑계로 포기 각서를 써줬다면, 나한테도 내가 부양해야 할 처와 자식이 있고, 새파랗게 젊은 나이에 실직자가 되는 게 두려워 포기 각서를 써준 거라면 나 역시 마찬가지 입장이 아니겠는가.

그런 고난쯤 각오하지 않고 노조활동을 하겠다고 한 발상부터가 안이한 사고방식이다. 노조활동이란 자기 한 몸을 위해 하는 운동이 아니다. 자기보단 여럿을 그리고 나보다 우리를 위해 하는 헌신적인 운동인 것이다.

예상보다 너무 쉽게 굴복해버린 그들이 서운하긴 했지만, 나는 그들을 원망하진 않았다. 그들의 생활까지 내가 도맡아 책임질 수는 없었기 때문이다.

그 대신 나는 각오를 새롭게 했다.

좋다, 모두 다 포기하더라도 나는 결코 포기하지 않겠다. 나 혼자 끝까지 남아 현대건설 노동조합 간판을 본사 현관에 당당하게 붙일테다. 나는 5월 1일에 작성하여 노조원들에게 돌린 '노조 발족을 알리며' 라는 팜플렛을 들여다보며 결심을 다지고 또 다졌다.

노조 발족을 알리며

오랜 침묵을 떨쳐버리고

이제,

한 목소리가 되어 말할 수 있는 광장을 가집시다.

그 광장에서 나오는 한 목소리는

여러분의 힘찬 동지가 될 것이며,

여러분의 안식처가 될 것입니다.

오랜 침묵을 떨쳐버리고

이제,

한 뜻을 이룰 수 있는 터전을 가집시다.

마지막 타오르는 불꽃의 심정으로 현대를 가꿀 것입니다.

하여,

인간은 유한하지만 내 조국이 남아있는 한

현대는 영원할 것입니다.

아침이 되자, 김종항(가명) 차장이 차를 가지고 나를 데리러 왔다. 고등학교 선배라는 단 한 가지 이유만으로 나의 감시역을 떠맡게 된 그로선 마음에 썩 내키지 않는 일이었을 테지만, 어쨌든 요 며칠 사이 내 개인 운전사 노릇을 착실하게 잘해 주고 있었다.

"얼굴이 왜 그래? 잠 한숨 못잔 것 같은 표정이로군."

차에 시동을 걸어 목동 아파트 단지를 출발하며 김차장이 물었다.

"잠을 곱게 잘 턱이 없지 않습니까?"

"왜, 어젯밤에 무슨 일이 있었어?"

"회사에서 발기인들한테 모조리 포기 각서를 받은 모양이에요."

"그래서?"

"그래서라뇨? 제가 몇 달 동안 애를 써서 추진하던 일이 한꺼번에 무너지게 생겼는데, 잠이 제대로 오겠습니까?"

"이제 이쯤에서 고집을 그만 꺾는 게 어때?"

"고집이라뇨? 선배님, 무슨 섭섭한 말씀을 그렇게 하십니까? 제가 저 하나 잘 살겠다고 이러는 줄 아십니까? 전 지금 당연히 해야 할 일을 하고 있는 거예요. 노동조합은 우리들에게 꼭 필요한 단체에요. 노조가 있어야 사용자 측의 부당한 요구를 거절할 수 있고, 우리들의 권익을 당당하게 요구할 수 있어요."

"그건 잘 알지만, 자네 혼자 애쓰는 게 너무 안 돼 보여서 그래."

김차장이 동정적으로 말했다.

"그러니까 선배님께서 절 좀 도와주십시오."

"감시인보고 도와달래?"

"선배님이 절 감시하고 싶어 하겠어요? 목구멍이 포도청이라고 처자식들 굶기지 않기 위해 억지로 하고 있는 거죠."

"당장이라도 이 짓 때려 치워버리고 싶은 말만 골라서 하네. 하지만 자넬 감시하는 일도 내 월급 속에 포함되어 있으니까, 이 짓을 포기할 순 없지."

"그래서 저도 꾹 참고 있는 겁니다."

"너무 억울하다면 내 봉급 반 뚝 떼어서 자네 줄게. 이번 달치 내 봉급 속에 자네 몫도 들어있을 테니까 말이야."

자칫 앙숙지간으로 변할 수도 있는 감시인과 피감시인 사이의 서먹서먹한 관계를 그런 식으로 농담 삼아 이야기하며 차를 달리다보니, 어느새 회사에 도착했다.

어제 최이사가 약속한 대로 이명박 회장과의 면담이 이루어진 것은 출근하고 나서 얼마 지나지 않아서였다. 10시 20분경이었다. 나는 각오를 단단히 하고 회장실로 들어갔다.

"앉게."

이회장이 냉랭한 얼굴로 말했다.

내가 먼저 자리에 앉자, 이회장도 곧 내 맞은편 자리에 앉았다. 이회장이 물었다.

"나한테 무슨 할 이야기가 있다면서?"

"그렇습니다."

"해보게, 나도 자네에게 할 이야기가 있으니까."

"외람된 말씀이지만 노조 설립을 방해하지 말아 주십시오. 발기인들에게 아무리 포기 각서를 받더라도, 추진위원장인 제가 포기하지 않으면 아무 소용이 없습니다. 노조 설립 추진위원들을 상대로 포기 각서를 강요하거나, 협박을 가해 노조 설립을 방해하는 행위는 분명히 부당 노동행위입니다. 그 책임이 결과적으로 누구에게 돌아오는지 하는 건 굳이 말씀드리지 않겠습니다."

"그에 대한 대답을 하기 전에 우선 자네 의견부터 먼저 들어보고 싶군. 자넨 도대체 노조를 왜 만들려고 하는건가?"

"KAL기 추락사고로 많은 직원들이 죽었습니다. 책상 위의 명패만 바꾸면 제가 죽은 거나 마찬가지입니다. 그만큼 슬픕니다. 그런데 왜 회사에서는 위로금을 내놓지 않습니까! 그것이 직원들의 불만으로, 폭발 직전입니다. 환경 변화에 민첩하게 대응 못해 사라진 맘모스처럼 우리 회사도 말단 직원의 의견을 수렴하지 못하고, 시대 변화에 적응하지 못하면 위험에 처할 수 있습니다. 궁극적으로는 회사의 발전을 도모하기 위해섭니다."

"회사의 발전을 도모해? 지금 자네를 비롯한 몇몇 사람들 때문에, 사내가 벌집 쑤신 것처럼 시끄러운데 그게 회사의 발전을 위한 거야? 회사의 발전은 자네들 몇몇 사람이 하는 게 아냐. 경영진에서 하는 거야. 자네들은 임원진에서 하는 대로 그저 따라오기만 하면 돼."

"회장님, 저희가 만들려는 노조는 하나를 얻기 위해 열을 희생하는 노조

가 아닙니다. 회장님께선 노조가 강경해서 과격한 단체가 되는 걸 우려하시
는 모양인데, 저희는 직원 노조이기 때문에 결코 과격하지 않을 겁니다."

"처음엔 물론 그렇겠지. 하지만 노조란 끝내 과격해지게 되어 있어."

"그건 회장님의 우려에 지나지 않습니다. 노조가 없으므로 해서 오히려
직원들을 과격하게 만들 우려가 더 많습니다. 왜냐하면 회사에 대한 불평,
불만을 한군데로 집약해서 경영진에게 건의할 창구가 없기 때문입니다. 한
마디 불만이라도 그것이 여러 사람의 입을 통해 터져 나올 땐 불만이 꽤 많
은 것처럼 들리지만, 그것을 한군데로 모을 수 있다면 한 가지 불만밖에 되
지 않습니다."

"그건 서대리, 자네의 이상에 불과해. 우린 회사의 운명을 자네의 그 위
험천만한 이상주의에 맡길 순 없네. 자네도 알다시피 회사 운영이란 달콤한
이상만으로 되어지는 건 아냐. 회사 경영이란 냉정하고 비정한 현실이야.
상대방을 쓰러뜨리지 않으면 거꾸로 내가 쓰러지게 돼. 적자생존(適煮生存)
의 법칙 속에 감상주의자의 이상이란 결코 존재하지 않네."

"이상 없는 현실이란 사상누각에 불과할 뿐입니다. 회사도 오늘보다 나은
내일을 바라고 운영하는 것 아닙니까?"

"물론 그렇지. 하지만 내부 분열이 있으면 번영이고 뭐고 기약할 수가 없
어. 자넨 방금 전에 직원 노조이기 때문에 결코 과격하지 않을 거라고 말했
지만, 그걸 어떻게 보장할 수 있겠나? 자네가 온건하고 싶어도 온건파는 끝
내 과격파에게 제압당할 수밖에 없어. 그렇게 되면 회사 꼴이 어떻게 되겠
나? 과격파가 지배하는 노조는 자기네들 주장을 관철시킨답시고 파업을 일
으킬 테고, 공사장마다 농성을 하게 되면 공사를 공기(工期) 내에 마치지 못
할 건 뻔한 이치 아니겠나? 그렇게 되면 과연 누가 우리에게 공사를 발주하
겠나?"

"그건 회장님의 일방적인 우려예요. 회장님께선 어째서 노조의 나쁜 점만 강조하십니까? 쟁의나 파업도 다 그만한 까닭이 있으니깐 발생하는 거지, 노사간에 협조가 잘 되는데, 쟁의가 발생할 까닭이 없지 않습니까?"

"쟁의 발생의 근본적인 책임은 사용자측에 있을 테지만, 그 최종 책임은 근로자들에게 있어. 사용자측에서 도저히 수용할 수 없는 요구 조건들을 당연한 것처럼 주장한다면 타협이 원만하게 될리가 없지."

"바로 그런 점을 조정하고 해결하기 위해서라도 노조가 꼭 필요한 겁니다."

"서대리, 자네가 말한 멋들어진 노조는 내가 이 회사를 떠날 때 꼭 만들어 놓겠어. 그러나 지금은 곤란해. 관악 공장에서 쟁의가 발생 중이라 시기가 좋지 않고 나 또한 오너가 아닌 전문 경영인이기 때문에, 입장이 여간 곤란하지 않아. 오너가 있는 다른 회사는 직원 노조가 없지 않은가?"

이회장은 ① 5대 재벌회사 중 현대건설이 제일 먼저 직원 노조를 설립하지 말라, ② 현대그룹 회사 중 현대건설이 앞장서서 직원 노조를 설립하지 말라고 했다.

그러면서 노조 설립을 포기한다면, 통일민주당 김덕룡 의원과는 친구 사이인데 정치적으로 나를 밀어주겠다고 하는 것이었다.

"회장님 입장은 충분히 이해할 수 있습니다. 하지만 저를 비롯한 수천 명의 직원 입장도 생각해 주십시오."

"여러 말할 필요 없어. 노사협의회로 대신하도록 해. 노사협의회라면 얼마든지 용납해줄 아량이 있어."

"회장님 의견이 정 그러하시다면 지하 대강당에서 전 노조원들이 참석한

가운데, 회장님 의견을 직접 말씀해 주십시오. 노조원들이 회장님 의견을 따르겠다면 그렇게 하도록 하겠습니다."

"기필코 노조 결성 대회를 하겠단 말인가?"

"그렇습니다. 회장님께서도 부디 저희 노조 결성 대회에 참석하셔서 축사도 해주시고, 자리를 빛내 주십시오."

"복선 깔지 말고 이야기해. 자네가 정 그렇게 나오겠다면 **물리적 충돌밖엔 없네**."

나는 그 당시 이명박 회장이 말한 '물리적 충돌' 의 뜻을, 공권력 개입 정도로 생각했었다. 경찰의 힘을 빌려 노조 결성 대회를 방해하려는 것이려니 생각했었다. 그래서 이렇게 대답했다.

"걱정하지 마십시오. 노조 결성 보고대회는 가급적 회사 안에서 할테니까요."

10시 20분부터 11시 45분까지, 한 시간 25분 동안 계속된 이명박 회장과의 면담은 결국 그런 식으로 별다른 성과 없이 끝났다.

성과가 있다면 노조 설립을 한사코 방해하려 하는 이회장의 진심을 재확인했고, 그에 맞서 노조 설립을 기필코 추진하겠다는 내 의사를 전달한 것뿐이었다. 내가 회장실을 나오자, 기다리고 있던 최이사가 어떻게 되었느냐고 물었다.

"회장님, 얼굴만 감상하다가 나왔어요."

"다른 말은 없었고?"

"무슨 일이 있어도 노조를 설립하겠다는 제 의지를 회장님께 분명히 말씀드렸습니다."

"그랬더니?"

"물리적 충돌밖엔 없겠구나 하고 말씀하시더군요."

"그래?"

나는 무슨 말인지 더 묻고 싶어 하는 최이사와 헤어져 플랜트사업본부로 갔다. 노조원들이 거기서 나를 기다리고 있었기 때문이다. 노조원들에게 이명박 회장과의 면담 결과를 이야기하자, 노조원들은 저마다 이회장에 대해 불평, 불만을 털어놓기 시작했다. 노조 설립을 반대하는 이회장은 당장 회장 자리에서 물러나야 한다는 것이었다.

"이제 그만들 해둬. 여기서 우리가 아무리 성토해봤자, 이회장은 결코 물러날 사람이 아니니까 말이야."

내가 만류하자, 노조원들이 다시 말했다.

"노조 설립을 너무 반대하니깐 그렇지. 이회장이 도대체 뭐야? 단지 우리보다 봉급만 더 많이 받는 월급 사장일 뿐이잖아. 따지고 보면 이회장이나 우리나 다 똑같은 고용원인데."

하지만 최고 경영진의 반대 방침에도 불구하고, 노조 설립을 희망하는 직원들의 의욕도 결코 그에 뒤지지 않았다. 그날 저녁 신선기 차장의 집들이에 참석했다. 거기 모인 직원들 모두 다 노조에 가입하겠다면서 저마다 가입원서를 달라고 하더니, 그 자리에서 당장 원서를 작성했던 것이다. 조합원들이 많으면 많을수록 나로선 대환영이었으므로, 그들 모두를 조합원으로 가입시켰다.

점점 엄습해 오는 어린이날의 검은 모의(謀議)

그 다음날은 5월 5일. 어린이날이었다.

　나중에 나를 납치한 범인 박상전(가명)의 진술에서 밝혀졌지만, 이날 비로소 범행 모의가 구체적으로 이루어지게 된다. 즉, 납치 총책인 이신천배(가명)로부터 나에 대한 납치 제의를 받고 박상전이 즉각 승낙한 것이다. 박상전은 이날 오후 3시 30분경, 강남구 삼성동에 위치한 뉴월드호텔 커피숍에서 이신천배를 만나 그로부터 '이천만 원을 줄테니 납치극을 벌여달라' 는 부탁을 받았다고 진술했다.

　그렇다면 이신천배는 그 이전에 회사측으로부터 범행 제의를 받았다는 이야기가 된다. 이날 아침일까, 아니면 전날인 5월 4일일까.

　나중에 범행 사실이 다 들통 나서 납치를 교사(敎唆)한 것으로 드러난 강명호(가명) 총무부장은 범행 당일인 6일 최재한(가명) 이사로부터 나를 납치하라는 지시를 받았다고 진술했다. 그러나 그 후에 벌어진 제반 상황으로 미루어 보건대, 그의 진술은 새빨간 거짓말이었다. 시간의 아귀가 맞아 들어가지 않는 것이다. 더구나 부서장이 타 부서장에게 지시를 할 수 있을까?

　그의 말대로 범행 당일인 6일, 최이사로부터 지시를 받았다면 그로선 물론 범행 총책(總責)인 이신천배만 수배하면 되니까 충분히 그럴 수도 있다. 그러나 그로부터 범행 지시를 교사받은 이신천배부터 문제가 발생한다. 즉, 이신천배는 언제, 어디에 있는지 모르는 박상전과 김규남(가명)을 수배하고, 또 그들을 만나 범행을 모의했으며, 그들을 통해 하수인들을 물색하고, 하수인을 모두 집합시켰다는 보고를 강명호 부장에게 하고, 강부장으로부터 착수금을 받고, 그 돈을 받은 박상전이 언제 장안평까지 가서 범행 차량을 구입해서 다시 삼성동, 서린동 여관으로 와서 거기 모인 행동대원들을 싣고, 무지개살롱 주차장으로 와서 나를 납치했단 말인가.

　회사가 나를 납치해야겠다는 계획을 하고 결심을 굳힌 건 5월 4일 이명박 회장과 면담 후였을 것이다.

그 즉시 강명호 부장에게 범행을 지시한 것 같다.

왜냐하면 이명박 회장이 나에게 물리적 충돌뿐이라는 마지막 통보를 하였기 때문이다.

그리고 또 최이사 말마따나 다른 부서장들은 다 임무를 완수해서 포기 각서를 받았는데, 자기 혼자만 나를 설득시키지 못해 윗사람으로부터 꾸중을 들을 게 두려워 납치라도 해서 나를 굴복시키지 않으면 안 되겠다는 결심을 하게 됐다는 것은 말이 성립이 안 되는 것이다. 이명박 회장도 나를 설득 못 했는데, 부서장이 왜 꾸중을 듣는가.

어쨌든 그날 나는 그 다음날 거행할 예정인 노조 결성 보고대회를 준비하기 위해 집에 있었다. 그러나 그날 하루도 나에겐 그리 평안한 하루가 되지 못했다. 아침부터 김종항(가명) 차장으로부터 전화가 걸려왔던 것이다.

"노조 결성 보고대회를 언제 할 것인지 최이사가 알아보라고 해서 전화했어."

내가 전화를 받자, 김차장이 그렇게 말했다.

"선배님도 참, 뭐하러 그런 것까지 다 알려고 하십니까? 축하 화분이라도 하나 보내 주시려고 그래요?"

"나야 노조 결성 보고대회를 언제 하건 상관이 없지만, 최이산 안 그래. 언제 할 건지 꼭 알아보라는데, 어쩌겠어."

"언제 하는지 알아뒀다가 공권력을 개입시키려구요? 그만두라고 하세요. 경찰 병력까지 투입시키지 않더라도, 참석하겠다는 노조원들이 너무 많아서 대회장이 꽉 찰 지경이니까요."

"누가 또 알아? 최이사가 정말 축하 화분이라도 하나 보내줄려고 그러는지."

"그 사람이요? 어림 반 푼어치도 없는 소리 그만 두시고 오늘은 어린이날이니까, 선배님도 저에 대한 신경 그만 절단하시고, 밀린 아빠 노릇이나 착실하게 하세요."

그렇게 말하면서 내가 전화를 끊으려 하자, 김차장이 허겁지겁 말했다.

"그러지 말고 내가 자네 집으로 갈테니까 나랑 만나세."

"선배님, 이러지 마세요. 저, 오늘 굉장히 바빠요. 오시지 마세요."

그러나 김차장은 나의 만류에도 불구하고, 우리 집을 찾아왔다. 오전 11시경이었다.

"선배님도 참, 오늘은 휴일이에요. 절 감시하지 않아도 선배님 봉급 수령하는 덴 차질이 없어요."

내가 핀잔처럼 말하자, 김차장이 씩 웃었다.

"그랬으면 나도 오죽 좋겠나? 아침부터 자네가 뭘 하고 있는지 알아보라고, 최이사가 성활 하는데 어쩌겠어? 나, 오늘은 점심 얻어먹을 각오 단단히 하고 왔으니까, 성우 엄마 음식솜씨 좀 구경시켜줘."

성우 엄마란 물론 우리 집사람을 말한다.

"우리 집사람 음식솜씨, 형편없어요."

"내가 형편있게 먹어 줄테니까, 그 점에 대해선 염려하지마."

"그러지 말고 밖에 나갑시다. 제가 점심 살게요."

점심 대접한다는 핑계를 대고, 김차장을 밖으로 데리고 나가 거머리 떼어버리듯이 떼어버릴 생각이었다. 그러나 김차장은 엉덩이가 여간 무거웠다.

"내가 그래도 명색이 차장인데 치사하게 대리가 사는 점심을 얻어먹겠나?"

그러면서 좀처럼 일어날 생각을 하지 않았던 것이다. 그때였다.

전화벨이 울렸다. 박철홍 관리주임이었다. 내일 실시될 예정인 대리급 이하의 영어시험이 무기 연기됐다는 것이었다. 나는 직감적으로 뚜렷한 이유도 없이 무기 연기된 그 시험이, 사실은 내일 있을 예정인 노조 결성 보고대회를 사전에 막기 위한 회사측의 음모라는 걸 깨달았다.

"누구 전화야?"

내가 전화를 끊자, 김차장이 물었다.

"박철홍 주임이에요."

"박주임이, 왜?"

"영어시험이 무기 연기됐대요."

"그래?"

"저, 지금 나갈 건데, 여기 계속 앉아서 우리 집 지켜주실 거예요?"

좀처럼 일어날 기색을 보이지 않고 있는 김차장에게 보다 못해 내가 그렇게 묻자, 김차장이 반문했다.

"어디 가는데?"

나는 무심코 메가폰을 사러간다고 대답했다. 그러자 김차장이 두 눈을 반짝 빛냈다.

"메가폰?"

"네."

나는 속으로 아차 싶었지만, 이왕 말을 내뱉은 김에 노조 결성 보고대회를 준비하기 위해선 어차피 메가폰이 필요하지 않느냐, 그래서 그걸 사러나간다고 솔직하게 털어 놓았다.

"노조 결성 보고대회를 언제 하는데?"

"언제고 하긴 해야죠."

"그게 언제냐니까?"

"모르겠어요. 신고필증이 나오고 나서 발기인들과 상의해봐야죠."

내가 그렇게 말하고 집을 나서자, 김차장도 어슬렁거리며 내 뒤를 따라

왔다. 나는 계속해서 내 뒤를 따라오고 싶어 하는 김차장과 억지로 헤어진 다음, 시내로 나갔다. 간판 만드는 집에 들러 플랜카드 제작을 의뢰한 뒤, 메가폰을 사가지고 집으로 돌아왔다.

내가 집으로 돌아오고 있던 바로 그 시간이었다. 강명호(가명) 총무부장의 부탁으로 이신천배가 뉴월드호텔 커피숍에서 박상전과 김규남을 만나 나에 대한 납치를 모의, 그 계획을 수립하기 시작한 게 말이다.

돈이 생기는 일이라면, 청부 납치 같은 범죄 행위도 밥 먹듯이 아무렇지 않게 해치울 수 있는 박상인 그리고 이신천배는 과연 어떤 사람들인가. 그들의 면면을 살펴볼 필요가 있다. 나를 납치한 행동책 박상전은 전과 11범의 폭력배이다. 별로 하는 일없이 빈둥빈둥 놀면서 친구들의 일을 돌봐주거나, 자기 차로 자가용 영업을 하거나 하면서 무위도식하고 있다. 그러다가 나를 납치하면 이천만 원을 주겠다는 이신천배의 제의를 받고, 돈에 욕심이 생겨 범행을 대뜸 결심한 것이다.

박상전에게 자기 정육점에서 일하는 종업원 서진남(가명)과 조우남(가명, 일명 칼치), 김성남(가명, 일명 돼지), 오진남(가명, 일명 갈비) 등을 행동대원으로 붙이고, 목포에 사는 자기 동서 김재남(가명)에게 연락하여 감금 장소인 함병남(가명)네 집을 알선해 주었으며, 자기는 서울에 남아 회사측과 박상전 사이의 연락을 도맡기로 한 것이다.

그리고 그들이 조병찬이라고 하는, 있지도 않은 가공인물을 내세워 끝까지 그 정체를 숨기려했던 주범 이신천배는 신문 보도에 따르면 1941년 일본 오사카에서 태어난 것으로 되어 있다. 어린 시절을 거기서 보낸 뒤 한국으로 건너와 1970년에 이등병으로 군복무를 마쳤고, 그 후 영등포 일대에서 폭력배 생활을 하다가 최근 영동 쪽으로 진출하여 강남구 삼성동 일대 유흥가를 무대로 폭력배 두목 노릇을 해온, 그 세계의 대부이기도 하다.

　전과 7범인 그는 1973년 다른 폭력배를 칼로 난자한 혐의로 5년을 복역하기도 했었다. 강남에서 국제 복덕방을 경영하고 있으며, 주로 일본인들을 상대로 부동산 영업과 취업 브로커 노릇을 하고 있다. 핸디 6의 프로급 골프 실력을 갖고 있는 그가 강명호 총무부장을 알게 된 것은 2년 전, 어느 골프장에서였다고 한다.

　회사로부터 납치 계획을 들었을 때 그 일을 해치울만한 마땅한 사람으로 이신천배가 강명호 부장의 뇌리에 퍼뜩 떠오른 것은 결코 우연이 아닐 것이다. 그 사람이라면 청부 납치는 물론 그보다 더 한 일, 이를테면 나에 대한 위장살인이라도 감쪽같이 해치울 수 있다고 판단하여, 윗사람으로부터 범행을 지시받자마자 당장 이신천배를 만나 범행을 부탁한 것이다.

　돈이 생기는 일인데, 마다할리가 없는 이신천배이다. 그리고 또 납치 대상자가 백면서생이나 다름이 없는 일개 샐러리맨이다. 누워서 떡먹기처럼 쉬운 일이 아닐 수 없었다.

　이신천배는 강부장의 제의를 선뜻 승낙한 뒤, 하수인들을 물색하기 위해 평소 자기를 형처럼 믿고 따르던 박상전과 김규남을 만나 범행을 모의한 것이다. 나의 납치사건을 내 스스로 꾸민 자작극으로 몰아가기 위해 박상전이 진술한 내용만 집중적으로 수록한 서초경찰서의 수사 보고서지만, 거기 나타난 내용을 보면 박상전은 5월 5일 이신천배를 만난 것으로 되어 있다. 즉, 피의자 박상전은 약 13년 전인 1975년 11월경 부산시 중구 광복동에서 '발이' 라는 구둣방을 경영할 당시, 부산 건달인 조병찬(이신천배의 가명)을 알게 되어 1년에 2~3회 가량 서울에서 만나던 중 친구인 재미교포 임영균을 만나기 위해 1988년 5월 5일 15시 30분경 서울시 강남구 삼성동에 있는 뉴월드호텔에 가서 임연균을 만난 후, 헤어지고 나서 우연히 커피숍에서 커피

를 마시며 조병찬이 불쑥,

"지금 생활이 어렵지?"

하고 물으면서,

"돈벌이가 있으면 해보겠니?"

하고 재차 묻기에, 피의자 박상전이

"좋아요"

했고, 조병찬이 다시

"네가 생활할 정도의 돈을 주겠다"

고 하므로 박상전이

"형, 어떤 일인데요?"

묻자, 조병찬이

"너, 의리를 지킬 수 있어?"

라고 하기에, 박상전이

"지킬 수 있어요"

라고 하자, 조병찬이 다시

"누구를 납치해서 연극을 하고자 한다"

라고 하므로, 박상전이

"누구를 납치하려고 하는데요?"

하자, 조병찬이

"현대에 다니는 내 친구인데, 이름은 서정의라고 한다. 그 애를 납치하는 연극이니까 때리거나 심하게 다루지 말고, 남들이 납치하는 광경을 봐도 괜찮으니까 상관하지마라. 그 대신 데리고 가서 편하게 먹을 것도 자주 해주고 자연스럽게 이틀만 데리고 있어라. 돈은 이천만 원을 줄 테니까 자동차도 좋은 것으로 사서 타고, 남이 봐도 멋지게 보이게 하고, 아무튼 신경쓰지 말고 일을 해라"

라고 하면서,

"돈은 내일 주겠다"

하기에, 박상인은 조병찬에게 다음날 후배들과 상의하여 건너편 서린장여관에 모여있을 테니까, 내가 그곳으로 들어가는 것을 보고 있다가, 나를 만나면 되지 않겠느냐고 하면서 약속을 하여 피의자 박상인은, 같은 조병찬으로부터 사주를 받아 범행을 결심하고 서로 헤어졌음.

내가 나중에 수사 관계자들에게 편파 수사라고 강력하게 항의하기도 했지만, 서초경찰서에서 5월 17일에 작성한 수사보고서 중 박상전에 대한 범행 내용 ①항에 해당하는 상기 내용은 상식적으로 생각하기에 너무 의문점이 많다. 즉, 상기 수사 보고서엔 박상전이 이신천배(수사 보고서 병찬으로 되어 있음)을 만난 게 우연인 것처럼 진술되어 있다. 박상전이 친구인 재미교포 임영규을 만나러 뉴월드호텔에 갔다가, 거기서 이신천배를 우연히 만난 것으로 되어 있는 것이다.

그러나 그때 이신천배는 이미 강명호 부장으로부터 납치 제의를 받고, 하수인을 물색하러 다니던 중이었다.

강부장이 이신천배에게 범행을 제의하면서 충분히 납득시켰을 것이다. 때문에 이신천배도 강부장 이야기를 들으면서 그 일을 신속하게 처리할 만한 사람은 박상전밖에 없다고 생각했을 것이다. 그래서 여기저기 수배 끝에 박상인과 통화가 되어, 그날 뉴월드호텔에서 만나기로 한 것이다.

그 부분은 물론 나중에 이신천배가 체포 됐을 때, 자기가 평소에 잘 알고 지내던 박상전과 김규남을 만나 범행을 지시했다고 자백함으로써 우연히 만난 것이 아니라는 게 밝혀지긴 했다. 또 하나 문제가 되는 게 이신천배가 범행을 지시하는 자리에서 박상전이 '납치 대상자가 누구냐?'고 묻자, '현대에 다니는 내 친구인데, 이름은 서정의이다'라는 대목이다. 그 부분 역시 새빨간 거짓말이다.

나는 전과 7범이나 되는 폭력계의 대부를 친구 삼은 적이 절대로 없다. 그 부분 역시, 박상전과 김규남이 자수하기 직전에 그런 식으로 거짓 진술하기로 미리 입을 맞췄다는 사실이 나중에 밝혀지긴 했다. 이신천배는 납치극이 내가 부탁해서 이루어진 자작극으로 몰아가기 위해 '연극이니까 심하게 때리지 말고 편하게 대우해 주라'라고 박상전에게 말했다고 상기 보고서에서 진술하고 있지만, 그것 역시 천만에 말씀이다. 나는 그들로부터 두목의 친구 대우를 한번도 받아보지 못했다.

지금도 그때 얻은 상처가 내 몸에 흉터로 남아 있지만, 내가 차 안으로 끌려들어가지 않으려고 차문 밖으로 발을 뻗치고 있자, 내 발을 끌어들이기 위해 범인들이 물어뜯은 허벅지의 이빨 자국과 나를 승용차 바닥에 짐짝처럼 눕혀서 목포까지 데려가는 동안, 차가 덜컹거릴 때마다 이리 쓸리고 저리 쓸려서 화상(火傷)처럼 시커멓게 죽어버린 허리의 흉터 그리고 또 내 발을 문 밖으로 내놓은 채 범인들이 차문을 "쾅"하고 힘껏 닫는 바람에, 찢겨진 정강이의 흉터 등이다.

그것만 봐도 그 사건이 내가 스스로 꾸민 자작 납치극이 아니라는 걸 금세 알 수 있었을 텐데, 그러나 경찰에선 그러한 내 주장을 조금도 귀담아 들어주지 않았다. 나중에 이신천배가 검거되고 이신천배의 자백으로 말미암아 강명호 총무부장, 최재한 이사가 줄줄이 붙잡혀 와서 그들의 지시와 모의에 의해 범행이 이루어졌다는 사실이 명명백백하게 밝혀질 때까지, 자작극으로 몰고 가려는 듯한 인상을 짙게 풍겼던 것이다. 또 이신천배가 박상전에게 이천만 원을 주겠다고 한 부분도 의심이 많다.

강명호 부장도 나중에 검찰 조사에서 그런 식으로 진술했지만, 이신천배에게 범행 대가로 이천만 원을 제시했다고 한다. 이신천배는 강부장한테서 이천만 원을 받아 박상전에게 고스란히 다 주면, 계산상 이신천배 몫은 한 푼도 없다는 말이 된다. 돈을 받기로 하고 범행을 계획하고, 지휘한 강남 폭력계의 대부 이신천배가 과연 돈 한 푼 안받고, 납치극을 자행했을까.

상식적으로 생각해도 납득이 되지 않는 말이다.

그 확실한 금액은 지금까지 검찰이나 경찰, 어디에서도 발표되지 않았다.

어쨌거나 그들이 뉴월드호텔 커피숍에서 만나, 나에 대한 납치 계획을 열심히 수립하고, 서로의 역할을 분담하고 있는 그 시간에, 나는 메가폰을 사들고 집에 돌아와 있었다. 집으로 돌아온지 얼마 지나지 않아 소식 두절 상태인 발기인들로부터 전화가 걸려오기 시작했다.

제일 먼저 전화를 건 사람은 건축부 소속 홍민수 대리였다. 강릉에 있는 동해관광호텔에서 전화를 걸고 있는 중이라고 했다.

"관광호텔? 거긴 왜 가있는 거야? 내일 신고필증이 나오면 결성 보고대회를 해야 하는데…."

내가 짜증스럽게 말하자, 홍민수가 볼멘소리를 했다.

"누군 여기 있고 싶어 있는 줄 알아! 한대수(가명) 이사한테 반강제로 끌려왔기 때문에 어쩔 수가 없었어."

그러면서 진술서에서 밝힌 내용을 그대로 이야기했다.

그의 이야기를 듣고 있는 동안, 울화가 부글부글 끓어올라왔다. 그래서 버럭 소리쳤다.

"포기 각서를 써줬으면 됐지, 사람을 반강제로 강릉까지 데리고 가다니…. 그 사람들, 정말 왜 그러는 거야? 부당 노동행위로 고소해버릴까 보다."

"이태일도 지금 나랑 같이 있는데, 우릴 여기까지 데리고 온 걸 보니까, 회사에서 우리들을 격리시키라는 지시를 내린 것 같애."

"누구하고, 누굴 격리시킨단 말이야?"

"우리하고 서대리지, 누군 누구겠어?"

"헛고생들 하는군. 우릴 격리시킨다고 해서 노조가 없어질 것 같애? 어림도 없는 소리야."

"내 염려는 우릴 굳이 격리시키려 하는 회사측의 의도를 모르겠다는 거야. 무슨 계획이 있긴 있는 거 같은데, 그게 뭔지 모르겠어."

"거기선 뭐하고 있어?"

"아무것도 안 해. 횟집에서 술이나 마시고, 낮잠이나 자고…. 뭐, 그런 정도야."

"우라질, 난 여기서 혼자 악전고투하고 있는데, 신선놀음하고 있군."

강릉까지 가게 된 것이 그들의 잘못은 아닐지라도, 휴일까지 감시를 당하고 있는 내 처지를 생각하자, 은근히 약이 올랐다. 그래서 내가 비꼬듯이 그렇게 말하자, 홍대리가

"그래서 전화 걸었어. 미안하다는 말을 하고 싶어서…. 정말 미안해."

지금이라도 당장 서울로 달려와서, 노조 결성 보고대회에 참석하고 싶다는 말을 했다. 그러면서 곧 전화를 끊었다.

한대수 이사가 돌아왔다는 것이다.

그 다음에 전화를 걸어온 사람은, 전기사업부 이태한(가명) 과장이었다. 김홍찬 이사와 함께 지금 청주에 와있다는 것이었다. 이과장 역시 영문도 모르는 채 끌려와서 답답해 죽겠다고 했다. 그러나 별일은 없다고 했다.

나는 이과장의 전화를 통해 전기부 소속 이상형도 붙잡혀 있다는 걸 알았

다. 청주에서 만났으나 곧 헤어졌다는 것이다. 이태명 과장의 뒤를 이어 지방으로 끌려간 발기인들이 속속 전화를 걸어 왔다. 그런데 그 행선지가 온양, 울산, 부산 등으로 각각이었다. 철저하게 분리시킨 것이다.

나는 비로소 막연하긴 했지만, 회사에서 무슨 음모를 꾸미고 있구나 하는 생각을 했다. 발기인들에게 포기 각서를 쓰게 한 것만으로도 부족해 그들을 지방으로 분산시켜서 나와 완전히 차단시킨 걸 보면, 나에 대한 무슨 공작을 하고 있음이 분명했다. 정체 모를 그 무엇인가로부터 쫓김을 당하고 있는 것처럼 공연히 초조하고 불안했을 따름이었다.

그런 불안정한 상태가 되어 무료한 하루 일과를 거의 다 보냈을 때였다. 김종항 차장으로부터 전화가 걸려왔다.

"언제 들어왔어?"

내가 전화를 받자, 김차장이 물었다.

"좀 전에요."

"메가폰은 샀나?"

"예, 샀어요. 그런데 웬일이세요?"

"응, 자네한테 정보 하나 귀띔해 주려고…."

"무슨 정본데요?"

"인사부 최진한(가명) 과장이 자네 집에 가겠데. 무슨 일인지 모르겠지만, 자네 집에 가서 밤을 새우겠다고 하는 걸 보니, 대단히 심각한 일이 있는 모양이야."

"전 최과장과 심각한 일이 별로 없는데요."

"말귀를 어떻게 알아듣는 거야? 자네가 심각한 게 아니라, 최과장이 심각하단 말이야. 그러니 행여 최과장이 자네 집에 가더라도, 잘하도록 해."

김종항 차장이 그런 귀띔을 해준지 얼마 지나지 않아서였다.

정말 최진한 과장으로부터 전화가 걸려왔다. 밤 10시 20분경이었다.

"서대리? 나, 인사부 최과장이야. 지금 자네 집 앞에 와있어. 자네와 할 이야기가 있어 그러는데, 방문해도 되겠지?"

내가 전화를 받자, 최과장이 그렇게 말했다. 어디서 마셨는지, 술독에 푹 빠졌다가 온 것처럼 한참 더듬거리는 목소리였다.

"지금이 몇 신데, 우리 집을 찾아오겠다는 거야?"

"통행금지도 없는데, 아무려면 어때? 자네와 꼭 할 이야기가 있어 그래. 아주 중요한 이야기야."

"무슨 이야긴지 전화로 하면 안 되겠어? 우리 식구들 지금 막 잠자리에 들었단 말이야."

"아냐, 전화상으론 할 이야기가 못돼. 기다려. 내가 금세 갈 테니까."

전화를 끊더니, 최과장은 정말 십분도 안돼 우리 집 현관문을 두드렸다.

"자네와 할 이야기도 있고, 술도 한잔 마시고 싶어서 왔어."

내가 마지못해 현관문을 열어주자, 최과장이 그렇게 말했다.

슈퍼마켓에 들러왔는지, 손에 양주병이 두 개 들려있었다. 그에게서 술 냄새가 훅 끼쳤다.

"너무 늦었어. 내일 만나서 이야기하지."

내가 그런 식으로 난색을 표하자, 최과장이 거실로 성큼 들어서며 말했다.

"아무리 비렁뱅이라도 자기 집 찾아온 손님은 내쫓는 법이 아냐."

그러면서 소파에 털썩 주저앉았다. 나로선 그와 이야기하고 싶은 생각이 추호도 없었지만, 이미 거실까지 들어온 사람을 박대할 수도 없어, 할 수 없이 그의 맞은편 자리에 앉았다.

"무슨 이야긴지 할 이야기가 있으면 빨리 해. 나, 지금 몹시 피곤하니까."

"우선 목이나 축이고."

　최과장이 자기가 사 온 술병 마개를 따려했다. 모르긴 해도 그 술병을 완전히 바닥내려면 시간이 꽤 많이 걸릴 것 같았다. 그래서 내가 얼른 만류했다.

　"따지 마, 우리 집에 마침 먹다 남은 술이 있으니까 그걸 마시도록 하자구."

　그런 다음 아내를 시켜 술상을 차리게 했다. 아내가 곧 술상을 차려왔다.

　"서대리, 지금 회사 입장이 말이 아냐. 지푸라기라도 있으면 꽉 움켜잡고 싶은 심정이야."

　그 와중에도 아내에게 밤늦게 찾아와 미안하다는 인사를 깍듯이 하고, 내가 따라준 술까지 한잔 마시고 나서, 최과장이 이윽고 그렇게 말했다.

　"무슨 소리야?"

　"그만큼 다급하다는 뜻이지, 뭐."

　"뭐가?"

　"노조 설립을 어떻게 하든 막아야 하는데, 자네 때문에 그게 잘 안 된다면서 윗분들이 걱정을 크게 하고 있어."

　"걱정할 일이 그렇게들 없나? 당연히 만들어야 할 노조를 만들겠다는데, 걱정을 하다니…."

　"다 회사를 위한 우사충정(憂社衷情)이지. 그건 그렇고 자네, 어제 우리들이 무슨 이야기를 했는지 아나?"

　"어제? 언제?"

　"자네가 회장님을 만나러 들어갔을 때 말야."

　"아, 그때. 무슨 이야기를 했는데?"

　"이회장이 히든카드로 자네에게 3, 4억을 주고 설득시키지 않았겠느냐 하는 이야기를 했었어."

나는 너무 어이가 없었다.

노조를 설립하기 위해 애를 쓰고 있는 나를 빤히 지켜보고 있으면서도, 그런 말들을 하다니. 나는 갑자기 서글퍼졌다. 나는 단 한번도 노조를 흥정의 대상으로 삼고 싶다는 생각을 해본 적이 없다. 노조가 있으므로 해서 불평등한 노사 관계를 수정할 수 있고, 사용자의 일방적인 작업 강요를 견제할 수 있으며, 사용자의 억압에 눌려 제대로 주장할 수 없었던 근로자의 권익을 대변할 수 있겠다는 생각에서 노조를 설립하려는 것이다.

근로자는 결코 사용자의 머슴이 아니다. 사용자가 지불하는 임금에 상응하여 양질의 노동력을 제공해 주는 동반자적 관계라는 걸 사용자가 느끼고, 근로자와 사용자가 협력할 때 회사는 발전할 수 있다. 나는 그렇게 생각하고 있었다.

그러나 직원들은 그렇게 생각하지 않는 것 같다. 내가 노조 설립을 흥정의 대상으로 삼아 끝까지 강경한 척하다가, 결정적인 순간에 거액을 받고 포기 각서를 써주는 게 아닐까 의심하고 있었던 것이다.

정말 서글픈 일이 아닐 수 없었다. 그러다가 퍼뜩 최과장이 지금 누군가의 부탁으로 내 의중을 떠보기 위해 이러는 건 아닐까 하는 생각이 들었다. 이렇게 늦은 시간에, 별로 친하지도 않은 최과장이 할 이야기가 있다면서 불쑥 찾아온 것이나, 직원들의 이야기라면서 3, 4억 원을 지나가는 말처럼 슬쩍 거론하는 이유가 아무래도 의심스러운 것이다. 3, 4억 원을 포기의 대가로 주면 각서를 써주겠느냐는 뜻일 것이다(그 당시 나의 월급은 28만 원 정도).

회장이라면 능히 그런 발상을 하고도 남을만한 사람이었다. 며칠 전에도 나에게 포기 각서를 써주면, 국회의원 공천을 받게 해주고 후원까지 해주마고 하지 않았던가.

그러자 이번엔 분노가 왈칵 치밀어 올랐다. 그 어떤 경우든 나로선 상상하기초자 불쾌하고, 구역질나는 협잡이었기 때문이다. 그래서 나는 버럭 소리쳤다.

"직원들이 날 그렇게 생각했다면, 그건 큰 오산이야. 설사 회사에서 3백억이나 4백억을 준다 해도 난 절대로 그런 불의하곤 타협하지 않아요."

그러자 최과장이 멀쑥한 표정으로 대꾸했다.

"직원들끼리 농담 삼아 한 이야긴데, 왜 화를 내고 그래?"

"아무리 농담이라도 그렇지, 사람을 그렇게 무시할 수 있어? 내가 그렇게 치사한 놈이었다면 발기인들이 나한테 추진위원장을 하라고 하지도 않았을 거야. 최과장도 잘 알겠지만, 노조는 어떤 한 개인의 것이 아냐. 내가 노조를 만든다고 해서 그걸 내 것이라고 할 순 없잖아? 노조는 전 노조원들 것이야. 노조원들이 포기하라고 할 때만 나도 노조 설립을 포기할 수 있어."

"그건 그렇지만, 난 서대리 속을 알다가도 모르겠어. 윗사람들에게 잘 보여도 지급을 제대로 할까 말까한 판국인데, 여러 사람한테서 눈총 받아가며 노조를 만들려하는 이유를 말이야."

"맨날 윗사람들 눈치 살피기에 바쁜 사람들에겐 아래쪽이 제대로 보일 거 없겠지. 내 한 몸 희생해서 노조원들의 차압당한 권익을 되찾을 수 있게 하기 위해 끝까지 버티는 거라면, 내 마음 이해하겠어?"

"이야기가 너무 봉사정신 투철해서 무슨 말인지 잘 모르겠어. 도대체 무슨 뜻이야?"

"최과장은 우리 현대가, 아니 꼭 우리 회사가 아니라도 좋아. 우리나라의 내로라하는 재벌 기업들이 고도성장한 이유가 어디 있다고 생각해?"

최과장은 잠시 나를 빤히 바라보았다.

"정경유착을 잘하고, 시류를 잘 타고 해서 그런 게 아닐까?"

"물론 그렇지. 윗사람들에게 아부하기 좋아하는 사람들은 경영자의 특출한 경영 철학과 선견지명 탓이라고 할 테고…. 그게 틀린 말은 아냐. 그러나 나는 꼭 그렇다고 생각하진 않아. 고도성장의 빛나는 금자탑 밑바닥엔 근로자들의 희생이 무수하게 깔려있어. 다시 말해 근로자들의 피와 땀이 고도성장의 밑거름이 된 거야. 그러나 회사 규모가 어느 정도 수준까지 이르고, 적정이윤이 발생하면 근로자들의 희생을 보상 해줘야 해. 그래야 노사 관계가 원만해지지."

"그렇다면 지금이 바로 차압당한 근로자들의 권익을 되찾을 때란 말인가?"

"대다수의 근로자들이 그렇게 생각하고 있어. 이제까진 어쩔 수 없었다 하더라도 앞으로는 권익을 당당하게 주장하자는 거야. 그래서 노조가 필요한 거지. 이제 내가 왜 노조를 만들려하는지 이해하겠어?"

"조금은….."

"그럼, 이제 그만 가봐. 중역들 심부름으로 남의 속사정 염탐하고 다니지 말고…."

내가 그렇게 말하자, 술기운 탓만은 아니게 최과장이 벌게진 얼굴로 소리쳤다.

"내가 남의 집 속사정을 염탐하러 다니다니? 무슨 말을 그렇게 해?"

"날 염탐 하는 게 아니라면, 최과장이 이 시간에 우리 집을 찾아올리가 없잖아? 가거든 분명히 말해. 난 하루를 살더라도 참되고, 깨끗하게 살 거라고…."

"듣자듣자 하니까 정말 못하는 말이 없군."

최과장이 언성을 높였다.

"난 그래도 서대리와 술을 한잔하고 싶어 술까지 사가지고 왔는데…."

"이딴 술 필요 없으니까, 가져가."

나는 아직 마개도 뜯지 않은 술병을 최과장에게 안겨 집 밖으로 몰아냈다.

술이 취한 탓도 있겠지만, 최과장은 여간 노발대발하지 않았다. 내가 자기를 무시했다고 문 밖에 서서 큰소리로 떠들었던 것이다.

이미 자정이 넘어서, 이웃 사람들은 한참 잠을 자고 있을 시간이었다. 그들에게 미안해서 나는 최과장처럼 큰소리로 마구 떠들 수도 없었다. 잘못했다고 빌다시피 해서 최과장을 겨우 돌려보낸 다음, 시계를 보니 벌써 12시 반이 다 되어 있었다. 참으로 피곤한 휴일 그리고 나의 두 아이, 성우와 동우에게 아무것도 해주지 못하고 허무하게 보내버린 어린이날이었다.

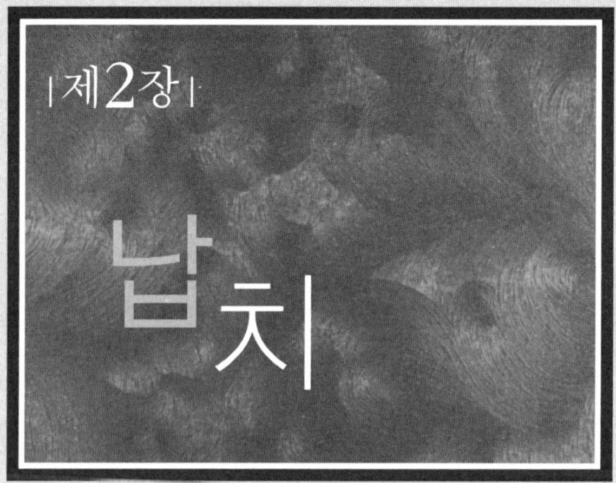
제2장
납치

제2장

납치

운명의 날, 5월 6일

그날은 금요일이었다. 그리고 흐린 날이었다. 금세라도 비가 쏟아질 것처럼 먹구름이 짙게 끼어있었고, 하늘이 잔뜩 내려앉아 있어서 마음이 공연히 답답하기조차 했다.

그날은 나도 바빴지만 나를 납치한 범인들도 그리고 또 범행을 사주한 최 이사와 강부장도 모두 다 눈코 뜰 사이 없이 바쁘게 움직인 하루였다. 특히 내가 더 바빴다. 종로구청에서 전국노조연맹으로, 시청으로, 민주당사로, 거기서 다시 전국노조연맹을 거쳐 구청으로 돌아다녔던 것이다. 그러나 바쁘게 돌아다닌 보람은 하나도 없었다. 보람은커녕 오히려 짜증과 절망만 생겼을 뿐이었다. 절망의 시작은 아침부터였다.

종로구청으로부터 신고 서류에 미비한 점이 있다는 이유로 보완 지시를 받은 나는 당연한 일이지만, 기분이 썩 좋지 않았다.

더욱이 보완 지시의 부당성을 항의하기 위해 책임있는 자리에 있는 계장이나 과장을 만나려 했으나, 그들 역시 나를 피하기 위해 일부러 자리를 비웠다는 사실을 확인하고 나자, 나는 분노를 느끼기에 앞서 허탈해졌다.

돈만 있으면 안 되는 일이 없는 황금만능주의의 폐해가 사회 구석구석까지 만연해 있는 사실을 뼈저리게 절감하지 않으면 안 되었다.

우리나라에서 가장 많은 돈을 갖고 있는 현대 그리고 관청 로비 공작을 제일 잘하기로 소문난 기업 현대, 그래서 정권이 바뀌어도 된서리를 맞지 않고 번번이 일어서서 고도성장을 거듭해온 불사신 같은 기업 현대, 그들이 과연 이 땅에서 못할 일이 뭐가 있을까.

나는 정말 계란으로 바위 치는 식의 무모한 일을 하고 있는 건 아닐까.

허탈 다음에 찾아온 건, 바로 그런 회의였다. 그 다음엔 당연히 불안해졌다.

정상 출산을 하기도 전에, 노조가 사산(死産)해버리는 건 아닐까 하는 불안이었다. 현대가 벌써 구청에 손을 뻗쳐 구청 사람들을 주물러놓았다면(나는 그렇게 믿고 있지만), 그럴 가능성이 아주 농후했다.

발기인들은 이미 포기 각서를 쓴 뒤에 지방으로 분산돼 있고, 철석같이 믿었던 신고필증은 나오지 않고, 해결 방법은 막연하고 해서 나는 당연히 절망스러워졌다. 그래서 구청 앞 벤치에서 한숨을 내쉬며 앉아있었다.

"자네가 낙담해 하는 모습은 처음 보는군. 너무 실망하지 마. 구청에서 해달라는 대로 몇 가지만 보완해서 다시 갖다 주면 되잖아."

김종항 차장이 담배를 권하며 위로하듯이 말했다.

"회사에서 이미 손을 뻗쳐 구청 사람들을 구워삶았는데, 아무리 보완 사항을 수정하면 뭘 합니까? 그땐 또 다른 꼬투리를 잡아 방해할 텐데요."

내가 그렇게 대꾸하자, 김종항 차장과 최병수 차장도 하긴 그렇다는 듯이 고개를 끄덕였다.

일년 중 가장 희망적인 계절인 봄의 한 중간인 5월 초에, 그것도 아침 햇살이 여인의 미소처럼 포근하게 내리쬐고 있는, 아주 희망적인 아침 시간에 절망과 친구삼고 있다니, 말도 안 되는 소리였다.

나는 담배 한 개비를 다 태우고 나서 그때까지 나의 휴식을 너그럽게 허락해 주고 있던 벤치와 미련 없이 이별했다.

이대로 주저앉을 수는 없다는 생각에서였다. 내 힘으로 도저히 어떻게 할 수 없는 최악의 순간이 닥쳐올 때까지, 그리하여 내 스스로 기진맥진해서 주저앉아버릴 때까지, 나는 희망을 중단시킬 수가 없었다. 비록 내일 세상의 종말이 온다 할지라도, 오늘 사과나무를 한 그루 더 심겠다던 스피노자의 명언이 그 순간 나를 격려해줬다.

나는 스피노자의 가르침을 따르기로 했다. 노조 와해의 순간이 올 때까지, 내가 할 수 있는 수단과 방법을 강구해 보기로 한 것이다. 그렇게라도 해서 구청과 야합한 회사의 치사한 압력을 물리쳐야 했다. 그것이 바로 불의를 물리치는 길이었고, 내가 승리할 수 있는 길인 동시에, 노조가 승리할 수 있는 길이었다.

"어디로 가려고 그래?"

내가 벤치에서 일어나 걸음을 옮겨놓기 시작하자, 김종항 차장과 최병수 차장이 허겁지겁 내 뒤를 따라오며 물었다.

"이대로 주저앉을 순 없잖아요?"

"그래서 어디로 가느냐니까? 회사로 들어가려고 그래?"

"아뇨."

"그럼, 어디로?"

"두 분 차장님의 오늘 스케줄이야 어차피 제 미행이잖아요? 제 뒤를 따라 오시기만 하면 궁금증이 저절로 해결될 겁니다."

"그 궁금증을 조금만 예고해 줬으면 좋겠는데?"

"왜요? 또 최이사한테 밀고하시게요?"

"이 사람, 말투가 마치 우리들을 밀고자 취급하듯 하고 있구만."

"제가 어디로 갈 건지 한 번 예측해 보세요. 나중에 그 예감이 맞는지 안 맞는지 확인해 보는 것도 재미있잖아요?"

나는 그 순간, 전국 노동조합연맹으로 김낙기(金洛基) 위원장을 만나러갈 생각을 했다. 김위원장을 만나 나의 이 답답한 현실을 호소하고, 할 수만 있다면 회사의 사주를 받아 노조 설립을 간접적으로 방해하고 있는 구청 당사자들의 횡포를 고발하고 싶었다.

나는 구청을 나서기에 앞서 공중전화를 통해 회사로 전화를 걸었다. 신고 필증이 나오지 않아 회사에 좀 늦게 들어간다는 사실을 알리고 싶어서였다. 전화를 받은 사람은 성시용 대리였다.

"뭐, 별 특별한 일은 없어."

별일 없느냐는 내 질문에 성대리가 그렇게 대답하더니 곧,

"아 참, 방금 전에 회장님이 회람을 돌렸어"

하더니, 유인물 형식으로 된 그 회람을 들고 구청으로 뛰어왔다. 이명박 회장 명의로 된 그 회람 내용은 이러했다.

현대(現代)건설 임직원 여러분께

만약 회사의 중추가 되는 기술, 관리직의 전문 요원들이 주체가 되어 노조를 구성하고 단체 행동을 할 때, 우리의 고객인 발주자는 우리에게 일을 맡

기기를 기피하는 결과를 초래할 것이다.

현대건설에는 이미 관악 공장의 기능직 사원들이 노조를 설립, 운영하고 있어, 만약 기능직 사원의 노조와 직원 노조가 한 현장에서 병존한다면 현장 운영이 현실적으로 불가능한 상황에 처하게 된다.

우리가 지난해 경험한 바와 같이, 극소수의 과격한 근로자들이 건전한 상식을 벗어나서 회사의 장기적인 발전에 저해를 초래할 것을 알면서도 몇몇 개인들의 특별 관심사만을 관철코자 격렬한 행동을 할 때, 선의로 출발한 대다수의 근로자는 과격분자의 단순한 논리에 휩쓸리고 희생이 되어 왔다.

노사 문제의 초기 단계에는 비록 건전하게 출발하더라도, 시간이 흐름에 따라 노, 노(勞勞) 분쟁의 극심한 폐단을 초래하는 예를 경험하고 있다. 위와 같은 현실적인 노조 운영의 문제점을 고려할 때, 건설회사의 생명인 수주와 공사기간에 대한 보장이 매우 어려울 것이 예상되며, 우리의 경쟁력은 국내·외를 불문하고 매우 뒤떨어질 것이 명약관화하다.

이를 우리 실정에 맞으면서 소기의 목적을 더욱 효과적으로 달성할 수 있는 방안을 찾을 수 있다고 본다. 그것이 바로 지금 우리가 운영하고 있는 노사협의회를 대폭 활성화하고, 이의 구조적 개혁을 단행함으로써 우리 직원의 처우와 복지 향상에 관한 협의를 보다 효과적으로 운영코자 한다.

첫째, 노사협의회 대표를 부서별로 우리 직원들이 자율적으로 직접 선발한 대표들로 구성하고

둘째, 조사협의회가 취급한 안건을 더욱 확대하고 회의도 더욱 빈번히 가지며, 협의회가 제안한 근무 조건 개선 등에 관한 사항을 더욱 폭넓게 경영 방침에 반영하겠으며

셋째, 노사협의회의 중요한 결정 사항은 새로 발간될 사내 뉴스지를 통해

전 직원에게 공지하도록 하겠다.

1988년 5월 6일 현대건설 주식회사

대표이사 회장 **이명박**

그 유인물은, △노조가 구성되고 단체 행동을 할 때, 발주자는 일을 맡기기를 기피할 것이다. △몇몇 개인들이 격렬한 행동을 할 때, 대다수의 근로자는 과격분자의 단순 논리에 희생될 것이다. △노조는 노, 노(勞勞)분쟁의 극심한 폐단을 초래한다는 이유를 들어 노사협의회를 활성화할 것을 약속하고 있다.

그렇게라도 해서 노조 설립을 기필코 막아버리겠다는 뜻이다.

이명박 회장이 그 회람을 전 직원에게 돌려 읽도록 강력하게 지시한 이유는 물론 직원들의 노조 가입을 방해하기 위한 술책이었지만, 그렇지 않아도 관청의 방해에 부딪혀 낙심천만하고 있던 나에겐 절망의 깊이를 한층 더 깊게 해주는 유인물이었다.

최재한 이사 혼자 힘으로 나를 설득시키지 못하니까, 이명박 회장이 직접 나서서 노조 설립을 방해하는구나. 이명박 회장이라면 누가 뭐라 해도 현대건설의 실세(實勢)이다.

공채 1기로 입사해서 정주영 회장의 그 많은 친·인척들을 제치고 오직 실력만으로 현대건설 회장 자리에 오른, 자타가 인정해 주는 전문 경영인이었다. 그가 드디어 나를 향해, 아니 아직 태어나지도 않은 노조를 향해 칼을 뽑았다.

두렵지 않을 수 없었다. 원군(援軍)은 그 어디에도 없고, 둘러보니 모조리 적뿐인, 마치 사면초가에 빠진 것 같은 기분이었다. 그토록 막막했다.

내가 저녁 하늘처럼 어두운 표정을 짓고 있자, 성시영(가명) 대리가 나를 위로했다.

"단지 회람일 뿐인데, 왜 그래? 이 회람을 본 직원들이 뭐라는지 알아? 직원들을 웃기려면 철저하게 웃겨야지, 이 대본 가지곤 어림도 없겠대."

그러면서 전용현 기획부장이 이 각본을 쓰고, 이명박 회장이 연출한 저질 코미디에 놀아나지 않기 위해 어느 부서에서도 노사협의회에 참석할 직원 대표를 선출하지 않겠다고 결의했다는 것이다.

성대리의 그 말이 나를 조금 위로해 주었다. 어쩌면 이명박 회장 지시에 정면으로 거부하는 직원들의 결정 즉, 노사협의회 불참을 결의한 직원들이 여간 고맙지 않았다.

그러나 나는 잘 알고 있었다. 밑에서 몇 사람이 아무리 발악하고 저항을 해도, 끝내 이회장 뜻대로 되고 말리라는 것을.

그게 바로 샐러리맨의 비애였다. 호구지책을 보장해 주는 대가로 자기네들의 뜻에 따르기를 강요하는, 지극히 비민주적인 노사 관계의 타성 때문에 하급 직원들은 결국 사용자의 뜻에 따를 수밖에 없었다. 그런 불합리를 시정하기 위해서라도 노조가 꼭 필요했다. 그러자 용기가 조금 생겼다.

전국노조연맹으로 가기 위해 그 자리를 떠났다. 그러자 성시용 대리도 내 뒤를 따라왔다. 자기도 노조연맹까지 같이 가겠다는 것이었다.

나는 김종항 차장과 최병수 차장 그리고 성시영 대리까지 꼬리처럼 꽁무니에 길게 달고, 김낙기 위원장을 만나러 노조연맹 사무실로 갔다. 김낙기 위원장은 다행히 자리에 있었다.

"명백한 노조 탄압이로구만."

내가 그동안에 있었던 일들을 모두 이야기하자, 김위원장이 대뜸 그렇게 말했다. 그러면서 자기가 시청과 노동부에 연락해서 신고필증을 받을 수 있게 해줄 테니까, 너무 염려하지 말라고 했다.

김위원장 말인즉, 구청에서 보완하라고 한 지시 사항이 다른 구청에선 하등 문제가 되지 않았었는데, 종로구청만 유독 문제 삼는 걸 보니 현대그룹의 입김이 단단히 씌었기 때문일 거라는 것이었다.

나는 그 자리에서 '연맹에 드리는 글'이라는 협조 요청문을 써서 제출했다. 그런 다음, 그리 염려할 것 없다는 김위원장의 위로를 유일한 소득으로 삼아 억지 자위하며 노조 연맹을 나왔다.

하늘은 여전히 흐려있었다.

습기 찬 바람이 불었고, 구름은 아까보다 더 많이 내려앉아서 남산 허리춤에 매달려있었다. 날씨마저 사람을 서글프고 우울하게 만드는, 우중충한 날이었다.

별무 소득으로 노조연맹을 나온 나는 다시 종로구청으로 갔다.

그동안에 혹시 담당 계장이나 과장이 돌아오지 않았을까 해서였다. 그러나 그 기대는 나를 철저하게 배반했다. 그들은 여전히 휴가 중이었던 것이다.

실망과 분노 그리고 재벌그룹 앞에서 철저하게 무력한 말단공무원들에 대한 어떤 배신감 같은 것을 느끼며, 사회복지과를 막 나왔을 때였다. 뜻밖에도 강남의 무역협회 신축 공사장에 근무하고 있는 김진공(가명) 조합원과 복도에서 딱 마주쳤다.

"여긴 웬일이야?"

내가 묻자, 김진공이 반색을 했다.

"위원장님을 만나러왔어요."

"날? 왜?"

"오늘이 바로 신고필증이 나오기로 한 날이잖아요?"

현장 대의원인 발기인들이 모조리 행방불명돼버려서 노조 설립소식이 여간 궁금하지 않던 차에, 업무 연락차 본사까지 들어오게 되어 짬을 내어 나를 찾아왔다는 것이다. 내가 신고필증이 아직 안나왔다고 대답하자,

"망할 놈들, 정의사회 좋아하네. 재벌회사 눈치 보느라고 편파 행정 펴고 있는 놈들이 무슨 자격으로 정희사회 구현을 부르짖고 있어?"

김진공이 화를 벌컥 냈다.

"우리나라에서 정의라는 말이 실종돼버린지 언젠데, 지금 새삼스럽게 정의사회를 들먹여? 아마 정의라는 말은 골동품 가게에나 가서 찾아야 할 거야."

"재벌회사에 놀아나는 공무원들이 너무 한심해서 그래요."

그렇게 말하다 말고 김진공이 다시 말했다.

"위원장님, 우리 이러지 말고 기자들에게 회사의 부당 노동 행위를 확 까발려서 여론의 힘을 등에 업읍시다."

"그렇지 않아도 지금 막 노동조합연맹에 들러 협조 요청을 해놓고 오는 길이야."

"절차를 제대로 다 밟아서 어느 세월에 신고필증을 받습니까? 가는 곳마다 회사에서 선수를 쳐서 번번이 난관에 봉착하는데요."

"이제부턴 나도 회사에 알리지 않고 철저하게 비공개로 해야겠어. 이제까진 회사 체면을 봐서 내 일정을 회사에 일일이 다 통보해 줬는데, 오히려 그걸 역이용하여 방해 공작을 하다니…."

오늘만 해도 그랬다.

최이사에게 설립 신고서를 구청에 접수시켰다는 말만하지 않았어도, 나는 이런 결과가 생기지 않았다고 생각한다.

"공개고, 비공개고간에 이제 다 끝났어요. 회사에서 먼저 치사하게 나오

는데, 우리만 맨날 당하고 있을 순 없잖아요? 우리도 정면 대응하여 회사측의 치사한 음모를 세상에 널리 알립시다."

노조 설립을 방해하는 회사측의 부당 노동 행위를 신문지상에 공표해버리면, 여론은 항상 약자 편을 들기 마련이라서 국민들이 회사를 규탄할 것이고, 그렇게 되면 회사도 어쩔 수 없이 여론의 압력에 굴복해서 부당 노동 행위를 중단하게 될 거라는 것이었다.

하지만 나는 아직 여론의 힘을 빌리고 싶진 않았다. 내가 회사측의 부당 노동 행위를 신문지상에 발표해버리면, 김진공 말대로 여론은 물론 우리 편을 들어줄 것이다. 그러나 그렇게 되면 회사 체면은 어떻게 될까.

그렇지 않아도 작년에 발생한 현대엔진과 현대중공업의 노조 사태 때문에 현대가 노조 탄압의 대표적인 기업인 것처럼 낙인찍혀 있는데, 현대의 모기업이라 할 수 있는 건설마저 노조를 탄압한다고 하면 회사는 그야말로 치명적인 타격을 입게 될 것이고, 끝내 만신창이가 되어버릴 것이다. 나는 지금도 마찬가지 심정이지만, 내가 몸담고 있는 회사에 누를 끼치고 싶은 생각은 추호도 없다. 그래서 내가,

"그건 누워 침 뱉기야. 현대 녹을 받아먹고 있는 우리들이 회사 입장을 난처하게 만들어서야 되겠어?"

라며 망설이자, 김진공이 다시 말했다.

"저도 물론 회사를 사랑합니다. 어쩌면 우리들을 탄압할 궁리만 하고 있는 중역들보다 더 많이요. 우리가 애초에 노조를 설립 하고자 한 의도도 회사를 좀 더 발전시키자는 애사심에서 비롯되지 않았습니까? 그처럼 순수한 우리들의 충정이 몇몇 중역의 그릇된 노조관 때문에, 자칫 회사의 발전을 저해시키는 해사심(害社心)으로 오인될 수도 있어요. 세상에 이처럼 억울한 일이 어디 또 있습니까? 우리가 정말 회사를 망치려하는 나쁜 놈들입니까?"

김진공은 여간 비분강개하지 않았다. 나는 가만히 있었다. 김진공이 다시 말했다.

"그러한 노사간의 오해를 불식시키기 위해서라도 노조를 빨리 설립해야 합니다. 노조를 만들어서 우리 주장으로 공식화시키지 않으면 우린 모두 다 역적으로 몰릴 거예요, 그래서 여론을 등에 업자는 겁니다. 지금 이 시점에서 여론의 협력 없인 도저히 노조를 설립할 수 없어요."

그러면서 주차장에 주차시켜둔 자기 차를 빼오더니, 빨리 타라고 했다. 여론에의 호소는 최악의 경우에 대비하고 극약으로 남겨두고 싶었지만, 지금이 바로 그 최악의 경우라고 말하는 김진공의 주장에 못 이겨 마지못해 그의 차에 올랐다. 김종항 차장과 최병수 차장, 성시용 대리도 내 뒤를 따라 김진공 차에 우르르 올랐다.

시청으로 달려갔다. 그곳을 출입하고 있는 〈중앙일보〉의 ○○○ 기자를 만나기 위해서였다. 다행인지 불행인지 ○기자는 시청 기자실에 있지 않았다. 시정(市政)상황을 취재하러 시장님을 따라 나갔는데, 언제 들어오는지 모르겠다는 동료 기자의 대답이었다.

"우라질, 여론마저 우릴 도와주려하지 않는군."

기대가 무너져버린 뒤끝이라 그런지, 김진공은 여간 낙심천만해 하지 않았다.

"너무 실망하지 마. 또 한 군데 가볼만한 데가 있으니까."

나는 김진공을 위로하며 민주당사로 달려갔다. 민주당 원내 실장인 김무성을 만나기 위해서였다. 김무성은 내 고등학교 동창이었다. 3년 동안 나와 같은 반을 한 적은 없지만, 고등학교 때부터 어려운 친구들에게 도움을 준 의리있는 동문이었다. 뿐만 아니라 건물주와 임대차 계약을 했다가 야당 당사라면 계약파기가 되어버리던 전두환 군사시절에, 대기업의 아들인 그는 자기 돈으로 통일민주당 당사를 구한 정의감을 가진 친구였다.

내가 한 떼의 사람들을 데리고 나타나자, 김무성은 두 눈을 동그랗게 떴다.

"웬일이야? 예고도 없이 갑자기."

직원을 시켜 차를 대접하고 나서 그가 물었다. 나는 그를 데리고 다른 방으로 들어갔다. 나와 김무성 사이에 오고간 밀담을 김차장이나 최차장의 인사고과 점수에 플러스로 보태주고 싶지 않아서였다.

아무래도 여러 사람을 데리고 불쑥 나타난 내가 예사롭지 않았던 모양이다.

김무성이 자꾸 캐물었다.

"사실은 자네 힘을 조금 빌리고 싶어 왔네."

"야당의 말단 실장에 불과할 뿐인 내가 무슨 힘이 있다고, 대재벌 직원인 자네가 나한테 힘을 빌리러오나? 힘은 돈 많고 빽 좋은 자네 회사에 돌아가서 빌리기로 하고 여기선 머리만 빌리게."

"큰 힘을 빌리자는 게 아냐. 어쩌면 전화 한 통화로 간단히 끝날 수 있는 일이야."

"무슨 일인데?"

"자네 힘으로 매스컴을 동원할 수 있겠나?"

"자네, 혹시 내 이름을 착각하고 있는 건 아니겠지? 내 이름은 김무성이야. 허문도나 이상재가 아니고…."

"농담이 아냐. 다급해서 그래."

"우정을 담보 잡혀놓고 있는 친구 사이니 안 들어줄 수도 없고…. 좋아, 무슨 일인가 말해보게."

내가 이제까지 있었던 회사측의 부당 노동 행위를 쭉 이야기하자, 김무성은 여간 비분강개하지 않았다.

"구태의연한 작태로 노조를 탄압하는 기업이 아직도 다 있어? 현대 사람들 현대인답지 않게 정말 왜 그러는 거야?"

자기 일처럼 언성을 높였던 것이다.

"눈앞의 가시를 미리 제거해버리자는 거지."

"그래. 내가 뭘 도와주면 되겠나?"

"자네가 잘 아는 기자들을 몇 명 소개해 주게. 정의감 투철하고 펜 끝이 싱싱하게 살아 있어서 구독자들을 충분히 감동시킬 수 있는 기자들을 말일세."

"그런 친구들이 몇 명 있긴 있지."

그러면서 내일 다시 만나자고 했다.

오늘 내로 그런 기자들을 수소문해서 수배해뒀다가, 내일 나한테 소개시켜 주겠다는 것이었다.

그 약속만이 그날 하루 내가 한 일 중에서 가장 희망적인 일이었다. 나는 통일민주당 당사를 찾아올 때보다 한결 희망적인 기분이 되어 김무성과 헤어졌다. 일행이 기다리고 있는 방으로 되돌아왔다.

이제 그만 돌아가자고 말하자, 김종항 차장이 얼른 내 뒤를 따라오면서 물었다.

"무슨 이야기를 했어?"

"친구끼리 한 이야기도 최이사한테 보고해야 합니까?"

"내가 매사에 호기심이 많다는 걸 자네도 잘 알잖나?"

"호기심 많은 선배님을 위해 녹음기를 미리 준비해 둘 걸 잘못 했군요,"

내가 그렇게 말하며 밖으로 나가자, 김차장과 최차장, 그리고 성대리와 김진공이 우르르 쫓아 나왔다 우리는 다시 김진공의 차에 올랐다. 여전히 흐린 오후의 서울 거리를 달려 노조연맹 사무실로 갔다. 아까 김낙기 위원장을 만났을 때, 시장실과 노동부에 얘기해 주마고 했던 말이 생각나서였다.

그러나 김위원장은 부재중이었다. 손님을 만나러 갔다는 것이었다. 언제 돌아올는지 모르는 사람을 무한정 기다릴 수도 없고 해서 내가 아쉬움을 달래며 돌아서려 하자, 사무국장이 나를 불렀다.

"아까 위원장님께서도 말씀하셨지만, 종로구청에서 내린 보완지시, 아무 것도 아니에요. 틀림없이 현대건설 입김이 씌었을 거예요. 그런 부정을 눈 감아주면 안 됩니다. 담당자 집에까지 쫓아가서라도 신고필증을 받도록 하세요."

사무장이 그렇게 말했다. 담당자를 끝까지 물고 늘어지라는 것이었다. 나도 그렇게 할 생각이었다. 그래서 그렇게 하마고 대꾸한 뒤,

"아까 위원장님께서 노동부와 시장실에 전화해 주신다고 했는데, 어떻게 됐는지 모르겠군요. 혹시 그 내용을 알고 계십니까?"

하고 물었다.

"그럼든요. 거기뿐만 아니라, 여러 군데도 전활 걸어놓았으니까, 서위원장은 담당자만 붙잡고 늘어지세요."

"알겠습니다."

내가 사무국장과 헤어져 밖으로 나오자, 김진공이 안달을 하기 시작했다. 근로자들을 퇴근시키기 위해 현장에 빨리 들어가 봐야겠다는 것이었다. 그러고 보니, 시간이 벌써 오후 6시 20분이 다 되어 있었다.

내 기분도 덩달아 다급해졌다. 구청으로 가서 담당자가 퇴근하기 전에 그를 만나봐야 했기 때문이다. 그래서,

"우릴 종로구청까지만 태워다주고, 김기산 빨리 현장으로 들어 가봐"

하고 말했다.

“그렇게 하세요.”

김진공이 차에 시동을 걸며 빨리 타라고 말했다. 우린 다시 그의 차에 올랐다. 흐린 날이면 언제나 그렇듯이 노을을 생략해버린 채 저녁에서 곧장 밤으로 이어져버려 벌써 어두컴컴해지기 시작하는 러시아워의 혼잡한 거리를 달려 구청으로 갔다.

차를 타고 가면서 나는 김진공에게 내일 12시에 무역협회 현장 사무실 근처에 있는 식당에서 현장 노조원 전부 다(약 15명가량)와 점심식사나 같이 하자고 약속했다. 혹시 노조 임시총회를 열게 되면 거기서 하기 위해서였다. 김진공이 그렇게 전하겠다고 대답했다.

이윽고 복잡한 도심지를 곡예 하듯이 아슬아슬하게 달려 종로구청에 도착해보니, 이미 공무원 퇴근 시간이 훨씬 지난 6시 40분이었다.

정약용의 목민심서(牧民心書)를 단 한번도 읽어본 것 같지 않은 담당자가 퇴근 시간이 훨씬 지난 이 시간까지 책상 앞에 단정하게 앉아서 자기네들에겐 분명히 귀찮은 손님임에 틀림이 없는 나를 기다려줄 것 같지 않았다. 내 예감 그대로였다. 자기가 빨리 뛰어갔다 오겠다면서 나보다 먼저 사회복지과로 뛰어간 김종학 차장이 금세 되돌아왔는데, 담당자가 이미 퇴근해버리고 없더라는 것이었다.

“김기산 빨리 현장으로 가봐.”

김진공을 먼저 보낸 다음, 나는 잠시 구청 앞마당에 서서 생각을 더듬어보았다.

지금 이 시간에 회사로 돌아가 봐야 별 뾰족한 수가 있을 것 같지 않았다.

하루 종일 뭐 하러 다니느냐고, 코빼기도 비치지 않았느냐는 윗사람의 질책이 나를 기다리고 있을 게 뻔했다. 그렇지 않아도 구두 밑창만 손해 봤을 뿐 아무것도 해놓은 게 없어서 참으로 후회막급인 오늘 하루인데, 그런 꾸중으로 회사에서의 하루 일과를 마감하고 싶지 않았다. 또 여기저기를 쏘다녔더니, 피곤하기도 했다. 푹신푹신한 침대가 나를 갑자기 강렬하게 유혹하기 시작했다.

그래서 나는 그냥 집으로 돌아가기로 했다. 택시를 타기 위해 택시 정류장으로 걸어갔다. 김종항 차장과 최병수 차장이 내 뒤를 급히 따라왔다.

"이봐, 서대리. 어디 가서 저녁이나 함께 하지."

"그래, 자네가 쓰러지면 아무것도 안 돼. 밥이나 제때에 먹어야 해."

그들의 말을 듣고 나서야 나는 오늘 비로소 점심을 건너뛰었다는 사실을 깨달았다.

김차장과 최차장은 나를 감시하는 틈틈이 시간을 내어 요기라도 한 모양이지만, 나는 아침에 집에서 식사하는 시늉만하다가 만 것이 오늘 하루의 식사량 전부였던 것이다.

시장기가 갑자기 강하게 느껴졌다. 그러나 사사건건 나를 감시하여 최이사에게 보고하는 두 사람하곤 저녁을 같이하고 싶지 않았다. 그래서 내가 그냥 집으로 돌아가 가족들과 식사를 하겠다고 대답하자,

"자네가 너무 애를 쓰는 게 안돼 보여서 그래."

김차장이 동정적으로 말했다. 자기가 비록 상사의 명령으로 나를 감시하고 있긴 하지만, 인간적으로 동정이 간다는 것이었다. 최차장도 열심히 거들었다.

"그래, 우릴 너무 야속하게 생각하지 마. 우리가 아니더라도, 다른 사람이 자네를 감시했었을 테니까…. 잘못이 있다면 우리가 자네와 평소에 친하게 지냈다는 것뿐일 거야."

그의 말 그대로였다.

최이사가 애초에 감시인을 선정할 때 나하고 개인적으로 친한 사람들만 골라 내 일거일동을 감시하게 했던 것이다.

김종항 차장은 나의 고등학교 선배라는 사실이 그리고 또 최차장은 현장(이라크 현장과 서산 현장)에서 3년 동안 같이 근무했었다는 사실이 참작되어, 본의 아니게 내 감시인 역할을 맡게 된 것이다. 그런 면으로만 따져본다면, 김차장이나 최차장 다 재수 없는 사람들이었다. 경우에 따라선 나로부터 원망깨나 들을 소지가 꽤 많았기 때문이다.

"전 두 분 차장님을 원망하지 않습니다. 당연히 있어야 할 노조를 못마땅하게 생각해서 한사코 방해하려하는 윗사람들이 원망스러울 뿐입니다."

"그 말은 좀 더 아꼈다가 이따가 최차장이 저녁이나 다 사고 난 다음에 할 걸 그랬어. 우릴 원망하지 않는다는 말은, 비록 빈말일지라도 오늘 저녁 값을 대신하기에 충분한 말이었는데…."

김차장이 그렇게 말하며 씩 웃었다. 최차장이 다시 말했다.

"자네, 생선회 좋아하지? 내가 오늘 저녁에 회 살게. 요 근처에 근사한 집이 있어."

그 집이 바로 광화문 교보빌딩 뒤에 있는 유진참치 횟집이었다.

흔히 마구로라고 하여 냉동된 참치회를 전문으로 파는 그 집은, 안주 값이 별로 비싸지도 않고 해서 주머니 사정이 그리 넉넉하지 못한 샐러리맨들에겐 퇴근 후의 피로를 풀기에 아주 안성맞춤의 좋은 집이었다.

"회라면 저도 마다하지 않겠습니다만, 오늘은 안 되겠어요. 약속이 있어서요."

아침에 집을 나설 때 아래층에 사는 105호 아주머니와 한 약속이 생각나 내가 그렇게 거절하자,

"이 사람아, 저녁 한 끼 먹는데 무슨 시간이 오래 걸린다고 그래? 저녁 사

겠다는 최차장 마음 식어버리기 전에 어서 가자구."

김차장이 내 팔을 잡아끌었다.

바닷가에서 자라난 사람들이라면 다 마찬가지겠지만, 부산이 고향인 나역시 회를 무척 좋아한다. 오랜만에 회를 먹어보고 싶기도 했다. 간단히 한잔하고 시간에 맞춰 돌아가면 되겠지 하는 생각에 나는 못이기는 척, 그들이권하는 대로 김차장이 운전하는 차에 올랐다.

유진참치 횟집으로 갔다.

시간이 마침 샐러리맨들이 한창 퇴근할 시각인 7시경이었으므로, 횟집엔빈자리가 없을 정도였다. 우리는 간신히 빈자리를 골라 앉았다. 공교롭게도 실내 공중전화가 있는 구석진 자리였다. 최차장이 참치회와 소주를 주문했다.

"두 분 차장님께 미리 양해를 구해야겠어요. 아까도 말씀드렸지만, 약속이 있어서 늦어도 8시 반엔 일어나야겠어요. 그땐 절 붙잡지 마세요."

배달되어온 술을 한잔씩 마시고나서 내가 그렇게 말하자, 김차장이 말했다.

"누구하고 약속했는데?"

"선배님은 모르는 사람이에요."

"어디, 이 근처서 약속했어?"

집에서 만나기로 했다고 대답할까 하다가, 나는 곧 생각을 고쳐 그런 건묻지 말아달라고 대답했다. 내가 105호실 아저씨를 집에서 만나기로 했다고대답하면, 두 사람이 우리 집까지 따라올 것 같아서였다.

"알았어, 술이나 마시자구."

"정말 약속해 주셔야 해요."

"알았다니까."

김차장이 천천히 고개를 끄덕였다. 그러고 나서 술을 한잔씩 더 마셨는데, 최차장이 갑자기 전화를 걸어야겠다면서 자리를 일어섰다.

"최차장님, 혹시 최이사한테 전화를 걸려는 건 아니겠죠?"

내가 소리쳐 묻자, 최차장이 씩 웃었다. 그러면서 잠자코 공중전화가 놓여 있는 곳으로 걸어갔다. 대답을 사리는 최차장의 태도가 아무래도 이상했다. 그래서 그가 돌리는 전화번호를 유심히 지켜보니 아니나 다를까, 회사로 전화를 걸고 있었다.

직원들끼리 퇴근 후에 어울려 마시는 술좌석까지 보고하게 하다니, 나는 갑자기 기분이 나빠져서 버럭 소리쳤다.

"최차장님, 우리가 여기 있다는 건 말하지 마세요. 오늘은 정말이지 최이사 만나고 싶지 않으니까요."

최차장이 알았다고 고개를 끄덕였다.

그러더니 곧 최이사와 통화를 하기 시작했다. 최차장이 지금 서대리와 술을 마시고 있다고 보고하니까, 저쪽에서 거기가 어디냐고 묻는 모양이었다. 최차장이 송화기를 손에 잡으며 잠시 난처한 표정을 지었다.

"정말 장소를 이야기하면 안 돼요. 제가 여기 있다는 걸 알려주면 저, 그만 가버리겠어요."

내가 소리치자, 최차장이 내 말을 최이사에게 그대로 중계했다. 그러자 최이사가 김종항 차장을 바꾸라고 한 모양이었다. 최차장이 수화기를 내려놓고 좌석으로 돌아왔다.

"김차장이 받아봐, 최이사가 당신을 바꾸래"

하고 말했던 것이다. 김차장이 대뜸 짜증스런 표정을 지었다.

"최차장이 대표로 보고했으면 됐지, 뭐 하러 나까지 바꾸래? 사람 되게 귀찮게 만드네."

투덜거리면서 마지못해 자리를 일어섰다.

"선배님, 장소는 말하지 마세요. 부탁이에요."

내가 신신당부하자, 김차장이 알았다는 듯이 손을 내저으며 공중전화가 있는 곳으로 걸어갔다.

"최이사님이 뭐래요?"

김차장이 전화를 받고 있는 동안 내가 최차장에게 묻자, 최차장이 시큰둥하게 대꾸했다.

"별다른 말은 없고, 어디 있는지 장소를 알려 달래."

"왜요? 여기까지 쫓아 올려구요?"

"그런 속셈이겠지, 뭐."

"아까 두 분 차장님의 만류를 뿌리치고 집으로 곧장 가버렸어야 하는 건데…."

"너무 신경쓰지 마. 김차장이 통화를 마치고 오는 즉시, 자리를 일어서면 되니까."

그래서 나도 그렇게 하기로 마음을 작정했는데, 그러나 일은 최차장과 내 뜻대로 되어지지 않았다. 김차장이 곧 통화를 끝내고 돌아왔는데,

"우리가 여기 있다고 최이사에게 말했어"

라고 했던 것이다.

"선배님도 참, 제가 신신당부했잖아요. 우리가 여기 있다는 걸 말하지 말라구요. 최이사가 득달같이 달려올 거예요."

내가 화를 벌컥 내자, 김차장이 변명하듯이 대꾸했다.

"누가 그걸 모르나? 나도 솔직히 말해 최이사와 같이 합석하고 싶은 생각은 추호도 없어. 하지만 자넬 꼭 한 번 만나야겠다고 통사정하는데 어쩔 수가 있어야지. 뭔가 각오가 돼 있다고 하는 걸 보니, 아마 노조 설립 포기 설

득을 포기해버린 모양이야."

"최이사가 그래요? 설득을 포기하겠다고?"

"말투가 그렇다는 거야. 곧 이리 온다고 했으니까 직접 만나서 확인해봐."

노조 설립의 절차상, 이제 남은 거라곤 오직 관할 구청의 허가뿐이고, 내일 아침부턴 업무를 전폐하는 한이 있더라도 담당자 뒤를 끈처럼 졸졸 따라다니면서 졸라 신고필증을 꼭 받아낼 계획이니까, 최이사도 이제는 속수무책일 거라는 생각이 들었다.

그러나 나의 그 생각은 최이사의 무서운 흉계를 조금도 감안하지 않은, 너무나 안일한 생각이었다. 최이사는 그 순간에 이미 나를 납치할 만반의 준비를 다 갖춰놓고, 자기 계획에 차질이 없는지 최종 점검하고 있었던 것이다. 즉, 강명호 총무부장과 긴밀히 연락하여 하수인들이 범행 장소 부근인 서린장여관에 대기해 있는지, 박상전이 범행 차량을 구입했는지 하는 것들을 일일이 체크하고 있었던 것이다. 나중에 검찰에 연행되어 조사받을 때 최이사는 범행 계획을 그날 당일, 그러니깐 5월 6일에 수립했다고 진술했었다. 6일 오전 11시경 강명호 총무부장을 자기 방으로 불러 돈은 얼마든지 들어도 자기가 댈 테니까 나를 납치하라고 지시했다는 것이다.

그러나 범행을 지시한 날짜와 시간이 다르다는 건 이미 범인들이 진술한 서초경찰서의 수사 보고서에 지적되어 있다. 즉, 박상전이 이신천배로부터 범행을 제의받은 최초의 시간은 5월 6일이 아니라, 5월 5일 15시 30분경인 것이다. 그러니까 최이사는 새빨간 거짓말을 한 것이었다.

내가 지금까지 의심스럽게 생각하고 있는 사람 중의 한 사람이 바로 강명호 총무부장이다. 최이사야 내 직속 상사로서 나를 설득시키지 못한 책임 추궁을 당할 것이 두려워 궁여지책으로 납치극을 꾸몄다고 해도 그런대로 이해가 되지만, 나로 인해 자기가 윗사람으로부터 문책을 당할 하등의 이유가 없는 강부장이 나를 납치하는데 아주 중요한 역할을 했다는 게 의문인 것이다.

어쨌거나, 최이사가 김종항 차장과 통화를 끝낸 오후 7시경엔 나를 납치할 만반의 준비가 다 끝나있는 상태였다.

하수인들의 준비 상태가 어떤 식으로 끝나있었는지, 행동 총책인 박상전의 진술을 들어보자.

1988년 5월 6일 14시경, 피의자 박상전은 사회 후배인 서울시 강남구 논현동 122번지 8호에서 영동식육점을 경영하여 김규남(만 34세)에게 전화(548-4××1)를 걸어 뉴월드호텔 커피숍에서 서로 만나 조병찬(이신천배)과의 약정 사실을 이야기하고 협조를 구했음. 김규남이 도와주겠다고 쾌히 승낙하여 박상전은 김규남에게 오늘 오후 6시경에 뉴월드호텔 건너편에 있는 서린장 주차장에서 만나기로 했으니, 행동대원들을 서린장 레스토랑으로 보내라고 부탁하고, 각기 헤어졌다가 김규남이 약속 시간에 정육점 종업원 서순남에게 아이들을 데리고 오라고 시켜 약속 장소인 서린장여관 레스토랑으로 갔을 때 서순남이 친구인 성명 불상자 1명을 데리고 나와 피의자 박상전, 같은 김규남, 같은 서순남, 성명 불상자 1명을 만나고, 피의자 박상전은 밖으로 나와 조병찬을 기다리던 중, 18시 30분경 주차장에서 조병찬을 만나 착수금으로 4백만 원을 받았을 때 조병찬이,

"나머지 잔금 1천6백만 원은 서정의가 가지고 있으니, 올라올 때 서정의가 줄 것이다. 그걸 받아올라오면 된다"

라고 하여 박상전은 돈을 받은 후 서로 헤어졌음. 박상전이 레스토랑으로 들어가면서 밖으로 나오는 김규남에게 흰 봉투에 들어있는 돈을 보여준 다

음, 조병찬이 김규남네 집 전화를 받기 위해 집으로 돌아가고, 박상전은 행동대원들에게 레스토랑에서 음식과 술을 마시며 기다리라고 한 후,

19시 10분경 서울시 동대문구 장안동에 있는 두산보험 조영길에게 찾아가 차 좋은 게 있으면 좀 보자고 하여 조영길의 소개로 차주 불상(사실은 주식회사 한독철강이 팔려고 내놓은 차임)의 '서울 2머 2549호' 로얄 살롱 승용차 1대, 시가 8백만 원 상당을 계약금 2백만 원에 구두 계약하고, 잔금 6백만 원은 조영길의 온라인 계좌로 송금하기로 한 후, 위 자동차를 운전하여 19시 40분경 장안동을 출발, 20시 40분경 서린장여관 주차장에 도착, 차를 주차시킨 다음, 레스토랑에서 오므라이스와 맥주 2병을 마시고 있던 행동대원 서순남 등 4명(서순남, 조우남, 김성배, 오진남)을 서린장여관 2층 201호실로 데리고 들어가 투숙하면서 행동대원들을 심사해본 결과 시원찮다고 생각이 들어 술을 사오라고 시켰음.

서순남이 나가서 썸씽 스페셜 작은 양주 2병과 햄, 사이다 등을 사와 서로 나눠 마시면서 김규남으로부터 전화가 오기를 기다리다가 행동대원 서순남 등에게,

"연금을 하는 일인데 사람을 납치해서 약 2일간 데리고 있어야 한다. 자신 있느냐?"

하고 물었을 때 행동대원들이,

"자신있다"

라며 자신있는 대답을 하여 함께 술을 마시면서 김규남의 전화를 기다렸음.

상기 진술서는 박상전과 김규남이 서초경찰서에 자수했을 때, 거기서 작성한 수사 보고서 중 일부분이다.

납치사건을 내 스스로 꾸민 자작극으로 몰아가기 위해 만든 시나리오라서

군데군데 많은 작위(作爲)가 엿보인다. 즉, 박상전이 이신천배로부터(진술서엔 조병찬으로 되어 있음) 착수금조로 4백만 원을 받았을 때 이신천배가 나머지 잔금 1천6백만 원은 서정의가 가지고 있으니, 올라올 때 서정의가 줄 것이다. 그걸 받아 올라오면 된다' 라고 말했다는 부분이다.

나중에 김규남의 진술 번복으로 그 진술이 허위 진술이라는 게 밝혀지긴 했지만, 박상전과 김규남은 내가 납치될 당시 1천6백3십만 원을 갖고 있었다는 사실을 신문 보도를 통해 알고 나서 그 돈이 바로 자기네들이 받기로 한 나머지 잔금이라고 위증하기로 자수 직전에 모의했다는 것이다. 그렇게 하면 돈의 아귀가 딱 맞아떨어지니까, 누구든 내가 꾸민 납치극으로 믿어 주리라 생각했었던 모양이다.

물론 그 돈의 출처와 용도 그리고 내가 소지하고 있었던 이유 등은 나중에 경찰의 정밀 조사 결과, 명명백백하게 확인되었다. 그 돈은 내가 주식에 투자하기 위해 이틀 전인 5월 4일 은행에서 찾아갖고 있었던 주식 청약금이다.

어쨌거나 서초경찰서에서 수사를 너무 편파적으로 하기 때문에(내 자작극으로 몰아가기 위해) 수사 관계자들을 명예 훼손으로 고소할까 하고 증거물로 입수한 그 수사 보고서엔 엉터리가 너무 많다. 서초경찰서의 수사 보고서엔 박상전이 5월 6일 오후 2시경에 김규남을 뉴월드호텔 커피숍에서 만나 협조를 부탁한 것으로 되어 있으나, 나중에 검찰 조사 결과 밝혀진 새로운 사실은 그 시간에 이신천배와 박상전, 김규남이 같이 만나 범행을 모의한 것으로 되어 있는 것이다. 즉, 이신천배가 강명호 총무부장과의 연락을 도맡아 납치를 지시하고, 박상전은 하수인들을 데리고 나를 납치, 목포까지 데려가서 감금하는 행동총책을 그리고 김규남은 서울에 남아 이신천배로부터 하달되는 회사측의 명령을 박상전에게 전해 주는 연락책 노릇을 하기로 역할 분담을 한 것이다. 그로부터 두 시간 후인 오후 4시경, 이신천배는 뉴월드호텔 커피숍에서 김규남을 만난다.

강명호 총무부장으로부터 건네받은 내 사진과 착수금을 건네주기 위해서이다. 이신천배로부터 착수금 4백만 원과 사진을 건네받은 김규남은 그 즉시 뉴월드호텔 건너편에 있는 서린장여관으로 가서 그 여관 201호실에 투숙해 있던 박상전에게 그것들을 전했으며, 박상전은 내 사진을 행동대원들에게 돌려 내 얼굴을 익히도록 했다.

그 사진은 물론 회사에서 유출된 사진이다. 강명호 총무부장이 해외 인력 개발부에 보관되어 있는 내 여권용 사진의 원판에서 복사한 사진이다.

어쨌거나 나하고 김종항 차장, 최병수 차장이 유진참치 횟집에서 최이사가 도착하기를 기다리고 있는 동안 최이사는 그러한 것들을 일일이 체크하고 있었다. 그러느라고 금세 오겠다고 한 약속과는 달리, 한 시간 후인 8시 15분경에 나타난 것이다. 그 시간은 내가 애초 김종항 차장과 최병수 차장한테 선약이 있기 때문에, 늦어도 그 시간엔 일어나야겠다고 말한 8시 반이 거의 다 돼가는 시간이다.

나와 유진참치 횟집에 같이 있다는 사실을 김차장으로부터 통보 받고나서 최이사가 횟집에 나타난 8시 15분까지의 한 시간 동안, 최이사는 어디서 무엇을 하고 있었을까.

단지 납치 준비 상황만 체크하기 위해 한 시간 후에 나타난 것일까.

그 점이 아직까지 의문이긴 하지만, 나는 결코 최이사가 나에 대한 납치 준비만 점검하기 위해 한 시간을 소비했다고는 생각지 않는다. 그 시간이라면 물론 장안동으로 범행 차량을 구입하러간 박상인이 아직 돌아오지 않을 때라서(박상인은 8시 40분에 서린장여관으로 돌아왔음) 그 결과를 기다려봐야 했지만, 나는 그 보단 훨씬 더 중요한 일이 있었으리라 생각한다. 즉, 최이사 자신보다 더 윗자리에 있는 사람을 만나 범행에 관한 의논을 했기 때문에 시간이 그렇게 많이 지체 되었으리라 생각하고 있다. 거금 2천만 원 이상을 들여 사람을 납치하는 일은 현대건설의 구조나 생리로 보아 최이사 혼자선 도저히 할 수 없는 대사(大事)이기 때문이다.

현대건설의 금전 출납은 아무리 적은 액수라도 회장의 결재를 꼭 받아야 한다. 하물며 2천만 원이라는 큰돈을 지출하면서 회장 결재를 받지 않는단 말인가. 그 다음날 당장 사표를 쓸 각오를 하지 않고선, 어림 반 푼어치도 없는 소리이다.

그 당시 2천만 원은 오늘날의 2억 원 이상이나 되는 돈이었다.

최이사는 나중에 자기 단독 범행이라고 주장하면서, 범행 자금도 자기 혼자 조달하려 했었다고 진술했다. 하지만 현대건설의 내막을 조금이라도 알고 있는 사람이라면, 최이사의 그 말을 곧이들을 사람은 한 사람도 없다. 때문에 최이사보다 더 높은 사람이 관련 되었다는 것이다.

최이사가 그 사람의 이름을 입속에 담아 무덤으로 가져가서 흙으로 썩혀버릴 각오를 단단히 했다면 그 사람의 이름 석자 또한 최이사의 육신과 함께 썩어 흙이 되어버릴 테지만, 어쨌든 그 시간에 최이사는 그 높은 사람을 만나 납치 문제를 상의하느라고, 회사에서 걸어서 15분도 채 걸리지 않는 유진참치 횟집까지 한 시간 이상 걸린 것이다. 나는 그렇게 생각한다.

그러나 그 당시부터 내가 그런 의문을 품었던 것은 결코 아니다. 금세 온다던 사람이 한 시간 가까이 기다려도 오지 않기에, 그게 조금 이상하긴 했지만, 그뿐이었다. 그 당시 나의 솔직한 심정은 최이사가 차라리 안 왔으면 좋겠다는 것이었었다. 8시 반까지 기다렸다가 최이사가 끝내 나타나지 않는다면 미련 없이 일어나서 가버릴 생각이었던 것이다.

최이사를 기다리는 일 말곤 딱히 할 일이 없었던 우리들은 그 한 시간 동안 참 많은 이야기를 나누었었다. 술안주 삼아 주고받은 이야기의 주 메뉴는 역시 노조 문제였었다. 내가 두 사람에게 노조 설립의 필요성을 재차 강조했더니, 두 사람 역시 긍정적인 표정으로 고개를 끄덕였다.

"우리 회사에서 노조를 싫어할 사람이 한 사람 빼놓곤 누가 또 있겠어?"

그랬던 것이다.

그러면서 자기네들이 비록 나를 감시하고 있긴 하지만, 노조 설립을 방해할 생각은 추호도 없다고 했다. 노조가 설립되면 노조원으로 선착순 가입하겠다는 약속을 하기도 했다. 의외의 장소에서 뜻하지 않은 동조자를 얻게 된 나는 그 술좌석이 그리 무익하지는 않았다는 생각을 했다.

최재한 이사가 나타난 것은 바로 그때였다. 8시 15분경이었는데, 뜻밖에도 천진욱 차장, 신선기 차장과 함께였다. 신선기 차장이야 본사에서 같이 근무하고 있고 집도 가까운 이웃이라, 그가 최이사와 동행했다는 게 그리 놀랄 일은 아니었지만, 천진욱 차장은 정말 뜻밖이었다.

천차장은 부산 ○○현장에 근무하고 있는 나의 대학 선배로, 사내에서 나하곤 제일 절친한 사이였었다.

"선배님이 여긴 웬일이십니까?"

내가 깜짝 놀라서 벌떡 일어서자, 천차장은 사람 좋아 보이는 미소를 얼굴 가득 퍼뜨리며,

"니가 보고 싶어 부랴부랴 안 왔나?"

하며 내 손을 힘껏 잡아 흔들었다.

"원 선배님도 …. 아무려면 제가 보고 싶어 천리 길을 달려 왔겠습니까? 정말 무슨 일입니까?"

"그 말은 내가 묻고 싶은 말이다"

하면서 천차장이 되레 궁금해 하자, 최이사가 재빨리 말했다.

"안부 인사 대충 끝났으면 어서들 자리에 앉자구, 이 집은 콘크리트 건물이라서 무너질 염려 안 해도 돼"

하더니, 우리들이 묻지도 않았는데 일방통행 길을 잘못 들어서는 바람에 교통경찰에게 걸려 한 시간 가량 옥신각신하다보니, 이렇게 늦었다고 변명 아닌 변명을 했다.

그러나 그 당시 어느 누구도 최이사의 그 변명에 토를 달지 않았다. 왜냐하면 그 시간이라면, 서울 시내의 중심 도로는 교통체증이 한창 심할 때였고 최이사 말대로 일방통행 길을 잘못 들어섰다면 충분히 그럴 수도 있는 일이었기 때문이다. 우리들이 아무 말을 하지 않자. 최이사는 종업원을 불러 술과 안주를 추가 주문했다.

우리 세 사람이 먹다 남긴 술과 안주가 꽤 많이 남아 있었고 잠시 후엔 일어나야 했으므로, 최이사의 추가 주문을 만류하고 싶었지만 나는 가만히 있었다. 내가 일어나서 간다고 하더라도, 다섯 사람이 남아 설거지를 책임져주면 될 것 같았기 때문이다.

"좀 전에 저한테 묻고 싶다는 말이 뭡니까?"

술을 한 잔씩 건배하고 나서 옆자리에 앉은 천진욱 차장에게 가만히 물었다.

"최이사가 니 문제로 의논할 게 있다고 해서 부랴부랴 안 왔나?"

오전에 최이사한테서 느닷없이 전화가 걸려왔는데 빨리 올라오라고 하더라는 것이었다.

무슨 일 때문에 그럽니까, 하고 물었더니, 서정의 때문에 그런다고 대답하면서 오늘 중으로 꼭 상경해야 한다고 날짜를 못 박아 말하더라는 것이었다. 그래서 비행기 좌석이 없어 오늘 내론 불가능할 것 같다고 대답했더니, 화를 벌컥 내면서 무슨 수를 써서라도 꼭 올라오라고 하더라는 것이었다.

서정의 때문이라면 서정의 네 집으로 가겠다고 하자, 그럴 필요 없이 회사로 들어와서 자기를 만나라고 하기에 택시를 대절해 타고 부랴부랴 달려왔다는 것이 천차장의 대답이었다. 나는 순간적으로 최이사가 천 차장을 나를 설득하기 위한 도구로 이용하기 위해 불렀다는 걸 깨달았다. 그러자 잠시 의혹이 생겼다.

최이사가 한 시간쯤 전에 김종항 차장과 통화할 땐 설득을 포기하는 것같이 이야기했었기 때문이다. 그렇다면 그게 아니란 말인가. 정말 의문이었다. 천차장이 최이사 눈치를 살피며 가만히 물었다.

"참말 무슨 일이가?"

"지금 제가 주동이 되어 노조를 설립하고 있어요."

"그래? 그거 참 좋은 일이다. 우리 부산 현장에서도 노조가 꼭 있었으면 좋겠다는 말들을 하고 있는데, 니가 주동이 되어 노조를 설립한다니 참말 반갑데이."

"하지만 회사에선 안 그래요. 결사적으로 반대하고 있어요."

"우째서?"

"노조가 강해지면 직원들을 옛날처럼 호락호락하게 다룰 수 없기 때문이죠."

"주는 대로 받고, 시키는 대로 일만 하란 말이제! 우리가 어디 일하는 기계가?"

천차장이 화를 벌컥 냈다. 그러자 최이사가 불쑥 끼어들었다.

"두 사람이 노조 이야기를 하고 있었던 모양이지? 이왕 말이 나온 김에 묻겠는데 서대리, 어때? 자네 본심은 아직도 요지부동인가?"

"그렇습니다, 요지부동입니다."

"정말 못 말릴 녀석이로군."

최이사가 쓰디쓴 표정을 지었다.

"그러니깐 이사님께서도 더 이상 방해하지 말아주십시오. 저만 노조 설립을 원하고 있는 게 아니라, 지금 천차장님 이야기를 들어보니까 부산 현장에서도 노조가 설립되길 간절히 바라고 있다지 않습니까?"

최이사는 아무 말도 하지 않았다. 속이 타는지 술잔을 들어 입속에다 탁 털어 넣었다.

어느새 시간이, 내가 일어서겠다고 한 8시 반이 훌쩍 지나있었다. 9시 10분이었다. 아무래도 내가 먼저 일어서야 할 것 같았다. 그래서

"전 선약이 있어 이만 실례해야겠습니다."

자리를 일어서자, 모두 다 나를 따라 우르르 일어섰다.

"왜들 일어나세요? 안주도 많이 남아 있는데 더 있다가 오시죠."

내가 만류하자, 최이사가 얼른 대답했다.

"아냐, 우리도 가야겠어."

그래서 모두 다 참치횟집을 나왔다.

서울의 심장부에 내려앉은 두꺼운 어둠을, 가로등이 외쪽 눈 부릅떠서 힘껏 부인하고 있었고, 창백한 가로등 밑으로 벌써부터 만취한 취객들이 보행의 자유를 알콜에게 차압당해 지체 부자유자처럼 비틀거리면서 느릿느릿 걸어가고 있었다. 나만 제외하고 일행 모두 다 머뭇거리면서 최이사 눈치를 살피고 있었다.

"전 여기서 그만 가보겠습니다."

내가 최이사에게 인사를 꾸벅 하자, 최이사가 얼른 내 팔을 붙잡았다.

"아냐, 잠깐 기다려봐"

하더니, 일행에게 강남 쪽으로 가서 술을 한잔 더 하는 게 어떻겠느냐고 물었다.

"좋죠. 술잔을 입에 안 댄다면 모를까, 일단 목을 축인 이상 2차, 3차까지는 해야죠."

누군가 그렇게 대꾸해서 최이사를 거들어주었다.

"좋아, 강남으로 가자구. 내가 2차를 책임질 테니까."

모처럼만에 후원자를 얻은 최이사가 호기 있게 소리쳤다.

그런 그가 2차까지 하자는 게 조금 이상하긴 했지만, 나는 그 당시 그런데까지 관심을 할애할 겨를이 없었다.

최이사에게 끌려 강남까지 가게 되면 아침에 105호실 아주머니와의 약속한 것을 어겨야 함은 물론, 또다시 최이사의 지긋지긋한 포기를 대신하는 술값으로 감수하지 않으면 안 된다. 아무리 '도출(導出)해봤자, 결국 결론에 이르지 못하는 토론을 술좌석에서까지 거듭한다는 것처럼 짜증나는 일도 없다. 그리고 또 술친구 삼기에 최이사는 나와 너무나 거리가 먼 사람이었다. 직책도 직책이려니와, 노조에 관한한 적이나 마찬가지라서 대화상대가 될 수 없었던 것이다. 어차피 부자연한 술좌석이 될 바에야, 최이사 청을 과감하게 거절해버리고 105호실 아주머니와의 약속에 충실하는 편이 백번 나을 것 같았다. 그래서,

"2차는 다섯 분이서 가세요. 전 약속이 있어 먼저 가봐야겠어요."

내 팔목에 거머리처럼 찰싹 달라붙어 있는 최이사 손을 밀어냈다. 그러나 나를 끌고 가려하는 최이사의 고집도 결코 만만치 않았다. 내 앞을 막아서며,

"약속 장소가 어딘데 그래?"

집요하게 물었던 것이다.

내가 집이라고 대답하면 우리 집까지 따라 오겠다는 기세였다.

그래서 내가 약속 장소를 밝히기 곤란하다고 대답하자,

"혹시 우릴 따돌리기 위해 약속을 하지도 않았으면서 약속이 있다는 핑계를 대는 거 아냐? 그렇다면 내가 약속하지, 앞으론 노조에 대해 더 이상 이야기하지 않기로 말이야"

라고 했던 것이다.

"그래서가 아녜요. 제 약속을 이사님이 오시기 전에 이미 김종항 차장과 최병수 차장한테도 고지한 약속이에요."

내가 그렇게 말하자, 김종항 차장과 최병수 차장이 얼른 반박했다.

"이봐, 아깐 8시 반에 가야겠다고 했었잖아. 지금은 벌써 9시 10분이야. 약속 시간이 훨씬 지났다구."

"그래도 가봐야 해요."

그러자 이번엔 천진욱 차장이 나섰다.

"어이, 서대리. 내가 자넬 보러 일부러 서울까지 왔는데 이럴 수 있나? 서울에 있는 사람들과의 약속은 내일 지키기로 하고, 오늘은 부산 사람 체면 좀 살려주라. 내가 자넬 보러왔는데, 자네가 날 팽개치고 가버리면 내 체면이 뭐가 되겠나?"

그렇게 말했던 것이다. 그러자 누군가 이렇게 말하며 키득거렸다.

"스타일 꽉 꾸겨버리는 거지, 뭐."

"봐라, 벌써부터 날 우습게 봐삐리지 않나? 부산에서 짠물 받아먹고 자란 우리가, 싱거운 수돗물 받아먹고 자란 사람들한테 코미디꺼리가 돼서야 쓰겠나?"

모처럼만에 서울 나들이를 한 천차장까지 나서서 그렇게 말하는 데야, 본래 정에 약한 나로서 차마 박절하게 거절할 수가 없었다.

강남까지 갔다가 기회를 보아 슬쩍 도망쳐 나오면 되지 않겠느냐는 안일한 생각을 하고 최이사가 권하는 대로 그의 차에 올랐다. 천진욱 차장과 김종항 차장이 재빨리 내가 탄 최이사 차에 동승했다. 신선기 차장과 최병수 차장은 신선기 차장 차를 타고 우리 뒤를 따라왔다.

광화문에서 강남구 역삼동 반도유스호스텔 건너편에 위치한 무지개룸살 롱까지 가는 50분 동안, 최이사는 내심 쾌재를 불렀었는지 모르겠다. 왜냐 하면 내가 최이사가 계획한 대로 착착 이끌려 들어왔기 때문이다.

여기서 다시 박상전의 진술조서를 한번 살펴볼 필요가 있다. 박상전 역 시 2천만 원을 버는 건 식은 죽 먹기라고 생각했을 것이기 때문이다.

22시 10분경 김규남이 서린장여관 201호실로 전화를 걸어,

"방금 전화가 왔는데, 반도유스호스텔 건너편 무지개살롱 술집 옆 골목에 서 기다리면 회색 체크무늬의 양복을 입은, 눈이 동그란 사람이 나올 것이 다. 그러면 서정의인지 확인하고 맞으면 납치를 하라"

라고 했다고 하여, 피의자 박상전은 행동대원 서순남 등 4명을 자동차에 태 우고 서린장여관을 출발하여 22시 20분경 서울시 강남구 역삼동 718번지의 10호 무지개카페 주차장에 도착했음.

어쩌면 그렇게도 박상전의 진술이 우리가 취한 행동과 시간 그리고 장소 까지 한 치의 오차도 없이 딱 맞아 떨어질 수 있을까.

박상전의 진술에서도 드러난 바와 마찬가지로, 연락책인 김규남은 누군가 에게서 방금 전에 전화가 왔는데, 반도유스호스텔 건너편에 있는 무지개살 롱 주차장에 차를 대놓고 기다리라는 지시가 있었다는 부분이 나온다. 그 누군가는 바로 두 말할 필요조차 없이 이신천배이다.

그렇다면 유진참치 횟집 근처엔 얼씬거리지도 않은 이신천배는 어떻게 우

리가 21시 10분쯤 광화문을 출발하여 무지개살롱으로 간다는 걸, 족집게 무당보다 더 정확하게 집어냈었을까.

우리 일행 중 누군가가 미리 제보해 주지 않았다면, 도저히 불가능한 일이다. 우리 일행 중에서 그런 짓을 할만한 사람이라곤 당연히 최이사 말곤 없다. 그러나 최이사는 그날 유진참치 횟집에 도착하여, 무지개살롱에 도착할 때까지 단 한번도 전화를 사용하지 않았었다.

그렇다면 최이사 말고 또 다른 누군가가 있어 우리 행동을 이신천배에게 제보해 주었고, 이신천배는 또 그 제보를 김규남에게 전화해 주었을 것이다. 나중에 강명호 총무부장이 실토해서 속 시원히 드러난 일이지만, 그날의 제보자는 바로 강부장이었다. 우리들이 무지개살롱에 도착할 때쯤 이신천배에게 전화를 걸어 박상전 일당이 그곳 주차장에서 대기하도록 지시했던 것이다.

그렇다면 그날 술좌석엔 참석하지도 않은 강부장은 또 어떻게 우리 행동을 손금 들여다보듯이 훤히 알고 있었을까.

그 의문의 대답은 너무 간단하다. 최이사와 미리 머리를 하나로 몰아 꾀를 짜내어 모든 것을 통일시켰기 때문이다. 유진참치 횟집에 오기 전까지 한 시간 동안을 지체하고 있는 동안, 최이사는 납치 계획을 재점검하면서 강부장에게 연락하여, 지금 김차장과 통화해봤는데 서대리가 유진참치 횟집에 있다. 내가 잠시 후 그곳으로 가서 서대리를 붙잡고 있다가 몇 시쯤 2차를 산다는 핑계를 대고 서대리를 데리고 나올 테니까, 강부장이 잘 아는 술집이 있으면 추천해봐라, 했을 것이고, 강부장은 기억을 잠시 닦달해보던 끝에 언젠가 한번 가본 기억이 있어 그 이름을 잘 알고 있는 무지개살롱을 천거했을 것이다.

테헤란로를 따라 한참 달리다 보면 역삼동 네거리 못 미쳐, 반도유스호스텔 건너편 골목길에서 만나게 되는 무지개살롱은 그 근처가 꽤 고급스런 일급 주택지임에도 불구하고 해만지면 지나다니는 사람이 별로 없는 한적한 곳이라서, 사람을 납치하기에 아주 좋은 곳이다. 강부장의 제의를 받은 최이사는 그러면 좋다, 대략 몇 시쯤 해서 그곳에 도착할 테니까 하수인들을 그곳에 대기시켜두고, 무지개살롱의 룸도 미리 하나 예약해 둬라, 하는 지시를 내렸던 것이다.

그가 계획한 그대로 유진참치 횟집 앞에서 내가 약속이 있어 못가겠다고 시간을 조금 지체하다 보니, 막상 무지개살롱 주차장에 도착했을 땐 범인들이 그곳에 도착하기 바로 직전인 10시가 다 되어 있었다. 최이사로선 그 시간이 아주 알맞은 시간이었겠지만, 나로선 참으로 난처한 시간이었다.

여기서 아무리 빨리 집으로 돌아간다 해도 10시 반이 훨씬 넘을 텐데, 그 시간에 어떻게 105호실 아저씨를 만난단 말인가. 내가 아쉬워서 먼저 만나자고 약속을 청한 처지에, 그렇게 늦은 시간에 그 아저씨를 불러낼 수는 도저히 없었다. 그래서 다른 사람들이 무지개살롱으로 우르르 몰려간 틈을 타서,

"선배님, 아무래도 제가 여기 잘못 온 것 같습니다. 전 여기서 택시를 타고 먼저 가야겠습니다."

천차장에게 양해를 구했다. 그러자 천차장이 정색을 하고 나를 만류했다.

"야, 임마야. 여기까지 와서 뺑소니치면 우짜노. 가더라도 조금 앉아있다 가라. 그게 예의가 아니겠나?"

"안돼요. 피치 못할 사정이 있어 그래요."

"누군 그런 사정 안 내버려두고 여기까지 왔는지 아나?"

"그러게 부산에 그대로 계시지, 뭐 하러 오셨어요? 선배님만 아니라면 최

이사고 뭐고 확 뿌리쳐버리고 돌아서는 건데 ⋯.”

“그래, 니 말 잘했다. 내 입장 세워주는 김에 한번만 더 본때 있게 세워 주라.”

그러면서 내 팔을 잡아끌었다.

나로선 참으로 무시할 수 없는 선배였다. 입사 이후 지금까지 나에게 많은 도움을 준, 어찌 생각하면 사회의 스승이나 마찬가지인 선배였기 때문이다.

그리고 또 나 때문에 일부러 택시까지 대절해 타고 왔다는데, 그 성의를 뿌리칠 용기가 나에겐 도저히 없었다. 그래서 천차장이 잡아끄는 대로 마지못해 무지개살롱으로 갔다. 살롱 입구를 막 들어서려는데, 먼저 들어갔었던 일행이 우르르 되돌아 나왔다.

“안되겠다. 딴 데로 가야겠다.”

최병수 차장이 기분 나쁜 표정으로 그렇게 말했다.

“왜요?”

“자리가 없대.”

미리 룸을 하나 예약 했다는데, 오늘 따라 웬 손님이 그렇게 많은지, 그 룸마저 동이 나버렸다는 것이다.

나는 속으로 잘됐다 싶어, 내심 흐뭇하게 미소를 지었다. 여기서 어영부영하다가 각자 해산해버리면, 아침에 한 105호실 아저씨와의 약속을 지킬 수 있었기 때문이다. 그러나 최이사가 그러한 내 속셈을 찬성해 주지 않았다.

“그럼, 우리 방석집으로 가지. 자네들 생각은 어때?”

하면서 일행의 동의를 구했던 것이다.

“방석집 말입니까? 거, 좋죠. 사실 말이야 바른 말이지만, 술집 중에서 뭐니뭐니 해도 방석집이 최고 아닙니까? 굴속처럼 어두컴컴한 룸에 들어앉아

비싼 양주나 축내가면서, 자기 파트너가 천하일색인지 아니면 박색인지 분간하지 못하는 것보단, 방석 깔고 앉아서 여유만만하게 조개 사냥하는 맛이 일품 아닙니까?"

누군가 벌써부터 후끈하게 달아올라 연탄불처럼 뜨거워진 목소리로 그렇게 대꾸했다.

니나노 집이라 하기도 하고, 방석집이라 하기도 하는 술집에 한번이라도 가본 기억이 있는 술꾼이라면, 내가 굳이 그 비밀을 폭로하지 않더라도 다 잘 알고 있겠지만, 분위기가 참으로 묘하고 이상야릇한 곳이 바로 그곳이라서, 일단 그 집 문턱을 넘어서기만 하면 그냥은 못나오게 되어 있는 곳이 바로 방석집이라는 곳이다.

오직 일편단심으로 집에 돌아가고 싶은 생각밖에 없는 나로서, 많은 시간과 술값을 감수하지 않으면 안 되는 방석집 행은 절대 불가(不可)였다. 그래서,

"여기서 그만 헤어지죠"

라고 했다. 그러나 이미 술집 여자들의 치마 속이 그리워지기 시작한 일행이 자기네들의 기대에 찬물을 끼얹는 격이나 마찬가지인 나의 그 제안을 호락호락 결제해줄리 만무했다.

"무슨 소리야? 사나이가 칼을 뽑았으면 하다못해 호박이라도 찔러야지, 여기서 발길을 돌린다는 게 말이나 돼?"

"그래, 술집이 어디 무지개살롱 한 군데 뿐이야? 다른 술집을 찾아보자구"

하면서 뿔뿔이 흩어져 술집을 수색하기 시작했던 것이다.

오늘 중으로 어느 술집이고, 그 집의 여자를 하나 작살내버리고 말 것 같은 기세였다. 정말 안 되겠다 싶어 나는 일부러 뒤에 처져서 천천히 걸었다.

기회를 봐 삼십육계의 시범을 보이기 위해서였다.

"빨리 와. 서대리."

내가 자꾸 뒤로 처지자, 천진욱 차장이 소리쳤다.

"먼저 가세요. 전 여기 어디서 전화 좀 걸고 갈게요."

마침맞게도 그 근처에 공중전화가 가설돼 있는 식품점이 하나 있었다.

나는 재빨리 그 집으로 들어가서 전화를 거는 척하다가 옆문을 통해 밖으로 빠져나왔다. 건너편에 있는 다방 간판이 눈에 띄기에 일단 그곳으로 몸을 숨겼다. 거기서 커피를 시켜 마시는 척하다가, 아직도 나를 찾는 사람이 없으면 집으로 돌아가버릴 계획이었다. 그러나 나의 삼십육계 작전은 여간 서툴지 않았다.

내가 그 다방으로 들어왔다는 걸 어떻게 알았는지, 천진욱 차장이 곧 내 뒤를 따라 그 다방으로 들어왔던 것이다.

"모두 다 자넬 찾고 있는데 왜 이러는 거야? 빨리 가자."

천차장이 그렇게 말하며 역정을 냈다.

"선배님, 잘 오셨어요. 여기 잠깐 앉아보세요."

"왜?"

"우선 앉으세요."

내가 자리를 권하자, 천차장이 마지못해 내 맞은편 자리에 앉았다.

"지금 발기인들이 반강제적으로 강릉, 온양, 부산 등지로 분산되어 있어요. 그리고 또 회사에선 나에 대한 악선전을 퍼뜨리고 있구요. 내가 노조를 이용해서 정치적 야심을 달성하려한다는 식으로 말이에요. 오늘 이 술좌석도 다 최이사의 계산된 술책이에요. 선배님까지 불러올린 걸 보면 눈치 못 채겠어요? 선배님더러 절 설득시키라는 거죠. 그런 판국에 제가 최이사와 술을 같이 마셔 보세요. 나에 대해 또다시 무슨 이상한 소문이 날는지 모르잖아요?”

“그렇지 않아도 니 입장이 꽤 난처해졌다는 걸 여기 와서 내 눈으로 똑똑히 보고 알았다. 하지만 니 혼자 술을 마시는 것도 아니고 우리 모두 같이 마시는데 어떻겠노? 최이사 술이 더러 봐서 못 마시겠다면 내가 술 사마.”

“그래서가 아녜요. 아까도 말씀드렸지만 저, 오늘 피치 못할 사정이 있어요. 선배님께서 제 입장을 한번만 이해해 주세요.”

“다 이해한다고 방금 전에 얘기 안했나! 다른 사람은 너에 대해 뭐라고 해도 난 니 맴 다 아니께 같이 가자. 잠깐만 앉아 있다가 가믄 되지 않겠나!’

“좋아요. 그럼 선배님 체면을 봐서 15분 동안만 앉아있다 갈 테니까, 다신 절 붙잡지 않겠다고 약속해 주세요.”

“그래. 나도 남자다. 한번 한 약속은 목구멍에 칼이 들어와도 꼭 지켜. 15분 후엔 널 다시 붙잡지 않을게.”

그러면서 어서 빨리 일어나라고 재촉했다.

다른 사람이라면 몰라도 천진욱 차장이 철석같이 약속하는데, 안 따라 갈 수가 없었다. 그래서 나는 천차장 뒤를 따라 그 다방을 나왔다. 먼저 간 일행이 이미 자리를 잡아놓은 다래살롱으로 들어갔다. 우리들이 퇴짜를 맞은 무지개살롱에서 불과 30여 미터밖에 더 떨어지지 않은 곳이었다.

천차장과 내가 다래 안으로 들어가자, 이미 그곳의 룸을 하나 차지하고 앉은 일행이 어서 빨리 들어오라고 소리쳤다.

내가 전화 좀 하고 들어가겠다고 하니까.

“일 들어와서 해.”

최이사가 룸 안에 있는 전화기를 들여 보였다. 그러나 여러 사람이 함께 있는 룸 안에서 전화를 걸 순 없었다.

내가 집으로 전화하는 걸 알면 최이사가 우리 집까지 따라올는지 모르기 때문이었다. 그래서 괜찮다고 대답한 뒤 카운터로 걸어갔다. 그곳의 전화기를 통해 집으로 전화를 걸었다. 내가 혹시 늦을는지 모르니깐 아내한테 105호로 내려가서 아주머니한테 미안하다는 말을 전해달라고 부탁하기 위해서였다. 그러나 왠지 전화가 잘 되지 않았다.

전화번호를 다시 돌리면서 무심코 뒤를 돌아다보니, 천차장인지 누군지 확실히는 모르겠으나, 누군가 홀 안의 의자 위에 앉아 나를 감시하고 있었다. 나는 갑자기 기분이 나빠져서 얼른 수화기를 내려놓았다. 그런 다음 다래를 나왔다. 바로 옆집인 일식집으로 들어갔다. 밤늦게 찾아오는 단골손님인 줄 알고 허리를 직각으로 꺾어 인사하는 종업원에게 전화 좀 쓰러왔다고 하니까 나를 친절하게 카운터까지 안내해 주었다.

나는 집으로 전화를 걸었다. 그러나 역시 연결이 되지 않았다. 통화 중이었던 것이다. 짜증스런 기분이 되어 수화기를 내려놓는데, 김종항 차장이 그 집으로 들어왔다.

"왜 여기 전활 쓰는 거야?"

"그 집 전화기가 별로 안 좋아서 그래요."

"모두 다 자넬 기다리고 있어. 빨리 가자구."

"가만히 계세요. 전화 좀 하구요. 약속을 못 지킬 바에야 어째서 못 지키는지 연락이라도 해줘야 하잖아요?"

"사람들이 많은데, 그 집에서 어떻게 전화를 해요?"

김차장과 내가 카운터 앞에 서서 전화 문제로 옥신각신하기 시작하자, 그 집 여주인이 쫓아왔다. 자기네 집 손님도 아닌 주제에 큰소리로 떠드는 게 아니꼬웠던 모양이다. 색깔이 깃든 시선으로 우릴 쓱 훑어보더니, 여기서 떠들면 장사하는데 방해가 되니까 밖에 있는 공중전화를 사용하라는 것이었다.

"서대리, 다시 봐야겠는데? 남자가 술을 마시러 왔으면 술을 마셔야지, 도망칠 궁리나 하고 왜 그래?"

꼼짝없이 일식집 밖으로 쫓겨나서, 내가 담배를 피워 물자, 김차장이 투덜거렸다.

"선배님, 정말 너무 하십니다. 제 기분이 지금 술을 마실 기분입니까?"

"서대리 기분은 나도 알아, 하지만 최이사 기분도 이해해줘야지. 서대리 때문에 일부러 술을 마시러 왔는데, 서대리가 자꾸 꽁무니를 빼면 어떡해? 그러지 말고 어서 들어가자구. 전화야 기회를 봐서 잠깐 밖에 나와 걸면 되잖아."

그러면서 내 팔을 잡아끌었다.

나는 담배나 마저 다 피우고 나서 들어가겠다고 말한 뒤, 정말 담배를 한 개비를 다 피우고 나서야 다래로 들어갔다.

우선 카운터로 갔다. 집으로 전화를 걸었다. 이번엔 통화가 되었다.

"무슨 전화를 그렇게 오래 걸어?"

내가 짜증스럽게 묻자, 아내는 105호 아주머니와 통화를 하느라고 그랬다고 대답했다. 그러면서,

"그 집 아저씨를 만나기로 했다면서 여태까지 안 들어오시면 어떡해요?"

하고 물었다.

"그래서 전활 걸었어. 금세 못 들어갈 것 같애."

"그 집 아저씨, 11시에 들어 오신다는데, 그때까지도 못 들어와요?"

"그럴 것 같애."

"왜요?"

"최이사랑 술을 마시고 있는데, 인간적으로 뿌리쳐버릴 수도 없고, 참말 괴로워 미치겠다."

"상대방에서 당신을 인간적으로 대우해 주지 않는데, 당신이 왜 인간적으로 대해줘요? 확 뿌리치고 오세요."

"그럴 수가 없다니깐 그러네."

"왜요?"

"야, 이 바보야. 내 마음을 그렇게 모르나?"

"알고 모르고 간에, 당신 입장이 곤란하면 제가 그리 갈까요? 거기 어디예요?"

"여기가 어디라고 니가 오나?"

"당신이 못 오면 저라도 가서 당신을 데려와야죠."

"그럴 필요까진 없고…."

"알았어요. 그럼 제가 다른 집에 연락해 볼 테니깐 5분이나 10분 후에 다시 전화해봐요."

아내가 비로소 내 괴로움을 눈치 채고 그렇게 말했다. 아내 이야기인즉 자기가 옴으로써 내 입장이 곤란해진다면 자기 대신 다른 사람을 보낼 테니까, 다시 전화를 걸어달라는 것이었다.

나는 전화를 끊고, 일행이 기다리고 있는 룸으로 들어갔다. 그때까지도 내가 들어오기를 기다리면서 술을 마시지 않고 있던 일행이 손뼉을 쳐서 나를 열렬히 환영해 주었다. 나는 자리에 앉기 전에 미리 양해를 구했다.

"15분 동안만 앉아있다 갈 테니까, 약속해 주실 수 있겠죠?"

그러자 최이사가 대뜸 반대했다.

"15분이라면 술 한 잔 마실 시간도 안 되는데, 그럴 수가 있나? 한 시간만 있다가 나가자."

"그럼, 전 그만 가겠어요"

하고 내가 돌아서자, 최이사가 얼른 내 팔을 붙잡았다.

"좋아. 15분만 있다가 가게."

그러면서 손뼉을 쳐 웨이터를 불렀다.

웨이터가 잽싸게 달려왔다. 최이사가 호기있게 소리쳤다.

"야, 여기 있는 아가씨들 모조리 집합시켜. 그 중에서 예쁜 애들만 고를 테니까."

"염려하지 마십시오. 저희 집에 있는 애들은 모조리 다 미스코리아 깜이니까요."

"알았어. 사람 숫자대로 데려와."

"알았습니다"

하면서 돌아서 가려는 웨이터를 내가 얼른 붙잡아 세웠다.

"난 조금 있다 갈 테니까 아가씨 하난 안 불러도 돼요."

아가씨를 옆자리에 앉혔다간, 그 아가씨 때문이라도 얼른 일어나지 못할 것 같아서였다.

웨이터가 알았다는 듯이 카운터 쪽으로 가더니, 금세 아가씨를 다섯 명 놀아왔다. 최이사가 그 중에서 제일 반반하게 생긴 아가씨를 내 옆에 앉히려고 했다. 나는 기겁을 해서 얼른 천진욱 차장 옆으로 자리를 옮겨 앉았다. 그러자 최이사가 여자 대신 술이나 한잔 받으라면서 내 잔에 술을 가득 따라주었다.

그 청마저 거절할 수가 없어서 잔을 비우자, 최이사가 다시 한잔을 더 따랐다. 나에게 술을 자꾸 권해 취하게 하려는 수작임이 분명했다. 그래서 나는 최이사 모르게 술을 다른 글라스에 쏟아 부은 다음, 그 다음부턴 술잔에 입을 대는 척만 했다. 그렇게 해서 위기를 간신히 모면했다. 이윽고 약속한 15분이 지나 10시 40분이 되었다. 내가 이제 그만 가봐야겠다면서 자리를 일어서려 하자, 최이사가 얼른 만류했다.

"조금만 더 있다가 가."

"이사님, 정말 왜이러십니까? 남자답게 약속을 지켜 주셔야지요."

내가 화를 벌컥 내자, 최이사가 말했다.

"니가 가버리면 판이 깨져버리지 않나? 다른 사람 생각도 좀 해줘야지."

"다른 사람들을 위해 저도 여기까지 따라왔지 않습니까? 선약을 취소하면서까지 말이에요. 저로선 할 도리를 다 했습니다. 이제 그만 보내주세요."

그러자 최이사는 술이 취한 척하며 내 손을 놓아주지 않았다. 나는 너무 답답하고 막막해서 제발 보내달라고 사정했다. 그런 내가 옆에서 지켜보기에도 참 안됐었던 모양이다. 최병수 차장이 자리를 차고 일어섰다.

"내가 바래다줄게, 서대리."

그 순간만큼은 최차장이 그렇게 고마울 수가 없었다. 그래서 최차장을 따라 얼른 일어섰다. 그러자 이제까지 술에 취한 척하고 있던 최이사가,

"내가 바래다줄 테니까, 자네들은 술이나 마시고 있어."

최차장의 어깨를 눌러 앉히며 벌떡 일어섰다.

"그러실 필요 없습니다. 저 혼자 택시를 타고 가겠습니다."

내가 거절했지만, 최이사는 막무가내였다. 안주머니에서 10만 원짜리 수표 몇 장을 꺼내 탁자 위에 던지더니, 자기가 먼저 앞장 서서 룸을 나갔다.

최이사의 그런 행동 역시 평소에 볼 수 없었던 이상한 행동이었다. 그는 결코 부하 직원을 직접 바래다주기 위해 술집 밖에까지 따라 나오는 자상한 성격의 상사가 아니었던 것이다.

그러나 그 당시 나는 그런 점까지 일일이 의심하진 않았다. 지금이라도 빨리 돌아가면 105호 아저씨를 만날 수 있겠다는 생각만 했을 뿐이었다. 그래서 일행에게 먼저 가서 미안하다는 인사를 하고 다래를 급히 나왔다.

우리가 광화문에서 타고 온 최이사 차는 그때까지도 30미터쯤 떨어진 무

지개룸살롱 주차장에 주차되어 있었다. 내가 그곳으로 가보니 먼저 도착한 최이사가,

"어이, 이 차 좀 빨리 빼줘."

크게 소리치고 있었다.

최이사 차 뒤쪽에 다른 차가 비스듬하게 주차되어 있었기 때문에 차를 뺄 수 없었던 것이다. 최이사가 주차 관리원에게 차를 빨리 빼라고 소리쳤다. 꽤 다급해하는 목소리였다.

나는 내가 택시라도 타고 갈까봐 그러는가보다 라고 최이사의 다급하게 서두르는 동작을 별로 이상하게 생각하지 않았다. 그래서 그 옆에 그저 가만히 서있기만 했었다. 최이사 뒤쪽에 주차되어 있던 차가 후진을 해서 자리를 내는 순간, 저쪽에서 헤드라이트를 켠 차가 천천히 서행해 오는 게 보였다. 그 차가 바로 나를 목포까지 납치해간, 서울 2머 2549호 로얄 살롱이었다.

그 당시 상황을 박상전이 직접 진술한 서초경찰서의 수사보고서에서 살펴보기로 하자.

김규남으로부터 전화 연락을 받은 박상전은 22시 20분경 서울시 강남구 역삼동 178번지의 10호 무지개카페 주차장에 도착, 약 30분간 기다렸을 때 2~3명으로 보이는 나이든 남자가 술집에서 나오는 것을 보고 박상전이 행동대원 중 힘이 세어 보이는 뚱뚱한(일명 돼지, 김성남) 대원과 몸이 마른 대원 2명(일명 갈비, 칼치)에게 저 사람에게 가서 서정의인지 확인을 하고 뒷문을 열어놓은 다음, 서정의가 맞으면 저 차에서 누가 찾는다고 하면서 데리고 와 열린 자동차 뒷문으로 밀어 넣으라고 지시하여 행동대원들이 서정의에게 다

가가서 확인한 후 자동차 쪽으로 데려왔을 때, 서정의가 자동차에 있는 피의
자 박상전을 보고 모르는 사람인 것을 알고 그냥 가려는 것을, 행동대원들이
자동차 뒷문 안으로 밀어 넣었으나, 서정의가 "놓으라"고 하면서 완강히 거
부하여 행동대원들이 강제로 들어 서정의를 자동차 뒷좌석에 눕혀 태운 후
에, 피의자 박상전은 운전석에서 운전을 하고, 서순남은 뒷좌석 가운데, 돼
지(김성남)는 운전석 옆 좌석에, 칼치(조우남), 갈비(오진남)는 뒷좌석 양쪽
에 앉아 서정의를 뒷좌석 시트 밑에 눕혀 출발하여 납치하고….

앞의 수사 보고서에도 분명히 박상인 일당이 나를 납치한 것으로 되어
있다.

맨 마지막 부분인 '서정의를 뒷좌석 시트 밑에 눕혀 출발하여 납치하고
…' 라는 대목이 바로 그것이다. 자기 입으로 분명히 나를 납치했다고 진술
했음에도 불구하고 박상인은 내 스스로 꾸민 자작극이라고 주장했고, 경찰
에서도 그런 식으로 발표했었다. 자기가 작성한 수사 보고서에도 분명히 나
를 납치했다는 범인의 진술이 나오는데, 자작극일 것 같다는 뉘앙스의 수사
발표를 한 것이다.

어쨌거나 그 당시 최이사 차를 가로막고 있던 차가 후진해서 자리를 내주
는 바람에, 비로소 최이사의 차가 주차장을 떠날 수 있게 되었다.

최이사가 운전석에 앉아 시동을 걸었다. 그가 나를 바래다준다고 말했으
므로, 나는 당연히 그러리라 생각하여 차문을 열고 그 차에 올랐다. 운전석
옆자리에 앉았다. 최이사가 막 후진을 해서 차를 빼려할 때였다. 웬 청년이
최이사 차 쪽으로 다가와 후진을 가로막으며 나에게 물었다.

"혹시 서정의 씨 아닙니까?"

나로서는 물론 생전 처음 보는 낯선 사람이었다. 그러나 내 이름을 정확히 알고 묻는 바람에,

"예, 그런데요!"

하고 대답했다. 그러자 청년이 말했다.

"누가 찾아 왔는데여."

나는 어이없게도, 그 청년이 아내가 보낸 이웃집 청년인 것으로 생각했었다.

전화상으로 내가 지금 곧 갈 수 없다면서 괴로움을 하소연하자, 아내가 알았다, 다른 집에 연락해볼 테니까 5분이나 10분 후에 전화를 다시 걸어달라고 했었기 때문이다. 그래서 별다른 의심 없이 최이사의 차에서 내려, 그 청년이 안내하는 대로 검은색 로얄 살롱 쪽으로 다가갔다.

내가 그 차 가까이 다가갔을 때였다.

차문이 열리며 청년들이 우르르 뛰어 내렸다. 공연히 이상한 예감이 들어 내가 멈칫거리자,

"야, 임마. 왜 남의 돈을 떼어먹고 갚지 않는 거야?"

그들이 소리치며 나를 에워 쌌다. 그러면서 양쪽에서 내 팔을 잡더니, 나를 강제로 차에 태우려 했다.

"당신들, 누구요? 누군데 이러는 거요?"

내가 소리치면서 그들을 뿌리치자,

"돈을 떼어먹고 달아난 주제에 이 자식이 어디서 큰소리야?"

그들이 나를 집중 구타하기 시작했다.

그러면서 나를 차 안으로 강제로 꾸겨 넣으려 했다. 나는 차 안으로 끌려 들어가지 않으려고, 차체를 두 손으로 꽉 붙잡고 서서 최이사 쪽을 항해,

"사람 살려요"

하고 크게 소리쳤다.

자기가 지시해서 이루어지는 납치극이었기 때문에 그럴 수밖에 없었겠지만, 최이사는 별로 범인들을 만류하지 않았다. 내가 범인들에게 집중 구타를 당하면서 사람 살리라는 소리를 서너 차례 반복했음에도 불구하고, 범인들 주위를 빙빙 돌면서 겨우 '왜들 이러는 거요?' 하는 말만 마지못해 했을 뿐이었다. 그것도 나중에 밝혀진 사실이지만, 그 당시 목격자가 사건 현장에 있었기 때문에, 자기는 범인들과 한 패가 아니라는 걸 강조하기 위해 형식적으로 그래본 것뿐이었다.

그 목격자는 그 근처 술집에서 술을 마시고 있던 술집 손님이었다. 소변이 마려워 주차장으로 소변을 보러 나왔다가, 내가 납치당하는 광경을 우연히 목격하게 된 것이다.

서초경찰서에 증인으로 출두하여 목격자 진술을 한 그 사람의 이야기를 들어보면, 최이사는 철저하게 범행을 방조한 것으로 되어 있다. 즉, 범인들이 나를 구타한 뒤에 차에 싣고 달아나는 걸 최이사가 가만히 보고 있기에, 당신도 일행 같은데 왜 이러고 있느냐. 빨리 쫓아가야 할 것 아니냐! 하고 말했더니, 그제서야 마지못해 차를 몰아 따라가는 척하더라는 것이었다.

나는 승용차 뒷좌석 바닥에 짐짝처럼 실려 목포로 끌려가면서, 최이사가 나를 납치하라고 교사했다는 걸 직감적으로 깨달았다. 내가 차 안으로 끌려 들어가지 않으려고 끝까지 반항하면서 범인들과 승강이를 벌인 시간이 대략 3분 정도 됐었는데, 그 시간이라면 최이사가 20미터쯤 떨어진 다래살롱으로 뛰어가서 직원들에게 구원 요청을 할 수 있는 충분한 시간이었기 때문이다.

그러나 목격자의 진술에서도 나타난 바와 마찬가지로, 최이사는 다래살롱으로 뛰어가지도 않았고, 범인들이 나를 싣고 주차장을 떠날 때까지도 수수

방관했던 것이다. 나중에 그날 함께 있었던 직원들을 통해 들은 이야기지만, 최이사는 사건 직후 다시 다래살롱으로 뛰어가지도 않았고, 범인들이 나를 싣고 주차장을 떠날 때까지도 수수방관했던 것이다. 나중에 그날 함께 있었던 직원들을 통해 들은 이야기지만, 최이사는 사건 직후 다시 다래살롱으로 돌아가서 20분 동안 술을 마셨다고 한다.

내가 납치당한 사실을 그 즉시 신고하지 않고, 한 시간 후에 한 점도 아주 의심스럽다. 최이사가 사건 현장에 있었고, 최후의 목격자인 점을 감안한다면, 자기가 연관되지 않았다는 사실을 증명하기 위해서라도 그는 그 즉시 신고를 해야 한다. 그래야만 의심을 덜 받기 때문이다.

그럼에도 불구하고 한 시간 후에나 신고를 한 이유는, 회사측과 대책을 협의하느라고 시간이 조금 지체하지 않았나, 나는 지금까지도 그렇게 생각하고 있다.

내 사건이 일제히 보도되기 시작한 5월 9일자 〈동아일보〉를 보면 '現代건설 勞組위원장, 被拉 행방불명—會社 간부와 회식한 뒤 怪靑年에 납치당한 뒤 4일째 소식 끊겨' 라는 제목 아래 내 납치 소식을 간단히 전한 뒤, 맨 끝에 '회사측은 서대리의 납치사건과 아무런 관계가 없으며, 사건 발생 직후인 지난 6일 밤 11시 반경 최이사를 서초경찰서에 출두시켜 서씨의 피랍 사실을 신고했다' 라고 그 즉시 신고했다는 점을 유난히 강조하고 있는 것이다.

그 날짜와 그 다음 날짜 조간신문을 들춰보면 금세 알 수 있는 사실이지만, 그때까지만 해도 신문에선 내 사건을 사실 그대로 보도하기에만 바빴을 때였다. 다시 말해 납치사건이 내 자작극인지, 회사 사정에 의한 청부 납치인지 하는 건 따지지도 않았을 때인 것이다.

그럼에도 불구하고, 회사측에서 신문 보도 첫째 날부터 무관(無關)을 애써 강조하는 까닭은, 도둑이 제 발이 저리다는 식 이외엔 아무것도 아니다. 회사측 의도와는 달리, 내 사건이 재빨리 그리고 크게 보도되어 여론화할 조짐이 보이기 시작하자 부랴부랴 회사와 내 납치사건과 아무 관련이 없다고 주장하게 된 것이다.

더 가증스러운 것은 최이사가 서초경찰서에 출두하여 내 사건을 신고하면서 단순 폭행 사건으로 신고했다는 점이다. 내가 납치당하는 장면을 자기 눈으로 똑똑히 목격했으면서도, 단순 폭행 사건으로 신고하다니, 그나마도 당직자에게 구두로 신고해서 서초경찰서 상황 일지엔 보고조차 되어 있지 않았다.

어쨌거나 최이사가 회사와의 긴밀한 연락 끝에 내 사건을 단순폭행 사건인 것처럼 축소 보고한 그날 11시 30분쯤에, 나는 고속도로 위를 달리고 있었다. 두 눈을 넥타이로 가리고 입엔 재갈이 물린 채로 승용차 뒷좌석에 길게 눕혀져서 어디론가 끌려가고 있었던 그 당시의 내 기분은 절망, 그것 이외엔 아무것도 아니었다. 범인들에게 물린 허벅지의 아픔과 차문을 닫을 때 생긴 정강이의 아픔(차를 출발시킬 때 내가 차문을 못 닫게 하느라고 발을 문 밖으로 길게 내뻗고 있자, 범인들이 차문을 닫으면서 정강이에 심한 상처를 생기게 했고, 그렇게 하는데도 내가 계속 발을 뻗고 있자, 이번엔 범인 중 한 명이 내 허벅지를 물었음) 그리고 차가 덜컹거릴 때마다 척추에 와 닿는 자동차의 볼록한 부분(프레임)이 너무 괴로워서 나는 차라리 죽어버리고 싶다는 행각을 했었다.

가끔 옆자리에서 운전을 하는 두목(박상전)이 뒤를 돌아다보며 부하들에게 '조금이라도 이상한 짓을 하면 회칼로 팍 쑤셔버려!' 할 때마다 나는 저승과 이승 사이를 부지런히 왔다 갔다 했다.

서진룸살롱 살인사건을 연상하면서 무지막지한 범인들의 행동을 미루어 보아, 그들은 충분해 나를 회칼로 팍 쑤셔서 달리는 자동차 밖으로 던져버리고도 남을 것같이 생각되었기 때문이다. 다만 한 가지 위안이 되는 것은, 아까 차를 출발시킬 때,

"서선생, 우리말만 잘 들어주면 집으로 무사히 돌려보내 주겠소. 알겠소?"

하던 두목의 말이었다.

내가 말을 안 들으면 자기가 조물주 노릇을 대신하겠다는 공갈, 협박이었다.

그러나 그 당시엔 그 말이 공갈, 협박으로 들리지 않았다. 정말일 것처럼 들렸다. 그래서,

"예"

하고 대답해서 시키는 대로 고분고분 따라 하겠다는 뜻을 분명히 했다. 앞으로 얼마든지 더 살아도 좋을 서른일곱 살의 아주 젊은 나이에 겨우 인생이 반 정두만 살고 그 나머지는 미개봉 상태로 남겨 놓은 채, 달리는 자동차 위에서 최후를 맞고 싶지 않았기 때문이다.

말 잘 듣는 초등학생처럼 고분고분한 내 태도에 두목도 별다른 불만이 없었던 모양이다. 잠시 후 내가 서정의인지 확인해보고, 맞으면 약을 먹여 재우라고 말했던 것이다. 범인들이 나를 만져보면서 자기네들끼리 체크무늬 양복은 맞고, 사진 그대로 얼굴도 갸름하고 눈이 동그란걸 보니 서정의가 맞는가 보다 하더니,

"당신이 정말 서정의 맞소?"

하고 물었다.

내가 그렇다고 고개를 끄덕이자, 내 입을 강제로 벌리더니, 알약을 털어넣고 물을 부었다. 내가 약을 안 먹으려고 심하게 반항하자, 안정제니까 괜

찮다고 하면서 억지로 삼키게 했다.

그 다음부터 정신이 가물거리고 의식이 흐려지는 걸 보니, 그 약은 수면 제임이 분명했다. 그러나 너무 불안하고 공포에 질려있었던 때문인지, 잠은 오지 않았다. 나는 안간힘을 써서 모든 것을 다 기억하려고 애를 썼다. 그 덕분에 몇 가지는 똑똑히 기억할 수 있었다. 즉, 차가 멎더니 두목이 '목포' 하고 소리쳤고, 차가 4번 정도 잠깐씩 멈췄으며, 어디쯤인가에선 범인들이 옷을 벗어 내 머리를 씌우더니, 손으로 꾹 누르곤 하던 것들이었다. 그런 것 들이 목포까지 끌려가는 도중에 내가 차 안에서 겪은 일들의 전부였다.

공포의 날, 5월 7일

내가 고속도로 위에서 불편한 자세로 자정을 넘기고 있는 동안, 아내는 나의 귀가를 초조하게 기다리고 있었다.

11시까지 들어올 줄 알았던 내가 자정을 넘길 때까지도 종무소식이었기 때문이다. 그러나 그다지 걱정을 크게 하진 않았다고 한다. 자주 그러는 건 아니지만, 내가 술집 주인을 부자로 만들어주기 위해 술집 탁자 위에서 자정 을 넘길 때가 간혹 있었기 때문이다.

그래서 그날도 그런가보다 하고 조금 초조하긴 했어도 염려를 크게 하진 않았는데, 최병수 차장으로부터 걸려온 전화를 받고 나서부터 상황이 싹 달 라져버리고 말았다.

최차장이 우리 집으로 전화를 건건 자정을 넘긴지 얼마 안돼서인 5월 7일 0시 15분쯤이었다. 아내가 전화를 받자마자 대뜸 서대리 집에 들어왔느냐고 묻더라는 것이었다. 그래서 아내가 아직 안 들어왔다고 대답하자.

"술집에서 갑자기 없어져서 지금쯤은 집에 가 있는 줄 알았는데 ….”

최차장이 그러더니, 알았다고 하면서 전화를 끊었다고 한다.

그 다음부터 아내는 궁금증의 포로가 되어 안절부절하기 시작했다. 그러나 속수무책이었다. 시간이 공교롭게도 자정을 막 넘긴 한밤중이라서 아무데도 전화를 걸어볼 수 없었기 때문이다. 상상을 닦달해서 나의 행방을 추적하는 수밖엔 없었다. 그러나 그 어떤 상상도 아내를 위로해 주진 못했다.

상상하는 족족 그 끄트머리엔 항상 불길한 예감이 도사리고 있어서, 나중엔 상상하는 것조차 겁이 났었다고 한다.

그렇게 또 시간 동안을 꼬박 불길한 예감의 포로가 되어 아내가 가슴을 죄고 있을 때, 최병수 차장과 신선기 차장 그리고 김종항 차장이 우리 집을 찾아왔다. 02시 30분경이었다.

나와 다래 술집까지 같이 갔었던 죄로, 그날 꽤 많은 고생을 한 그들은 자리에 앉자마자,

"최재한 이사와 천진욱 차장이 서초경찰서로 실종신고를 하러 갔고, 우리들은 서대리를 찾기 위해 본사로 가서 국내 공사관리부 현장 직원들에게 연락하여 20명 가량 집결시켰다. 그랬더니, 어떻게 알았는지 강명호 총무부장이 회사로 전화를 걸어 '별일 아니니까 해산하라'고 하더라. '직원이 술집에서 갑자기 종적을 감춰버렸는데, 이게 왜 별일이 아니냐, 우린 서대리를 찾을 때까지 해산하지 않을 것이다'라고 하면서 해산을 하지 않았더니, 방금 전에 최재한 이사가 나타나 '서초경찰서에 가서 신고해놨으니까 괜찮을 거다. 그러니 빨리들 집으로 돌아가서 눈 좀 붙였다가 출근하도록 해라'하기에 마지못해 해산했다면서 아무래도 아내에게 사실을 알려줘야 할 것 같아 찾아왔다."

그렇게 말하더라는 것이었다.

그러나 그들이 알고 있는 사실이란 여간 빈약하지 않았다. 최이사한테서 전해들은 게 고작이었기 때문이다. 즉, 먼저 가겠다고 최이사와 함께 다래살 롱을 나선 내가 주차장에서 괴청년들과 시비가 붙어 싸움을 하다가, 청년들 에게 끌려 어딘가로 갔다는 것이 그들이 알고 있는 사실의 전부였던 것이다.

하지만 최이사의 그 말을 믿는 사람이, 그날 우리 집을 찾아온 사람들 중엔 단 한 사람도 없었다. 그들도 나와 마찬가지로 내가 괴청년들로부터 집단 구 타를 당하고, 급기야 어딘가로 끌려가버렸다면 최이사가 어째서 자기네들한 테 달려와 구원 요청하지 않았느냐 하는 의문을 가지고 있었던 것이다.

그들은 막연하긴 하지만, 내가 누군가에 납치를 당한 게 사실이라면 그 누군가의 배후엔 회사가 도사리고 있다. 그리고 최이사가 회사를 대신하여 표면에 드러나 있다. 그렇게 어림짐작하고 있었다. 하지만 아직 확실하게 드 러나지 않은 그 사실을 아내에게 이야기 해줄 순 없었다. 그래서 그들은 내 가 혹시 포기 각서를 강요당하기 위해 잠시 지방에 내려가 있을는지 모르겠 다는 식으로 아내를 위로한 다음, 자리를 일어섰다고 한다.

아내도 나를 통해 그동안 발기인들이 포기 각서를 쓰고 지방에 내려가 있 다는 사실을 전해 들었던 터라, 정말 그럴런지도 모르겠다는 식으로 억지 자 위를 했다고 한다. 그러나 아무리 자위를 자급자족하며 불안을 위로해도 궁 금증마저 떨쳐버릴 순 없었다. 내 성격상 지금 어디 있다는 걸 전화로라도 알려줬을 텐데, 전화가 일절 없었기 때문이다.

아내가 나의 안부에 대해 골탕을 먹고 있는 그 시간에, 나는 아내로부터 점점 멀어져 가고 있었다. 신선기 차장과 최병수 차장 그리고 김종항 차장 이 우리 집을 찾아왔었던 02시 30분경에 나는 광주 가까운 고속도로를 달리 고 있었고, 그보다 한 시간 반쯤 후인 04시경엔 목포 가까운 곳을 달리고 있 었던 것이다.

그 시간엔 '목포의 눈물'로 너무나 잘 알려진 남쪽 항구의 목포엔 정말 눈물처럼 비가 부슬부슬 내리고 있었다. 그 유명한 유달산도, 삼학도도 보이지 않았다. 보이느니 그저 시커먼 어둠뿐이었다. 범인들도 목포 지리를 잘 모르는 모양이었다. 박상전이 차의 속도를 늦추더니,

"씨팔, 종합터미널이 어디야?"

하고 물었던 것이다.

다른 범인들도 전라도 사투리를 쓰고 있었지만, 목포가 고향은 아닌 모양인지 목포에 대해 조예가 그리 깊지 못했다.

"거리 표지판을 잘 보세요. 어딘가에 종합터미널을 알려주는 표지판이 있을 거예요"

하고 대답했던 것이다.

그래서 새벽 거리를 방황하리라 예상했었는데, 서울에 비해 좁은 목포시가 범인들을 잘 도와주었다.

얼마 헤매지도 않았는데, 종합터미널을 금세 찾아냈던 것이다. 그곳엔 이미 함명남이 우산을 들고 나와 서서 범인들이 도착하기를 기다리고 있었다. 70만 원을 받고 범인들에게 감금 장소를 제공해준 대가로, 나중에 국가에서 무상으로 임대해 주는 감금 장소(교도소)를 사용하게 된 함명남은 연락책인 김규남의 동서 김재남(가명)의 소개로 내 납치사건에 가담하게 된 사람이다.

김규남이 진술한 함병남의 범죄 행위 가담 경위를 살펴보기로 하자.

김규남은 1988년 5월 6일 16시경 전남 목포시 주소 불상(不詳)에 거주하는 친동서 김재남에게 전화(전화번호, 76-4XX6)하여 선배가 사고를 쳐서 약

10일간 피신해야 하는데, 집을 구해달라고 부탁하여 같은 날 20시경 목포시 거주 함병남이 김규남 집으로 전화하여 방이 있다고 했음.

김규남은 한 시간마다 전화를 해달라고 부탁하여 함병남은 계속해 한 시간마다 김규남 집으로 전화를 하고, 피의자 박상전은 23시경 서울시 강남구 역삼동에 있는 공중전화에서 김규남 집으로 전화를 걸어 목포로 출발한다고 했을 때 김규남은 목포시까지의 시간을 5시간 정도로 계산하여 03시 30분부터 04시 30분경 사이에 목포시 종합터미널 앞 택시 주차장까지 가면 사람이 나와 있을 것이라고 하여, 피의자 박상인은 그 말을 듣고 그대로 서울을 출발하여 시속 약 80킬로미터의 속력으로 운전하여 목포까지 갔음.

아무도 지나다니는 사람이 없어 괴괴하게 느껴지기조차 하는 목포시 종합터미널 앞에서 우산을 쓰고 기웃거리던 사람이 바로 그 함병남이었던 것이다. 그러나 나는 볼 수 없었다. 넥타이로 눈이 가려져있는 상태이이기 때문이었다.

그리고 내 의식이 약 기운에 항복해버린 건 아니었다. 초긴장이 약 기운을 압도해 나갔기 때문이다. 차가 멎고, 사람들이 나를 짐짝처럼 끌어내려 등에 업고, 우산을 씌워 주고 하는 것까진 희미하게 기억했던 것이다.

어디선가 개 짖는 소리가 컹컹 들렸다.

"이봐, 여긴 외딴 마을이야. 살려달라고 소리 질러도 소용없어."

내가 범인들의 등 위에서 꿈틀거리자, 누군가 그렇게 말했다. 두목이었다. 내가 목소리만 듣고도, 그가 두목인지 아닌지 금세 판가름할 수 있었던 건 순전히 말투 덕분이었다. 두목 혼자만 서울 말씨이고, 나머지 범인들은 다 전라도 사투리를 썼던 것이다.

"소리치면 회칼로 쑤셔버려."

두목이 다시 음산한 목소리로 명령했다. 정말 칼처럼 날카로운 감각을 가진 쇠붙이가 내 옆구리에 와 닿았다. 나는 희미한 의식으로도 위기를 느꼈다. 주위가 쥐 죽은 것처럼 조용한 게 두목 말마따나 정말 외딴 마을인 것같이 생각되어졌기 때문이다. 내가 조금이라도 이상한 행동을 하거나 하면, 범인들은 정말 나를 회칼로 처리해서 이곳의 어느 이름 모를 야산에 묻어버릴 것이다.

그런 생각이 불쑥 들었다. 옷 속을 파고드는 봄비의 차가운 감촉만 아니라, 온 몸이 부르르 떨렸다. 그렇게 범인들의 등에 업혀져서 얼마 동안이나 걸어갔을까.

"여기요?"

하고 묻는 두목 목소리가 들렸다.

"그렇소, 다 왔소."

함병남이 대답했다. 그러더니 곧 대문을 여는 소리가 들렸다. 나는 범인 등에 업혀진 채 대문을 넘어섰다. 대문에서부터 내가 닷새 동안 감금되어 있던 구석방까진 거리가 얼마 되지 않았다. 금세였다.

"여기가 우리 집에서 제일 은밀하고 조용한 방이오"

하는 함병남의 목소리가 들렸고, 이어 방문이 열리면서 범인들이 나를 짐짝 부리듯이 방 안에다 내려놓았던 것이다.

방 안엔 이미 이부자리가 깔려있었다.

그리고 군불을 지펴놓아서 따뜻한 온기가 봄기운처럼 훈훈하게 서려있었다.

"난 안방에 가 있을 테니까, 심부름시킬 일이 있으면 부르시우."

함병남이 그렇게 말하고 어딘가로 사라진 다음, 범인들도 우르르 내가 들어있는 구석방으로 들어왔다.

"이런, 옷이 다 젖었구먼."

두목이 내 옷을 만져 보며 그렇게 말했다. 아닌 게 아니라 내 옷은 빗물에 흠씬 젖어 있었다. 범인들이 우산을 씌워주긴 했지만, 나보단 자기네들 옷만 가리기에 급급하여 나를 빗물로부터 덜 보호해줬기 때문이다.

"이정도면 속옷까지 다 젖었겠구먼. 이봐, 누구 나가서 잠옷 좀 구해와!"

두목이 말하자, 누군가 일어나서 밖으로 나갔다. 그러더니 곧 반팔 티셔츠와 잠옷 바지를 가져왔다. 아마 함병남한테서 얻어가지고 오는 모양이었다.

"서선생, 이 옷으로 갈아입으시오."

두목이 잠옷과 티셔츠를 나에게 건네주었다. 나는 잠시 망설였다. 젖은 옷을 갈아입는 거야 기분 나쁜 일이 아니었지만, 옷을 갈아입게 되면 옷 속에 든 소지품을 다 꺼내야 할 텐데, 그 소지품을 어떻게 처리해야 좋을는지 난감해서였다.

그 당시 내 주머니 속엔, 나중에 문제가 되어 납치사건을 내 스스로 꾸민 자작극이 아닌가 하는 오해를 낳게 만든 1천6백3십만 원이 들어있었다. 물론 현찰이 아니고 수표였지만 말이다. 그러나 어느 은행에서고 금세 현금화 시킬 수 있는 자기앞수표였기 때문에, 만약 범인들이 그 돈을 발견하면 돈을 가로챌 욕심으로 나를 죽일는지 모르겠다는 생각이 들었다. 세상만사, 견물생심(見物生心)이 이니까 말이다.

나는 내 돈이 범인들의 유일한 살해 동기가 되어, 내 스스로 목숨을 잃는 우를 범하고 싶지 않았다. 그래서 그 돈의 처리 문제를 얼른 결정짓지 못하고 망설이는데,

"옷을 갈아입으라 했는데, 뭣하고 있소?"

두목이 소리를 빽 질렀다.

나는 이미 그의 포로였다. 그가 시키는 대로 해야 했다. 그리고 또 이미

그렇게 하기로 약속한 터였다. 그래서 천천히 일어나 젖은 옷을 벗었다. 그런 다음 잠옷으로 갈아입고, 방금 내가 벗어놓은 겉옷에서 소지품을 꺼내기 시작했다. 다행히 수표가 든 안 주머니엔 그 수표 말고도 노조 가입 원서라든가, 출금전표 같은 서류들이 같이 들어있었다. 나는 범인들 모르게 재빨리 수표를 그 서류들 틈 사이로 밀어 넣었다. 그러면서 범인들에겐 일부러 서류만 크게 돋보이게 했다.

"소지품을 다 꺼냈으면 여기 담으시오."

두목이 고맙게도 비닐봉지를 하나 던져주었다. 두목이 내 마음에 쏙 든 건 그때뿐이었다.

나는 주머니에서 꺼낸 소지품을 그 비닐봉지에 담았다. 그런 다음 내가 깔고 앉는 이부자리 밑에 넣었다. 아무도 나의 행동을 의심하지 않았다.

"야, 날이 밝거든 이 옷 세탁소에 갖다 줘."

두목이 내가 벗은 젖은 옷을 부하들에게 던져주었다. 그런 다음, 내 앞에 앉아 이렇게 말했다.

"아깐 정말 미안했소. 하지만 우리도 그렇게밖에 할 수 없었던 점을 이해해 주기 바라오. 어디 상처 좀 봅시다."

그러면서 내 잠옷을 들추고 상처를 살펴보았다. 범인들에게 납치당할 당시 끌려가지 않으려고 심하게 반항하다보니, 내 몸엔 상처가 많이 나있었다. 두목이 내 등에 파스를 붙여주었다. 그러면서 이렇게 말했다.

"서선생, 내 말을 잘 들으시오. 여긴 외딴 집이오. 서선생이 아무리 소리 질러도 구해 주러 올 사람은 한 사람도 없소. 그러니 서툰 짓할 생각은 절대로 하지 마시오. 만약 내 경고를 무시했다간, 후회를 무덤에 가서나 하게 될 것이오. 내 말 알겠소?"

그러더니 내가 자기 말을 잘 들으면 무사히 돌려보내 주겠다고 했다.

나는 그때 비로소 두목 얼굴을 비록 윤곽이나마 희미하게 볼 수 있었다. 눈을 가린 넥타이 천 사이로, 마주 보고 앉은 두목 얼굴이 아주 조금만 엿보였던 것이다. 두목은 얼굴이 전체적으로 둥글둥글했고, 누른 빛깔의 옷을 입고 있었다.

"눈가리개를 넥타이로 하니까 영 보기 싫구만. 날이 밝으면 곧 붕대로 바꿔주겠소."

두목이 그렇게 말했다.

그러고 보니 벌써 날이 밝았는지, 넥타이 천 사이로 비쳐 들어오는 창가의 여명이 희미했다. 밖에서 상을 차리는 소리가 들렸다. 그리고 범인들이 들락날락하느라고 방문이 쉴 사이 없이 열고 닫혔다. 이윽고 붕대를 구해온 모양인지, 범인 중 한 명이.

"서선생, 눈가리개를 바꿉시다"

하더니, 내 얼굴에서 넥타이를 풀었다.

그런 다음, 붕대를 여러 겹 감았다. 너무 꼭 힘을 줘서 감는 바람에 눈이 아팠다. 그래서 내가 통증을 호소하자,

"아픈 거 좋아하네. 당신 눈을 확 뽑아서 장님으로 만들 수도 있어. 앞을 영영 못 보는 것보담 조금 아프더라도 참는 게 낫지 않겠소?"

붕대를 감고 있던 범인이 험악하게 소리쳤다. 그 소리를 들으니까, 다시 정나미가 싹 가셨다.

나는 직업을 안마사로 바꾸고 싶은 생각은 추호도 없었기 때문이다. 그래서 눈이 조금 많이 아프긴 했지만, 꼭 참기로 했다. 붕대를 다 감고 나서였다. "밥, 들어가요" 하는, 아낙네 목소리가 들리더니, 방문이 열리며 아침 밥상이 들어왔다.

"서선생, 이리 와서 아침밥 먹읍시다."

범인 중 한 명이 내 손을 잡아 밥상 앞에 앉혔다. 식사 도중에 갑자기 정전이 되어 전깃불이 나가버리는 바람에 촛불을 켜놓고 밥을 먹어본 기억은 더러 있었지만, 지금처럼 눈을 가린 채 밥상에 앉아보긴 난생 처음이었다. 그래서,

"눈을 이렇게 하고 밥을 어떻게 먹습니까? 밥을 먹을 때만이라도 눈을 좀 풀어주시오"

하고 항의했다.

내가 그렇게 항의한 이유는 정말 식사를 하고 싶어서가 아니었다. 밥을 먹는다고 핑계를 대고 범인들의 얼굴을 똑똑히 알아보기 위해서였다. 그러나 범인들이 내 속셈을 먼저 알아차렸다.

"그럴 필요 없소. 우리가 밥을 먹여줄 테니까 당신은 하마처럼 입만 떡 벌리고 있으면 돼"

라고 했던 것이다. 그러더니 정말 밥을 떠서 내 입에 넣어주었다. 나는 범인들의 호의를 단호히게 거절했다.

"싫소. 차라리 내가 떠먹겠소."

그러자, 범인들이 그렇게 하라면서 숟가락을 내 손에 쥐어주었다.

내가 밥그릇을 더듬어 어설픈 동작으로 밥을 겨우 한 숟가락 뜨자, 범인들이 반찬을 얹어주었다. 그것 역시 내가 원한 서비스가 아니었으므로, 나는 곧 숟가락을 내려놓았다. 범인들이 숭늉을 따라주었다. 나는 숭늉만 한 그릇 맛있게 비워버렸다.

"식사 후에 피우는 담배 맛이 제일이라는데, 서선생 한 대 안 피우겠소?"

밥상을 물리자, 범인들 중 누군가 그렇게 말하며 담배를 내 입에 물려주었다.

"내일이 일요일 맞죠?"

내가 담배를 피우며 묻자, 범인들이 그렇다고 대답했다.

"부탁이 있는데, 들어주시겠소?"

"무슨 부탁인데?"

"성경책 좀 구해다줬으면 해서요."

내가 독실한 기독교인이라서 그런지 모르겠으나, 그 순간에 아쉬운 게 있다면 바로 주님의 말씀이 내 곁에 없다는 사실이었다. 주님의 말씀과 함께 있으면, 어떤 절망도 충분히 헤쳐 나갈 수 있을 것 같았다.

"교회에 나가시오?"

"예."

"무슨 교회에?"

"ㅇㅇ교회요."

"알았소. 이따가 오야붕이 오면 말해 보겠소."

그러고 보니, 두목이 어디 나가고 없는 모양이었다. 그래서 그런지, 방 안이 여간 시끄럽지 않았다. 카세트를 크게 틀어놓고 자기네들끼리 화투판을 벌리고 있었던 것이다. 카세트에 단골로 출연한 가수는 주현미와 심수봉, 현철 그리고 이런 자리엔 영 어울린 듯싶지 않은 마이클 잭슨 등이었다. 주현미의 '비 내리는 영동교'나 현철의 '배신자'가 나올 땐, 범인들도 같이 합창을 하곤 했다. 나는 참선하듯이 벽면을 마주 보고 앉아있었다.

내가 그렇게 앉고 싶어 그런 게 아니다. 범인들이 그렇게 앉혀 줬기 때문이다. 행여나 내가 자기네들 얼굴을 알아볼까 두려워서였던 것 같다.

카세트 소리와 범인들의 고성방가로 방 안이 너무 시끄러웠기 때문에, 나는 밖의 소리를 자세히 들을 수 없었다.

그러나 가끔 철로 위를 달리는 열차 소리는 들을 수 있었다. 그리고 또 아주 가끔이지만, 어린애들이 떠드는 소리도 들을 수 있었고, 버스가 언덕을 올라가느라고 기를 쓰는 소리도 들을 수 있었다. 나는 그런 것들로 미루어보아 이 집이 두목이 말한 것처럼 외딴곳은 아니며, 언덕 가까이 위치해 있고, 근처로 철길이 나있고, 아이들도 가끔 근처에 와서 논다는 걸 깨달았다.

"이봐요, 서선생. 뭣이 먹고 싶소?"

나 혼자만 벽을 보고 앉아 있게 한 것이 자기네들이 생각하기에도 참 안됐다 싶었던지, 범인들 중 한 명이 그렇게 물었다.

내가 대답을 하지 않고 가만히 있자, 그가 다시 물었다.

"쇠고기가 먹고 싶소? 아니면 돼지고기가 먹고 싶소?"

"고기보단 우유하고 ….."

"그래요? 그러면 조금만 기다리시오."

그러면서 자기네들끼리 이왕 목포까지 온 김에, 세발낙지 회나 실컷 먹고 가자는 말들을 주고받았다.

시계를 보지 못해 그때 시간이 대략 얼마나 됐는지 확실히는 모르겠으나, 아침상을 물리고 나서 얼마 되지 않았을 때니까, 아마 열시 가까이 되지 않았을까 하는 생각이 든다.

그때쯤 서울 목동의 우리 집에선 아내가 내 소식을 몰라 한창 안절부절하고 있을 때였다. 나중에 집으로 돌아와서 아내로부터 들은 이야기지만, 뜬눈으로 꼬박 날을 세운 아내에게 최이사로부터 전화가 걸려왔었다고 한다.

08시쯤이었는데 최이사는 가증스럽게도 아내에게, '서대리가 집에 돌아왔는지 궁금해서 전화를 걸었다' 는 식으로 능청을 떨더라는 것이었다. 그래서 아내가 남편이 아직 안돌아왔다고 대답하며 걱정을 하자,

"어젯밤에 술집에서 나오다가 서대리가 갑자기 없어졌어요. 그래서 경찰서에 신고했습니다. 그러니 너무 염려하지 마세요"

하더라는 것이다.

아내는 그때까지만 해도, 최이사가 나를 납치했으리라곤 꿈에도 생각하지 않았었다고 한다. 물론 최이사가 노조 설립에 결사반대하는 건 그동안 나를 통해 단편적으로 들었었기 때문에 최이사를 별로 탐탁지 않게 생각하긴 했지만, 설마 사람을 납치하는 짓을 했을까 했다는 것이다. 나도 다른 발기인들과 마찬가지로, 노조 설립 포기 각서를 강요받기 위해 지방에 분산 수용된 게 아닌가 하는 생각만 했다는 것이다.

그러나 어쨌든 사람이 소식도 없이 안 들어오고 하니까, 궁금한 쪽은 오히려 아내가 더한 편이라서, 아내가 가족측에서도 실종신고를 해야겠다고 말하니깐 최이사는 대뜸,

"내가 어젯밤에 서초경찰서에 신고했다고 했지 않습니까? 뿐만이 아니에요. 지금 여러 군데를 수소문해서 서대리를 열심히 찾고 있어요. 그러니까 회사를 믿고 기다려 보세요"

하면서 극구 만류하더라는 것이었다.

최이사의 사뭇 적극적인 만류 탓도 있었겠지만, 아내가 생각하기에도 힘 없고 백 없는 자기가 경찰서에 신고하는 것보다 막강한 재벌그룹인 현대에서 맡아 하는 게 더 효과적이 아닐까 싶어, 알았다고 대답한 뒤 전화를 끊었다고 한다.

그런 다음 회사에서의 반가운 소식만 기다리고 있었는데, 그 전화를 끊고 나서 얼마 후에 걸려온 한 통의 전화가 아내를 바싹 긴장시키게 만들었다. 그리고 또 아내로 하여금 가만히 앉아만 있어서는 나를 찾을 수 없다는 사실을 새롭게 일깨워주었다.

아내를 맹렬 여성으로 돌변하게 만든 그 전화는 다름 아닌 민주당 원내실장 김무성의 전화였다. 어제 민주당사를 찾아가서 오늘 아침에 전화를 걸어

주기로 한 약속을 내가 어기는 바람에 화가 단단히 나서 나한테 욕깨나 해주기 위해 전화를 걸었던 것이다.

나는 지금도 그때 당시의 그 전화를 주님의 뜻이라고 생각하여 진심으로 감사하고 있다. 왜냐하면 그 전화로 인해 김무성이 나의 실종을 알게 됐고, 내 실종에 의문을 품은 김무성이 매스컴을 통해 그렇게 여론화시켰으며, 그로 말미암아 겁을 덜컥 집어먹은 범인들이 애초의 계획을 중단시켜 나를 석방했던 것이다. 김무성은 또 정당으로선 민주당이 제일 먼저 진상 조사단을 구성하게 하는데 결정적인 역할을 하기도 했다.

어쨌든 아내가 전화를 받자, 김무성은 대뜸 화가 난 목소리로,

"정의 좀 바꿔 주시오!"

하고 소리쳤다고 한다.

김무성도 화가 날 수밖에 없었던 것이, 모처럼만에 친구 노릇 좀 하겠다고, 신문기자들을 민주당사에 집합시켜놓고 내가 도착하기만 기다리고 있는 중인데, 정작 당사자인 내가 나타나질 않으니 그로서도 입장이 꽤 난처했던 것이다.

아내 역시 전화를 건 사람이 김무성이라는 걸 목소리만 듣고도 이미 다 알고 있었다. 왜냐하면 고등학교 동창 중에서 비교적 자주 만나는 사람이 바로 김무성이었기 때문이다. 그래서 김무성에게 자초지종을 다 이야기했다고 한다. 나중에 김무성을 만나 들은 이야기지만, 내가 술집에서 갑자기 실종해버렸다는 말을 아내로부터 듣는 순간, 김무성은 대뜸 회사 짓이로구나 하는 감을 잡았다고 한다. 왜냐하면 그 전날인 어제 통일민주당사에서 만났을 때, 회사측의 노조 설립 방해 공작을 나한테서 들어 그 내용을 속속들이 다 알고 있었기 때문이다.

그래서 그 다음부터 나의 구명에 발을 벗고 나섰다. 당무(黨務) 때문에 짬

을 낼 수가 없자, 마침 자기 사무실에 놀러와 있던 고등학교 후배를 우리 집으로 보내 아내를 도와주게 한 것이다. 그 당시 나를 위해 참으로 많은 수고를 아끼지 않은 그 후배 이름은 이종태이다. 나한테도 고등학교 후배가 되는 이종태는 제일 먼저 최이사를 만나러 회사로 갔다고 한다.

왜냐하면 내가 납치당할 당시, 제일 마지막 목격자가 바로 최이사였기 때문이다. 회사에 도착한 이종태는 철저하게 나의 외사촌 동생으로 행세했다. 그래야만 회사 관계자들을 부담감 없이 만날 수 있었기 때문이다.

외사촌 동생으로 위장한 보람이 있어, 이종태는 최재한 이사를 금세 말날 수 있었다. 최이사 사무실에서 이종태를 만난 최이사는 확실한 내용을 알고 싶어 왔다고 말하는 종태에게, 가족들과 마찬가지로 자기도 서대리의 실종에 많은 의문을 가지고 있다는 식으로 모두(冒頭)를 뗀 뒤에, 자기가 그동안 최병수 차장과 김종항 차장을 시켜 공개적으로 서대리를 미행해 보았다. 그 결과 서대리가 외부 세력과 모종의 연락 관계가 있다는 사실을 확인했다. 그 어젯밤에도 술좌석에서 꽤 여러 군데에 전화를 걸었는데, 서대리 부인에게 확인해 보니까, 서대리와는 어젯밤에 꼭 한번밖에 통화하지 않았다고 하더라, 그렇다면 그 나머지 전화는 어디다 걸었겠느냐 하면서, 자기도 어제 서대리를 끌고 가려는 범인들을 만류하다가 구타를 당했다며, 너무 분해서 그 즉시 서초경찰서에 신고를 했다는 식으로 말하더라는 것이었다. 서대리가 지금 노조 설립 관계로 여간 곤란한 입장에 처해있지 않다. 왜냐하면 구청으로부터 보완 지시가 떨어져 20일 이내에 그 지시 사항을 보완해 가지 않으면 노조 설립 신고서가 저절로 반려되어 노조를 설립할 수가 없으며, 발기인 10명 중 서대리 한 사람만 빼놓곤 모두 다 포기 각서를 써서 구청의 보완지시가 아니라도 노조 설립을 포기하지 않으면 안 되는 입장이 되었다고 말하더라는 것이었다.

이종태가 자기는 그런 건 모르겠다, 사람이 없어진 상태에서만 이야기하자, 회사에서 발기인들에게 포기 각서를 받고 어딘가 지방으로 분산 수용했다고 하는데, 서대리도 혹시 그런 목적에서 어디로 데려간 게 아니냐고 묻자, 최이사가 갑자기 화를 벌컥 내면서,

"말도 되지 않는 이야기하지 마세요. 좀 전에도 이야기했다시피 서대리가 포기 각서를 쓰든 안 쓰든 간에 노조는 자동적으로 설립하지 못하게 되어 있어요. 가만히 있어도 노조 설립은 무산되어 버릴 텐데, 회사에서 뭐 하러 서대리를 지방으로 데려가겠습니까?"

라고 했다고 한다.

그러더니 자기하고 함께 한 술좌석에서 서대리가 없어졌기 때문에 자기도 도의적인 책임을 느끼고, 오늘 아침 중역회의 석상에서 이명박 회장에게 신고를 했다. 그랬더니 이회장이 총무부장한테 지시를 내려, 경찰서에 의뢰하여 베테랑급 수사관들에게 수사를 하게 하라 해서 지금 수사가 진행 중에 있다. 회사에서도 이번 사건을 중시하여 중역들이 퇴근을 하지 못하고 있고, 23시까지 기다렸다가 수사 결과가 시원치 않으면 다시 대책회의를 가질 예정이라고 말하더라는 것이었다.

이종태가 그러면 좋다. 가족들도 회사를 믿고 기다려보겠지만, 23시까지 사람이 돌아오지 않으면 가족들 입회 하에 대책회의를 같이 갖자고 요구했다고 한다. 그러자 최이사가 그건 조금 곤란하다. 왜냐하면 회의석상에서 회사 운영에 관한 이야기들이 많이 쏟아져 나올 텐데, 회사의 비밀이라 할 수 있는 그런 것들을 직원 가족들에게 일일이 다 노출시킬 수야 없지 않느냐. 그렇지 않아도 지금 총무부장이 여기저기 수사기관에 협조를 부탁하러 갔으니까, 회사를 믿고 당분간 기다려 달라고 하더라는 것이었다. 그러면서 덧붙여 말하기를, 총무부장이 돌아온 다음에 이야기를 들어보고 나서 수사를 공개로 할 것이냐, 아니면 비공개로 할 것이냐를 결정할 예정이라고 하더라는

것이다.

　종태가 다시 그러면 총무부장이 지금 어느 수사기관에 가 있느냐, 수사가 어떻게 돼 가는지 궁금해서 그러니, 연락을 취해 총무부장을 만나게 해달라고 요구했다고 한다. 그러자 최이사가 자기도 총무부장이 어디 가 있는지 모른다고 대답했다고 한다. 그러면서 지금 자기가 어디 가볼 데가 있어 그러니, 제발 집에 가서 기다려달라고 하더라는 것이었다.

　자기를 내쫓기 위해 그러는 것이라는 걸 금세 눈치 챈 종태가 그러면 좋다, 총무부장이 지금 어디 가있는지 모른다면 늦어도 19시까진 돌아올 게 아니냐, 그때 가족들을 모두 회사에 모이게 할 테니까, 가족 입회 하에 대책회의를 갖도록 하자고 끈질기게 요구했다고 한다. 그러자 최이사가 다시 그때까지 총무부장과 연락이 되는지 자기로서는 장담을 할 수가 없다, 때문에 약속을 할 수가 없다면서 자리를 일어서더라는 것이었다. 종태도 더 이상 그의 방에 앉아 있을 수가 없어, 자리를 일어섰다고 한다.

　최이사가 이상하게 비협조적이로구나 하는 생각이 들어, '그러면 우린 우리대로 수사기관에 확인해보겠다' 는 말을 작별 인사 삼아 최이사에게 하고, 그의 사무실을 나왔다고 한다. 그때가 대략 16시 20분쯤이었는데, 종태가 엘리베이터를 타기 위해 복도에 서있자, 누군가 종태 옆으로 다가와서 혹시 서정의 대리 가족이 아니냐고 묻더라는 것이다.

　종태가 그렇다고 대답하자, 자기는 주택사업부에 근무하는 손재성(가명) 대리인데, 잠깐 할 이야기가 있다고 하면서 종태를 회사 옆에 있는 계동 다방으로 데려갔다고 한다.

　"무슨 이야깁니까?"

　자리를 잡고 앉아 종태가 그렇게 묻자, 손대리는 이건 전체 직원들의 뜻이라고 전제한 다음,

"직원들은 서대리 사건을 공개리에 수사하길 원하고 있습니다. 되도록 빨리요"

하더라는 것이다. 그래서 종태가 왜 그러느냐고 묻자,

"회사측 주장 대로 수사를 비공개로 했다간 서대리 안부를 책임질 수 없기 때문이죠. 회사에선 당연히 대외적인 위신도 있고 하니깐 비공개로 하자고 할 거예요. 절대로 그렇게 하지 마세요. 그리고 방금 최이사를 만나보고 오셨다니까 드리는 말씀입니다만, 최이사 그 사람, 믿을만한 사람이 못됩니다. 그 사람보단 최병철 차장을 믿으세요. 그 사람 진술이 더 정확하니까요."

손대리가 목소리를 낮춰 속삭이듯이 말하더라는 것이었다.

손재성 대리는 솔직히 말해 나와 그리 가까운 사이는 아니었다. 부서도 각기 다르거니와, 입사 시기도 달라서 친분을 나눠 볼기회가 별로 없었기 때문이다. 그럼에도 불구하고 그가 종태에게 그런 말을 일부러 한 까닭은, 그동안 나에 대한 회사측 탄압이 너무 집요했고, 납치사건이 난 후의 최이사 언행이 다른 사람들 (최병수 차장, 김종항 차장, 신선기 차장)에 비해 너무 의심스러웠기 때문이다.

종태도 내심 최이사를 탐탁지 않게 생각하고 있던 차에, 손재정 대리까지 그런 말을 하고 보니, 부쩍 최병수 차장을 만나보고 싶어졌다고 한다. 그래서 최차장을 찾아 나섰는데, 그러나 종태는 최차장을 만날 수가 없었다. 바로 그 시간엔 신선기 차장, 김종항 차장과 함께 우리 집에 와있었기 때문이다.

그들이 우리 집을 찾아온 이유는, 내가 납치당했다는 사실을 가족들에게 정확히 알려주기 위해서였다. 이제는 아내도 어느 정도 눈치를 챈 것 같으니까 사실을 사실 그대로 알려줘서 대책을 빨리 수습하는 게 낫겠다고 생각하여 세 사람이 회사를 나섰는데, 재수 없이 정문 앞에서 최이사를 만났다고 한다. 최이사가 어디 가느냐고 묻기에 서대리 집에 간다니까, 자기도 같이 가자면서 부랴부랴 그들 뒤를 따라오더라는 것이었다.

세 사람 뒤를 따라 우리 집에 온 최이사는 그때까지도 거짓말을 천연덕스럽게 했다고 한다. 즉, 어제 저녁에 강남으로 2차를 하러 가자고 자기가 분명히 유진참치 횟집 앞에서 권유하여, 모두 다 다래살롱까지 갔음에도 불구하고, 아내에겐 그 술집에 우연히 가게 됐다고 말한 것이다. 그러면서 다래살롱에서 나오다가 서대리가 갑자기 없어졌기 때문에 자기도 자세한 내막은 모르겠다고 말하더라는 것이다.

그가 아내에게 거짓말을 하고 있는 동안, 잠자코 듣고만 있을 뿐이던 세 차장이 그만 가봐야겠다면서 자리를 일어났다고 한다.

그러나 그건 최이사를 따돌려버리기 위한 그들의 술책이었다. 최이사와 함께 우리 집을 나오고 나서 바로 최이사와 헤어져 각자 집으로 돌아가는 척하다가, 다시 우리 집으로 되돌아왔던 것이다. 아내는 그때서야 비로소 사태의 윤곽을 어느 정도 알 수 있었다. 즉, 어젯밤에 다래살롱엔 우연히 간 게 아니고 최이사가 가자고 해서 갔으며, 약속 때문에 그만 돌아가 봐야겠다는 나를 최이사가 배웅하러 따라 나갔고, 내가 납치당하는 현장에 최이사가 분명히 있었음에도 불구하고, 실종을 모르는 것처럼 시치미를 떼고 있었으며, 내가 범인들에게 집단 폭행을 당하는 순간, 다래살롱으로 뛰어와서 동료들에게 협조를 요청할 시간이 충분히 있었음에도 불구하고 그렇게 하지 않았으며, 또 그 즉시 납치 신고를 하는 게 원칙인데도 한 시간이나 지난 뒤인 23시 30분에 신고했다는 것까지 모두 말이다.

아내는 그 순간, 최이사가 너무 가증스러워서 치를 부르르 떨었다고 한다. 그런 사람이 어떻게 현대건설의 이사가 될 수 있었을까 하는 의문보다는, 하루도 지나지 않아 들통나버릴 거짓말을 그 당시 현장에 있었기 때문에 내용을 잘 알고 있는 세 부하 직원들 앞에서 천연덕스럽게 할 수 있을까 하는 생각에, 차라리 최이사에게 인간적인 비애와 함께 경멸을 느꼈다는 것이다.

어쨌거나 세 차장의 귀띔으로 사태의 심각성을 눈치 챈 아내는 때마침 회사에서 최이사와 손재성 대리를 만나보고 온 이종태와 함께 서초경찰서로 달려갔다고 한다. 거기서 제일 먼저 만난 사람이 형사계장이었다. 아내가 내 납치사건에 대해 확인을 하러왔다고 하자, 형사계장은

"납치사건이라뇨? 그런 사건은 보고받은 적 없는데요"

하면서 전혀 깜깜인 표정을 짓더라는 것이었다.

그래서 아내와 종태가 어젯밤 사건을 간단히 이야기한 뒤, 최재한 이사가 신고를 분명히 했다고 하던데 보고를 못 받았다는 게 무슨 이야기냐고 거세게 항의하자, 형사계장이 부하 형사들을 향해

"어이, 누구 현대건설 서정의 씨 납치사건에 대해 보고받은 사람 있나?"

하고 묻더라는 것이다.

형사들이 모른다고 대답하자, 그럼 어젯밤에 당직 형사가 누군지 불러오라고 소리쳤다고 한다. 그때 내 사건을 맨 처음 세상에 알려준 고마운 사람이 나타났다. 서초경찰서에 출입하는 KBS 사회부 기자인데(이름은 모름) 보도할 만한 사건이 뭐 없나 하고 수사과에 들렀다가, 마침 형사계장과 마주보고 앉아 이야기하는 아내를 발견한 것이다.

그가 아내에게 무슨 사건인데 그러느냐고 물었던 모양이다. 그래서 아내가 사람이 납치되어 그런다고 대답하자, 납치된 사람이 누구이고 납치 장소와 동기는 무엇이냐고 꼬치꼬치 캐묻더니,

"어, 이거 잘하면 특종 기사 되겠는데…."

본격적으로 내 사건을 취재하기 시작했다고 한다.

어젯밤에 당직 근무를 했었던 심기ㅇ 형사반장이 헐레벌떡 뛰어온 것은 바로 그때였다.

"아, 그 사건 말입니까? 제가 신고 받았는데, 별로 대단치 않은 사건인 것 같기에 보고하지 않았습니다."

형사계장으로부터 어젯밤에 납치사건이 있었다는데, 보고받은 것 있느냐는 질문을 받은 심기ㅇ 반장이 그때까지도 별로 대단치 않은 사건인 것처럼 이야기하더라는 것이었다.

어젯밤 23시 30분쯤, 최이사와 천진욱 차장이라는 사람이 술이 떡이 되어 자기를 찾아와서 폭력 사건을 신고하겠다고 횡설수설하기에 겨우 진술을 받았는데, 얼마 후 잠옷차림의 사람이 나타나 자기가 현대건설 총무부장이라면서 명함을 내보인 뒤에, '회사 일이라서 별일이 아니다. 내일 아침이면 다 잘 해결될 일이니 염려하지 말라'고 하면서, 자기가 수사과장은 물론 간부들까지 잘 알고 있으니까 그 분들한테 이야기 하겠다고 하기에, 당직 일지에도 기록하지 않았다는 것이다. 그의 대답이 너무 한심해서 아내가 뭐, 이런 사람들이 다 있어 하고 격렬하게 항의를 했던 모양이다. 왜냐하면 천진욱 차장은 본래 술을 잘 안 마시는 사람이라서 술이 떡이 될 사람도 아니거니와, 엄연한 납치사건을 단순 폭력 사건인 것처럼 축소해서 말하고 있었기 때문이다. 그리고 또 잠옷차림으로 나타났다고 하는 강명호 총무부장 문제만 해도 그랬다. 그가 수사과장을 잘 안다는 식으로 말했다고 해서 사람이 엄연히 납치를 당해 행방불명된 사건을 당직 일지에도 남겨놓지 않았다니, 이래가지고 국민들이 어떻게 경찰을 믿고 살 수 있겠느냐고 아내가 막 항의했던 것이다. 그랬더니 심반장이 화가 난 표정으로 최이사가 술에 만취된 상황이라 진술을 제대로 받을 수 없었다는 식으로 변명을 하더라는 것이었다.

결과론적인 이야기지만, 경찰에서 내 사건을 내 스스로 꾸민 자작극이라는 식으로 발표한 이면에는 처음부터 그런 엉터리가 숨어있었기 때문이다. 초동(初動)수사 단계부터 일방적으로 회사 말만 듣고, 편파 수사를 했기 때문에 그런 해프닝이 벌어진 것이다.

검찰 수사까지 다 끝나고 나서인 1988년 6월 12일자 신문을 보면, 내 사건에 임한 수사관들의 한계가 어떠한가를 잘 알 수 있다. 즉, '결과 엉뚱 ···. 현대가 세긴 세구나' 하는 식으로 다분히 비아냥거리는 제목을 단 그 날짜 〈한겨레신문〉에 이런 기사가 실린 것이다.

서정의 씨 납치사건 수사 총결산

현대건설 노조위원장 서정의(37) 씨 납치사건에 대한 수사가 발생 당시부터 나돌던 의혹의 반도 해결하지 못한 채 사건 발생 36일만에 종결됐다.

이번 사건에 대한 일반 국민들의 관심은 현대그룹이라는 거물을 상대로 검찰과 경찰이 얼마나 진상에 가깝게 접근할 수 있느냐는 점에 있었다. 그러니 행동대원 8명과 최재한 이사, 강명호 총무부장이 구속(감금치상교사)되고 이명박 회장, 전용현 기획부장이 불구속 입건(노동조합법 위반)되는 것으로 끝난 수사 결과는 현대그룹의 승리라고 해도 과언이 아니다.

이번 사건에 대한 수사는 사건 발생 4시간 뒤인 지난달 7일 오전 3시경, 강 부장이 경찰에 나타나 '아침이면 해결될 사건'으로 장담하면서 사건 발생 자체를 숨기는 것으로부터 시작됐다. 그 뒤 발생 10일이 지나도록 범인이 잡히지 않자, '현대에서 치안책임자와 검찰 총수를 통해 로비를 세게 했다', '경찰이 수사 내용을 속속들이 현대에 알려주고 있다', '현대측이 이번 사건의 수습에 수억 원의 돈을 쓰고 있다'는 등의 풍문이 나돌았다.

또 회사 안에서는 '권력 기관을 통한 로비에 박철○이 동원됐다'는 소문이 널리 퍼졌다. 이어 지난달 17일, 행동대원 박상남, 연락책 김규남 씨가 자수,

'서씨의 자작극'이라고 진술하고, 경찰이 이례적으로 두 사람을 기자들에게
공개하자, 이번 사건은 우스갯거리가 되는 듯했다. 그러나 두 사람의 진술이
허위임이 밝혀지고, 가공인물인 조병찬의 검거에 수사의 초점이 맞춰지게 되
면서부터 경찰 수사에 대한 의혹이 더욱 높아져 '현대의 로비를 받고 수사를
미궁에 빠뜨리려 한다', '현대가 검찰 고위층에게 부탁, 지휘 검사를 바꾸도
록 요구했다'는 소문이 이어졌다.

사건이 검찰로 송치된 이틀 후인 6월 1일 주범 이신천배 씨가 붙잡히고 현
대측의 청부에 의한 납치가 분명해지자, 현대의 대응은 사건을 축소시키고
이회장에게 피해가 돌아가지 않도록 하는데 집중됐다. 범행 관련을 철저히
부인했던 최이사가 '내가 다했다'고 나서면서 감금교사의 모든 책임을 떠맡
은 것이다. …… 노조탄압에서 빚어진 사건에 대해 경찰과 검찰이 36일간이
나 수사하고도 상식에 맞지 않은 수사 결과가 나온데 대해 많은 국민과 사건
관계자들은 '현대가 세긴 세구나' 하는 생각과 함께, 강자에 약한 수사기관에
불만을 표시하고 있다.

'현대 로비가 이렇게 여러 방면으로 치밀할 줄 몰랐다'는 한 수사 관계자
의 말은 진실을 파헤치지 못한 스스로에 대한 변명인 동시에 진실을 은폐하
는 공범자라는 점을 인정하는 것이었다.

아니 땐 굴뚝에 연기 안 나는 법이지만, 신문기자가 지적한 그대로 현대
에서 수사기관에 대한 로비를 심하게 한 게 사실이라면, 그 첫 번째 로비는
잠옷차림의 강명호 총무부장으로부터 비롯된 것임이 분명하다.

새벽 3시에 잠옷차림으로 경찰서에 나타난 현대건설 총무부장 그리고 그
의 말만 믿고 사람이 납치된 사건을 진술조차 제대로 받지 않은 수사관계자,
확실히 정상은 아니다. 그들의 어이없는 행동에서 엿볼 수 있듯이, 내 납치

사건은 그 발상부터가 비정상적인 사고방식이었고, 경찰의 초동 수사 역시 비정상이었다. 그러니 수사가 제대로 될리 만무했고, 사필귀정으로 그 결과 역시 상식을 벗어날 수밖에 없었다.

어쨌거나 아내가 경찰의 부당함을 막 항의했더니, 그제서야 형사계장이 유형사라는 사람을 불러 사건 현장인 다래살롱으로 가보라고 하더라는 것이다. 그런 다음, 아내한테서 정식으로 납치신고를 받았다. 그런데 피해자 가족 진술을 받는 형사들의 태도가 여간 불친절하지 않았다고 한다. 같은 내용의 진술을 두 번 씩이나 반복하게 하는가 하면, 자기네들이 밝혀내야 할 납치 동기 같은 것들을 피해자들 가족인 아내한테 묻곤 하더라는 것이다. 아내는 좀 전에 세 차장으로부터 귀띔해 들은 것도 있고 하여 최이사가 의문점이 많고 제일 마지막 목격자이고 하니까, 그를 철저히 조사해달라고 신신당부했다고 한다. 경찰에서 만약 아내 말대로 그 즉시 최이사를 조사했다면, 내 사건은 36일씩이나 시간을 질질 끌 필요도 없었다. 최이사가 바로 범인이이었기 때문이다.

경찰이 최이사 말고도 당연히 의심을 품어야 할 사람은 또 한사람, 강명호 총무부장이었다. 납치 현장엔 있지도 않아 사건 내용을 전혀 알리 없는 그가 느닷없이 경찰서에 나타나, '서정의 사건은 회사 일이다. 내일 아침이면 다 해결될 일이니, 신경 쓰지 말라' 면서 수사를 방해한 자세가 바로 중요한 의문점이기 때문이다.

그러나 경찰에선 이신천배가 체포될 때까지 최이사와 강부장에 대해 수사를 제대로 하지 않았고, 그나마도 여론에 밀려 형식적으로 마지못해 하는 시늉만 냈을 뿐이다. 그날 아내한테서 진술을 받으며 형사계장도 이번 사건은 아무래도 회사에서 사주한 냄새가 짙게 풍긴다는 말을 했다고 한다. 그러면서도 회사측에 대한 수사를 소홀히 한 것은, 현대그룹이라고 하는 '재계의 공룡'을 의식했기 때문일 것이다.

그러나 어쨌든지간에 그날 저녁 KBS의 9시 뉴스 시간엔, 내 사건이 영상 매체를 타고 전국 방방곡곡으로 퍼져나갔다. '현대건설 노조위원장, 의문의 실종'이라는 제목으로였다.

모든 사람들이 저녁밥상을 물린 직후 한가한 기분으로 텔레비전을 보면서 내 사건을 알게 됐지만, 정작 당사자인 나는 그 사실을 까맣게 모르고 있었다.

내가 감금된 함병남의 구석방엔 텔레비전이 없었기 때문이지만, 설사 텔레비전이 있었다 해도 붕대로 눈을 가린 상태에선 아무것도 볼 수 없었기 때문이다.

암흑의 날, 5월 8일

범인들이 나를 납치한지 사흘째 되는 날인 5월 8일, 그날은 일요일이었다.

그날 아침도 나는 어제와 마찬가지로 암흑 속에서 아침을 맞았다. 붕대를 세 겹으로 감아 외부 세계를 차단당한 상태에선 날이 밝았는지, 아니면 날이 저물었는지 도저히 분간할 수 없었기 때문이다.

나는 날이 밝았다는 걸, 범인들의 떠드는 소리로 알았다. 너무 지친 나머지 가부좌한 자세 그대로 쓰러져 새우잠을 잤는데, 주위가 너무 소란해 눈을 떠보니 어느새 아침이 되었던 것이다.

아침 밥상이 들어왔는지 숟가락 놓는 소리, 밥그릇 옮기는 소리가 아주 요란했다. 그러더니 곧 범인 중 한 명이,

"서선생. 빨리 일어나서 식사합시다"

하면서 나를 일으켜 밥상 앞에 앉혔다. 그런 다음 내 손에 숟가락을 쥐어주었다.

그러나 입맛이 나를 외면해버린지 이미 오래였다. 어제도 하루 종일 곰곰이 생각해봤지만, 이 상태에선 도저히 살 수 있겠다는 확신이 서지 않아서였다.

물론 자기 말만 잘 들으면 무사히 돌려보내 주겠다는 두목의 언질이 있긴 했지만, 그 약속은 언제 부도가 날지 모르는 공수표였다. 때문에 내 목숨은 이미 반쯤은 저승사자의 수중에 들어가 있는 셈이나 마찬가지였다.

그러나 그것보다 더 궁금한 것은 내가 왜 불량배들에게 납치되어 단 한번도 와본 기억이 없는 목포까지 내려오게 됐는지, 그 정확한 이유를 모른다는 사실이었다. 물론 나는 나를 납치한 교사범이 최이사라는 걸 납치를 당하는 순간에 이미 알고 있었다. 며칠 전까지의 잡다한 노조 탄압 사례는 제쳐놓고리도, 납치 당일의 최이사의 행동이 여가 의심스럽지 않았기 때문이다.

우선 제일 먼저 의심스러운 점은 범인들이 나를 납치할 당시, 최이사의 승용차 번호를 어떻게 정확히 알고 있었느냐 하는 점이었다. 서초경찰서에서 작성한 수사 보고서에서 범인들은 나이가 들어 보이는 2~3명의 남자가 술집에서 나오는 것을 보고, 그 중 한 명이 서정의라고 판단하여 나를 납치했다고 진술했지만, 그건 천만의 말씀이다. 그들이 차를 서행시켜 무지개살롱으로 다가왔을 때, 최이사와 나는 이미 술집을 나와 주차장에 서 있었을 때였다. 즉, 최이사가 자기 차의 후진을 가로 막고 있는 차를 빨리 빼달라고 소리치고 있을 때였던 것이다.

그런 다음 그 차가 자리를 내주는 즉시, 최이사와 나는 최이사 차에 올랐다. 그 당시 무지개살롱 주차장엔 최이사의 차 말고도 꽤 여러 대의 승용차가 주차해 있었다. 그런데 범인들이 어떻게 그 여러 대의 차 중에서 나와 최이사가 탄 차가 최이사의 차인 줄 알고, 조금도 머뭇거리는 기색 없이 곧바로 다가왔을까.

물론 그 사실은 나중에 범인들이 최이사가 자기 차번호를 범인들에게 미리 알려줬기 때문에 머뭇거릴 필요가 없었다는 진술을 해서 의문점이 풀리긴 했지만, 그 사실을 알기 전까지 나는 그 점이 여간 의심스럽지 않았었다.

그리고 또 하나 최이사에 대해 의심스러운 점은, 무지개살롱의 룸을 하나 미리 예약했다는 점이다. 그 당시 나는 105호 아저씨와의 약속 때문에 뺑소니칠 궁리만 하느라고 그 점에 대해 그리 신경을 쓰지 않았지만, 지금 가만히 생각해 보니 그것 역시 여간 의심스럽지 않았다. 왜냐하면 우리들이 무지개살롱으로 간다는 사실을, 범인들도 이미 알고 있었기 때문이다.

나는 그 점을 이상하게 생각한 게 아니다. 박상전과 김규남으로부터 철저한 위증(僞證)과 은폐 그리고 경찰의 늑장수사로 수사가 영 지지부진해지자, 이러다가 내 사건 역시 다른 정치적인 사건들과 마찬가지로 미궁에 빠져 미제(未濟) 사건이 돼버리는 게 아닌가 하는 우려가 팽배해 있던 5월 20일자 〈조선일보〉를 보면, 신문기자들도 그 점을 중시하고 있었다. 즉, '풀리지 않는 실마리 … 搜査 원점'이라는 제목으로 그 의문점을 다음과 같이 제기했던 것이다.

…… 전략(前略) …… 최이사와 서정의 씨 그리고 그 동료들이 한창 저녁식사 중이던 때, 그러니까 영동에 가서 2차로 한잔 더 하자는 얘기가 나오기 전인 오후 8시쯤, 서씨 피랍 장소에서 1킬로미터쯤 떨어진 강남구 삼성동 서린장여관에는 서씨 납치범들이 투숙, 연락책 김규남 씨의 전화를 기다리고 있었다.

경찰은 이 부분 즉, 납치 대상인 서씨가 광화문에서 저녁을 먹고 있는 사이, 범인들은 미리 피랍 지점 부근에 대기하고 있었다는 점을 중시하고 있다.

범인들은 최이사와 서씨가 광화문에서 저녁식사를 한 뒤, 영동으로 자리를 옮길 것이란 사실을 정확하게 예측했었다고 보는 것이다. 경찰은 이 같은 정황으로 미루어 '누가 먼저 영동으로 2차를 가자고 제의했느냐'는 사실이 사건 해결의 중요한 단서가 될 것으로 보고 있으나, 아직 가려내지 못하고 있다.

다음으로 경찰이 주목하고 있는 부분은 최이사와 서씨 등이 영동 룸살롱에 도착한 이후의 행동이다. 최이사와 서씨 등은 오후 10시쯤, 강남구 역삼동 반도유스호스텔 부근 무지개룸살롱에 도착했다. 이들은 주차장에 승용차를 주차시키고 술집 안으로 들어갔으나, 자리가 없어 더러 나와 이곳에서 30미터쯤 떨어진 다래룸살롱으로 갔다. 이때 최이사의 승용차는 무지개살롱 주차장에 그대로 주치시킨 채였다.

朴씨 등 범인들이 서씨의 위치를 최종적으로 통보받은 것은, 서씨가 다래룸살롱으로 들어간지 10분만인 10시 10분쯤 朴은 경찰에서 '서린장여관에 대기하고 있는데, 연락을 맡은 김규남이가 반도유스호스텔 건너편 술집 골목에서 기다리면 회색 체크무늬 양복을 입은 사람이 나타 날 테니, 서씨인지 확인하고 납치하라는 병찬 씨(이신천배)의 지시를 전해왔다'고 진술했다.

한편 서씨는 술집에 도착한지 30분쯤 지나 약속이 있어 가야 한다면서 혼자 일어서 나갔다. 이때 서씨는 바래다주겠다는 최이사와 함께 걸어서 무지개살롱 주차장에 세워두었던 최이사 승용차에 탔다가 납치됐다.

경찰은 이 부분에 대해서도 몇 가지 의문을 제기하고 있다. 우선 범인들이 왜 연락책의 말대로 반도유스호스텔 앞 술집 골목에서 배회하지 않고 정확하게 최이사의 승용차가 주차되어 있던 무지개살롱 주차장에서 기다렸느냐 하는 점이다. …… 후략(後略) …….

이상의 신문기사에서도 알 수 있듯이 범인들은 정확히 최이사 승용차가 주차해 있는 무지개살롱 주차장으로 차를 운전해 왔으며, 또 최이사 승용차 쪽으로 머뭇거리지 않고 곧바로 걸어왔던 것이다.

또 한 가지 의문은 범인들이 그날 어떻게 내가 체크무늬 양복을 입고 있는지 알고 있으며, 내 사진까지 갖고 있었느냐 하는 점이다. 그런 것들은 회사 사람들의 협조가 없인 도저히 불가능한 일들이었다. 회사 내부 사람이라면 당연히 최이사밖에 없었다. 유진참치 횟집에서 김종항 차장에게 전화를 통해 '각오한 바가 있다' 라고 비장하게 말한 점이라든가, 선약이 있어 집에 가봐야겠다는 나를 굳이 영동으로 유인한 점(최이사는 2차를 할 정도로 술을 많이 마시지 못함) 그리고 또 무지개살롱에 자리가 없자, 방석집으로 가자고 한 저의(나를 장시간 붙들어두기 위한 수작이었음), 다래살롱에서 내가 먼저 가겠다고 하니까, 최병수 차장을 제쳐두고 자기가 바래다주겠다고 한 점 그리고 내가 납치당할 때 범인들을 적극적으로 만류하지 않았고, 동료들에게 구원을 요청할 수 있었음에도 불구하고 그렇게 하지 않은 점 등을 곰곰이 생각해보니, 범인은 바로 최이사라는 확신이 생긴 것이다.

그러나 최이사가 왜 나를 납치했느냐 하는 점은 영 의문이었다.

나는 생각하기 편리한 대로, 다른 발기인들도 그랬던 것과 마찬가지로 나한테서 포기 각서를 받아내기 위해 그런 게 아닌가 하고 생각했었다. 그러나 그 생각은 설득력이 그리 강하지 못했다. 내 스스로도 납득이 잘 안 됐던 것이다. 순전히 포기 각서를 강요하기 위해 나를 지방으로 데려온 것이라면 다른 발기인들과 마찬가지로 중역들이 동행했을 텐데, 내 동행자들은 이름은 물론 얼굴까지도 생판 모르는 낯선 불량배들이었던 것이다. 모르긴 해도 다른 발기인들은 나처럼 이렇게 두 눈을 가린 채로 철저하게 격리, 수용되지는 않았을 것이다. 그러자 생각의 종착역은 그 행선지가 너무나 뻔하게 정해져 있었다. 상상하기 너무 끔찍해서 그쪽 방면으로는 가능하면 생각하지 않으려고 노력해서 그렇지, 아무래도 범인들이 나를 죽이기 위해 납치한 게 아닌가 하는 불길한 예감이 자꾸 들었던 것이다.

어느 누구도 다시 생각해 보고 싶지 않은 5공화국 비리 중 하나이지만, 오직 강압으로만 일관해 온 5공화국 통치 기간 동안, 얼마나 많은 의문사가 여러 군데서 발생했었던가. 수사기관에 연행되어 조사를 받는 줄만 알았던 운동권 학생이 어느 날 아침 갑자기 남해 바닷가 어느 해안에서 익사체로 발견되는가 하면, 행방불명된지 며칠 만에 시국 사범이 어느 이름 모를 야산 중턱에서 목을 매단 변사체로 발견되고, 군에 입대할 때까지만 해도 심장이 너무 튼튼해서 걱정이던 운동권 학생이 어느 날 갑자기 심장마비로 급사했다는 전보가 가족들 앞으로 날아오지 않았던가.

그런데 공교롭게도 그 의문사의 주인공들이 하나같이 당국으로부터 지명 수배를 당하고 있던 운동권 학생, 재야권 인사, 노조 지도자들이었다. 당국으로선 제발 없어져줬으면 좋겠다고 생각하는 골치 아픈 존재들이었던 것이다. 납치되어 있을 당시, 나를 끈질기게 점령하여 괴롭혔었던 불길한 예감이 바로 그것이었다.

어느 날 아침 갑자기 노조 설립에 한계를 느낀 재벌그룹 회사의 노조위원장이 목포 근교 야산에 목을 매단 변사체로 발견된다. 당국에선 물론 회사 측 주장이라는 토를 단 뒤에, 나의 변사에 대한 이유를 제법 그럴 듯하게 각색할 것이다. 즉, '노조 설립에 혼신의 정열을 다 바쳐 노력하던 노조위원장이, 믿었던 발기인들의 반발(포기 각서는 그럴 때 써먹기 위해 작성한 게 아닌가 하는 생각이 든다)과 행정 당국의 보완 지시로 인해 노조 설립이 불가능해지자, 스스로 목숨을 끊었다' 라는 식으로 진상을 발표할 것이다.

나의 가족들이야 물론 내가 자살할 하등의 이유가 없다고 강력하게 반발하여 진상을 철저하게 밝혀줄 것을 요구하겠지만, 이 나라에서 언제 피해자들의 진정어린 호소가 제대로 받아들여진 적이 있으며, 또 진상 조사가 공정하게 이루어진 적이 단 한번이라도 있었던가.

사건 당사자들, 다시 말해 나를 납치한 범인들의 입을 돈으로 도배해서 벙어리로 만들어버리면, 변사를 가장한 의문사가 얼마든지 가능한 게 바로 우리 사회인 것이다.

비록 생각의 휴지쪼가리에 불과할 뿐인 망상이긴 하지만, 그런 상상을 할 때마다 도무지 식욕이 나지 않았다. 나는 살아있되 살아있는 것이 아니었고, 희망이 있되 그 희망 역시 바람 앞의 촛불처럼 여간 위태로운 게 아니었다.

그런 생각을 하니 더욱더 정나미가 떨어져서, 밥맛이 나지 않았다. 그래서 범인이 쥐어준 숟가락을 도로 내려놓았다. 두목이 왜 그러냐고 물었다.

밥맛이 없어 그렇다고 대답하자, 범인들 중 한 명이 밖으로 나가 우유를 사왔다. 그러면서 빨리 마시라고 윽박질렀다. 그것마저 거절할 수는 없어 우유를 마셨다.

범인들은 자기네들끼리 시시덕거리며 아침 식사를 마쳤다. 그러더니 어제처럼 화투판을 벌였고 카세트를 크게 틀었다. 오늘 역시 카세트의 단골손님은 주현미와 심수봉, 현철 그리고 마이클 잭슨이었다.

나는 다시 벽면을 향한 자세로 앉혀졌다. 어디선가 교회 종소리가 들렸다. 한 군데가 아니라 두세 군데였다. 교회 종소리를 듣고 있으려니까, 갑자기 교회에 가고 싶다는 생각이 들었다. 그러나 범인들은 내가 주님을 만나는 걸 아주 싫어했다. 어제 성경책을 부탁했는데도, 구해오지 않았던 것이다.

"성경책 좋아하네. 성경책이 있으면 뭘 하오. 눈을 가려서 볼 수도 없는데…. 마음속으로 기도나 하고 있으시오."

나중에 외출에서 돌아온 두목에게 범인들 중 한 명이, 내가 성경책이 있으면 좋겠다는 이야기를 하니까, 그렇게 대꾸했던 것이다. 착하고 선하게 살라는 주님 말씀에 역행하는 짓만 해서 교도소에 자그마치 11번이나 들어갔다가 나온 그에게 성경책을 구해달라고 한 부탁 자체가 무리였던 것 같다.

그래서 그 다음부터 두목 앞에서 성경책 이야기는 일체 꺼내지 않았다. 그 대신 마음속으로만 기도를 열심히 했다. 그 당시 내가 처한 심정으로 쓴 시가 하나 있다.

삶은 낙엽처럼

잿빛 하늘
찬바람이 귓전에 흐를 때
흐트러져 가는 심정(心情)
차라리
대지(大地)에 발붙일 수 없을 만큼 일어 붙은 바람이어라.
하여 하나하나 떨어져가는
마음의 조각들을 잠시 붙들고 싶구나.
마음을 얼게 하고
번뇌(煩惱)에 시달리는 한 인간을
망각(忘却)의 회오리 속에 날려보자.

어떠한 변화가 온들
담담(淡淡)한 맘속에

짙은 침묵(沈默) 속에

침전(浸澱)되어 버리는 심전(心田)의 씨앗들

허무와 좌절 속에 삶의 맛을 느끼며

삶의 존속이 욕망의 몸부림에 불과하구나.

운명처럼

운명의 흐름에 떠나 보내는 한 갈피의 낙엽(落葉)처럼

삶은 낙엽처럼

찬바람에 흩날려버리고 싶구나.

우수수 떨어진 낙엽을 딛고

잿빛 하늘을 바라보는 비목(碑木)처럼

삶의 몸부림도, 날개도 부러진 채 미소를 띄우며….

원체 글재주도 없는데다가 시를 쓸 줄도 몰라, 생각나는 대로 아무렇게나 긁적거려본 것이지만, 그 당시의 내 기분은 바람에 불려 이리저리 날아다니는 한 잎의 낙엽, 바로 그것이었다. 그렇도록 덧없고 불안했다.

한창 희망에 찬 나이에 뭔가 보람있는 일을 하지 못하고, 납치사건 같은 극악한 범죄 행위를 저질러 스스로 파멸의 구렁텅이로 빠져들고 있는 범인들이 안타까워 이런 시를 써보기도 했었다.

무제(無題)

과거를 망각하는 국민이 많으면 많을수록,

그 민족의 수난은 더해만 갈 것입니다.

썩은 고기라도 먹겠다고 아우성치는 국민이 많으면 많을수록

그 사회는 부패의 늪 속에서 헤어나지 못할 것입니다.

지조 없는 정객들이 많으면 많을수록

해바라기성 국민들이 늘어만 갈 것입니다.

아무리 좋은 결과를 가져온들

그 수단이 도덕성을 잃을 때는

그 사회의 도덕률은 사라져갈 것입니다.

패기 없는 젊은이가 많으면 많을수록

그 사회는 암울한 사회로 되어질 것입니다.

그러나 더 무서운 사실은

썩은 고기라도 먹겠다는 젊은이가 많으면 많을수록

그 사회는 빠른 속도로 썩어간다는 것입니다.

오! 젊은이들이여,

역사를 통찰하자!

하여

앙금된 역사의 오물일랑 떨쳐버리고

다가올 21세기의 민족을 이끌어가야 할 것이 아닌가.

나라를 빼앗긴지도,

동족의 피비린내 나는 살육전도,

동족에 항거하며 총탄에 비명을 빼앗긴지도,

군사정권에 항거한 처절한 광주의 죽음도,

바로 엊그제 같은데,

이 뼈아픈 민족사를 마무리해야 할

역사의 전환점을 맞이해야 하지 않겠는가.

내 걱정만 하기에도 시간이 모자라는 판국에 범인들 걱정까지다 하고 있다니, 내가 생각하기에도 주제넘은 짓이었지만, 그렇게라도 하지 않고선 도저히 견딜 수가 없었다. 나는 그렇게 해서 답답하고 불안한 시간을 조금씩 죽여 나갔다. 그렇게 하니깐 불안이 조금 희석되었다.

내가 거기 감금되어 있는 닷새 동안, 제일 처리하기 곤란했었던 문제가 자연적인 생리 즉, 용변 문제였다. 소변이야 범인들이 요강을 갖다 줘서 방안에서도 간단히 처리할 수 있었지만, 대변이 문제였던 것이다.

나를 되도록 외부 사람들에게 노출시키고 싶지 않아 그랬겠지만, 범인들은 대변도 집안에서 보게 했다. 방문을 열고 밖으로 나가면 그곳에 광 같은 게 하나 있었는데, 거기서 신문지를 깔고 앉아 용변을 처리하게 했던 것이다.

그날은 대변을 보고나서 양치질 좀 했으면 좋겠다고 하니까, 범인들이 대야에 물을 떠왔다. 나는 그물로 손과 발을 씻고 양치질을 했다. 그랬더니 기분이 한결 개운해지는 것 같았다. 다시 방으로 돌아왔다. 그런지 얼마 지나지 않아 점심 밥상이 들어왔다.

이때만은 눈가리개를 약간 위로 올리게 해주었다. 그래서 눈을 가렸을 때보다 한결 자유스러운 동작으로 식사를 할 수 있었다. 그러나 허기보단 심신의 피로와 불안, 초조가 더 극심했기 때문에 통 밥맛이 나지 않았다. 그래서 몇 숟가락 뜨는 시늉만하다가 수저를 내려놓았다. 언제나처럼 숭늉만 한 그릇 맛있게 다 비웠다.

그날, 서울 우리 집엔 가까운 친척들이 모두 모였던 모양이다. 부산에 계신 부모님께서야 원체 연로하신 탓으로 상경하시지 못했지만, 인천에 사시는 큰형님 내외분, 고모님 그리고 처가 쪽에선 장모님과 처외삼촌, 처남댁 등이 모여앉아 대책을 논의했다는 것이다. 그러나 모두 다 범죄 행위와는 거리가 먼 선량한 사람들이고, 납치사건 같은 큰 사건은 난생 처음 당해보는 사람들이라서 별로 뚜렷한 대책이라는 게 있을 수가 없었다.

서로가 서로를 위로하고 걱정하는 것만으로 시간을 보내고 있을 수밖에 없었다. 어제처럼 김무성이 이종태라도 보내줬다면 아내가 종태를 앞세워 내 행방을 탐문하러다녔을 텐데, 김무성과 종태는 그들 나름대로 당 차원의 지상 조사단을 구성하기 위해 동분서주하느라고 우리 집까지 들를 시간적 여유가 없었다. 가끔 아내에게 전화를 걸어 지금 민주당에서 하고 있는 일들 즉, 수사를 빨리 착수하라고 경찰 당국에 강력하게 촉구하고 있다던가, 각 일간지 기자들에게 연락하여 취재를 빨리하라고 다그치고 있으니까, 너무 염려하지 말라는 식의 위로만 해줬을 뿐이다. 김무성이 나를 위해 그렇게 애를 써주고 있다는 사실만으로도 아내에겐 대단한 위안이었다.

그러나 그 위안이 아내의 근심, 걱정을 덜어주진 못했다. 내가 납치당할 당시 범인들로부터 구타를 심하게 당했다는데, 어디 많이 다치지는 않았는지 그리고 정말 살아있기나 한 것인지 하는 것들만 생각하면, 기분이 바늘방석이라서 한시도 마음을 놓지 못했다는 것이다.

오늘이 일요일임에도 불구하고 회사에 출근했다가, 회사 안에서 있었던 일들을 아내에게 알려주기 위해 최병수 차장이 우리 집을 찾아온 게 바로 그때였다. 최차장 말인즉, 도저히 집에 있을 수가 없어 신선기 차장과 김종항 차장에게 연락하여 회사에서 만나기로 약속했다는 것이다.

납치 현장 가까운 곳에서 술을 마시고 있었다는 자괴지심(自愧之心)과 함께 자기네들이 최이사의 흉계를 조금 일찍 눈치 채기만 했었더라도 내가 납치를 당하지는 않았을 텐데 하는 자책감에 시달리느라고, 제대로 잠을 자지 못해 최차장이 신차장과 김차장을 보니까, 두 사람 다 하룻밤 사이에 얼굴이 쪽 빠져있었다고 한다. 그러나 걱정이 되어 만나긴 했지만 그들도 속수무책이었다. 사람을 납치해가면서까지 노조 설립을 꼭 막아야 하나 하고, 최이사의 무모함만 열심히 성토했다고 한다.

그런지 얼마 지나지 않아 뜻밖에도 최이사가 회사에 나왔고, 서초경찰서의 심기○ 형사반장과 부하 형사들이 들이닥쳤다고 한다. 관련자들의 참고인 진술을 받기 위해서였다. 그런데 그 자리에서 심반장이 참으로 의외의 말을 했다고 한다. 즉,

"어제 아주머니(아내)가 기자를 대동하고 왔다. 그래서 엊저녁 KBS 뉴스 시간에 사건이 보도되었고, 수사하기가 어렵게 됐다"

고 하더니 곧,

"아주머니가 말하는 것도 그렇고, 야당성이 짙은 것 같더라"

하더라는 것이었다.

나는 경찰 수사에 대해 아는 게 아무것도 없지만, 수사관들이 수사를 함에 있어 제일 경계해야 할 것이 바로 예단(豫斷)이라고 한다. 즉, 용의자에 대해 미리 편견을 갖고, 범인이라는 심증을 굳히는 걸 경계해야 한다는 말이다. 그렇게 되면 수사관 스스로 자기 심증의 포로가 되어 억지 수사를 하기 십상이라는 것이, 수사 관계자들의 한결같은 주장이다. 내가 무소속으로 국

회의원 선거에 출마를 한 경험이 있다고 해서 아내까지 덩달아 야당 성향이 있다고 속단하는 것은 분명히 심반장의 예단에 속하는 것으로, 납치사건을 수사함에 있어 아주 중요한 모티브가 된다.

심반장이 최차장 앞에서 은연중에 암시한 편파적인 심증 그대로 내 납치사건은 여러 군데서 회사측의 사주에 의한 청부 납치라는 징후가 발견되는데도, 당분간 내가 스스로 꾸민 자작극인 것처럼 둔갑되어버리게 된다.

그러나 아내는 심반장이 불만스럽게 말한 것처럼 심반장 앞에서 야당성이 있는 것처럼 행동하지 않았고, KBS 기자를 대동해 가지도 않았다. 그 기자가 뉴스거리를 찾아 서초경찰서에 들렀다가 우연히 아내를 발견하고 취재, 보도한 것뿐이다.

그 사실을 심반장 자신도 잘 알고 있을 텐데, 억측을 그런 식으로 한다는 것은 그가 바로 사건이 나던 날 밤에 최이사로부터 실종 신고(사실은 폭력으로 신고했지만)를 받았으며, 당직자로서 당연히 기록해둬야 할 그 사실을 당직 일지에 기록하지도 않았으며, 뒤이어 나타난 강명호 총무부장의 말만 듣고 상관인 형사계장에게 보고조차 하지 않은 장본인이라는 점을 감안하더라도 결코 예사로운 일이 아니다.

어쨌든 회사에 모인 사람들이 다 공교롭게도 납치사건에 연관된 사람들이라서 형사들에게 참고인 진술을 하게 됐는데, 최차장은 이형사라는 사람한테 진술을 했다고 한다. 이형사가 진술을 받는 도중 불쑥,

"최차장이 생각할 땐 이번 사건이 누구 소행인 것 같습니까?"

하고 묻기에,

"뻔하죠, 뭐."

그렇게 대답했다고 한다. 그러자 이형사가,

"어, 더 위에서 내려왔나?"

하더라는 것이다. 다시 말해 최이사보다 더 윗선에서 이루어진 일이 아니냐 하는 것이다.

내가 지금도 경찰 수사에 대해 불만인 것은, 최차장을 비롯한 신선기 차장 그리고 김종항 차장이 진술 도중, 최이사가 의심스러우니 그에 대해 조사를 철저히 해보라는 암시를 줬음에도 불구하고 그에 대해 본격 수사를 하지 않았다는 점이다. 그로 말미암아 최이사 등에게 증거 인멸의 기회를 충분히 주었고, 회사 차원의 대책을 강구할 만한 시간적인 여유를 마련해 주었기 때문이다.

희망의 날, 5월 9일

사람들은 월요일 아침이 되면, 공연히 한 주일에 대한 희망을 갖는다. 이번 주일엔 뭔가 좋은 일이 있지 않을까 하는 기대이다. 월요일이 바로 일주일의 시작이기 때문이다.

비록 내 운명이 어떻게 될는지 모르는 절망적인 상태이긴 했지만, 나도 그런 희망을 가지고 아침에 눈을 떴다. 그리고 오늘 하루는 되도록 희망적인 생각만 갖기로, 혼자서만 가만히 결심했다. 세상 일이 내 뜻대로 되어지는 건 아닐 테지만, 어쨌든 그날은 확실히 희망적인 날이었다. 전국 각지의 일간지들이 앞 다투어 내 납치사건을 기사화하기 시작한 것이다. 월요일이라서 조간은 쉬고, 석간만 발행되는 날이다. 그날짜 〈동아일보〉를 보면 다음과 같다.

勞組위원장 披拉 행방불명

現代건설 會社 간부와 회식한 뒤 怪靑年에, 4일째 소식 끊겨

현대건설 노조 설립 추진위원장 徐廷義 씨(37·국내 공사관리부 대리)가 지난 6일 밤 회사 간부들과 술을 마신 뒤 신원을 알 수 없는 청년 4~5명에게 납치된 뒤 4일째 소식이 끊겨 경찰이 수사에 나섰다. 이 회사 최재한 관리이사(47)에 따르면 6일 저녁 노조문제로 다른 회사 간부 4명과 함께 徐씨를 만나 광화문 모일식집에서 저녁식사를 하고 江南구 驛三洞 D카페로 자리를 옮겨 단둘이 술을 마셨다는 것.

崔씨는 밤 10시경, 徐씨가 '약속 때문에 먼저 나가겠다'고 말해 함께 밖으로 나왔는데, 이때 갑자기 나타난 청년 4, 5명이 徐씨의 신분을 확인하고 검정색 승용차에 태워 사라졌다는 것.

경찰은 지난 3월 말부터 徐씨 등이 노조를 설립할 움직임을 보이자, 회사측이 계속 회유해 왔다는 사실을 밝혀내고 지난 3일 노조 설립 신고서를 종로구청에 제출한 徐씨를 회사측이 설득하기 위해 모처로 데리고 간 것이 아닌가 보고 회사 간부들을 상대로 수사를 펴는 한편 徐씨의 개인적인 원한관계에 대해서도 조사 중이다.

경찰은 또 徐씨를 납치해간 괴청년들 중 1명이 8일 오후 6시경, 鍾路구 桂동 현대건설 본사로 전화를 걸어 崔이사에게 '徐씨는 우리가 데리고 있으며 무사하다. 곧 회사로 徐씨가 직접 전화 연락을 하도록 하겠다'고 말했다는 사실도 밝혀냈다. 한편 7일 밤 경찰에 徐씨의 실종 신고를 한 부인 李美玉씨(30)는 '남편이 노조 설립 신고를 한 뒤 회사측으로부터 심한 감시를 받아왔다'며 '남편이 노조 설립을 방해하는 회사측에 의해 납치된 것 같다'고 주장했다.

徐씨는 지난 1일 현대건설 노조 결성대회에서 노조 발기인 대표로 선출돼 2일 종로구청에 설립 신고서를 제출했으나, 서류 미비를 이유로 신고필증을 받지 못했다. 한편 현대건설측은 徐대리의 납치사건과 회사측은 아무런 관계가 없으며, 경찰의 수사 결과 진상이 곧 드러날 것으로 본다고 밝혔다. 회사측은 또 '사건 발생 직후인 지난 6일 밤 11반경, 崔이사를 서초경찰서에 출두시켜 회사측이 徐씨의 피랍 사실을 신고했다'고 밝혔다.

서울에서 발행되는 다른 석간신문들도 모두 비슷한 내용을 게재하고 있지만, 여기서 전혀 새로운 사실이 하나 발견된다. 즉, 나를 납치해간 괴청년들 중 1명이 8일 오후 6시경 회사로 전화를 걸어 최이사에게, '서씨는 우리가 데리고 있으며 무사하다. 곧 회사로 서씨가 직접 전화 연락을 하도록 하겠다'는 대목이다. 누군가 최이사에게 전화를 건 것만은 틀림없는 사실이다.

그러나 그 내용은 전혀 판이하다. 즉, 회사로 전화를 건 사람은 서울에 남아있던 연락책 김규남이며, 그가 전화를 건 목적은 나를 납치하면 주기로 한 잔금 1천6백만 원을 최이사가 주지 않았기 때문에, 왜 돈을 주지 않느냐고 항의하기 위해서였던 것이다.

애초에 강명호 총무부장이 이신천배를 만나 범행을 모의할 때 한 약속은 착수금 조로 우선 4백만 원을 주고, 나머지 1천6백만 원은 납치 즉시 김규남 계좌에 온라인으로 입금시켜주기로 했었다고 한다. 그 돈이 통장에 입금되지 않자, 김규남이 왜 돈을 주지 않느냐고 항의한 것이다. 그런 사실을 감쪽같이 숨긴 채 최이사가 신문기자들에게 거짓말을 한 것이다. 최이사가 그렇게 한 이유는 두 말할 필요 없이 수사에 혼선을 주기 위해서이다.

그리고 또 하나 앞뒤가 영 맞지 않는 말이라서 의혹만 점점 더하게 만든 건, 회사측에서 내 납치사건과 회사는 아무런 관계가 없다고 극구 부인한 점이다. 즉, 사건 발생 직후인(사실은 1시간이나 지난 뒤이지만) 11시 반에 최 이사를 서초경찰서에 출두시켜 내 피랍 사실을 신고하게 했다고 강조한 대목이 바로 그것이다. 회사에선 그렇게라도 해서 회사의 무관함을 애써 강조하고 싶었겠지만, 강명호 총무부장은 분명히 심기○ 반장에게, '회사 일이고 내일 아침이면 다 해결될 일이니, 신경 쓰지 말라'고 했다고 한다.

그렇다면 회사나 강부장 중에서 어느 한 사람은 거짓말을 한 셈이 된다. 그러나 그들 중 과연 어느 누가 거짓말을 했는지, 그 진위는 검찰 조사에서도 끝내 밝혀지지 않았다.

어쨌거나 텔레비전 보도에 이어 신문에서도 나에 대한 납치사건을 신속하게 보도하는 바람에, 나나 아내로선 크나큰 후원자를 얻은 셈이었다. 여론이 내 편이 되어주기 시작했기 때문이다.

나에게 더욱더 고무적인 사실은 민주당이 정당 차원에서 제일 처음 내 사건에 대해 성명을 발표했다는 사실이다. 김덕룡(金德龍) 임시 대변인 명의로 발표된 그 성명을 보면, '관계 당국은 현대건설 노조 설립을 조속히 허가하고, 이런 반민수적 폭력이 재발되지 않도록 이 사건을 신속히 수사, 관계자를 엄정히 형사 문책하라'고 촉구했다.

회사에서 내가 스스로 꾸민 자작극이라는 누명을 씌울까봐 미리 반민주적 폭력이라고 단정해버린 것이다. 이는 물론 나를 구출하려하는 김무성의 숨은 노력과 민주당 당사자들의 재빠른 사태 판단 덕분이었다.

그러나 서울에서 너무나 멀리 떨어진 목포에 격리, 수용된 나는 그런 사실을 까맣게 모르고 있었다. 나와 함께 있는 범인들 중 내 사건이 텔레비전에 보도됐다는 사실을 알고 있는 사람도, 두목 박상전 혼자뿐이었다. 그러나 박상전도 아직 신문 보도 내용까지는 모르고 있었다.

지방 신문은 서울보다 하루 늦게 서울 소식을 전해 주기 때문이었다. 그날, 두목은 오전 중엔 우리들과 함께 있지 않았다. 볼일이 있다면서 외출했었기 때문이다.

두목이 없을 때면 언제나 그렇듯이 부하들은 여간 자유분방하지 않았다. 제멋대로 떠들고, 들락날락거리고, 어디서 빌려온 만화인지 모르겠으나, 만화를 보면서 키득거리곤 했던 것이다. 비단 그뿐만이 아니다. 날짜로는 사흘째이지만, 엄격히 말해 나흘째 동고동락했었기 때문에 그만큼 정(?)이 들어서 인지,

"서선생께서 노조활동을 하고 있다고 하다던데. 노조라는 게 도대체 뭐요?"

하고 묻기까지 했다.

이제는 나도 목소리만 듣고도 그가 누구인지(비록 별명이지만) 알만할 때가 되었으므로, 목소리로 가늠해보니 돼지(김성남 · 27 · 정육점 종업원)였다.

민주화 열풍에 힘입어 전국 각지의 사업장에서 근로자들이 그동안 군사독재 정권에 의해 차압당했던 근로자들의 권익을 되찾겠노라고 노조활동을 활발히 하고 있고, 또 그 소식이 비록 부정적이긴 하지만 보도를 통해 세상에 널리 알려져 있음에도 불구하고 노조가 뭔지 모른다니 하는 생각이 들어 내심 의아하긴 했지만, 나도 내가 알고 있는 한 성실하게 답변해 주었다. 즉, 노동조합이란 '조합원의 임금이나 노동 조건을 개선하기 위한 조직' 이며, 영국의 유명한 노동운동가인 시드니 웹(Sidney Webb)이 말한 것처럼 '노동자 생활의 제반 조건의 유지, 혹은 개선을 목적으로 하는 노동자의 단체' 라고 말이다.

그러자 돼지가 대뜸 반론을 제기했다.

'노동자란 주인(사용자)에게 목을 매인 고용자 아니냐? 주인이 하라는 대

로 하면 되고, 또 주인이 너 같은 놈은 이제 필요 없으니까 당장 그만 둬라 하면 보따리를 싸야 하지 않느냐, 그런 판국에 노동 조건의 개선은 도대체 뭐고, 노동 생활 개선을 목적으로 한다는 건 뭐냐? 하고 물었던 것이다.

정육점 주인과 그 종업원이라고 하는 지극히 원초적인 개인 대 개인간의 고용관계를 유지하고 있는 그로선, 너무나 당연한 의문이었을 것이다. 돼지 말마따나 주인이 어느 날 갑자기, '너 같은 녀석은 필요 없으니까, 당장 나가 버려라' 고 선언하면 그게 곧 해고니까 말이다. 노동조합이 결성되어 있는 기업체에 단 한번도 근무해본 경험이 없는 탓으로 노조에 대해 그렇게 무지한 견해가 생겼겠지만, 먼저 활동을 하고 있는 나로선 참으로 비애스런 순간이었다.

그러나 나는 그의 무지를 함부로 나무랄 수가 없었다. 정작 대단위 사업장에 근무하고 있는 노동자들도, 자기네들의 권익 단체인 노동조합에 대해 올바른 이해를 하지 못하고 있기 때문이다.

우리나라의 노동 운동 역사가 너무 일천(日淺)하고 또 그에 대한 학자들의 연구 역시 그리 활발하지 못해 최근 자료를 인용하지 못하는 게 참으로 유감이지만, 1983년도에 발표한 한국노총 사업보고서를 보면 우리나라 노동자들이 노동조합에 대해 얼마나 무지한가, 그 정도가 수치로 잘 나타나 있다. 즉, 1983년 당시 기업체에 근무하고 있는 우리나라 전체 노동자는 800만 명이었다. 그 중 노동조합에 소속된 노동자는 81만 1천3백87명, 그러니까 전체 노동자의 11%에 불과한 숫자였다. 10명 중 1명만 노조에 가입되어 있다는 이야기이다. 이를 바꿔 말하면 사용자가 노조 결성에 인색했다는 뜻이 되며, 노동자들 역시 헌법 제51조 1항에 명시된 '근로자는 근로 조건의 향상을 위하여 자주적인 단결권, 단체 교섭권, 단체 행동권을 갖는다는 노조 결성에 등한시했다는 뜻이 된다.

그러니 노조에 대해 노사 가릴 것 없이 무지할 수밖에 없었다.

그래서 나는 돼지에게 방금 당신이 말한 것과 같은 노사 개념은 전근대적인 사고방식에 지나지 않는다, 노동자는 사용자가 요구하는 양질(良質)의 노동력을 제공해 주고, 그 대가로 봉급을 받으며, 사용자는 자기가 필요로 하는 노동력을 노동자들로부터 얻는 대신, 노동자의 복지를 책임져야 하는 의무를 갖는다는 대답을 해주었다. 그런 다음 당신처럼 주인과 종업원 단 두 사람뿐인 개인 고용관계에 대해선 뭐라고 말할 수 없다. 하지만 노동조합이 결성되어 있는 기업체에선 사장이라 할지라도 노동자에 대해 함부로 하지 못한다. 그렇기 때문에 현대건설에서도 노조를 만들기 위해 내가 애를 쓰고 있는 것이라고 대답했다. 그러자 돼지가 약간 의외라는 표정을 지었다.

자기네들이 납치해온 왜소한 사내가 보잘 것 없이 보이는 인상과는 달리 우리나라의 최대 재벌기업인 현대건설 노조위원장이라는 사실에 적지 않게 놀란 모양이었다.

"서선생이 그러니까 현대건설 회사에서 그 많은 직원들을 위해 정주영 회장과 맞서 싸우는 노조위원장이란 말이죠?"

돼지가 곧 그렇게 물었던 것이다.

"정주영 회장과 맞서 싸우는 건 아니지만, 어쨌든 내가 현대건설의 노조위원장인 것만은 확실합니다. 지금 4천여 현대건설 직원들이, 내가 빨리 돌아와서 노조를 결성하기를 학수고대하고 있어요. 여기 이렇게 앉아있을 처지가 아니에요."

내가 그렇게 말한 이유는 너무 간단하다. 내가 어떻게 잘못되어지기라도 하면 현대건설 노조원들이 가만히 있지 않을 테니까, 알아서 하라는 식의 다분히 엄포용이었던 것이다.

그 엄포가 내 생명을 보장해 주진 않았지만, 효과는 충분히 있었다. 돼지가 식사 기간 동안만 두 눈을 조금만 풀어주었던 것이다.

역시 자기네들 얼굴을 알아보지 못하게 하기 위해 벽을 향하게 하였다. 하지만 그 정도만으로도 나에겐 이만저만한 자유가 아니었다. 뜻하지 않은 횡재를 한 사람처럼 마음이 갑자기 풍요로워졌던 것이다.

때마침 눈부신 5월의 햇살이 조금 열려진 창문을 통해 방 안으로 편광(片光)처럼 쏟아져 들어오고 있었는데, 그때 본 햇살은 어쩌면 그리도 아름답고 찬란했던지 모르겠다. 과연 어느 화가가 그처럼 따사롭고 부드러운 햇살을, 그 색깔 그대로 그려낼 수 있을까.

평소엔 대수롭지 않게 생각하여 그냥 지나쳐버린 햇빛이 그토록 아름답고 소중하게 생각되기는, 아마 그때가 처음이 아닌가 싶다. 그렇도록 며칠 만에 처음 보게 되는 햇빛은 나를 완전히 사로 잡아버리고 말았다.

나는 되도록 햇빛을 오래 감상하기 위해 점심식사를 일부러 천천히 했다.

범인들도 왠지 나를 재촉하지 않았다.

그러나 내가 즐긴 두 눈의 자유는 그 생명력이 그리 길지 않았다. 점심식사를 반도 채 하지 못했는데, 돼지가 갑자기 내 눈을 붕대로 칭칭 감아버린 것이었다. 두목이 그때 막 외출에서 돌아왔기 때문이다. 방 안으로 들어온 두목은 방문 앞에 서서 여기저기를 날카롭게 둘러보았다. 자기가 없었던 사이, 별다른 이상이 없었는지 확인해보기 위해서였다. 이윽고 이상이 없다는 것을 확인한 두목이,

"야, 이 상 내가고 다른 상을 가져와"

하고 명령했다.

"식사 안 하셨수?"

칼치가 물었다.

"밥은 먹었어. 뭔가 쓸 게 있어서 그래."

"형님도 글을 쓸 줄 아시우?"

돼지가 그렇게 묻자, 두목이 화를 벌컥 냈다.

"이 자식이 까불고 있어. 돼지 너, 경고하는데 까불지 마. 앞으로 아구통 함부로 놀리면 죽여버리겠어."

돼지가 찔끔해서 얼른 입을 다물었다.

칼치가 그때까지도 치우지 않고 있던 내 밥상을 들고 나갔다. 그러더니 곧 다른 상을 들고 들어왔다. 두목은 정말 상 앞에 앉아 뭔가를 쓰는 모양이었다.

부스럭거리는 종이 소리가 들렸고, 볼펜 굴리는 소리가 들렸다. 방 안은 여간 조용하지 않았다. 두목이 같이 있을 땐 언제나 그랬다. 꼭 할 말이 있을 때만 입을 열었을 뿐, 그 외엔 기침 소리 하나 들리지 않을 정도로 조용했던 것이다.

그렇게 목을 조이는 것 같은 긴장은 저녁식사 시간 때까지 계속되었다. 식사를 하는 동안 자연스럽게 시작된 부하들의 잡담은 식사가 끝나고 나서도 잠시 더 계속되었다. 그러나 나는 그 잡담에 참여하지 못했다. 범인들이 권하는 담배만 한 대 피웠을 뿐이었다. 그 담배를 거의 다 피웠을 때였다. 두목이,

"야, 이것으로 서씨 입을 막아"

하더니, 뭔가를 부하들에게 던져주었다. 비닐 테이프였다. 그것으로 내 입을 막으라는 명령이었다.

부하들이 본드 냄새 진하게 풍기는 비닐 테이프로 내 입을 막기에, 왜 이러느냐고 마구 반항했지만 소용이 없었다. 부하들은 잠깐 사이에 비닐 테이프를 머리 뒤쪽으로 감아 내 입을 완전히 도배해버렸다. 이제까진 이러지 않았는데, 갑자기 왜 이러나 싶어 마음이 공연히 불안해지기 시작했다. 그래서

마음속으로 주기도문을 열심히 외었다. '하늘에 계신 우리 아버지여, 이름이 거룩히 여김을 받으시오며, 나라에 임하옵시며, 뜻이 하늘에서 이룬 것 같이 땅에서도 이루어지나이다. 오늘날 우리에게 일용할 양식을 주옵시고, 우리가 우리에게 죄 지은 자를 사하여 준 것 같이 우린 죄를 사하여 주옵시고, 우리를 시험에 들게 하지 마옵시고, 다만 악에서 구하옵소서, 대개 나라와 권세와 영광이 아버지께 영원히 있사옵나이다.' 평소엔 누에고치처럼 술술 잘 나오던 주기도문이, 그러나 그때는 너무 혼이 빠져서인지 생각이 잘 나지 않았다. 한 소절을 어렵게 생각해내면, 그 다음 소절이 영 가물가물했던 것이다. 나는 결국 주기도문을 끝까지 외치지 못한 채 두목과 마주 보고 앉았다.

"서선생, 부탁 하나 들어주겠소?"

두목이 물었다. 내가 대답을 하기 위해 크게 움직이자, 두목이 부하들에게 테이프를 조금만 떼어주라고 명령했다. 부하들이 테이프를 조금 떼어주었다. 두목이 다시 물었다.

"부탁이 있는데, 들어주겠소?"

"예."

무슨 부탁인지 모르겠으나, 그때 내가 처한 상황이 두목의 부탁을 거절할 입장이 못 되었으므로 고개를 끄덕이자, 두목이 다시 말했다.

"사직서 한 장 써주시오."

"누구 사직서요? 제 것 말입니까?"

"그렇소."

"제 사직서를 왜요?"

"저쪽에서 서선생 사직서가 필요하다는 연락이 와서 그래요."

두목이 지칭한 저쪽은 물어볼 필요도 없이 회사임이 분명했다. 그러나 나는 짐짓 모르는 척, 저쪽이 누구냐고 물었다.

"그건 당신이 알 필요 없고, 사직서를 쓰기나 하시오. 쓰겠소? 못쓰겠소?"

다른 때와는 달리, 바닥으로 낮게 깔리는 두목의 목소리가 예사롭지 않았다.

내가 사직서를 쓰지 않으면 내 손목을 잘라서라도 목적을 꼭 달성하고야 말겠다는 뜻이 두목의 낮은 목소리 속에 들어있었다.

"저 쪽에서 원한다면 써야죠."

내가 그렇게 대답하자, 두목이 그제서야 부하들을 시켜 테이프를 완전히 떼어주었다. 그런 다음, 담배를 한 대 권했다. 그 담배를 피우고 나자 방문이 열리는 소리가 나더니,

"서선생 좋아하는 회를 사왔소. 우럭 회요."

누군가 그렇게 말했다. 갈비(오진남 · 27 · 술집 종업원)였다.

갈비가 생선회가 담긴 접시를 내 앞으로 밀어놓았다. 정말 우럭이었다. 갓 잡은 활어라서 아주 싱싱했다. 간장에 와사비를 풀어 회를 찍어먹으면서, 나는 참으로 많은 생각을 했다.

범인들이 내가 원하지도 않은 생선회를 사왔다는 게 여간 심상치가 않았다.

사형수도 사형을 집행하기 직전에 좋아하는 음식을 마음껏 먹게 한다던데, 혹시 이 생선회가 내가 이 세상에서 먹어보는 마지막 음식이 아닐까?

그런 생각이 자꾸 들었다. 그래서 그렇게 먹고 싶어 하던 생선 회를 다 먹지 못하고 젓가락을 내려놓았다. 두목이 왜 더 먹지 않느냐고 물었다. 많이 먹었다고 대답하자, 접시를 저리 치우라고 하더니 종이를 꺼냈다.

"여기다 사직서를 쓰시오."

"이런 상태로 어떻게 사직서를 씁니까?"

내가 붕대를 가리키자, 두목이 아참, 그렇군! 하더니, 부하에게 붕대를 약

간 올려주라고 말했다. 부하들이 붕대를 조금 위로 올려주었다. 약간 자유스러워진 기분으로 아래를 내려다보니, 방바닥 위에 종이와 볼펜이 놓여있었다.

나는 사직서를 쓰기 위해 허리를 구부려서 방바닥에 엎드렸다.

그러나 막상 사직서를 쓰려니까, 기분이 서글퍼졌다.

기분이 자연히 의기소침해 질 수밖에 없었다. 그래서 한참 망설이다가 두목이 미리 준비해 놓은 양면괘지 위에 우선 내 이름을 쓰고, 본인은 일신상의 이유로 사직한다는 사유를 쓰자,

"이 봐요, 서선생. 사직서를 그렇게 쓰면 어떻게 해요?"

가만히 들여다보고 있던 두목이 그렇게 소리쳐서 나의 사직을 방해했다.

한번에 통과될 수 있도록 좀 더 그럴 듯한 내용을 넣어 쓰라는 것이었다.

"이렇게 써도 상관없어요. 일신상의 사정 속엔 모든 뜻이 다 포함되어 있으니까요."

내가 그렇게 대꾸하자, 두목이 안 된다면서 내가 쓴 사직서를 빼앗았다. 그러면서 다시 쓰라고 명령했다.

나는 잠시 망설였다. 갑자기 하게 되는 사직이라, 마땅한 사유가 얼른 생각나지 않아서였다. 그러다가 본래 위궤양이 있어, 마시면 속이 쓰리다는 사실을 생각해냈다. 술을 끊기 전까진 도저히 완치할 가망이 없는 그 속병을 사직의 이유로 사직한다고 썼다. 그러자, 두목이 불쑥 물었다.

"서선생, 당신 깃발이 무슨 색이오?"

깃발이 무슨 색이라니, 도대체 그게 무슨 말인가 싶어 내가 의아한 표정을 짓자, 두목이 다시 물었다.

"노랑이오. 초록이오, 아니면 주황이오?"

나는 그제서야 비로소 그가 정치색을 묻는다는 걸 깨달았다. 그래서 통

일민주당의 심볼인 주황색이라고 대답했다. 그러자 두목이 씩 웃으며,

"통일민주당 말이지? 하기야 서선생 고향이 부산이니까 당연히 그렇겠지. 솔직해서 좋소"

하고 말했다.

사직서를 쓰라고 하더니, 웬 쓸데없는 수작인가 싶어 내가 가만히 있자, 두목이 다시 물었다.

"야당에서 선거 운동을 한 적이 있다면서요? 무슨 일을 했었소?"

나는 두목이 그런 것까지 다 알고 있다는 사실에 적지 않게 놀랐다. 두목이 방금 전에 말한 것처럼 지난 번 총선거 때, 김무성의 권유로 민주당에서 선거운동을 조금 도와준 적이 있었던 것이다.

그러나 중요한 일을 하진 않았다. 컴퓨터를 만질 줄 알기 때문에 전산실의 프로그램 조작을 조금 도와줬을 뿐이다.

그래서 그런 사실을 이야기하자 두목이,

"그런 것도 넣고 해서 쓰시오"

하고 명령했다.

나로선 도저히 이해할 수 없는 두목의 명령이었다. 건강이 나빠 회사를 그만 둔다고 했으면 됐지, 그런 것까지 넣을 필요가 뭐있느냐고 하자 그때까지 가만히 있던 부하들이,

"이봐요, 서선생. 글씨 연습하는 것도 아닌데, 한번에 빨리 쓰고 잡시다. 벌써 열한 시가 넘었어요."

짜증스럽게 소리쳤다. 두목이 다시 말했다.

"내가 부르는 대로 받아쓰시오."

그러면서 미리 작성해뒀던 사직서 내용을 낭독하기 시작했다.

나는 그가 부르는 대로 받아썼다.

사직서

본적 : 부산시 영도구 신선동 1가 323
주소 : 서울시 양천구 목동 901, 목동 아파트 101동 306호
성명 : 서정의
소속 : 현대건설 국내 공사관리부
직위 : 대리

사유

상기 본인은 1979년 1월 1일, 현대건설에 입사하여 1988년 5월 6일 건강 진단 결과 위궤양 등 건강상 결함이 발견됐고, 회사에 근무 중이면서도 야당 선거 운동(컴퓨터 조작)을 통해 회사에 피해를 주어 도덕적으로 죄송스럽게 생각하며, 내 자신의 발전을 위해 개인 사업, 혹은 다른 직장을 선택하기에 이에 사직하나이다.

1988. 5. 9

서정의

그런 다음 수신인을 인사부장으로 했다. 사표 처리는 어차피 인사부장 소관이었기 때문이다. 그러자 두목이 다시 고개를 절레절레 저었다.

"이래가지곤 안 돼. 당신 직속 상사도 적어."

그래서 나는 공사관리부서장도 적었다.

참으로 우스꽝스러운 사직서였지만, 두목이 원하는 대로 할 수밖에 없었다.

두목은 이번에도 고개를 저었다.

"회사 대표가 빠졌잖아? 대표 이름도 적어."

그래서 나는 또 대표 이사도 적어 넣었다. 두목은 그제서야 됐다는 듯이

고개를 끄덕였다.

"난 잘된 것 같은데, 저쪽에서 뭐라고 할는지 모르겠군. 나중에 좀 더 보완해달라면 해주겠소?"

내 사직서를 몇 번 읽어보더니, 그렇게 물었던 것이다.

"예."

"당신도 뭣 때문에 회사를 그만 두는지, 그 까닭은 알아야겠지? 내일 내가 복사를 한 장 해주겠소."

그러더니 밤도 늦고 했으니, 이제 그만 자자고 했다.

나도 모르는 사이, 안도의 한숨이 저절로 흘러 나왔다. 그때까지 나는 최악의 상태를 예상하고 있었던 것이다. 즉, 나한테서 사직서를 받아낸 다음, 밖으로 끌고 나가 죽일는지도 모르겠다는 망상 말이다. 그러나 두목이 지금 그만 자자고 하는 걸 보니, 오늘만은 그런 우려를 안 해도 될 것 같았다. 납치 4일째의 밤은 그렇게 저물었다.

최후의 순간, 5월 10일

그날 아침 조간신문엔 이제까지 밝혀지지 않았던 사실이 하나 새롭게 밝혀졌다. 즉, 내가 무지개룸살롱 주차장에서 범인들에게 납치당할 당시 납치 광경을 지켜본 목격자가 나타난 것이다.

범인들이 나를 차에 태우려 할 때, 가만히 지켜보고만 있는 최이사에게, '당신 일행인 것 같은데, 왜 뒤쫓아 가지 않고 가만히 있느냐?' 하던 취객인데, 그가 나타나서 목격자 진술을 하리라곤 그 누구도 생각하지 못했었다.

아내는 그 날짜 〈한국일보〉에 짤막하게 실린 그 기사를 읽고 깜짝 놀랐다고 한다. 이제까지 최이사가 납치 현장을 목격한 사람이 없어서 답답하다고, 천연덕스럽게 거짓말을 했었기 때문이다.

그래서 아내는 그 신문을 읽는 즉시, 서초경찰서로 달려갔다. 목격자를 만나기 위해서였다. 서초경찰서에서 아내가 만난 사람은 형사계장이었다.

형사계장은 목격자를 만나보고 싶어왔다고 하는 아내에게 '만나고 싶다면 만나게 해주겠다' 고 한 다음, 그 목격자의 진술 내용을 설명해줬다고 한다.

그 목격자의 진술인즉, 술을 마시다가 갑자기 소변이 마려워 주차장으로 나와 보니, 검정색 스텔라(사실은 로얄 살롱인데, 목격자가 착각한 것임)에 2명이 타고 있고, 한 명이 내리더니 뒤따라 또 한 명이 내리더라. 자기로선 신경 쓸 일이 아니기에 그들을 지나쳐서 으슥한 곳에서 소변을 보고 있는데, 갑자기 사람을 때리는 소리가 들리고, '사람 살리라' 는 비명 소리가 들리더라. 그래서 뒤돌아보니, 여러 사람이 한 사람을 집단 구타하면서 '왜 남의 돈을 떼어먹고 안 갚으려고 하느냐' 고 하더라. 그러더니 차에 타지 않으려고 반항하는 사람을 강제로 상체부터 태우더라. 신발이 벗겨져서 땅바닥으로 떨어지자 범인 중 한 사람이 차에서 내려 그 신발을 주웠고, 발이 차문 밖으로 나와 차문을 닫지 못한 상태로 출발하더라. 그 자리에 마침 동행자인 듯한 사람(최이사)이 만류할 생각을 하지 않고 가만히 서 있기에, '당신 일행인 것 같은데, 왜 뒤쫓아 가지 않느냐' 고 하니까. 그제서야 허겁지겁 그 차 뒤를 쫓아가더라고 진술했다는 것이다.

비록 술이 취한 상태라서 차종을 스텔라로 착각하긴 했지만, 그의 진술은 비교적 정확했다. 내가 당한 그대로였던 것이다. 그러나 최이사는 우리 뒤를 따라오지 않았다. 따라오는 척하다가 그만 뒀던 것이다.

경찰도 그 점을 중시하고 있었다. 최이사가 어째서 납치 사실을 그 즉시 신고하지 않고, 일단 회사로 돌아갔다가 사건 발생 1시간이 지난 11시 30분에야 신고했느냐 하는 점을 말이다. 그 점에 대해 최이사는 '신고를 늦게 한 게 아니라, 마음을 가라앉히기 위해서였다' 라고 변명하고 있다.

처음엔 목격자가 없다고 했다가 정작 목격자가 나타나자, 그런 식으로 얼버무리는 등 여간 의심스럽지 않은 최이사를, 그러나 경찰은 그때까지도 정식 입건을 하지 않았다. 별다른 혐의가 없는 다른 사람들, 예를 들면 그날 나랑 같이 술을 마셨었던 최병수 차장이나 김종항, 신선기 차장 등과 같은 차원에서 참고인 조사만 했을 뿐이었다. 그것도 경찰서로 출두하라고 해서 받은 게 아니라, 친절하게 회사로 최이사를 방문해서 받았다.

최이사는 그날 비로소 나를 납치해간 차가 서울 ××245×, 검은색 슈퍼 로얄 살롱이라는 사실을 처음 밝혔다고 한다. 그가 차번호를 비로소 밝힌 까닭은 경찰 수사에 협조하기 위해서가 아니었다. 그 차가 현대에서 생산한 차가 아니기 때문에, 자기 짓이 아니라는 걸 강조하기 위해서였다.

5월 11일자 〈중앙일보〉를 보면 그 점이 잘 드러나 있다. 즉, 내 납치사건이 회사측의 사주에 의한 청부 납치가 아니라는 점을 강조하기 위해 '납치 사실이 신문 보도 등으로 여론화될 경우, 회사측이 가장 피해를 본다' 고 전제한 다음, 사건발생 직후인 6일 밤 11시 30분 쯤 최이사를 서초경찰서에 출두시켜 서씨의 피랍 사실을 신고했다는 점을 재차 강조한 뒤, 납치차량이 로얄 살롱(大宇 제품)으로 현대 임직원이 저지른 일이 아니라면서 회사측의 관련설을 완강히 부인했던 것이다.

이는 두 말할 필요 없이 여론이 회사측과 최이사에 대해 자꾸만 불리한 방향으로 돌아가자, 그걸 막아보기 위해서 안간힘을 쓰는 것이었다. 최이사는 한술 더 떠서 자기가 나를 설득하지 못해 무척 괴롭기는 했지만, 나를 납치하거나 어디로 데려갈 이유가 없다는 식으로 천연덕스럽게 거짓말을 했다.

그러나 아내는 이미 그를 범인 중 한 명으로 단정하고 있었다. 그래서 최이사에 대해 왜 수사는 하지 않느냐고, 형사계장에게 강력하게 항의했다고 한다. 그러자 형사계장은 그렇지 않아도 오늘 수사본부가 설치됐으니까 최이사뿐만 아니라, 관련자 전원을 조사할 방침이라고 대답했다고 한다. 내 납치사건을 본격 수사하기 위한 수사본부(본부장 이석○ 서초경찰서장)가 차려진 것은 바로 그날이었다. 사건 발생 5일째 되는 날이었다.

나로선 그 점도 영 석연치 않다. 경찰이 왜 신고 즉시(1차 6일 밤 11시 30분 최이사 신고, 2차 7일 낮 4시 40분 아내 신고) 본격수사에 착수하지 않고, 5일만에 수사본부를 설치했는지 말이다.

그러나 어쨌든 신문 보도(5월 11일자)에 따르면, 수사본부는 발족 즉시 서울 시내 25개 경찰서 형사계장 회의를 수사본부인 역삼파출소에서 갖는 등 공조(共助) 수사체제를 갖추고, 25개 경찰서의 정보과와 대공과 직원 5천여 명을 동원하여 호텔과 여관 등 숙박업소를 일제 수색했다고 한다. 그와 함께 최이사가 밝힌 서울 ××245×호에 대한 차적(車籍) 조회에 들어가 서울 차량 가운데 끝번호가 245×호 검은색 로얄 살롱이 모두 51대라는 사실을 밝혀냈다. 범인들 쪽으로 한 발짝 가깝게 다가간 셈이었다.

결국 차량 번호가 단서가 되어, 박상전이 그 차를 범행 당일 장안평에서 사갔다는 사실을 밝혀낸 것이다. 그러나 경찰은 왠지 다시 주춤거렸다. 서울 시내 25개 경찰서의 수사요원들이 총동원됐으면서도 범행 차량을 사건 발생 9일만에 우연히 발견한 것이었다. 즉, 장안평에서 중고자동차 매매를 하는 조경길 씨로부터 범행 차량을 사간 박상전이 잔금을 갚지 않아(8백5십만 원에 구입하기로 하고, 선금 2백만 원만 줬음), 조영길 씨가 박상전에게 전화를 걸어 왜 돈을 갚지 않느냐고 항의하자, 차를 전남대학교 부속병원 주차장에 놔두고 왔다고 대답하여 찾아낸 것이다.

내 사건이 검찰로 송치될 때 '상식 이하의 수사'를 했다고 신문(〈한겨레신문〉 5월 29일자)이 경찰을 비웃기도 했지만, 경찰이 스스로 잡은 범인은 이신천배(그것도 박상전의 제보에 의해 잡았음) 한 명뿐이었다. 그 나머지는 다 제 발로 걸어 들어와 자수했던 것이다.

내 납치사건을 중간 점검해본 5월 27일자 〈한겨레신문〉을 보면 다음과 같다.

발생 25일째를 맞은 현대건설 노조위원장 서정의 씨 납치사건이 납치 동기조차 제대로 밝혀지지 않은 채 경찰의 손을 떠나 30일 검찰로 송치된다. 납치, 감금에 가담한 범인 7명 중 5명이 자수하고 납치된 이후의 모든 상황이 분명해졌는데도, 납치 지시를 한 사람과 그 이유만을 밝혀내지 못한 것이다. 경찰은 그동안 23명의 수사관으로 수사본부를 구성, 서울, 목포, 부산시경의 협조를 얻어 전국에 걸친 수사를 펴왔으나, '행동두목 박상전 씨가 배후 조종자로 진술한 조병한 씨가 잡혀야 수사가 진전될 수 있다'는 태도를 보임으로써 이번 사건을 의도적으로 미궁에 빠지게 하고 있다는 평을 들어왔다.

사건의 진행 과정을 종합해볼 때 최소한 범인들과 현대측은 진상을 알고 있다는 것이 많은 수사 전문가들의 분석이다. 그러나 경찰은 △이례적으로 범인들을 한 방에서 생활하게 하는 등 분리 신문에 소홀했고, △범인들의 진술 중 현대측 관련 부분이 여러 곳 있었으나 가볍게 처리했으며, △ 특히 사건 해결의 열쇠를 쥐고 있는 박상인 씨를 집중 추궁하지 않는 등 상식 이하의 수사 태도를 보여 왔다.

또 정황으로 보아 현대측 관련이 거의 확실하고 다른 납치 동기가 전혀 발견되지 않음에도 불구하고, 서정의 씨가 풀려난 11일 이후에는 현대측 관계자를 아무도 조사하지 않고 있다가 검찰의 지시를 여러 번 받고나서야 사건 현장에 있었던 최재한 이사를 다시 소환, 상황을 청취하는데 그쳤다.

사건이 검찰로 송치된 뒤에도 남은 공범인 오진남(23 · 룸살롱 종업원), 김성남(27 · 정육점 종업원) 씨의 검거 외에 실질적인 경찰 수사는 종결될 것으로 보인다. 사건을 넘겨받을 서울 지검 동부지청은 '배후를 밝히는데 수사의 중점을 두겠다'고 말하고 있다. '관련 사실이 밝혀지면 누구라도 소환, 조사하겠다'고 여러 차례 언급해왔다.

검찰은 28일, '가장 단순한 사건을 전혀 알 수 없는 사건으로 만들어버린 것은 경찰 수사가 제대로 되지 않았기 때문'이라고 지적했다. 그러면서도 검찰은 사건을 만든 사람들에게 은폐, 조작할 충분한 시간을 주었고, '노조 결성 과정에서 항상 있을 수 있는 사건'으로 사건의 의미를 축소시키려는 면도 보인다. 그러나 이미 정황 증거와 범인들의 진술을 통해 사건의 진상은 대부분 밝혀져 있고, 남은 것은 의욕적인 수사뿐이라고 할 때 검찰에서도 미온적인 태도를 보인다면 검찰의 위신은 박종철 군 사건 이래 다시 한 번 크게 추락할 것이다.

경찰의 편파 수사만 탓할 게 아니라, 검찰에서라도 의욕적인 수사를 해야 사건의 진상을 밝힐 수 있다고 〈한겨레신문〉이 분명히 경고성 지적을 했음에도 불구하고, 결과는 검찰 역시 경찰과 도토리 키 재기였다. 그 까닭을, 그 날짜 〈조선일보〉와 〈한국일보〉가 잘 지적하고 있다.

즉, 〈조선일보〉는 '제2 용팔이 사건 조짐'이 보인다고 전제한 다음,

현대건설 노조위원장 徐廷義 씨 납치사건을 수사 중인 서초경찰서는 사건 발생 20일을 넘긴 28일까지 제 발로 걸어 들어온 납치범 박상전 씨 등 5명만

을 잡아놓은 채, 이 사건의 핵심인 배후 관계에 대해서는 단서조차 잡지 못하고 갈팡질팡.

더욱이 구속된 박씨 등을 검찰로 송치해야 할 시한이 30일이어서 이번 사건도 흐지부지. '제2의 용팔이 사건' 으로 끝날 가능성이 없지 않다는 지적이 나올 정도.

경찰은 당초 사건의 주요 당사자인 회사측 수사를 차일피일 미루다 검찰의 호령을 듣고서야 마지못해 회사 사람을 부른다, 수사관을 보낸다 하며 막판에 부산을 떨었으나, '막강 현대' 가 걸린 사건을 명쾌히 파헤치기엔 경찰이 역부족이라는 동정론과 함께 원래부터 배후 수사에는 뜻이 없었던 게 아니냐는 비판론이 대두되기도.

그러면서 경찰 능력으로 돈을 앞세운 현대의 막강한 벽을 뚫기엔 역부족이 아니냐는 지적을 한 것이다. 〈조선일보〉의 그런 지적에 수사본부장인 서초경찰서장은 '나는 수사 문외한' 이라서 그렇다는 답변을 하고 있다.

즉, 그날짜 〈한국일보〉를 보면 '회사를 비호한다는 오해는 억울' 하다는 제목과 함께,

現代건설 노조위원장 徐廷義 씨 피랍 사건을 수사 중인 서울 瑞草경찰서는 검찰의 지휘 사항이 3시간이 넘도록 서장에게 보고되지 않는 등 수사 체계가 여전히 느슨한 실정.

검찰은 지난 23일 하오 3시께 최재성 이사 등 회사 관계자를 소환 조사토록 瑞草서에 지시했는데, 이날 보도진이 이 사실을 확인하자, 김대○ 서장은 '아직 보고 받은 적 없다' 며 수사 관계자를 불러 알아보기도.

김서장은 사건 발생 7일째인 지난 13일 전격 부임한 후 '나는 수사엔 문외한' 이라면 공개수사, 인원수사만 되뇌일 뿐 수사본부장으로서 수사 상황을 장악하지 못하고 있는 인상인데, 야당 언론에서 수사 부진을 질책하는 목소리가 높아지자 '무능하다는 지적은 달게 받겠지만 회사측을 비호한다는 오해는 억울하다' 고 불평했다는 것이다.

막강 현대의 로비에 놀아나지 않았다는 변명이지만, 나에겐 그 변명이 그리 설득력 있게 들리지 않았다. 강자 앞에 약하고, 약자 앞에 강한 게 우리나라의 공권력이기 때문이다.

그래서 내 사건을 검찰에 송치할 때까지 회사측을 두둔하는 듯한 편파 수사로만 일관했었는데, 그날은 어찌된 셈인지 형사들을 우리 집에 배치시키겠다는 친절을 보였다고 한다. 혹시 범인들한테서 연락이 올는지 몰라 그렇다는 것이었다. 최이사 짓이 분명하기 때문에, 범인들이 연락을 하면 최이사한테나 할 테지 하는 생각을 갖고 있었던 아내에겐 참으로 이해하기 곤란한 형사계장의 친절이었지만, 수사상 필요해서 그렇다는 데야 경찰 배치를 더 이상 거절할 수도 없었다. 그래서 그러라고 대답한 뒤 자리를 일어섰다고 한다. 이명박 회장을 만나러 가기 위해서였다.

아내는 그때 이미 범인은 최이사가 분명하고, 그 이상의 더 높은 사람이 관련되어 있지 않은가 하는 의심을 갖기 시작했었다고 한다. 아내에겐 충분히 그럴만한 이유가 있었다. 최이사는 경찰수사에서도 사건 당일 다래살롱에 간 것은 순전히 우연이라고 거짓 진술했지만, 그날 이미 무지개살롱의 룸을 하나 예약했다가 룸이 없어 다래살롱으로 자리를 옮겼다는 사실을 세차장으로부터 들었던 터였다. 그리고 나는 그날 다래살롱에 늦게 들어가서 몰랐지만, 최이사가 다래살롱 포착 직후 아무도 없는 밀실에 들어가 누군가에게 전화를 걸었으며, 사건 직후 회사로 돌아갔다가 한 시간 후에 신고했다는 사실이 밝혀진 이상, 그 사실을 확인해봐야겠다는 생각이 들더라는 것이었다.

그래서 서초경찰서까지 같이 갔던 장모님과 처외삼촌을 대동하고, 회사로 달려갔다. 이명박 회장을 만나, 회사측에서 내 납치사건을 교사하지 않았는가를 확인하기 위해서였다.

아내가 회사에 도착한 시간이 대략 11시 30분경이었는데, 그러나 아내는 그 즉시 이명박 회장을 만날 수가 없었다. 약속이 되어 있지 않다는 이유에서였다. 그러나 시간을 약속하면 면담이 가능하다는 비서의 말에, 아내는 오후 3시에 만나기로 약속하고 비서실을 나왔다. 국내 공사관리부로 나오는데, 공교롭게도 그때 마침 비상구를 통해 밖으로 빠져나가는 이회장을 처외삼촌이 목격하게 되었다.

회장실과 국내 공사관리부 사이에 회의실이 있고, 각 방마다 출입문 말고 비상구가 하나씩 별도로 있어 그 문을 통해 서로 왕래할 수 있게 되어 있는데, 아내 일행이 국내 공사관리부로 나오는 순간 이회장이 회장실에서 나와 회의실과 국내 공사관리부의 비상구를 차례로 거쳐 계단 쪽으로 황급히 내려갔다는 것이다.

이회장 딴엔 무슨 급한 볼일이 있어 그랬었겠지만, 아내 일행에겐 그게 여간 이상하지 않았다는 것이다. 마치 아내 일행을 피하기 위해 일부러 비상구를 통해 나가는 것 같이 보였던 것이다. 더욱이 아내 일행은 내 납치사건이 회사측의 사주에 의해 이루어진 것이라는 심증을 굳게 갖고, 그 진위를 따지러 온 사람들이다. 그런 판국에 이회장이 그런 행동을 취했으니, 당연히 화가 나지 않을 수 없었다.

어쨌거나 아내 일행이 이회장을 만난 것은, 시간을 미리 예약한 대로 오후 3시경이었다. 그 자리엔 어충일 전무도 같이 배석했다고 한다.

아내 일행을 만난 이회장은, 사건 소식을 듣고 처음에 자기는 서대리가 자작극을 꾸민 게 아닌가 생각했었다. 그래서 2~3일 후면 서대리가 나타나리라 생각했는데, 날짜가 벌써 5일이나 경과한 걸 보니 자작극은 아닌 것 같다는 식으로 말을 하더라는 것이다. 그래서 아내가 최이사를 직접 지칭하지는 않고, 회사 직원 중 누군가 혹시 과잉 충성으로 납치를 한 게 아닌가 하고 묻자, 이회장이 자기도 그런 생각이 들어 사장한테 그 점을 한번 조사해보라는 지시를 내렸다고 대답했다고 한다. 아내는 그 말끝에 이렇게 말했다.

"과잉 충성이든, 우발적이든 저에겐 그런 게 중요하지 않아요. 저한테 중요한 건 남편이에요. 남편이 무사히 돌아오는 게 급선무예요."

그러자 이회장이 불쑥 뚱딴지같은 말을 했다는 것이다. 즉,

"서대리가 정치적 야심이 있다는 걸 나도 잘 알고 있어요. 그런 뜻이 있다면 진작 나를 찾아와 도움을 요청할 걸 그랬어요. 그랬다면 지난번 선거에서 공천을 받을 수 있게 해 줬을 텐데…."

그런 말을 했다는 것이다. 내 납치를 정치적으로 연관시키는 게 불쾌해서 아내도 발끈했었던 모양이다.

"지금 와서 그런 말이 무슨 소용입니까? 저는 다른 건 필요 없어요. 남편이 무사히 돌아오기만 하면 돼요."

"바로 그게 문제예요. 처음에 수사를 비공개적으로 했으면 범인을 잡는 데 효과가 있었을 텐데, 가족측에서 너무 크게 떠벌려 다시 사건을 오히려 복잡하게 만들어놓았어요. 문제가 더 어려워졌단 말이에요."

그러면서 노조 이야기를 꺼내기에 아내는,

"남편이 무사히 돌아오기만 하면 노조활동을 못하게 적극적으로 말리겠어요. 그러니 회사에서 손 좀 써주세요."

울면서 협조를 부탁했다고 한다. 그러자 이회장은,

"물론 저희들도 신경을 많이 쓰고 있습니다. 현장 근로자 같으면 각종 안전사고가 많이 발생하기 때문에 별로 신경을 쓰지 않고 있지만, 서대리는 관리직 사원이라 한 가족처럼 생각하고 있거든요."

제법 나를 걱정하는 투의 대답을 했다는 것이다.

아내는 물론 이회장으로부터 아무런 희망적인 단서도 얻어내지 못했다.

아내가 이회장을 만나고 있던 그 시간에, 목포의 함병남 집에 감금되어 있는 나는 아주 중요한 고비를 맞고 있었다. 점심식사를 끝마친 뒤 얼마 지나지 않아서였는데, 외출에서 돌아온 두목이,

"서선생이 써준 사직서를 저쪽에 전했는데, 잘됐다고 하더군."

내용을 더 이상 보완하지 않아도 된다는 뜻이었다. 설마 그런 식으로 내 사표가 간단히 수리되리라곤 생각하지 않았지만 그래도 궁금해서,

"내 사표를 수리한다고 하던가요?"

하고 물어 보았다.

" 그러니까 쓰라고 한 게 아니겠소?"

"궁금해서 그러는데, 그 사람이 누굽니까? 여기 와있습니까?"

"그걸 당신이 알아 뭘 하겠다는 거요?"

"뭘 한다는 게 아니라, 궁금해서 그래요. 우리 회사 인사부장입니까?"

그러자, 두목이 반문했다.

"인사부장이 경상도 사람입니까?"

"아뇨."

"그럼, 틀렸소. 그 사람은 경상도 사람이오"

하더니, 혼잣말처럼 중얼거렸다.

"서선생을 어떻게 보내느냐가 문젠데…."

나로선 두 귀가 번쩍 뜨이는 소리가 아닐 수 없었다. 그 말은 곧 나를 석방한다는 소리였기 때문이다. 그래서 두목 쪽으로 돌아앉았다. 그 문제에 관해 곧 범인들의 구수회의가 시작됐다.

부하 중 한 명이 '눈에 테이프를 붙이고 선글라스를 쓰고 가게 하는 게 어떻겠느냐' 고 하자, 또 다른 부하가 '모자를 푹 눌러 씌워서 자는 척하는 게 더 낫겠다' 는 제안을 했다. 그러자 두목이 그런 식으론 안 돼 하더니, 나에게 물었다.

"서선생, 큰 가방에 들어가는 게 어떻겠소?"

내가 그 순간 퍼뜩 생각한 것은 그게 바로 내 최후의 모습이 아닐까 하는 것이었다. 나를 큰 가방에 넣어 바닷가로 데려가서 가방에 돌을 달아 던진다면 그것으로 내 인생은 끝이었기 때문이다. 그래서,

"절대로 이상한 짓은 하지 않겠습니다. 눈에 테이프를 붙이고 선글라스를 쓰고 가면 안 되겠습니까?"

하고 물었다.

장님 흉내를 내는 게 남 보기에 조금 뭣해 그렇지, 가방에 들어가는 것보단 한결 나을 것 같기 때문이다. 그러나 두목이 내 제안을 일언지하에 거절해버렸다.

"이봐요, 서선생. 무슨 일이든 끝이 좋아야 해요. 마무리를 좋게 하자고 하는 일이니까, 잠자코 가방으로 들어가시오."

그러나 그건 내가 바라는 유종의 미가 아니었다. 그래서 내가,

"혹시…?"

하고 계속 불안해하자,

"죽이진 않을 테니까, 내 말대로 하시오."

두목이 단호하게 말했다.

"당신네들 말만 들으면 무사히 보내준다고 하지 않았습니까? 그래서 당신을 믿고 하라는 대로 다 했는데, 당신 말을 남자답게 믿어야 좋을런지…?"

내가 그때 그렇게 말한 이유는 범인들의 속셈을 완전히 알 수 없었기 때문이다. 그들이 시키는 대로 하지 않았다가 무슨 일을 당할는지 예측할 수도 없었거니와, 혹시 날 살려줄 마음이 있다가도 시키는 대로 하지 않았다는 핑계를 대고 죽일는지도 모르는 일이었기 때문이다. 그러자 범인 중 한 명이 말했다.

"믿어보시오, 죽이진 않을 게요."

"가방 열쇠로 잠글 겁니까?"

"물론이오."

"그럼, 난 어떻게…?"

자물쇠를 풀고 나오느냐고 묻자 범인이 곧,

"염려하지 마시오. 트렁크에 싣고 휴게소 가까운 고속도로 옆에 내려놓고 열쇠로 풀어놓을 테니까 차 떠나고 난 후 5분 후에 그때 가방에서 나와서 가시오"

라고 대답했다.

그러나 그건 어디까지나 범인들의 계획이었다. 일단 그렇게 말해서 나를 안심시킨 다음, 자물쇠를 풀어주지 않고 바다 속으로 생매장해버린다면 하는, 자꾸만 그런 의심이 들었다.

그래서,

"열쇠를 잠그면 난…?"

하고 망설이자, 두목이 잠시 생각하더니,

"좋소, 열쇠를 잠그지 않을테니, 가방에 들어가도록 하시오"

하고 대답했다.

그의 명령은 절대적이었다. 그가 그렇게 하기로 했으면 그대로 따라서 해야지, 나로선 감히 반대할 수가 없었다. 그래서 지금까지 당신만 믿고 시키는 대로 했으니까 마지막으로 한 번 더 당신 말을 믿겠다고 말한 뒤 가방에 들어가겠다고 대답했다. 그러자 두목은 가방을 구하러 방을 나갔다.

나는 이제 꼼짝없이 가방 속에 갇히는 신세가 되어야 했다. 팔, 다리를 움츠린 자세로 비좁은 가방 속에 갇힐 생각을 하니, 벌써부터 온몸이 욱죄이고 숨이 막히는 것 같은 기분이었다. 하지만 그 속박이 석방을 전제로 한 것이었기 때문에, 그런대로 견딜 수 있을 것 같았다.

그러나 가방을 가지고 곧 돌아오겠다던 두목은 어찌된 셈인지 한참이 지나도 돌아오지 않았다. 그가 가방만 가지고 오면 문제없이 석방될 수 있으리라던 기대가 다시 불안으로 뒤바뀌기 시작했다.

방 안에는 두목만 제외하고 부하들이 모두 다 모여있었는데, 다른 때와는 달리 아주 조용했다. 이상한 일이었다. 다른 때라면 두목이 없는 기회를 틈타 화투판을 벌인다거나 카세트를 틀어놓고 고성방가를 하거나 했는데, 전혀 그렇지 않았던 것이다. 숨을 죽이고 있는 것 같은 방 안의 오랜 침묵이 나를 더 불안하게 만들었다.

사람을 죽이라는 지시를 받는다면 그들도 긴장감이 들 수밖에 없을 것이다. 나는 불안을 떨치기 위해 담배를 연신 피웠다.

그러면서 라이터를 꼭 간수했다. 범인들이 가방을 열어주지 않으면, 라이터로 가방을 태우기 위해서였다. 그러나 만약 가방이 천으로 된 게 아니라 플라스틱이라면 하고 생각하자, 더욱 불안해졌다. 그 제안을 받아들인 나는 아차 싶었다. 속았던 것이다. 만약 '가방을 열쇠로 잠그면 나올 수도 없고, 가방 채로 수장시키면 꼼짝없이 죽게 되는구나' 하고 생각하니 등골이 오싹

했다.

나는 처음이자 마지막 기도를 했다. 지금까지 나를 위한 기도는 처음이었다. 나는 지금까지 주기도문만을 나의 기도로 늘 대신하였다.

"하나님, 제가 이 세상에 남아 할 일이 있다면 저들이 나를 죽인다고 하더라도 저를 구해 주시고, 할 일이 없다면 저들이 죽인다 할지라도 그것은 곧 하나님의 뜻이라 생각하여 담담히 받아들이겠습니다."

그 마지막 기도 후 어느 정도 마음의 안정을 가져올 수 있었지만 불안은 쉽사리 가셔지지 않아 또 주기도문을 외우기도 했다. 양 손에 진땀이 나서 손바닥을 무릎에 닦으며 안절부절하자, 범인 중 한 명이 "서선생 작별인사나 합시다" 하면서 악수를 청하며 나의 손을 잡자 손에 땀이 서린 것을 알고 "웬 땀인가" 하며 침묵을 깨트린 그가 그렇게 고마울 수가 없었다.

침묵을 지키고 있던 범인들에게 얼마나 받고 하느냐 하면서 노조를 설립하게 된 이유를 말하고, 할아버지가 일본인의 교육을 받지 못하게 하여 배를 만드는 목수가 되어버린 아버지의 떠돌이 생활로 만주, 원산, 군산, 부산 출생으로 이루어진 5남 2녀 중 3째 아들로 군산에서 태어난 나는 두 살 때부터 부산에서 살다가 서울로 올라와 고등학교를 다녔다. 그리고 돈이 없어 서강대학교에 진학하지 못했을 때 느꼈던 좌절과 비애, 결국 내 힘으로 돈을 벌어 등록금을 마련할 수밖에 없었던 처지, 그러다가 다시 부산으로 내려와 대학에 진학한 이야기, 때문에 가난한 사람들의 비애와 설움을 누구보다 잘 알고 있다고 자부하고 있고, 남의 딱한 처지를 목격하곤 그냥 지나치지 못 하고, 그 때문에 결국 노조를 결성하게 되었고, 그것이 윗사람들의 미움을 사서 여기까지 끌려오게 됐다는 이야기를 모두 했다. 나도 모르게 뜨거운 눈물이 흘렀다.

그러자 악수를 했던 범인이 "용서를 빌면 받아주시겠소?" 하기에 "설사 내가 죽음을 당한다고 하더라도 나는 당신들과 아무런 감정이 없습니다. 다만 시킨 주범들을 원망할 따름입니다."

"서선생, 죽이지 않을테니 안심하시오."

그 소리에 어쩐지 힘이 있는 것같이 느껴졌다. 만약 두목이 나를 죽이라 해도 그 사람만큼은 반대할 것 같다는 막연한 기대감이 들기도 했지만, 그도 두목한테는 꼼짝 못한다는 것을 며칠동안 생활하며 알 수 있었다.

또한 나는 그것이 나를 안심시키기 위한 부하들의 단순한 위로라는 것을 잘 알고 있었다. 두목이 나를 없애버리라고 명령하면 그들 역시 그대로 할 수밖에 없었기 때문이다.

나는 고맙다고 대답한 뒤 내가 죽은 다음 이후의 일들을 생각해보았다.

내가 낳은 두 아이들, 성우와 동우는 다행히 사내애들이니까 아내가 부산으로 데리고 내려가서 장모님과 함께 키우면 될 거이고, 큰 재산은 아니지만 지금 살고 있는 아파트와 약간의 주식 그리고 은행 예금을 남겨 놓았으니 그걸 잘 활용하면 아내가 아이들과 함께 살아가는데 그리 큰 불편은 없을 것 같았다.

그러나 역시 문제는 내 생사였다.

생에 대한 애착심도 애착심이려니와, 그보단 아직도 할 일이 많은 젊은 나이에 남에 의해 죽임을 당한다는 게 그렇게 원통할 수가 없었다. 물론 인간은 언제고 한번은 죽기 마련이다. 그러나 그 죽음은 의로운 것이어야 한다. 아니, 의로움까진 몰라도 추악한 죽음은 되지 말아야 한다. 내가 만약 여기서 죽임을 당한다면 그건 의로운 죽음도 아니고 추악한 죽음도 아닌, '개죽음' 에 불과할 뿐이다. 아니, 좀 더 정확히 표현하자면 정의가 불의에 굴복하는 억울한 죽음이 될 것이다.

나는 노조 설립이 너무나 당연한 대세의 흐름인 이상, 그것이 당연히 옳은 일이라고 생각한다. 그런데 그것을 반대하려하는 최고 경영진인 이명박 회장의 그릇된 노조관 때문에 내가 희생된다면, 그것이야말로 정의의 굴복이 아니고 무엇이겠는가.

그런 생각을 하자, 더욱더 죽기가 싫었다. 어떻게 하든 여기서 살아남는다면, 하나님의 뜻에 의해 다시 태어난 덤으로 살아갈 것이라 생각하고, 여러 사람이 골고루 잘 살 수 있는 길로 내 한 몸을 다 바치겠다고 결심했다. 그러던 중 저녁식사가 들어왔다. 그때까지도 두목은 돌아오지 않았다. 그래서 우리끼리만 식사를 했다.

다른 때와는 달리, 나는 밥을 물에 말아 한 그릇 가까이 비웠다. 범인들이 나를 가방에 집어넣고 열쇠를 안 열어준다 하더라도, 나 혼자의 힘으로 탈출하기 위해선 힘이 있어야겠다는 생각에서였다.

범인들은 확실히 다른 날보단 말수가 적었다. 저녁식사를 하면서도 꼭 필요한 말들 외엔 이야기를 잘 하지 않았던 것이다.

"어쩌면 이번이 마지막 인사인지도 모르니, 우리 악수나 합시다"

하고 손을 내밀었다.

잠시 머뭇거리는 것 같더니, 범인들이 내가 내미는 손을 잡아 악수를 했다.

내가 그렇게 생각해서 그런 것일까, 왠지 악수를 하는 그들의 손에 힘이 없는 것 같이 느껴졌다. 그러나 그 손이 언제 흉측한 살인마의 손이 되어 내 생명을 끝맺음시켜 줄는지 모를 일이었다. 그런 생각을 하자, 비록 그들이 죽이지 않을테니까 안심하라는 말을 하고 있음에도 불구하고, 기분이 으스스했다. 두렵지 않을 수 없었다. 손바닥으로 자꾸만 진땀이 흘렀다.

이윽고 가방을 가지러 밖으로 나갔던 두목이 돌아왔다. 그러나 가방은 갖고 오지 않았다.

"가방을 갖고 온다더니, 왜 안 가져 오셨소?"

부하 중 한 명이 그렇게 묻자 두목은,

"아무리 생각해봐도 가방 가지곤 안 되겠어"

하더니 내 앞에 앉았다.

"서선생을 가방에 넣으면 옷도 구겨질 테고, 남 보기에도 그렇고…. 그래서 생각해낸 건데 서선생, 이렇게 하면 어떻겠소?"

"어떻게요?"

"술에 취한 것처럼 하는 거요. 거, 왜 있잖아요? 술에 취해 길거리에 쓰러져가는 사람들 말이오. 그 사람들처럼 서선생도 술에 취해 길에서 자는 거요. 그러면 우리가 어디 적당한 장소에 서선생을 내려주겠소. 물론 서선생은 우리가 떠날 때까지 우리 얼굴을 보면 안 돼지. 그게 가방에 들어가는 것보단 훨씬 더 나을 것 같은데, 서선생 생각은 어떻소?"

어쩌고 자시고 할 것도 없었다.

나로선 그보다 더 좋은 방법이 없었기 때문이다. 취한 사람처럼 땅바닥을 이부자리삼고, 별이 총총 뜬 밤하늘을 지붕으로 삼아야 한다는 게 조금 뭣하긴 했지만, 내가 그렇게만 하면 집으로 무사히 돌려보내주겠다는데, 못할 까닭이 없었다.

"아, 예. 그렇게 하죠. 절대로 눈을 뜨지 않을테니까 염려하지 마십시오."

"서선생을 믿어도 됩니까?"

"남자답게 약속합니다. 저는 한번 말하면 그대로 실천하는 사람이에요."

그러자 두목이 내 앞으로 바싹 다가와 앉았다.

"좋소. 우리도 서선생을 믿고 풀어주겠소. 하지만 한 가지 명심할 게 있소. 서선생은 이제부터 벙어리가 되어야 합니다. 우리한테 납치당했다는 사실을 아무한테도 털어놓으면 안 된다는 말이오. 알겠소? 만약 당신이 입을 열어서 우리가 체포되기라도 하면 당신은 각오해야 할 게요. 우리가 살인을 한 것도 아닌데, 감금죄로 감빵에 들어가 봤자, 5년밖에 더 살겠소?"

이를테면 5년 후에 출감해서 나에게 복수하겠다는 말이었다.

별(전과)이 자그마치 열한 개나 되는 두목이 하는 말이라서 그런지 그 말이 단순한 공갈, 협박으로 들리지 않았다. 틀림없이 보복할 것처럼 느껴졌다.

그래서,

"절 믿어 보십시오. 저희 집 전화번호도 알고 우리 집 애들도 있는데, 제가 어떻게 약속을 어기고 불안해서 살 수 있겠습니까?"

하고 반문했다. 그러자 두목이 다시 물었다.

"서로 후환이 없자고 하는 얘기니까 날 너무 비정하다 생각지 말고…. 그러면 말이오. 사람들이 어디 갔다가 왔느냐고 물으면 뭐라고 대답하겠소?"

나는 잠시 생각하다가, 남해 쪽으로 여행을 갔다 왔노라고 대답하겠다고 했다. 노조 발기인들이 포기 각서를 쓰고 지방으로 격리 수용됐기 때문에, 속상하여 머리도 식힐 겸해서 남해로 여행갔었다고 대답하면 될 것 같았기 때문이다. 그래서 내가 그런 배경을 설명하자, 두목도 내 말을 믿는 눈치였다.

"그래, 그렇게 하면 되겠군."

그렇게 말하더니, 밖에서 사가지고 온 초밥과 김밥을 꺼내 나에게 권했다.

별로 먹고 싶은 생각이 나지 않아 김밥을 두 개 정도만 집어먹고 사양했다. 두목이 왜 더 안 먹느냐고 물었다.

방금 저녁을 먹어서 배가 불러 그런다고 대답한 뒤 담배를 피워 물었다. 그러자 두목이 술상을 차려오라고 명령했다. 부하 중 한 명이 밖으로 나가 곧 술상을 차려왔다. 두목이 나한테 술상 앞으로 다가 앉으라고 하더니,

"술병을 안 딴 채 그냥 가져왔소. 그래야 서선생이 술에 약을 안탔다고 믿어 줄테니까 말이오. 서선생이 직접 따서 마시시오"

하면서 양주병을 내 앞으로 밀어놓았다. 정말 마개를 뜯지 않은 새 병이었다. 나는 마개를 따서 병째로 술을 마셨다.

독한 위스키라서 입이 타는 것처럼 쓰라렸지만, 이 술을 마시고 취해야 집으로 빨리 돌아갈 수 있겠다는 생각 때문에 독하고 말고를 따질 겨를이 없었다. 나는 빨리 취해서 술주정뱅이가 되어야 했다. 그것만이 내가 살 수 있는 유일한 길이었다. 그래도 취한 것이 안심이 안 되었는지 그들은 마지막에는 맥주를 입을 벌리게 하고 부어넣었다. 나는 붕어처럼 숨쉬며 마시고, 또 마셨다. 술이란 본래 허겁지겁 마시면 빨리 취하는 법, 나는 금세 취했다.

술이 취한 탓도 있었지만, 옳은 일을 하는데 어째서 이런 고난을 당하지 않으면 안 되는가 하는 생각을 하다 보니, 나도 모르는 사이에 비감해져서 눈물을 흘리고 말았다. 그러자 범인 중 한 명이,

"서선생이 그런 줄도 모르고…. 정말 죄송합니다. 이번 일을 끝으로 다시는 이런 짓을 하지 않겠습니다."

내 손을 잡더니, 자기를 용서해달라고 했다. 나는 이미 다 용서했다고 대답했다. 정말이다. 나는 이미 아까 그들을 미워하지 않기로 결심했던 것이다. 나보다 앞길이 더 창창한 젊은이들이 오죽하면 이런 짓을 할까 싶어, 그들에게 이런 짓을 강요하게 만든 사회 분위기만 안타깝게 생각했을 뿐이다.

그가 정말 자기 잘못을 뉘우치고 그런 말을 했는지, 아니면 잠시 숙연해진 방 안 분위기에 휩쓸려 입으로만 개과천선하는 척했는지 그건 자세히 모르겠으나, 어쨌든 나를 납치한 범죄자 중 한 명을 잠시나마 교화(敎化)시켰다고 생각하니 공연히 기분이 좋아졌다. 나는 이미 만수위(滿水位)를 넘치고 넘쳤다.

급기야 구토를 하게 만들었던 것이다. 나는 염치 불구하고 방금 전에 마신 양주를 모조리 반납했다. 방 안에다 토해 놓았기 때문에 그 방을 같이 써야 할 범인들에겐 대단히 면목이 없었지만, 할 수 없는 일이었다. 범인들이 투덜대면서 구토 물을 치우기 시작했다. 나도 모르는 사이, 그만 그 자리에 푹 쓰러져서 정신을 잃고 말았다. 그러나 완전히 인사불성이 된 건 아니었다.

"이제야 곯아떨어진 모양이군. 됐어. 그 친구를 빨리 업어"

하는 소리와 함께 내 몸이 갑자기 공중으로 붕 떠오르는 것 같은 기분이 느껴졌다. 범인들이 나를 등에 업은 것이었다.

나는 본의 아니게 범인들의 등을 빌리는 신세가 되어 함명남의 집을 떠났다. 차가 쌩쌩 거리면서 우리 곁을 지나가는 소리가 들렸고 시원한 바람이 느껴졌으며, 아련한 불빛이 눈앞에서 가물거렸다. 때로는 행인이 내 곁을 스쳐 지나가기도 했다. 나는 당연히 손을 흔들어 행인들에게 도움을 청해야 했다. 그러나 마음뿐이었다. 내 손과 발은 의지를 잃고 축 늘어졌던 것이다. 그러나 목통만은 어쩔 수가 없어 내가 거위처럼 캑캑거리자, 나를 업고 가던 범인이 기겁을 해서 나를 얼른 그 자리에 내려놓았다. 나는 땅바닥에 주저앉아 위 속에 든 내용물을 토해냈다. 그러자 기분이 한결 나아지는 것 같았다.

내가 뭐라고 중얼거리자, 범인들이 나를 다시 등에 업었다. 나는 다시 또 축 늘어져버리고 말았다. 출렁거리며 얼마를 더 걸어갔다. 어디선가 뚝 멈춘다고 느낀 순간,

"방이 없는데, 어쩌나?"

하는 낯선 여자 목소리가 들렸고, 이어,

"우리 선생님께서 술이 워낙 많이 취해서…."

어쩌고저쩌고 하는 두목 목소리가 들렸다. 그러다가 정신이 조금 깜빡 했었던 모양이다. 문득 온 몸이 자유로워졌다는 느낌이 들어 후딱 정신을 차

려보니, 전혀 낯선 곳이었다.

얼마 전까진 하늘의 별이 보이고, 가로등이 보이고, 자동차 불빛이 보이고 하더니, 그런 것들은 일체 보이지 않고 도배가 잘된 벽만 보였던 것이다. 나는 혼신의 힘으로 그곳이 어딘지 알아내려 했다. 그러나 어디인지 도무지 확실하지가 않았다. 어쩌면 여기가 여관일는지 모르겠다는 생각이 든 건 바로 그 직후였다. 그 당시 어째서 그런 생각이 퍼뜩 들었는지 알 순 없으나, 어쨌든 여관인 것만은 분명했다. 내가 구토를 참지 못해,

"아줌마, 화장실이 어디예요?"

하고 소리쳤더니, 누군가 급히 달려와서 나를 화장실까지 데려다줬던 것이다.

나는 화장실에 대변을 보면서 구토를 한참동안 신나게 했다. 비로소 조금 살 것 같았다. 희미한 기억을 더듬어 내 방으로 돌아왔다. 그러는데 방문이 벌컥 열리며 웬 낯선 아주머니가 방 안으로 들어왔다.

나중에 안 사실이지만, 그 여자가 바로 여관집 주인 최경자(53) 씨였다. 그 여자가 뭐라고 마구 불평을 했다. 비록 비몽사몽 같은 상황이라서 정신이 가물거리긴 했지만, 나는 내가 방금 전에 화장실 바닥을 구토 물로 어지럽혔다는 생각을 해냈다. 그 때문에 나에게 불평을 하는 거라는 생각이 들었다.

나는 주머니를 뒤져, 얼만지 확실히는 모르겠으나(여관 주인 말로는 2천 원이었음) 돈을 꺼내 그 아주머니에게 주었다. 구토 물을 치워준 수고비로 말이다. 어쨌거나 여관인지 알아보기 위해 내가 "아줌마!"하고 소리치자, 주인아주머니가 나타났고, 화장실이 어디냐고 묻자, 나를 화장실까지 데려다줬다. 그리고 수고비를 주니까 아주머니가 아무 소리하지 않고 받은 걸 보니, 지금 내가 들어와 있는 곳이 여관임이 분명했다. 그러자 조금 안심이 되었다. 그러나 언제 또 범인들이 찾아올는지 모르겠다는 생각을 하니, 마음이

다시 불안해졌다.

그래서 방문을 꼭 걸어 잠갔다.

비록 화장실에 들러 구토를 해서 속을 어느 정도 비워내긴 했지만, 복통이 완전히 멎은 건 아니었다. 이제는 두통까지 생겨 머리가 쪼개지는 것처럼 아팠고, 속이 다시 또 울렁거리기 시작했다. 그래서 자반뒤집기를 하며 쩔쩔매다시피 방 안을 헤맬 때였다. 노크 소리가 들렸다. 내가 깜짝 놀라,

"누구요?"

하고 소리치니, 주인 아줌마라는 대답 소리가 들렸다. 주전자와 컵을 가져왔다는 것이었다. 문을 조금 열고 밖을 내다보니, 정말 주인 아주머니였다. 그녀가 건네주는 주전자와 컵을 방 안으로 들여놓고 다시 문을 잠갔다.

물을 조금 따라 마셨다. 갈증을 이기지 못해 마신 물이었는데, 그게 또다시 위에 부담이 되어 속이 갑자기 울렁거리기 시작했다. 나는 급기야 방 한 구석에 쪼그리고 앉아 구토를 했다. 그러나 헛구역질뿐, 나오는 건 아무것도 없었다. 하지만 헛구역질이라도 구토를 몇 번 하고나자, 속이 조금 가라앉는 것 같았다. 자리에 누웠다. 그러나 너무 불안한 상태라서 그런지, 잠이 오지 않았다.

범인들이 다시 또 들이닥치기 전에 어서 여길 빨리 빠져나가야겠다는 위기의식만 강하게 들었을 뿐이었다. 그러나 그것 역시 마음뿐이었다. 몸이 천근처럼 무거워서 꼼짝할 수가 없었던 것이다. 마음은 급하고, 몸은 따라주지 않고 해서 속절없이 안달만하다가, 나도 모르는 사이 그만 스르르 잠이 들어버리고 말았다.

그 사이 몇 번인가 가위에 눌려 선잠이 깼다가, 어느 한순간 퍼뜩 정신이 들어 눈을 떴다. 아까보단 한결 또렷해진 기분으로 시계를 보니, 03시 30분이었다. 그 시계 밑에 매달린 한 사람이 투숙했을 땐 얼마, 두 사람이 투숙

했을 땐 얼마 하는 협정 요금표가 보였다. 그와 함께 '목포시 숙박업협회' 라는 글씨도 보였다. 나는 비로소 내가 아직도 목포를 벗어나지 못했다는 걸 알았다. 어서 빨리 여기를 빠져 나가야겠다는 생각이 들었다. 나는 더 이상 망설이지 않았다. 얼른 그 방을 나왔다. 현관으로 나갔다.

주인 아주머니가 방 안에 있는 게 보였다. 문을 열어달라고 하자, 그냥 나가도 된다고 대답하기에 나는 현관문을 열고 밖으로 나갔다. 그때 시간이 03시 30분쯤이었다. 거리는 당연히 깊은 밤 속으로 빨려 들어가서 쥐 죽은 듯이 조용했다.

자전거를 탄 사람이 여관 앞을 지나갔다. 돌아서서 내가 방금 나온 여관 간판을 보니 동아여인숙이라는 아크릴 간판이 붙어있었다. 거기서 길을 따라 얼마쯤 걸어가다 보니, 배가 정박해 있는 선착장이 보였다. 조금은 쌀쌀한 새벽의 싱그러운 바람을 뚫고 바닷가 특유의 갯비린내가 물씬 풍겨왔다. 배들이 많이 정박해 있기에 선착장이라는 것만 알았을 뿐이지, 그곳이 과연 목포의 어디쯤인지 몰라 내가 잠시 어리둥절해 하고 있는데, 방금 내가 걸어온 쪽에서 헤드라이트가 비추더니 택시가 한 대 달려오는 게 보였다. 나는 무조건 차도 한가운데로 뛰어나가 손을 흔들었다. 택시가 내 앞에서 멎었다. 문을 열고 뒷좌석으로 뛰어 들어갔다.

"광주로 갑시다"

하고 소리치자, 운전기사가 뒤쪽으로 고개를 돌려 물었다.

"광주 어디까지 가십니까?"

"광주비행장이요."

"그럼, 송정리로 가야 하는데…"

하면서 운전기사가 백미러를 통해 나를 지그시 바라보았다. 비행기가 뜨지 않는 이른 새벽에 비행장까지 가자는 게 조금 이상하다는 듯한 표정이었다. 그제서야 정신이 퍼뜩 들었다. 지금 비행장으로 나가봤자, 비행이고 뭐고 출항하지 않을 뿐 아니라 그 당시 주민등록증도 갖고 있지 않았기 때문에 비행기를 탈 수도 없었던 것이다. 그래서 내가 다시 물었다.

"서울까지 가는데 얼마드리면 되겠습니까?"

"서울까지요? 가만히 계셔보세요. 계산 좀 해보고요."

운전기사가 잠시 머뭇거렸다. 그러더니 곧,

"9만 원 주시오"

하고 대답했다.

"10만 원 드릴테니까 서울까지 빨리 갑시다."

9만 원만 받아도 만족이라고 생각하는 사람에게 10만 원을 준다고 했으니, 마다할 까닭이 없었다. 이른 새벽부터 운수대통하는구나 싶은 생각으로 운전기사가 대뜸 좋다고 하더니, 택시를 기분 좋게 출발시켰다. 나는 얼른 택시 문을 잠갔다.

운전기사가 왜 그러느냐고 물었다. 말 못할 사정이 있어 그런다고 대답한 뒤, 미안하지만 담배를 한 개비 얻을 수 없겠느냐고 물었다. 그러나 그 기사는 담배를 피우지 않는 사람이었다.

담배가 없어 참으로 미안하다는 표정을 짓더니 어차피 서울까지 가자면 가스를 충전해야 한다면서, 거기 가서 담배를 얻어 피우자고 말했다. 가스를 충전하는 동안 기사가 그곳 직원한테서 담배를 한 개비를 얻어왔다.

내가 담배를 피우면서 자꾸만 뒤쪽을 돌아다보자, 운전기사가 다시 또 왜 그러느냐고 물었다. 누가 따라 올까봐 그런다고 대답하자, 운전기사도 비로소 나를 의심하는 듯한 표정을 지었다. 이른 새벽에 택시를 서울까지 대절한 것이라든가, 꾀죄죄한 몰골, 뒤쪽을 연실 힐끔거리면서 불안해하고 있는 표정이, 영락없이 경찰에 쫓기고 있는 범법자라고 생각했었던 모양이다.

운전기사가 나를 어떻게 생각하든 말든 나에겐 관심이 없었다. 어서 빨리 목포를 벗어나기만 열심히 바랐다. 그래야만 납치범들에게서 완전히 벗어날 수 있었기 때문이다.

차 문을 꼭꼭 닫은 상태에서 히터를 계속 작동시킨 탓으로 차 안은 여간 후덥지근하지 않았다. 그러자 다시 속이 울렁거리며 메스꺼워지기 시작했다. 그래서 얼른 차 문을 열었다. 찬바람을 쐬자, 기분이 조금 가라앉았다. 기사가 눈치를 채고 히터를 꺼주었다. 나는 어디 음료수를 파는 곳이 있으면 그곳으로 가자고 말했다. 그러나 아직도 한밤중인 그 시간에 나를 위해 문을 열어놓고 있는 약방이나 가게는 없었다.

조금 더 가면 휴게소가 있으니까 거기 가서 요기도 하고 음료수도 사마시자고 대답한 뒤, 기사가 정말 무슨 일이 있었느냐고 조심스럽게 물었다. 나는 그때까지 기사에게 있는 사실을 사실 그대로 말할 수가 없어 피치 못할 사정이 있어 며칠 동안 집에도 못 들어갔다고 간단히 대답했다. 그러자 기사기 전화라도 해주지 그러냐고 말했다. 그러나 그때는 택시가 이미 고속도로로 접어들었기 때문에 전화를 할 수도 없었다.

내가 집으로 전화를 건 것은 그로부터 한참 후, 그러니까 정읍휴게소에 도착하고 나서였다. 휴게소에 도착하는 즉시 술 깨는 약을 찾았으나, 그런 건 없고 오뎅이나 국수 같은 간식거리만 있어 오뎅을 한 그릇시켰다. 그런 다음 인삼 드링크와 알칼리성 음료를 사서 마셨다. 나는 음료수를 마시면서 주위를 조심스럽게 살펴보았다. 혹시 범인들이 따라오지 않았는가 해서였다. 사람들이 붐비기엔 아직 이른 새벽 시간이라서, 그 당시 휴게소 안엔 밤 새워 고속도로를 달리는 트럭 운전수들만 몇 사람 있었을 뿐, 범인들은 보이지 않았다. 그러나 범인들이 어딘가에 숨어 나를 지켜보고 있을 거라는 망상을 떨쳐버릴 수 없었다. 나는 다시 택시로 급히 돌아왔다.

차문을 닫은 다음 50미터쯤 떨어진 곳에 있는 전화박스까지 가자고 기사에게 말했다. 충분히 걸어갈 수도 있는 거리를 꼭 차를 타고 가고 싶어 하는 나를 이해하지 못하겠다는 듯한 표정이었으나, 기사는 아무 소리하지 않고 차를 몰아 나를 그곳까지 데려다 주었다.

다행히 전화박스엔 사람이 없었다. 나는 얼른 집으로 전화를 걸었다. 전화를 받은 사람은 아내였다. 내 목소리를 확인한 아내는 대뜸 울음부터 터뜨렸다.

나 역시 울음이 왈칵 솟았지만 아내를 진정시킨 다음, 집에 지금 누가 있느냐고 물었다.

"경찰서에서 나온 사람이 있어요."

그때까지만 해도 나는 내 사건이 매스컴에 크게 보도되어 여론화되어 있다는 사실을 까맣게 모르고 있었기 때문에, 경찰에서 사람이 나와 있다는 아내의 말을 믿을 수가 없었다. 범인들 중 한 명이 경찰이라는 핑계를 대고 집에 와있는 것으로 생각했다. 납치 사실을 발설하지 않겠다는 약속을 내가 위반하면 아내와 아이들을 해코지하러 말이다.

그래서 다시 물었다.

"경찰이 확실해?"

"응."

"그 사람 말곤 누가 또 있나?"

"형님 그리고 시어머님이요."

내가 행방불명되자, 궁금해서 견딜 수가 없다며 부산에 계신 어머니와 둘째 형님이 올라오셨다는 것이다. 형님이 와있다는 말에 조금 안심이 되었다. 그래서,

"알았어, 문 꼭 잠그고 있어."

그렇게 말한 뒤 얼른 전화를 끊었다.

내가 택시로 되돌아오자, 기사가 며칠만에 거는 전화라면서 왜 그렇게 빨리 끊느냐고 물었다. 나도 물론 통화를 오래하고 싶었다. 그러나 전화를 하는 그만큼 집에 도착하는 시간이 늦어질 것 같아 통화를 간단히 한 것이다.

나는 운전기사와 다른 이야기, 이를테면 지난번 양대 선거 이야기라든가, 목포의 발전 이야기, 종교와 죽음에 대한 이야기들만 나누었다. 그러면서 상의를 벗었다. 그때쯤 되자, 비로소 범인들로부터 완전히 벗어났다는 안도감이 들긴 했지만, 그래도 혹시 범인들이 나를 알아볼까 몰라서였다.

내가 집으로 다시 전화를 건 것은 여산휴게소에서였다. 아내는 아까보다 많이 안정되어 있었다. 평소의 차분한 목소리로 내가 지금 괜찮은지를 확인한 다음, 지금 어디 있느냐고 물었던 것이다. 나는 호남고속도로라고 대답한 뒤, 세 시간 후쯤이면 집에 도착할 수 있을 거라고 말해 주었다.

그러자, 아내가 그동안에 있었던 일들을 간단하게 알려주었다. 나 때문에 지금 회사가 발칵 뒤집혀졌으며, 수사본부가 차려졌고 내 사건이 연일 신문과 텔레비전에 보도되고 있다고 말이다.

나는 비로소 이제는 안심을 해도 되겠구나 하는 생각을 했다.

수사본부가 차려졌다면 범인들을 일망타진할 테고, 납치사건의 전모가 곧 밝혀질 테니까 말이다. 그래서 운전기사한테도 내가 쫓기듯이 목포를 급히 떠나려했던 까닭을 사실대로 이야기해줄 수 있었다. 그 기사도 내 사건을 매스컴을 통해 잘 알고 있었다. 내가 바로 납치를 당했었던 장본인이라고 대답하자 그런 줄도 모르고 잠시나마 나를 의심해서 미안하다고 말한 다음, 오히려 나보다 더 비분강개해서 범인들을 마구 욕하기 시작했다. 그러면서 지금 자기가 나를 위해 할 수 있는 일이라곤 집으로 빨리 데려다주는 일밖에 없다고 말하더니, 액셀러레이터를 힘주어 꽉 밟았다.

| 제3장 |

석방 그리고 그 후

제3장

석방
그리고 그 후

변질, 왜곡되기 시작하는 진실

내가 탄 택시가 목동 아파트에 도착한 것은 아침 8시 45분경이었다.

5월의 아침 햇살이 아파트 꼭대기에서 찬란하게 빛나고 있었고, 그 시간이면 언제나 그렇듯이 출근을 서두르는 직장인, 그들을 배웅하러 나온 아낙네들 그리고 등교하는 학생들로 광장이 조용히 붐비고 있었다. 활기찬 광경이었다. 나까지 덩달아 힘이 솟는 것 같은 기분이었다.

택시가 드디어 101동으로 접어들었다. 내 가슴이 콩닥콩닥 뛰기 시작했다. 나는 택시가 아파트 앞에 멎자마자, 급히 뛰어내렸다. 한시라도 빨리 가족들을 만나고 싶은 욕심에, 입구 쪽으로 정신없이 뛰어가고 있을 때였다.

입구 옆의 화단에 몇 사람이 쪼그려 앉아있었는데, 그 중 한 사람이 벌떡 일어섰다. 건장한 체구의 중년 사내였다. 그가 내 앞으로 뚜벅뚜벅 걸어왔다.

"서정의 씹니까?"

무심코 그를 돌아다보는 순간, 오싹 소름이 끼쳤다. 범인으로 착각되었기 때문이다. 그래서 나도 모르는 사이, "악!" 하는 비명을 지르고 말았다.

"당신 누, 누구요? 가까이 오지 말아요."

그러면서 주춤주춤 뒷걸음질치자, 그 사내도 깜짝 놀란 모양인지 그 자리에 우뚝 멈추었다.

목포로 되돌아갈 준비를 하고 있던 택시기사가 급히 뛰어왔다. 그가 내 팔짱을 꼈다. 그러면서 괜찮다고 말하더니, 자기가 우리 집까지 데려다주겠다고 말했다. 그와 함께 아파트 입구로 걸어가자, 아까의 그 건장한 사내가 조심스럽게 다가와서 신분증을 내보였다.

"형삽니다. 걱정하지 마세요."

그러면서 나를 감싸듯이 하여 3층으로 올라갔다. 306호 초인종을 눌렀다.

문이 열리며 아내와 형님을 비롯한 가족들이 한달음에 달려 나왔다. 아내가 나를 붙들고 엉엉 소리 내어 울었다. 엿새 만에 다시 보게 되는 아내는 몰라보도록 초췌해 있었다. 가뜩이나 작은 체구가 더 작아보였고, 양 볼이 핼쑥하게 야위어 있었던 것이다. 그 모습을 보자, 나까지 덩달아 비감해 졌다.

"아들은 어디 갔소?"

비감한 기분을 억지로 억누르고 아내에게 물었다.

"학교에 갔는데요."

"안돼, 빨리 데려와."

그때까지만 해도 납치범들에 대한 공포감이 완전히 가셔지지 않은 상태였기 때문에, 혹시 나 때문에 아이들이 범인들에게 다치지 않을까 하는 생각이 들어서였다. 형사들이 알았다고 하더니, 아이들을 데리러 학교로 갔다.

나는 가족들에게 둘러싸여 집 안으로 들어갔다. 마실 것을 찾자, 아내가 우유를 가져왔다. 서초경찰서 형사반장 심기ㅇ이라고 자기소개를 밝힌 중년 사내가, 내가 우유를 다 마시기를 기다려 말했다.

"이제 아무 걱정하지 마세요. 우리가 서선생을 안전한 곳으로 데려가서 목욕도 시켜드리고 잠도 실컷 자게 해드리겠습니다. 자, 가십시다."

집에 무사히 도착했다는 안도감 때문에 맥이 탁 풀려서 만사 제쳐두고 밀린 잠이나 푹 자고 싶었지만, 내 진술을 빨리 받아야 범인을 체포할 수 있다는 심반장의 말에 나는 가까스로 그를 따라 일어섰다. 그런데 한 가지 이상한 일이 있었다. 심반장이 나를 데리고 나가면서 아내를 비롯한 가족들에게 내가 돌아왔다는 사실을 신문기자들에게 절대로 알리지 말라고 신신당부하는 것이었다. 뿐만이 아니었다. 내가 돌아왔다는 소식을 들은 이웃 사람들이 아파트 앞에 꽤 많이 모여 있었는데, 그들한테도 똑같은 주문을 했던 것이다. 기자들이 알아서 좋을 게 하나도 없다는 것이 그의 설명이었다. 자기네들 멋대로 추측 기사를 써서 발표하기 때문에 공연히 수사의 혼선만 빚는다는 것이었다.

그가 신경을 쓴 건 비단 신문기자들뿐만이 아니었다. 나를 서울까지 태워다준 택시기사에 대해서도 신경을 곤두세웠다. 내가 납치당했었다는 사실을 그 택시기사가 상세히 알면 수사에 큰 지장을 초래한다는 것이었다. 그러면서 나한테 택시기사에게 무슨 말을 했느냐고 물었다. 상세한 이야기를 하지 않았다고 대답하자, 혹시 기자들을 만나더라도 말조심해야 한다고, 신신당부했다.

범인들을 빨리 체포해서 사건 전모를 밝히는 게 급선무니까, 괴롭더라도 자기네들에게 협조를 해야 한다는 것이었다.

나는 알았다고 대답한 뒤, 그와 함께 밖으로 나가 경찰차에 올랐다.

그 차엔 이미 형사계장이 올라 앉아있었다. 서초서로 가는 도중 무심코 심반장이 들고 있는 서류를 보니, 내 사건이 납치가 아닌 실종 보고서로 되어 있었다. 그래서 "내 사건이 어떻게 실종사건이냐? 엄연한 납치니까 피랍보고서로 해야 되지 않느냐?"며 강력히 항의했더니, 심반장이 조금 쑥스러운 표정으로 "명칭이야 아무려면 어떠냐. 그보단 내용이 더 중요한 것 아니냐. 당신이 돌아왔으니까 당신의 진술을 들어보고 나서 정정하겠다"고 대답했다.

러시아워라서 교통이 혼잡하기도 했지만, 혹시 신문기자들이 따라붙을까봐 그랬던지, 나를 태운 경찰차는 여기저기 빙 돌아 이윽고 9시 40분쯤 서초경찰서에 도착했다. 심반장은 나를 본서로 데려가지 않았다. 본관 건물 옆에 있는 전경 초소로 데려갔다. 그것 역시 기자들의 접근을 따돌리기 위한 방편인 것 같았다. 초소에 도착한 심반장은 우선 담배나 한 대씩 피우자고 하더니, 나에게 담배를 권했다. 담배를 피우고 있는 동안, 이름을 알 수 없는 수사관 한 명이 초소로 들어왔다. 수사과장도 곧 그 뒤를 따라 들어왔다. 이윽고 담배를 다 피웠을 때였다.

"이제 시작해볼까요?"

심반장이 그러더니, 주머니 속에 든 소지품을 다 꺼내라고 명령했다.

내가 절도나 강도 사건의 용의자가 아니라서, 굳이 그럴 필요까진 없을 텐데 어째서 소지품을 보자고 하는 것일까 하는 생각이 들었지만 조사를 하려면 그러는가 보다 하고, 나는 잠자코 소지품을 다 꺼냈다.

심반장이 소지품을 샅샅이 조사했다. 10원짜리 동전의 개수까지 모두 확인했을 정도이니까, 그는 틀림없이 내 소지품 중에 지갑이 없다는 사실을 확인했을 것이다. 지금도 마찬가지지만, 나는 본래 지갑을 갖고 다니지 않는다.

그런데 나중에 동아여인숙의 주인 아주머니를 조사할 때 내가 지갑에서 돈을 꺼내줬다는 진술을 하자, 경찰에서 그 사실을 그대로 인정했던 것이다. 피해 당사자보다 참고인의 진술이 더 우선해서, 지갑이 없었다는 내 주장이 묵살되어버린 것이다.

어쨌거나 소지품을 다 조사한 심반장은 진술서를 빨리 작성해야 한다면서, 공연히 서두르기 시작했다. 그런 한편, 자술서도 같이 써야 한다며 자술서 쓰기를 강요했다. 수사과장과 심반장 그리고 이름을 모르는 수사관이 번갈아 묻는 대로 대답하고, 나는 또 나대로 자술서를 쓰자니 가뜩이나 심신이 피곤한 상태라서 여간 짜증이 나지 않았다. 기억이 헛갈려, 잠시 쉬었다가 진술했으면 좋겠다고 부탁했다. 그러자 심반장은 지금 그럴 시간이 없다면서 대충 쓰고 나중에 보완하면 되니까, 그리 신경 쓰지 말라고 했다. 그들이 특히 집중적으로 심문한 것은 범인들의 인상착의였다.

그러나 내가 기억하고 있는 거라곤 무지개살롱 주차장에서 나를 납치할 당시, "서정의 씹니까" 하고 묻던 범인과 목포의 감금 장소에 도착했을 때 넥타이천 사이로 조금만 엿본 두목의 인상착의가 고작이었다. 나는 기억을 되살려 그들의 인상착의를 되도록 자세히 답변했다. 그러다보니 어느새 점심 시간이 되었다. 자장면이 배달되어왔다.

어제 밤새도록 토한 데다, 새벽에 고속도로 휴게소에서 오뎅 국물과 음료수를 사마신 게 고작이라서, 배가 몹시 고팠다. 하지만 심신이 극도로 피로한 데다, 오전 내내 수사관들에게 시달린 탓인지 식욕이 생기지 않아, 나는 점심을 먹을 수가 없었다. 자장면을 조금만 먹다가 그만 두었다.

심문은 그 후에도 휴식 없이 쭉 계속되었다. 심문이 제대로 될리 없었지만, 나는 그들에게 최선을 다해 협조했다. 그러기 위해 때로는 그들이 미처 생각이 안 나서 묻지 않는 것까지도, 내가 알고 있는 것들은 모조리 상세하게 이야기해 주었다.

이윽고 심문이 거의 다 끝났을 때였다. 수사과장이,

"이봐요, 서선생. 잠시 후에 기자회견을 해야 하니까, 답변할 때 조심해서 해야 합니다"

하고 말했다.

기자들이 어떻게 알았는지 내가 돌아왔다는 걸 알고, 기자회견을 시켜달라고 아우성친다는 것이었다. 기자회견이라곤 난생 처음이었기 때문에, 나는 바짝 긴장했다. 그러자 수사과장이 다시 말했다.

"당신 말에 따라 현대건설이 굉장한 타격을 받을는지 모르니까, 비록 심증이 가더라도 확증이 없는 것은 절대로 말하지 마세요. 알겠죠?"

그가 바로 내가 납치당한 다음날 새벽 잠옷차림의 강명호 총무부장이 서초경찰서에 나타나서 당직자에게 자기가 그 사람을 잘 알고 있으니까 염려하지 말라던, 바로 그 수사과장이다. 그러나 나는 그때까지만 해도, 그런 사실을 전혀 모르고 있었기 때문에 수사과장이 우리 회사를 걱정해서 그런 조언을 해주나 보다 하고 단순히 생각했었다.

어쨌거나 그의 안내로 전경 초소를 나와 수사본부인 역삼파출소로 가자, 아닌 게 아니라 기자들이 많이 모여 있었다. 그들이 마구 질문하기 시작했다.

납치 당시의 상황은 기자들도 비교적 상세히 알고 있었으므로, 그들은 주로 납치당한 이후의 일들을 질문했다. 그러면서 회사측 개입 여부를 집요하게 물었다. 수사과장으로부터 귀띔을 받은 것도 있고 해서, 나는 심증이 가더라도 잘못하면 회사측에 피해를 주고 큰 문제를 야기할 수 있기 때문에 말을 할 수 없다고 대답한 뒤, 모든 건 범인들이 잡혀 와야 알 수 있겠다고 답변했다.

내가 단지 내 사건에 회사측이 개입하지 않았겠는가 하는 점을 은근히 강조한 것은 두목의 강요에 의해 사직서를 써줬고, 범인들에게 돈을 얼마나 받기에 이런 일을 하느냐고 물었더니, 범인들이 선배를 통해 1천7백만 원을 회사로부터 받기로 했다고 대답하는 말을 들었을 뿐이라고 하였다.

그러자 회사측에선 그날 당장 내가 쓴 사직서를 받은 바 없다고 딱 잘라 내 말을 부인했다. 그와 함께 경찰 수사가 이상한 방향으로 흐르는 것 같은 조짐이 그날부터 당장 나타나기 시작했다. 즉, 내가 범인 중 두 명(두목과 나를 맨 처음 납치한 범인)의 인상착의를 비교적 상세히 진술했음에도 불구하고 범인과 6일 동안 같이 지냈으면서도 범인들의 인상착의를 전혀 기억하지 못한다는 식으로 발표하는가 하면, 내가 갖고 있는 돈 1천6백3십만 원의 출처를 은행을 통해 분명히 확인했음에도 불구하고 그 돈이 범인들이 받기로 한 1천7백만 원과 거의 일치한다는 등의 발표를 한 것이다.

나는 물론 그 사실을 그 다음날 아침 조간신문을 보고나서야 알았다. 수사본부에서의 기자회견이 끝나는 즉시, 집으로 돌아와버렸기 때문이다. 기자들은 우리 집에까지 내 뒤를 따라와서 밤새도록 나를 괴롭혔다. 일간지 기자들이 다녀가면 그 뒤를 이어 방송국 기자들이 들이닥치고, 조금 뒤엔 주간지와 월간지 기자들이 들이닥치고 해서, 그들의 질문에 일일이 대답해 주느라고 나는 잠을 잘 수도 없었다.

내가 잠을 이루지 못하고 괴로워하자, 보다 못한 MBC 기자가 아내를 데리고 병원으로 가서 수면제를 얻어왔다. 수면제 덕분에 나는 겨우 잠을 이룰 수 있었다. 그때가 그 다음날인 5월 12일 새벽 05시경이었다.

알듯 모를 듯한 경찰의 속셈

잠을 얼마 자지도 않았는데 아내가 흔들어 깨우는 바람에 눈을 뜨니, 벌써 10시 30분이었다.

경찰서에서 사람이 찾아왔다는 것이었다. 졸린 눈을 부비면서 간신히 거실로 나가보니, 서초경찰서에서 나온 유형사라는 사람이 나를 기다리고 있었다. 담당 검사인 김진태 검사가 수사본부에서 나를 기다리고 있으니, 빨리 가자는 것이었다.

유형사와 함께 역삼파출소로 갔다. 김진태 검사가 나를 기다리고 있었다. 인사를 하고나서 곧바로 검사 심문으로 들어갔다. 김검사 역시 내가 납치당해 있었을 당시의 상황과 소지 금액에 대해 꼬치꼬치 캐물었다. 나는 사실대로 답변했다. 내가 갖고 있었던 돈은 주식 청약을 하기 위해 증권사에서 찾은 돈이고, 비록 6일 동안 범인들과 같이 있긴 했지만 눈을 가린 상태로 벽면을 향하고 있었기 때문에 범인들을 똑바로 볼 수 없었다고 대답했다.

범인들을 보지 못했다는 내 말을 이해하지 못하겠다는 듯이, 김검사가 그 점을 집중 질문했다. 그러나 사실이 그러했기 때문에, 나는 그가 만족할 만한 대답을 해줄 수가 없었다.

그 조사가 끝나자, 밖에서 기다리고 있던 심반장이 들어왔다. 감금된 장소를 찾기 위해 지금 즉시 목포로 내려가야 한다는 것이었다. 솔직히 말해 나에게 급한 건 휴식이었지만 내가 내려가야 감금 장소를 찾을 수 있다는 말에, 나는 심반장의 동행 요구를 거절할 수가 없었다. 그와 함께 고속버스 터미널로 갔다. 목포행 고속버스를 탔다.

목포에 도착해 보니, 여덟 시가 다 되어 있었다. 심반장은 나를 데리고 곧장 목포경찰서로 갔다. 이미 연락을 받았는지 수사관들이 우리를 기다리고 있었다. 나는 거기서 다시 한 번 더 그들의 집요한 심문에 시달려야 했다.

감금되었던 장소의 특징을 자세히 이야기하라기에 기억을 되살려 멀리서 들리던 기차 소리와 교회 종소리 그리고 버스가 언덕길을 힘들여 올라가던 소리, 개 짖는 소리들을 다 이야기했다. 물론 범인들끼리 서로 별명을 불러가며 이야기하던 내용까지도 모두 이야기해줬다.

그러자 형사들이 이번엔 또 동아여인숙을 나와 집에 도착할 때까지의 상황을 물었다. 그 이야기까지 다 하고나자, 시간이 어느새 밤 열시가 다 되어 있었다. 그때까지 저녁식사를 못했기 때문에, 경찰서에서 저녁을 시켜먹었다. 그런 다음 방으로 들어가니, 목포서 형사들이 방까지 따라 들어왔다.

아까 내가 진술한 내용을 자술서 형식으로 써달라는 것이었다. 자기네들도 수사본부를 설치했기 때문에, 수사상 꼭 필요하다는 것이었다. 그래서 방바닥에 엎드려 자술서를 쓰기 시작하자, 이번엔 또 납치될 당시의 상황부터 써달라는 주문을 했다. 피곤하기도 했지만, 짜증도 나고 해서 나는 좀 쉬었다가 썼으면 좋겠다고 대답했다. 형사들이 그러라고 했다. 자술서를 쓰다 말고 하다 보니 어느새 자정이 후딱 지나, 그 다음날 새벽이 되었다.

나는 결국 자술서를 다 끝맺지도 못한 채 잠이 들어버리고 말았다. 그때 시간이 대략 05시쯤이었는데, 나는 잠을 푹 잘 수도 없었다. 09시쯤, 어젯밤의 그 형사들이 다시 나타나서 나를 마구 흔들어 깨웠던 것이다. 동아여인숙 주인과 대질 심문을 해야 한다는 것이었다. 그 자리엔 목포서 형사들뿐만 아니라 심반장도 같이 합석했었다.

동아여인숙 주인과 나의 대질 심문 중에서, 차이가 나는 것은 꼭 한가지뿐이었다. 지갑이었다. 나는 주머니에서 돈을 꺼내줬고, 여인숙 주인은 내가 지갑에서 꺼내줬다고 진술했던 것이다.

주머니에서 꺼내줬건, 아니면 지갑에서 꺼내줬건 돈을 준 게 분명한 이상

큰 문제가 될 건 없었지만, 내가 기분이 나쁜 건 심반장의 이해할 수 없는 행동이었다. 어제 아침, 서초경찰서의 전경 초소에서 내 소지품을 조사할 때, 지갑이 없다는 걸 분명히 확인했음에도 불구하고 여인숙 주인의 허위 진술을 추궁하지 않는 것이었다. 뿐만이 아니다.

내가 감금된 장소의 집주인 이름을 함병남이라고 분명히 밝혔는데도 컴퓨터 조회 결과 목포에 그런 이름을 가진 사람은 없다고 발표하는가 하면, 내가 감금된 장소에서 뱃고동 소리를 한 번도 들은 기억이 없다고 하자, 목포는 원체 작은 도시이기 때문에 시내 어디에서도 뱃고동 소리를 다 들을 수 있다는 식으로 내 말을 반박했던 것이다. 이를테면 내 진술에 신빙성이 없다는 사실을 부각시키기 위해 애를 쓰는 것 같았다.

경찰의 이해할 수 없는 점은 비단 그것뿐만이 아니었다. 감금 장소에서 동아여인숙으로 옮겨질 때 그 거리가 얼마나 되느냐고 하기에, 꽤 짧은 거리인 것처럼 느껴졌다고 대답하자,

"짧다면 5분이나 10분?"

하는 식으로 유도 심문을 하는가 하면, 동아여인숙에 들어갈 때 곧바로 들어갔느냐, 아니면 돌아서 들어갔느냐 하는 식으로 묻는 등 지극히 이해하기 곤란한 질문을 하기도 하고, 목포에서 수사하는 이틀 동안 새벽 5시나 6시까진 아예 잠을 못 자게 해서 심신을 극도로 피곤하게 만드는 것이었다.

그리고 또 심반장은 내가 그런 질문을 하지도 않았는데 자기는 돈에 초연한 사람이라는 말을 자꾸 강조하면서, 지금 현재 본서(서초경찰서)는 서장과 수사과장이 직위 해제를 당해 초상집 분위기라는 말을 하기도 했다. 나중에 알게 된 사실이었지만, 서초경찰서에서 어떤 피의자를 심문하는 도중 물고문을 한 사실이 밝혀져 그 사건의 책임을 물어 이석찬 서장과 수사과장이 5월 13일 직위 해제됐던 것이다. 그 사건 때문에 자기도 문책을 당할까봐 걱정이

되어 그랬던지, 그는 어쨌든 수사에 별로 열의가 있어 보이지 않았다.

어쨌거나 동아여인숙 주인과 대질 심문을 마치고 목포서로 돌아오자, 이번엔 또 형사들이 자술서를 빨리 써달라고 조르기 시작했다. 새벽까지 쓰다가 만 자술서를 꺼내 대충 마무리한 뒤에 보충할 것과 빠진 부분을 번호를 매겨 다시 쓰려고 하자, 그 정도면 됐다고 하면서 어디론가 가져갔다.

그런 다음 점심식사를 했다. 형사들은 나를 잠시도 가만 두려 하지 않았다. 식사를 마치자마자 지프를 가져오더니, 감금 장소를 찾으러 나가자는 것이었다. 형사들이 나를 지프에 태워 어디론가 데려가면서, 이쯤에서 몸이 왼쪽으로 쏠리더냐, 아니면 오른쪽으로 쏠리더냐 하고 물었다. 나로선 참으로 대답하기 곤란한, 애매모호한 질문이었다. 그러나 나는 기억을 되살려 성의껏 대답했다. 하지만 나의 성의있는 답변에도 불구하고 우린 결국 감금 장소를 찾아내지 못했다. 별무 소득으로 19시경 목포서로 되돌아왔다.

기자들이 우리를 기다리고 있었다. 내가 목포로 내려갔다는 이야기를 듣고, 사건 소식을 조금이라도 빨리 취재하기 위해 부랴부랴 따라온 기자들이었다.

그들과 기자회견 형식으로 환담하는 도중 내가 새벽 5시쯤이면 꼭꼭 기차 소리가 들렸으니까, 그 시간에 열차가 지나가는 지점을 조사해보면 감금 장소를 쉽게 찾을 수 있지 않겠느냐는 이야기를 했다. 그러자 기자들이 돌아가고 나서, 누가 당신더러 그런 이야기를 하랬느냐면서 심반장이 화를 벌컥 냈다. 내일 아침엔 틀림없이 감금 장소도 찾지 못하는 무능한 경찰이라는 기사가 신문에 대문짝만하게 보도될 거라는 것이었다. 경찰 수사에 대해 은근히 불만을 느끼고 있던 차라서, 나도 가만히 있지 않았다.

당신네들이 감금 장소를 빨리 찾았으면 내가 왜 그런 말을 하겠느냐, 집주인 이름을 알려줬는데도 그런 사람이 목포에 없다는 식으로 말하면, 그럼

나는 유령인 집에 감금됐었다는 말이냐고 말이다. 그러면서 내가 그동안에 보도된 신문의 오보를 조목조목 따져 항의하자 심반장이 그건 신문에서 자기네들 멋대로 추정 기사를 쓴 것일 뿐, 경찰은 정보를 준 적이 한 번도 없다고 정색을 하며 대답했다. 그러면서 그까짓 신문들 신경 쓰지 말라고 말했다.

그날 밤도 내가 머문 목포의 밤은 그리 편안한 밤이 되지 못했다. 목포서 형사들에게 또다시 시달림을 당하지 않으면 안 되었기 때문이다. 그런데 그날 저녁의 심문은 조금 색달랐다. 납치사건 대신, 주로 내 개인에 관한 것들만 질문했던 것이다. 이를테면 내 장래 문제라든가, 재산 상태 같은 것들을 말이다.

그런 것들은 엄밀히 말해 납치사건하곤 하등의 상관이 없는 문제였기 때문에, 사건을 정확히 파악하기 위해선 납치 이전의 상황을 진술받는 게 순서가 아니겠느냐고 따졌다. 그런 식으로 옥신각신하다보니, 다시 또 자정을 넘겨 다음날 새벽이 되었다. 진술을 받던 형사도 지치고 나도 지쳐서, 결국 진술서를 다 끝맺지도 못한 채 두 사람 다 잠이 들어버리고 말았다. 날이 밝아오기 시작하는 05시 30분경이었다.

감금 장소 추적과 납치 차량 발견

5월 14일 이날도 나는 단잠을 자지 못했다. 아홉 시도 안 돼 형사들이 나를 흔들어 깨웠기 때문이다. 감금 장소를 또 찾으러 가야 한다는 것이다.

오늘은 특히 나를 서울까지 태워다 준 전남 3바 1128호 택시기사 김희진(35세) 씨가 동행해 주었다. 참고인 진술서를 쓰러왔다가, 감금 장소를 함께 찾으러 다니게 된 것이다. 그가 형사들에게 진술한 내용은 대략 내가 서울까지 갈 동안, 차 안에서 취한 행동이었다.

형사들이 서정의 씨가 대절 요금을 줄 때 돈을 어디서 꺼내주더냐, 지갑이냐 아니면 주머니냐 하고 묻기에, 지갑 같은 건 못 봤고 주머니에서 돈을 꺼내줬다고 대답 했으며, 대절 요금이 9만 원이면 되겠다는 자기 말에 10만 원 줄 테니까 빨리 가자면서 서두르는 것으로 보아 목포를 빨리 떠나고 싶어 하는 것 같은 인상을 느꼈다고 대답했다는 것이다.

어쨌거나 목포 지리엔 눈을 감아도 훤하다는 김희진 씨를 대동했는데도, 우리는 감금 장소를 찾지 못했다. 비슷한 곳 몇 군데를 뒤졌으나, 모두 다 아니었던 것이다. 할 수 없이 다시 경찰서로 되돌아왔다.

내가 납치 차량을 발견했다는 소식을 들은 것은 목포서로 돌아온 직후였다.

광주에 있는 전남대학교 부속병원 주차장에서 발견했다는 것이다. 그 차가 어떻게 해서 거기 가있었는지 그리고 또 어떻게 발견됐는지, 나는 그 자세한 내용까지는 모르겠다. 그러나 신문보도에 따르면(5월 21자 〈한겨레신문〉) 우연히 발견한 것으로 되어 있다. 즉, 수사팀이 목포로 내려가던 중 목포시 입구에 있는 석현 검문소에서 검문을 하고 있기에 우연히 검문 대장이 있는지를 물어, 확인하게 됐다는 것이다. 그 검문 대장엔 5월 7일 상오 1시부터 5시 사이에, 그 차를 검문한 것으로 되어 있었다. 그러고 보니, 그 시간쯤에 차가 멎고 검문을 당한 것 같은 기억이 났다. 비록 그 순간에 내가 범인들의 발밑에 깔려 있었다곤 하지만, 그 당시 검문 경찰들이 자기 본분에 좀 더 충실했었더라면 나는 구태여 목포까지 내려가지 않아도 되었을 것이다.

그러나 그들은 그리 모범 경관이 아니었다. 형식적인 검문만 해서, 범행 차량을 무사통과시켜주었던 것이다.

어쨌거나 범행 차량이 발견됐다는 소식을 들은 심반장은 빨리 서울로 가자면서 철수를 서둘렀다. 그래서 그와 함께 부랴부랴 고속버스를 타고 서울로 올라왔다.

버스 안에서 내가

"불안해서 못살겠다. 납치 사실이 밝혀지면 범인들이 나에게 복수한다고 했는데, 신변 보호를 해줄 수 없겠느냐?"

고 묻자, 심반장이 참으로 이해하기 곤란한 말을 했다. 즉,

"범인들이 당신을 보호해준 꼴인데 뭘 그래? 당신 상처가 고작 일주일밖에 안 되니까, 그 녀석들 잡혀봤자 징역 1년 정도밖엔 안 살꺼야"

했던 것이다.

나는 어이가 없어 그를 멀거니 바라보았다. 뭔가 잘못 되어도 한참 잘못됐다는 생각이 들어서였다. 그래서 입을 꾹 다문 채 아무 말도 하지 않았다.

서울에 도착한 것은 밤 10시경이었다. 서초경찰서로 갔다. 형사계장이 신문에 난 박상인 사진을 나에게 보이며, 이 사람이 범인이 맞느냐고 물었다. 신문 사진이라서 조금 희미하긴 했지만, 전체적인 윤곽이 두목과 같다고 대답해 주었다. 그러자 이번엔 또 나를 밖으로 데리고 나가 광주에서 끌어온 범행 차량을 보여주었다. 내가 납치당할 때 사용한 차량이 분명했다. 그래서 그 차가 분명하다고 대답하자, 형사계장이 불쑥 뚱딴지같은 말을 했다.

"범인은 이미 잡혔어요."

"예?"

내가 깜짝 놀라 그게 사실이냐고 묻자, 형사계장이 다시,

"아니, 잡힐 거예요"

하고 약간 당황한 말투로 좀 전의 자기 말을 번복했다. 그러더니 다시 또,

"범인을 잡으면 어떻게 할 거요?"

밝혀져야 한다고 대답하자, 형사계장은 아무말도 하지 않았다. 그러더니 이제 그만 집으로 돌아가도 된다고 대답했다. 그래서 택시를 타기 위해 경찰서 밖으로 나와 시계를 보니, 벌써 23시였다.

사실 보도가 실종된 언론의 엄청난 오보

그날 밤, 나는 오랜만에 단잠을 푹 잘 수 있었다. 너무나 그리운 내 집에서의 숙면이었기 때문이다.

잠자리에서 일어나선 아내가 정성들여 차려준 아침밥을 맛있게 먹었다. 그런 다음 모처럼만에 한가한 기분이 되어 아내가 스크랩해둔 신문을 차근차근 읽었다. 그동안 아내는 내 사건 기사가 실린 신문들을 꼬박꼬박 모아 두었던 것이다.

악몽 같은 감금 생활이라서 다시 회상해 보고 싶지 않았지만, 내가 서울을 떠나 있었던 엿새 동안 신문에서 과연 사건을 어떻게 다루었나 싶어 신문을 뒤척거리던 나는 깜짝 놀라고 말았다. 사실 전달과 공정 보도를 원칙으로 해야 하는 신문들이, 경우에 따라선 별로 그렇게 하지 않았기 때문이다. 똑같은 사실을 발표하면서 신문마다 그 내용이 각기 다른가 하면, 어떤 것은 숫제 사실과 전혀 동떨어진 것도 있었다.

내 납치사건을 맨 처음 보도하기 시작한 5월 9일자, 〈동아일보〉 기사가 바로 그러했다. 나의 납치 사실을 신속하게 보도한 기민성만큼은 높이 칭찬해 주고 싶지만, 너무 빨리 보도하는 데만 주력하다 보니, 그만 정확성을 등한시해서 오보를 한 것이다. 즉, 최재동 이사의 말이라면서 내가 6일 저녁 노조 문제로 다른 회사 간부 4명과 함께 광화문 모 일식집에서 저녁식사를 하고 나서, 강남구 역삼동 D카페로 자리를 옮겨 최이사랑 단둘이 술을 마셨다는 것이다.

엄청난 오보가 아닐 수 없다.

사람들은 신문 보도를 통해 자기가 미처 모르고 있었던 사실을 새롭게 알게 되고, 또 대개는 그 보도를 정말인 것처럼 믿게 된다. 신문이라고 하는 특수 매체의 공신력 때문이다.

만약 신문에서 내 사건이 내가 꾸민 자작극이라는 식으로 일제히 보도해 버리면, 사건 내용을 정확히 알지 못하는 사람들은 신문에서 발표한 그대로 믿어버리고 말 것이다. 신문에서 그런 식의 기사를 맨 처음 싣기 시작한 것은 5월 11일자 석간이었다. 〈중앙일보〉였는데, '勞組방해냐, 自作劇이냐' 하는 제목 아래, 납치사건을 회사측의 노조 와해 공작과 자작 납치극, 두 가지 가능성이 있다고 보도한 것이다. 회사측의 노조 와해 공작으로 보는 이유는, 10명의 노조 발기인 중 나를 제외한 9명으로부터는 포기 각서를 받았는데, 정작 나한테서만 각서를 받지 못해 최이사의 입장이 여간 난처하지 않았다는 점이다. 그리고 내가 노조 설립 추진위원장이 된 다음부터 회사 직원 두 명이 쫓아다니는 등 감시가 아주 심했다고 말한 아내의 증언 그리고 내가 납치당할 당시 40대로 보이는 범인 4~5명이 '서정의냐?' 하고 분명히 내 이름을 물은 다음 납치를 했는데, 최이사가 적극 뒤쫓지 않았다는 목격자의 증언 등을 들고 있다.

그 반면 자작극으로 보는 이유는, 10명의 발기인 중 9명이 포기해서 노조 설립이 와해될 듯하자, 동료 근로자들이 전세를 만회하기 위해 자작극을 벌일 수 있지 않겠느냐는 것이다. 노조 추진 세력들이 회사의 노조활동 방해에 불만을 품고 자작극을 벌였을 가능성이 충분히 있다는 것이다.

그러나 그 기사를 쓴 기자는, 바로 그날 내가 엿새 동안의 납치에서 풀려나 집으로 돌아오고, 이어 납치 차량이 발견됨으로 인해서 자작극일 가능성도 배제할 수 없다는 자기 추정을 오보로 처리하지 않으면 안 되었다. 내가 나타나 납치 당시의 경위를 설명하고 경찰 수사가 활기를 띠기 시작하자, 그런 식의 추정 기사는 많이 줄었다. 하지만 매스컴의 오보는 끊이지 않고 계속되었다.

내가 하지도 않은 말을 한 것처럼 보도하는가 하면, 경찰의 일방적인 발표를 진위도 확인하지 않고 사실인양 그대로 보도하곤 했던 것이다. 닷새 동안 감금되어 있었으면서 범인들의 얼굴을 한 번도 보지 못했고, 동아여인숙에 혼자 남았을 때 경찰에 신고할만한 시간이 충분히 있었음에도 불구하고 그렇게 하지 않은 점이 의심스럽다든가, 서머타임 실시에 맞춰 범인들이 시계를 고쳐줬다는 사실을 내가 분명히 밝혔음에도 불구하고, 시계 바늘이 고쳐졌다는 사실을 이해하지 못하겠으며(눈을 가린 상태에서 시계 바늘을 어떻게 고치느냐는 말임), 내 진술이 엇갈리는데다 경찰이 조사한 주위 정황과 어긋나는 점이 많다고 보도한 것이다.

그런 의문점들은 다 경찰에서 흘린 것들이다. 경찰은 심지어 내가 범인들 몰래 돈을 서류와 함께 비닐봉지에 담았기 때문에 범인들이 감쪽같이 몰랐던 사실을 두고도 마치 범인들이 납치 직후 내 소지품을 전부 꺼내도록 해서 비닐봉지에 쓸어 넣었는데, 그 돈에 손을 대지 않은 사실이 의심스럽다고 하는가 하면, 내 은행 잔고를 일일이 조사한 뒤 통장에 거액이 입금되어 있다고 발표했으며(증권 투자를 해서 번 돈이라는 사실을 확인했으면서도), 검찰이나 경찰 심문시 내가 그런 말을 하지도 않았는데도 사직서를 쓸 때나 식사를 할 때 범인들이 붕대를 풀어주었고 신문도 보았다는 식의 말을 흘리기도 했다.

더욱더 가관인 것은 내가 사직서를 쓴 게 5월 9일인데, 그때쯤엔 이미 피랍 사실이 보도된 후여서 현대건설측이 설령 나의 사직을 원한다 해도, 사직서를 받아내는 일보다는 사건 수습에 더 큰 신경을 쓰고 있을 때라고(5월 13일자 〈조선일보〉) 숫제 회사측 입장을 두둔하는 듯한 기사를 쓰게 하기도 했다. 그날 비로소 스크랩을 보고 느낀 사실이지만, 경찰은 진실 규명보다는 납치사건을 내 자작극으로 몰아가기 위해 수사를 하고 있는 게 아닌가 하는 의구심이 들었다.

그러자 내가 택시기사에게 범인은 하수인이니까 처벌해선 안 된다고 했다던가(5월 13일자 〈중앙일보〉), 내가 또 범인들에게 '당신들은 무엇 때문에 이런 짓을 하느냐'고 물었다던가(5월 12일자 〈중앙일보〉), 사직서 작성 도중에 두목이 어딘가에 전화 연락을 했다고 한다던가(5월 12일자 〈한국일보〉), 또는 내가 동아여인숙 주인이나 종업원들에게 범인의 인상착의를 묻지 않고(5월 13일자 〈한국일보〉), 동아여인숙 주인에게 2천원을 줄 때, 검은색 지갑에서 꺼내주었다던가(5월 14일자 〈조선일보〉), 가족에게 연락하지 않고 잠만 잤으며, 내가 여인숙에 도착했을 때 몹시 취했다고 말했으나, 사실은 정신이 말짱했고(5월 13일자 〈조선일보〉), 때문에 범인의 인상착의를 알았을 가능성이 있다(5월 13일자 〈조선일보〉)고 하는 신문 보도가 예사롭지 않았다.

그 모두가 다 이번 사건의 책임을 나에게 덮어씌우려 하는 경찰의 술책인 것같이 생각되었다. 그리고 보니, 이제까지의 수사 방향이 그러했다.

나한테 진술을 받으면서, 납치 장소로 가기 전까지의 과정 같은 건 하나도 묻지 않았던 것이다. 나를 납치 장소로 유인한 최재동 이사에 대해 수사를 제대로 하지 않은 것도 물론이다. 나중에 주위 사람들의 귀띔에 의해 알게 된 사실이지만, 피해자인 나는 목포까지 끌고 내려가서 진술을 받는답시고·새벽 5시까지 잠을 못 자게 하는 등 심적 고통을 주면서도, 모든 사람들이 입을 모아 그 사람이 의심스러우니 철저히 조사해 보라고 한 최이사는 경찰이 친절하게 회사까지 찾아가 진술을 받는 등 가해자와 피해자가 뒤바뀐 것 같은 편파 수사를 했던 것이다.

은근히 걱정이 되지 않을 수 없었다.

경찰과 현대건설이 담합만 한다면, 내 사건쯤은 간단히 자작극으로 만들 수도 있었기 때문이다. 그러나 나는 언젠가는 진실이 꼭 밝혀져서 나에 대한 의혹과 편견이 벗겨질 것이라는 확신을 갖고 있었다.

납치 자작극은 절친한 친구마저 믿게 만들었고, 작고하신 아버님은 "네가 자작극을 하였다면 자결해야 한다"고 하였다. 정신적 죽음에 거의 이르렀다. 차라리 죽음을 당했더라면 이런 고통이 없었을텐데. 그러나 진실은 언제나 이긴다는 믿음으로 싸웠다.

더욱더 고무적인 사실은 민주당에 이어 평민당에서도 납치 경위를 철저히 규명하라는 촉구 성명을 발표한 것이다. 즉, 5월 11일 이상수 대변인이 성명을 발표하여, '정부는 피랍 경위를 철저히 규명하여 관련자를 엄중 처벌하라'고 촉구한 것이다. 이와 함께 '당국은 현대건설 노조 설립 신고필증을 즉시 교부하고, 부당 노동행위를 중지시키라'고 요구하기도 했다.

그러자 노동부에서도 박상호 노조과장을 반장으로 하는 부당 노동행위 조사반을 현대건설에 긴급 파견해서 회사측의 부당 노동행위를 조사하는 한편, 노조 설립 신고필증을 조속한 시일 내에 교부해 줄 것을 서울시에 요청하기도 했다. 소 잃고 외양간 고치는 격의 우둔한 노동 행정이었지만, 어쨌든 노조 설립을 추진하던 나로서는 천만다행이 아닐 수 없었다.

노동부에서 신고필증을 빨리 교부해 주라고 촉구한 이상, 신고필증이 교부되는 건 시간 문제였기 때문이다.

물론 노조 활동을 총 관장하는 노총에서도 가만히 있지 않았다.

5월 12일 '현대건설은 반사회적인 노조 탄압 행위를 중지하라'는 성명을 발표했던 것이다. 그와 함께 납치, 감금, 협박에 의한 노조 탄압 관련자를 전원 파면시킬 것과 납치사건의 배후를 철저히 규명할 것 그리고 현대건설 노조 설립 신고필증을 즉시 교부해줄 것을 촉구하기도 했다. 그들의 후원이 우리들을 지켜주고 있다는 생각을 하니, 비록 내가 납치를 당하는 것 같은 끔찍한 고난을 당하긴 했지만, 결코 외롭지 않다는 생각이었다.

범인 자수 그리고 허위 자백

행동책인 박상전과 연락책 김규남이 경찰에 자수한 것은 5월 17일 오후 6시였다.

그러나 〈한겨레신문〉 보도(5월 20일자)에 따르면, 그들은 자수한 게 아니었다. 경찰에 붙잡힌 것으로 되어 있다.

그리고 또 체포된 날짜도 경찰이 발표한 5월 17일이 아니라, 그보다 사흘 전인 5월 14일이라는 것이다. 경찰이 발표한 자수설과 신문이 밝힌 체포설, 그 두 가지 중에서 어느 쪽 말이 옳은지, 나는 모르겠다. 그러나 그 기사를 읽는 순간, 퍼뜩 생각나는 게 있었다. 납치 차량이 발견됐다는 소식을 듣고 서울로 부랴부랴 돌아온 5월 14일의 일이었다.

서초경찰서 주차장에 끌어다 놓은 납치 차량을 나에게 확인시키고 나서, 형사계장이 문득 범인은 이미 잡혔다고 말했었던 것이다. 내가 깜짝 놀라 그게 사실이냐고 묻자, 형사계장은 다시 당황한 말투로 아니, 곧 잡힐 것이라고 자기 말을 급히 번복했다.

〈한겨레신문〉의 보도가 사실이라면, 범인은 이미 그때 붙잡힌 것이 분명하다.

그런데 경찰은 어째서 그 사실을 사흘씩이나 비밀에 부치고, 그것도 검거가 아닌 자수로 발표한 것일까. 의문이 아닐 수 없었다. 경찰의 의문은 그것뿐만이 아니었다. 범인들이 서초경찰서에 자수했다는 날인 5월 17일, 이형사라는 사람이 나에게 느닷없이 전화를 걸어 범인이 지금 어디 있느냐고, 뚱딴지같은 질문을 하기도 했었다. 그때 시간이 오후 5시 경이었는데, 나로선 참으로 이해하기 곤란한 이형사의 질문이었다.

그 시간이라면 경찰 발표에 따르더라도, 범인이 아직 자수하기 전이다. 자수 시간이 신문 발표마다 제각각이라서, 제일 빨리는 오후 6시(〈동아일보〉) 그리고 제일 늦게는 오후 9시 30분(〈일요신문〉)으로 되어 있지만, 그 중 제일 빠른 시간을 택한다 하더라도 6시니까 이형사가 나에게 그런 질문을 한 시간은 자수한 시간 전이 되는 셈이다.

그때 우리 집엔 인터뷰를 하기 위해 〈일요신문〉의 임희경 기자가 와있었는데, 내가 너무 이상해서 이형사에게 왜 그런 걸 나한테 묻느냐고 항의하자, 임희경 기자도 이상한 생각이 들었던 모양이다. 내가 통화를 마치고 자리로 돌아오자, 이형사 이름을 물었던 것이다. 이형사가 왜 그런 질문을 했는지, 자기가 확인해 보겠다는 것이다.

어쨌거나 인터뷰에 응하느라고 그 당시엔 그 점을 그리 깊이 생각하지 않았지만, 임희경 기자가 돌아가고 나서 가만히 생각하니 여간 의아하지 않았다.

그러나 이형사가 어째서 그런 질문을 했는지, 영 감이 잡히지 않았다. 단지 무슨 좋지 않은 음모가 있는 게 아닌가 하는, 막연한 예감만 들었다. 그

좋지 않은 예감은 불행하게도 나를 배신하지 않았다.

그 다음날 아침, 경찰에 자수한 범인들이 납치사건은 내 자작극이라는 진술을 했다는 발표가 있었던 것이다. 경찰의 그 발표는 아침 9시 텔레비전 뉴스 시간에 있었다. 그러나 나는 그 사실을 그보다 조금 전에 〈중앙일보〉 기자의 연락을 통해 알았다. 그 기자는 서초경찰서에 출입하는 사회부 기자였다. 경찰서 분위기가 이상해서 확인해 봤더니, 범인이 자수한 것 같다는 것이다.

그보다 조금 후엔 〈연합통신〉 기자가 또 새로운 소식을 알려줬다. 범인들이 납치사건을 내가 스스로 꾸민 자작극이라는 식으로 진술했다는 것이다.

그 말을 듣는 순간, 나는 치가 떨려 수화기를 제대로 들고 있을 수가 없었다. 도저히 있을 수 없는 일이었기 때문이다. 〈연합통신〉 기자는 곧 경찰 발표가 있을 예정이니, 뉴스를 잘 지켜보라고 말했다. 드디어 아침 9시, 텔레비전 뉴스 시간이 되었다.

범인들이 자수했다는 소식이 제일 큰 소식이었기 때문에, 그 소식이 제일 먼저 보도되었다. 〈연합통신〉 기자의 귀띔 그대로였다. 현대건설 노조위원장 납치범들이 자수했다는 경찰 발표가 먼저 보도되더니, 이어 '서정의 씨 자작 납치극 단정'이라는 자막이 나왔던 것이다.

그러면서 범인들과 기자들의 기자회견도 보도했는데 박상전 주장인즉, 평소 사업관계로 잘 알고 지내던 조병찬이라는 사람한테서 2천만 원을 줄 테니, 서정의를 납치해달라는 제의를 받고, 범행했다는 거짓말을 천연덕스럽게 했다.

그날 저녁, 석간신문에 보도된 기자와 납치범들의 일문일답식 회견 내용을 보면 이러하다.

기자 : 왜 서정의 씨를 납치했는가?

범인 : 생활 형편이 어려운 처지에 병찬 형으로부터 거액의 제의를 받고 자작극인줄 믿고 선뜻 응했다. 서정의 씨와 병찬 형으로부터 돈을 받는 줄 알았다.

기자 : 조병찬 씨가 평소 현대건설에 대해 어떤 얘기를 했는가?

범인 : '친구가 현대에 있기 때문에 도와주기 위해 납치극을 벌인다'라며,' 관심을 끌기 위해 그러는 것이니, 걱정 말라'고 했다.

기자 : 조병찬 씨와 서정의 씨는 어떤 관계였나?

범인 : 거사 직전 병찬 형의 '정의를 잘 대해줘라. 너무 심하게 다루지 말고, 음식도 잘 시켜주라'고 말해 절친한 사이인 줄 알았다.

기자 : 서씨를 감금하는 동안 서씨로부터 자작극이라는 인상을 받았는가?

범인 : 그렇지 않다. 하지만 서씨가 처음에는 불안해 하다가 시간이 갈수록 평온을 되찾았다. 서씨의 눈에 붕대를 감은 것도 연극을 완벽하게 하기 위해 그랬으며, 무언중에 상대방을 알아볼 수 있는 상태였다.

기자 : 자수 동기는?

범인 : (울먹이는 목소리로) 불안하고 병찬이 형한테 속았다는 기분에서 자수했다. 사전에 서정의 씨가 병찬이 형 간에 약속이 돼 있는 줄 알았으며, 사건이 이토록 비화될 줄 몰랐다. 나는 국민학교 4년 중퇴여서 신문도 제대로 못 보는데….

기자 : 서씨를 감금하는 동안 사직서를 쓰게 한 경위에 대해 말해달라.

범인 : 목포로 내려가기 전엔 병찬 형으로부터 '사직서를 완벽하게 받아 회사에 등기로 보내라'는 부탁을 받았다. 그러나 절대로 강요한 일은 없으며, 서씨 자신이 '이것으로는 안 되겠다'며 고쳐 쓰기도 했다.

사직서는 8일 저녁 목포에서 찢어버렸다(사건이 비화돼 두려웠기 때문이라 설명).

기자 : 서씨를 납치하던 6일 밤 서씨가 회사 간부들과 술을 마시던 삼성동 다래카페에 나간 것에 대해 말해달라.

범인 : 밤 9시 30분쯤, 병찬 형이 김규남에게 연락, '눈이 동그랗고 회색 체크무늬 양복을 입은 사람을 찾으라'며 장소와 인상착의를 알려줬다.

기자 : 헤어지면서 서씨가 한 말은?

범인 : 일이 잘되면 찾아오라고 전화번호를 알려줘' 자작극이 잘되면 전화하라'는 뜻으로 받아들였다.

기자 : 조병찬 씨에 대해 아는 대로 말해달라.

범인 : 부산에서 대학을 졸업한 인텔리며, 건달기가 있다. 서씨와는 선후배 사이인 것으로 알고 있다.

자작 납치극으로 단정한 경찰 발표나 범인들의 진술 모두 다 새빨간 거짓말이다. 범인들이 주범이라고 주장한 조병찬은 숫제 있지도 않은 가공인물이었으며, 당연히 나와는 한 번도 만난 기억이 없는 사람이었기 때문이다.

나는 너무 분해서 그 즉시 민주당 소속의 장석화(張石和) 변호사와 이인제(李仁濟) 변호사를 변호인으로 구두 선임했다. 경찰이 범인들 말만 믿고 내 자작극으로 단정한 이상, 법정 투쟁을 통해서라도 결백을 밝히고 싶었기 때문이다. 그와 함께 민주당의 진상조사 소위원회에 출두해서 조사에 응하겠다는 뜻을 청했다. 경찰수사가 지지부진하자, 민주당에선 5월 16일 내 납치사건의 진상을 조사하기 위한 위원회(단장 文正秀 의원)를 구성해 놓았던 것이다.

그런 다음 서초경찰서로 달려가서 경찰서장과의 면담을 요청했다. 그 당시 서초경찰서장은 용의자에 대한 가혹 행위로 문책을 당해 직위 해제된 전임 이석○ 서장 대신 김대○ 서장이 새로 부임해서 수사본부장까지 겸하고 있었다.

나는 김대○ 서장에게 피해자인 나한테는 범인이 잡혔다는 말도 하지 않고, 범인 말만 듣고 내 자작극인양 언론에 일방적으로 유포한 것은 경찰의 공식적인 견해냐고 따져 물었다. 그러자 김대○ 서장은,

"공식적인 견해는 아니오"

하면서 대답을 어물어물했다.

"그렇다면 범인들 주장만 일방적으로 발표할 게 아니라, 피해자인 내 주장도 발표하게 해줘야 형평의 원칙에 맞지 않습니까. 나한테도 그런 기회를 주십시오."

그런 다음, 나는 지금까지 경찰이 진상을 밝혀줄 것으로 믿고, 심신이 피곤한 상태임에도 불구하고 최대한 협조했었다. 하지만 이제는 더 이상 경찰 수사를 믿지 못하겠다. 그동안 편파 수사를 한 수사관 두 명을 교체해 주고, 내 결백을 입증하기 위해서라도 범인들과의 공개 대질이 꼭 필요하니, 공개 대질을 시켜달라고 요구했다. 김대○ 서장이 그렇게 해주마고 대답했다. 그러나 공개 대질은 끝내 이루어지지 않았다. 범인들의 대질 거부로 그렇게 된 게 아니었다. 검찰에서 범인들의 인권 보호상 그렇게 할 수 없다며 공개 대질 불가 결정을 내린 것이다. 형사계장으로부터 그런 이야기를 전해 듣고 나서 나는 김대○ 서장에 대해 강한 불신감을 느꼈다.

그래서,

"신문기자들이 지켜보는 가운데, 국민의 대표 기관인 국회의원 앞에서 철석같이 한 약속을 저버린 경찰서장에 대해 말할 수 없는 분노를 느낀다"

고 말한 뒤 경찰서를 나왔다.

김대○ 서장이 공개 대질을 약속한 자리엔 민주당 소속의 ○○의원과 신

문기자들이 같이 배석했었기 때문이다.

집으로 돌아온 나는, 경찰 수사로는 도저히 진상을 밝히지 못하겠다는 생각이 들어 고등학교 동기인 김주원(金周元) 변호사를 통해 검찰이 직접 내 사건을 수사해 주길 요구했다.

나중에 알게 된 사실이었지만 증거 인멸의 기회를 주지 않게 하기 위해 범인들은 각기 분리 수용하는 게 원칙임에도 불구하고 박상전과 김규남을 한 방에 같이 있게 해서 공모(共謀)의 기회를 의도적으로 주었으며, 그 다음 날 자수해온 서순남(23세, 정육점 종업원)이 박상전과 정반대되는 진술을 하자, 그의 진술을 비밀에 부치며, 기자들의 접근을 철저히 막았던 것이다. 즉, 서순남은 박상전이 내 명함판 컬러 사진을 갖고 있었고, 납치 기간 중 박상전이 칼로 위협하는 등 감시를 철저히 했다고 진술했던 것이다. 내 사진을 어디서 입수했는지, 그 경위만 밝히면 납치를 교사한 사람이 누군지 금세 알게 된다. 사진을 준 사람이 바로 교사범일 테니까 말이다. 그러나 경찰은 박상전을 계속 추궁하지 않았다. 뿐만 아니라 범인들이 속속 자수해오고 그들의 증인으로 자기 위증이 속속 드러나게 되었다. 그러자 더 이상 거짓말을 할 수 없게 된 박상전과 김규남이, 결국 자작극이라는 자기네들의 진술을 번복해서 회사 사주에 의한 납치라는 자백을 하자, 그 사실을 재빨리 최재한 이사에게 전화해 주기도 했다. 그런 판국이니, 나로선 경찰을 믿을 수가 없었다. 그래서 검찰 수사를 요청했던 것이다.

누가 뭐래도 '진실은 하나'

그 다음날, 그러니까 5월 19일은 노조 결성대회가 있는 날이었다.

여론의 압력에 견디다 못한 종로구청에서 5월 13일자로 노조 설립 신고 필증을 교부해 주었기 때문에, 그 결성대회를 그 전날 12시 30분에 하기로 했던 것이다. 그러나 경찰에 붙잡힌 범인들이 그때까지도 납치사건을 내가 꾸민 자작극인 것처럼 주장했기 때문에, 내 입장이 여간 난처하지 않았다. 결백이 밝혀지지 않고선 노조원들 앞에 감히 나서지 못할 것 같은 기분이 었다.

나는 결국 결성대회에 참석하지 못했다. 그 대신 이태명 부위원장이 결성 대회를 잘 주도해서, 드디어 현대건설 노조가 설립됐다는 사실을 전 노조원에게 알렸다. 노조를 설립한 장본인이자 또 노조를 결성하기 위해 납치를 당하는 것 같은 끔찍한 일을 당했으면서도, 정작 그 결성대회에 참석하지 못한 내 기분은 좋지만은 않았다.

그러나 그날은 그리 절망스러운 날만은 아니었다. 박상전이 드디어 자작 극이라는 애초의 진술을 번복해서 진상을 조금씩 자백했기 때문이다. 즉, 이 날 밤의 경찰 수사에서 심경의 변화를 일으켜, '회사 간부의 사주에 의한 청 부 납치' 라는 사실을 털어놓은 것이다. 김규남 역시 검찰 진술에서 지난 5 월 6일 박상전을 만나 범행을 교사받았을 때, '이번 사건은 회사의 높은 사 람이 시키는 것이니 안심하라' 는 말을 들었다고 진술했다.

그러나 그 높은 사람이 누군지에 대해선 입을 굳게 다물었다.

조병찬이라는 사람을 본 적이 한 번도 없기 때문에, 누가 시켰는지 모른 다는 것이었다. 김규남이 그렇게 자백했음에도 불구하고 박상전은 계속해서 '조병찬이란 사람은 분명히 있고, 조씨로부터 모든 지시를 받았다' 고 주장 했다. 그러면서 자기네들이 자수하기 전인 5월 17일 오후 7시 북악파크호텔 에서 박상전과 김규남 그리고 박상전의 친구인 김모씨(나중에 밝혀진 사실 이지만, 김모씨가 아니라 이신천배였음)를 만나 이번 사건을 서대리의 자작극으로 조작하기로 합의했다는 사실을 털어놓았다.

자작극일 경우 자기네들이 자수해도 죄가 되지 않고, 매스컴이 이번 사건을 자작극인 것처럼 몰아가고 있으며, 서대리가 국회의원에 출마하는 등의 의혹이 있고, 또 서대리가 납치 당시 많은 돈을 소지하고 있었으며, 증거가 없기 때문에 서대리가 시켰다고 하면 충분히 자작극이 될 수 있겠다는 생각에 그런 식으로 허위 진술을 했다는 것이다. 경찰은 한심하게도 있지도 않은 조병찬을 찾기 위해 부산에 형사대를 급파했다.

그런 다음 신원조회를 통해 조병찬이라는 이름을 가진 부산 거주자 중 나이가 비슷한 3명을 찾아냈다. 그러나 그 중 한 사람은 벌써 사망했고, 한 사람은 전혀 관련이 없으며, 나머지 한 사람의 뒤를 쫓고 있다고 발표했다. 그와 함께 조병찬이라는 이름을 가진 전국의 40~45세 가량 된 남자 43명의 주민등록 사진을 박상전에게 확인시키기도 했다.

조병찬이 가공인물인 이상, 박상전이 그들 중에서 조병찬을 찾아낼 수 없었음은 물론이다. 조병찬이라는 이름을 가진 죄로 전국의 조병찬 씨들이 애꿎은 수난을 당한 것이다. 그러자 경찰 내부에서도 '박상전이 배후 조종자로 지목한 조병찬이 가공인물일 경우, 이번 사건은 미궁에 빠지기 십상' 이라는 말을 공공연히 했다. 경찰 수사의 한계(?)를 스스로 드러낸 셈이다.

범인들이 회사 간부의 사주에 의한 청부 납치라는 사실을 자백했고, 그날 저녁에 자수한 행동대원 조우남(23 · 카페 종업원)이, '박상전이 최이사의 승용차 번호를 미리 알고 있었다' 며 최이사가 관련됐다는 사실을 분명히 털어놓았음에도 불구하고 수사본부장인 김대원 서초경찰서장은, '아직까진 현대건설측을 본격적으로 수사할 단계가 아니며, 조병찬 씨를 잡아야 사건 전모를 알 수 있다' 고 말했던 것이다.

그런 이야기를 전해들은 우리 집에서 가만히 있을리 없었다.

아내를 위시해 처외삼촌과 장모님 그리고 우리 형님 등 몇 사람이 수사본부를 찾아가, '경찰이 현대건설과 짜고, 이 사건을 아직도 자작극으로 모는 것을 명백한 명예훼손'이라고 강력히 항의했다.

그러면서 범인 중 한 명인 서순남이 '박상전이 최이사의 승용차 번호를 알려 주면서 그 차에 서대리가 탈 테니 잘 지켜보라'고 진술했으며, 또 '납치 현장 부근이 어두워 최이사의 차번호가 잘 보이지 않자 박상전이 명함판 컬러 사진을 꺼내 서대리인지 확인했다'고까지 했는데, 왜 최이사를 소환, 수사하지 않느냐고 따졌다.

그럼에도 불구하고 경찰은 그때까지도 최이사를 비롯한 관계자들을 정식 수사하지 않았다. 최이사가 경찰에 소환된 것은 내 사건을 검찰에서 직접 수사하기로 했다는 발표가 있고나서인 5월 26일이었다.

어쨌거나 최이사는 여러 가지 정황증거와 범인들의 자백을 통해 개입 사실이 속속 드러나는데도, 5월 20일 기자들을 만나 '하늘에 맹세코 이번 사건에 개입한 바 없다'고 딱 잘라 부인했다. 그와 함께 정훈목(碇勳沐) 현대건설 사장도 기자회견을 통해 '사건 발생 직후 최재성 이사 등 이 사건과 관련이 있을만한 간부들은 불러 개별적으로 개입 여부를 자체 조사했으나, 개입된 바가 전혀 없다는 심증을 얻었다'고 주장했다.

그러자 이번엔 또 매스컴들이 일제히 들고 일어났다. 즉, '경찰 미온 수사에 의혹', '초동 수사 소홀, 회사 개입 조사도 소극적(5월 21일자, 〈한겨레신문〉)'이라고 경찰을 성토했고, '서씨 납치, 회사측서 시켰다(5월 21일자 〈조선일보〉)'는 식의 보도를 하기 시작한 것이다. 일이 이쯤 되자, 노동부도 가만히 있을 수가 없었다. 이미 5월 10일에 구성해 놓은 부당 노동행위 조사반(반장 박상호 노조과장)을 현대건설에 파견시켜 자체 조사한 결과, 현대 측이 새로 설립되는 노조를 와해할 목적으로 서씨를 납치하는 등 부당 노동

행위를 한 사실이 밝혀졌기 때문에 금명간 관련자를 전원 형사 입건하겠다고 밝힌 것이다.

그러면서 나를 찾아와 부당 노동행위에 대한 진술을 받아가기도 했다. 5월 20일 18시 경이었는데, 김학준 근로감독관이 우리 집을 직접 찾아왔던 것이다.

회사측의 부당 노동행위에 관한 진술을 다 받은 다음, 그가 불쑥 관계자들의 처벌 여부를 물었다. '지난번에 경찰에서도 범인들의 처벌 여부를 나에게 묻더니, 이번에도 또 그걸' 하는 생각이 들었다. 진상 파악도 아직 끝나지 않았는데 어째서 그런 것부터 묻는 것일까. 그 점이 여간 이상하지 않았다.

그래서 변호사와 상의한 다음, 처벌에 대한 가부를 결정하겠다고 대답했다.

그러자 김학준 근로감독관은 '24일까지 처벌에 대한 회신이 없으면, 처벌을 원하지 않는 것으로 간주 하겠다' 고 말한 뒤 돌아갔다. 회사측의 명백한 부당 노동행위가 있었다는 사실을 확인했으면서도 일부러 시한을 촉박하게 못 박아서 내가 그때까지 연락을 하지 않으면, 그걸 핑계 삼아 회사 관계자들을 처벌하지 않겠다는 저의가 들어있음이 분명했다. 현대건설의 비위를 되도록 건드리지 않겠다는 뜻이다. 그 점은 검찰 역시 마찬가지였다.

그 다음날인 5월 21일, 행동책 박상전과 연락책 김규남 그리고 행동대원들인 서순남과 조우남을 감금치상 혐의로 구속하고, 감금 장소를 제공해줬던 함병남 씨를 범인도피 혐의로 불구속입건하면서도, 정작 범행을 교사, 사주한 최이사 등에 대해서는 '범인들의 진술 중 현대건설 관련 부분이 있으나, 특정인을 지칭하는 것이 아니기 때문에 소환 대상이 없다' 고 했던 것이다.

그와 함께 '현대건설 관계자에 대해서는 내사 단계이며, 참고인 진술만 받고 있다'고 하면서 '현대건설 관계자는 언제라도 소환이 가능하지만, 아직 본격적인 수사를 할 단계가 아니다'며, 금명간 현대건설측을 집중 수사할 계획이 없음을 밝혔다.

그러한 검찰과 경찰의 수사 방침에 대해, 많은 사람들은 '대기업에 대한 수사상의 특혜(5월 22일자 〈한겨레신문〉)'라고 지적했고, '서씨 납치, 단서가 안 보인다(5월 22일자 〈경향신문〉)'면서 숫제 '안개 속 眞想, 수사 제자리서 맴돌아'라고 비꼬기도 했다. 경찰이 회사측에 의한 납치극이라는 심증을 굳혀가면서도 회사 간부들에 대한 본격적인 수사에는 나서지 않고, 박상인의 진술만을 토대로 실존 여부조차 확실하지 않은 조병찬의 수사에 매달리고 있다는 것이다.

실제로 경찰에선 박상전의 진술에 의거해 작성한 조병찬의 몽타주 전단을 10만 장이나 만들어 전국 경찰과 관공서, 유흥업소 등에 배포하기도 했다. 그 전단을 보면 조병찬은 신장 172cm 정도에 체중 70kg의 보통 체격으로, 얼굴은 동글고 양쪽 눈에 쌍꺼풀이 있는 미남형이며, 부산 사투리가 섞인 서울 말씨를 쓰는 것으로 되어 있다. 그러나 그 몽타주도 조병찬을 찾아주진 못했다. 그러자 경찰에선 이번엔 아예 40~50세 사이의 조병찬 이름을 가진 전국의 43명 외에, 그 범위를 더 넓게 확대해서 35~55세 사이의 같은 이름을 가진 99명을 주민등록에서 골라 박상전에게 보여주기도 했다.

그러나 이신천배를 감추기 위해 만들어낸 가공인물이라는 걸 누구보다 잘 알고 있는 박상전이 99명의 진짜 조병찬 중에서 가짜 조병찬을 찾아낼 수는 없었다. 그가 모두 아니라고 하자, 경찰에서도 비로소 그가 현대건설측 고위 관계자와 짜고 조병찬이라는 가공인물을 만들어냈을 가능성이 있다고 보고, 그 점을 집중 수사를 병행하기로 했다고 밝혔다. 즉, '현대건설측에 대한 본

격적인 수사 단계는 아니지만, 이번 사건에 관계된 현대측 사람들을 소환,
참고인 진술을 받을 계획'이라고 밝힌 것이다. 5월 24일의 일이다.

그날 나는 회사의 부당 노동행위에 대한 처벌 여부를 알려주기 위해 노
동부 산하 서울지방청 중부사무소에 나가 있었다. 그날까지 가부를 대답해
주지 않으면 처벌을 원하지 않는 것으로 간주하겠다는 근로감독관의 말이
있었기 때문이다. 김학준 근로감독관은 마침 자리에 있었다.

그가 처벌 여부를 결정했느냐고 묻기에, '아직 수사가 끝나지 않은 상태
라서 뭐라고 말할 수 없다. 수사의 진행 결과에 따라 처벌 여부를 결정하겠
다'고 대답했더니, 근로감독관이 현대건설 공사관리부로 전화를 걸어 내가
한 말을 그대로 전했다. 그의 임무가 아무리 노사간의 분쟁을 조정해 주는
근로감독관이라고 하지만 그런 말까지 다 전하다니, 나로선 잘 이해가 가지
않는 행동이었다.

약간 기분이 상해 그곳을 나왔다. 버스를 타기 위해 정류장에서 기다리는
동안, 신문을 사서 보았다. 최이사를 금명간 소환해서 조사할 예정이라는 검
찰측 발표가 제일 먼저 내 눈에 들어왔다.

이르면 내일 중으로 최이사를 소환해 조사하겠다는 것이었다.

밝혀지는 정황 속에서도 끝까지 '오리발'

검찰 지시로 경찰이 최재한 이사와 사건 발생 당시 현장 부근 다래살롱에
있었던 사람들 그리고 현대건설의 이대영(가명) 국내 영업담당 부사장 등을
소환한 것은, 그 다음 다음날인 5월 26일이었다.

이날 김진태 검사는 아직까지 회사측의 관련 혐의 사실이 구체적으로 드

러난 건 아니지만, 납치 현장에 있던 최이사의 관련 여부와 회사측이 노조 설립을 방해했는지의 여부를 밝히기 위해 이같이 지시했다고 밝혔다. 그러면서 아주 놀랄만한 사실을 하나 털어놓았다. 즉, '경찰이 수배 중인 주범 조병찬 씨에 대한 수사에만 집착하고 있는 것 같아 사건 현장 목격자이자 현장에서 서씨와 함께 있었던 최이사 등에 대한 조사도 병행하라고 지난 17일 서면으로 지시했는데도, 경찰이 소환을 하지 않아 재차 수사본부장에게 직접 최이사 등의 소환을 지시했다'고 밝힌 것이다.

그러니까 경찰에선 그동안 검찰 지시를 무시한 채 현대건설에 대한 수사를 일부러 늦췄다는 이야기다. 공정한 수사를 벌여 진상을 빨리 밝혀야 할 경찰에서 그토록 편파적으로 늑장 수사를 했다니 어이가 없었다. 진작부터 피해를 당한 당사자로서 나는 그 점에 대해 분통을 터뜨리며 경찰에 숫하게 항의를 했었지만 받아들여지지 않았던 것인데, 어쨌든 놀라운 일이 아닐 수 없었다.

여론이 크게 뒷받침해 준 나도 하물며 이럴진대, 나보다 더 가진 게 없어 항상 많이 가진 자들에게 억눌림을 당하고 살아야 하는 사람들은 결코 그들 편이 될 수 없는 경찰들에게 얼마나 많은 인권침해를 당했을까. 그 피해 정도를 충분히 미루어 짐작할 수 있었다.

어쨌거나 최이사를 마지못해 소환한 경찰은 검찰 지시도 있고해서 그동안에 밝혀진 의문점들을 집중 추궁한 모양이다. 노조 설립을 방해하기 위해 나를 회유하게 된 경위와 내가 납치당할 당시 최이사 역시 범인 중 한 명으로부터 옆구리를 얻어 맞았다면서도 구조를 요청하지 않은 점, 또 당시 울산에서 나의 학교 선배인 천진욱 차장을 급히 불러올린 경위, 역삼동 무지개살롱으로 가게 된 경위, 귀가하려는 나를 자기 차로 바래다 주려한 이유 등을 말이다.

이에 대해 최이사는 이번 사건을 사전에 전혀 알지 못했으며, 무지개살롱에 가게 된 것은 순전히 우연이라고 대답했다고 한다. 그와 함께 박상전이라는 사람은 한 번도 본 적이 없으며, 때문에 회사에서 시켰다고 한 그의 진술은 전혀 터무니없는 것이라고, 자기의 사주설은 물론 회사측의 개입까지 전면 부정했다고 한다.

최이사가 그토록 자신만만하게 혐의 사실을 부인할 수 있었던 까닭은, 물론 그 나름대로 대책을 철저하게 세워놨기 때문이다. 사건 발생 초기부터 경찰의 늑장 수사로 시간을 많이 벌어놨기 때문에 회사측 관계자들과 대책을 수시로 협의했었던 것이다.

나중에 밝혀진 사실이지만, 회사에선 노조가 만들어질 당시부터 이명박 회장, 어충일 전무, 최재한 이사와 강명호 총무부장 그리고 전용현 기획부장, 이렇게 다섯 사람이 대책반을 구성, 운영해왔다는 것이다.

어쨌거나 수사 과정을 최이사에게 속속 제보해줘서 최이사로 하여금 충분한 대책을 세울 수 있도록 협조해 준 경찰이 그의 범행 교사 부분을 캐낼 수 없었음은 물론이다.

그날 오후 4시부터 자정까지 장장 8시간 동안이나 최이사를 조사했으면서도, 결국 그로부터 회사측은 물론 최이사 자신도 개입하지 않았다는 진술만 들었다고 발표했던 것이다.

그러나 내 사건이 경찰의 손을 떠나 검찰로 송치된 5월 30일 이후부턴 상황이 싹 달라져버리고 말았다. 그때까지 경찰 보호 아래 입을 잘 다물고 있던 박상전이 더 이상 숨기지 못하고 범행사실을 다 자백했던 것이다. 검찰은 그의 자백에 따라 그동안 조병찬이라는 가짜 이름으로 철저하게 위장하느라고 전국의 진짜 조병찬 씨들을 여러 모로 입장 난처하게 만들었던 이신천배를, 6월 1일 새벽 4시 내연의 처인 송모여인(40·서울 서초구 잠원동 한

신 아파트)의 집에서 검거했다.

일본 오사카 태생의 한국인으로 전과 7범 그리고 뉴월드호텔 부근의 유흥가를 무대로 활동하는 폭력계의 대부 이신천배, 그가 바로 회사측의 사주를 받아 박상전 일당에게 나를 납치하라고 명령한 범인이다.

이신천배의 검거로 검찰 수사는 아연(俄然) 활기를 띄기 시작했다. 이신천배도 이제 더 이상은 숨길 게 없다고 생각한 모양인지 범행 사실을 술술 자백하기 시작해서, 검찰은 이날 오전 강명호 총무부장을 임의동행 형식으로 연행했다.

검찰은 그를 연행하면서, '이신천배의 진술로 현대건설 강명호 총무부장의 범행 관련 사실이 확인된 만큼 수사를 계속 확대, 납치 교사 배후 세력을 철저히 색출, 엄단할 방침' 이라고 밝혔다.

그러면서 나에게 동부지청으로 나와 달라는 출두 요구서를 발송했다. 피해자 진술조서를 받아야 한다는 것이었다.

나는 약속 시간에 맞춰 동부지청으로 나갔다. 김진태 검사를 만났다. 김진태 검사는 나에게 납치 당시의 상황과 노조 결성 과정에서의 회사측 압력 등에 관해 상세히 물었다. 나는 그동안 내가 당한 일들을 날짜와 시간 별로 일목요연하게 정리해둔 사건일지를 김검사에게 제출했다. 그와 함께 최재한 이사에 대해 느낀 나대로의 의문점을 작성, 정리한 기록도 제출했다.

내가 생각나는 대로 기록한 최이사의 의문점은 대략 다음의 21가지였다.

1) 5월 6일 오후, 최병수 차장과 김종항 차장에게 서정의를 무지개카페로 데려오라고 지시한 점.

2) 5월 6일, 김종항 차장으로부터 서정의가 유진참치 횟집에 있다는 전화 연락을 받고(19시경), 서정의가 집에 가겠다는 시간(20시 30분)에 임박해 나

타난 점(20시 15분경). 1시간 가량의 행적이 의심스러움.

　3) 5월 6일 21시경, 강남으로 2차를 하러가자고 서정의를 유인한 점(최이사는 술을 잘 마시지 않음).

　4) 무지개카페에 자리가 없다고 하자, 방석집으로 유인하려했던 점(서정의를 장시간 붙들어두기 위함).

　5) 천진욱 차장을 서울로 급하게 올라오게 한 점(마지막 비행기 좌석이 없다고 하자, 무슨 수를 써서라도 꼭 올라오라고 했으며, 서정의 네 집으로 가면 되지 않겠느냐고 물으니, 안 된다면서 유진참치 횟집으로 데리고 온 점).

　6) 다래살롱에서 15분 후에 보내주겠다는 약속까지 했음에도 불구하고 자꾸 붙들려고 한 점.

　7) 최병수 차장이 서정의를 바래다준다고 하자, 최차장의 어깨를 황급히 찍어 누르면서 최이사 자신이 바래다주겠다며 술값을 급하게 준 점. 이때 서정의는 계속해서 혼자 가겠다고 했으나 막무가내였음.

　8) 주차장에서 뒤차를 빨리 빼달라고 황급히 외친 점.

　9) 서정의가 끌려갈 때 적극적으로 말리지 않은 점(‘왜 그래요’ 하는 약한 소리뿐).

　10) 목격자가 없다고 진술해 놓고, 나중에 목격자가 나타나, ‘당신도 일행 같은데, 왜 쫓아가지 않느냐’ 고 하자, 그제서야 마지못해 따라간 점.

　11) 피랍 후 한 시간 후에 신고한 점(회사의 지시를 받은 것 같음). 5월 10일자 〈조선일보〉, 5월 9일자 〈동아일보〉, 5월 11일자 〈중앙일보〉 참조.

　12) 신고 전에 술집에서 20분간 술을 마신 점.

　13) 신고시, 납치당한 사실을 분명히 알고 있음에도 불구하고, 단순 폭행 사건으로 신고한 점.

　14) 서정의가 차 속으로 끌려들어가지 않으려고 승강이를 벌이고 있는 동

안(약 3분 정도) 20~30미터 정도 떨어진 달래살롱에 동료 직원들이 많이 있었음에도 불구하고 지원을 요청하지 않았으며, 차량 번호조차 확실히 파악해 두지 않은 점.

15) 김종항 차장에게 '각오한 바 있다' 고 말한 점(유진참치 횟집에서 19시경 통화시에).

16) 피랍 후, 11시 30분이 지나 가족측에게 술집에서 나오다가 사람이 없어졌다고 거짓 진술한 점.

17) 피랍 후, 서정의 집에 신선기, 최병수, 김종항 차장과 함께 동행하여 가족들에게 술집에 우연히 갔다고 거짓 진술한 점.

18) 서대리 자작극이라고 강력하게 주장하는 점.

19) 가족들이 항의하자, 사건을 비공개로 하자고 한 점.

20) 가족들에게 경찰에 신고도 하고 여러 군데 수소문해서 찾고 있는데, 굳이 신고할 필요가 있겠느냐고 한 점.

21) 범인들이 최이사의 승용차 번호를 어떻게 알았느냐는 점.

그 외, 회사측에서 관련이 없다고 발표한 근거가 너무 황당무계하다.

1. 피랍 후 1시간 후에 신고했다는 점.

2. 범행 차량이 로얄 승용차라고 한 점.

그러한 나의 의문점들은 이미 검찰도 충분히 인지하고 있는 사실들이었다.

그래서 강명호 총무부장에게 그 점을 집중 추궁했던 모양이다. 그러나 강부장은 자기가 납치사건의 주동 인물이라는 사실은 시인하면서도 구체적인 사실에 대해선 입을 굳게 다문 채, **'괴롭다, 내 선에서 책임지게 해달라'** 는 말만 되풀이 했다고 한다. 그가 회사측에 대책을 마련할 시간을 좀 더 많이 마련해 주기 위해 그랬는지, 그것까진 알 수 없으나, 어쨌든 그의 함구로 최이사가 그 즉시 소환당하지 않은 것만은 분명하다.

한편, 검찰 발표로 내 납치사건이 회사 간부가 시킨 청부 납치라는 사실이 밝혀지자, 야 3당은 즉각 진상규명 촉구 성명을 냈다. 즉, 평민당은 이상수 대변인을 시켜, 납치사건의 배후 세력이 밝혀진 것을 다행으로 생각하며, 이번 사건을 계기로 기업인들이 노동조합을 경원하여 무조건 그 설립을 방해하려는 태도를 버려야 한다는 성명을 발표하게 했고, 민주당의 백남치 부대변인은 회사측이 폭력계 대부를 매수, 고용해서 노조 설립을 방해하려한 것은 폭력과 기업의 유착이라는 한심스런 작태이며, 국민과 시대를 보는 재벌의 시각에 실망하지 않을 수 없다고 했다. 그리고 공화당의 김문원 대변인 역시 관계 당국은 앞으로 이같은 부도덕한 행위가 다시는 일어나지 않도록 사전 예방에 철저를 기해야 한다고 촉구했던 것이다.

그동안 어정쩡한 태도를 보이던 노동부도 검찰 수사가 활기를 띠자, 이날 현대건설을 노동조합법 제39조 위반 혐의로 입건했다고 발표했다. 노동부의 그런 조치는, '검찰과 경찰 뒤만 쫓아가며 어물쩍하다' 는 신문 발표대로 마지못해 하는 것 같은 느낌이 역력했다.

조사 결과, 현대건설이 5월 6일 이명박 회장 명의로 된 '노조 운영의 문제점과 노사협의회의 활성화' 라는 유인물을 전 직원에게 배포하여 노조 설립을 명백히 방해했으며, 회사 간부들이 노조 설립 신고 철회를 발기인들에게 종용하여 포기 각서를 받고, 또 발기인 9명을 경주 등지로 여행시킨 점을 밝혀냈으면서도 정식 입건을 차일피일 미루다가 검찰 발표가 있고난 이후에야 관계자들을 입건하기 시작했던 것이다.

그것도 아주 조심스럽게 했다. 우선 6월 1일 최재한 이사를 입건했고, 그보다 이틀 후인 6월 3일 이명박 회장과 전용현 기획부장을 서울지검에 입건,

송치했던 것이다. 그러나 정작 이명박 회장은 조사도 하지 않았다. 이에 대해 노동부 조사팀은 '노조 발기인 이태명 씨 등 9명이 회사 간부들의 처벌을 원치 않아, 피해자의 명시한 의사에 반하여 논할 수 없다는 노동조합법 46조의 그 규정에 따라 간부들을 처벌하기 어렵다'면서 '다만 서정의 씨가 처벌 여부에 대한 의사 표시를 않고 있어 최종 결론을 유보하고 있다'고 변명했다. 그때까지 나는 검찰 수사를 지켜본 뒤에 회사 간부들의 처벌 여부를 밝혀주겠노라고 입장을 견지하고 있었던 것이다.

내가 그런 입장을 취한 까닭은 아직 사건 전모가 완전히 밝혀지지 않았기 때문이다. 어쨌거나 노조 설립을 방해할 목적으로 회사가 노동조합법 위반 혐의로 노동부에 입건되고, 그 과정에서 내가 납치된 사실이 강명호 총무부장의 자백으로 분명히 입증되었다. 그럼에도 불구하고 정훈목 현대건설 사장은 이날 기자회견을 통해 '관계 기관의 조사 결과로 만약 회사 간부가 사건에 관련됐음이 밝혀질 경우, 지위 고하를 막론하고 사규에 따라 엄중 처리하겠다'고 밝혔다.

참으로 눈 가리고 아웅하는 식이 아닐 수 없다. 검찰 수사로 회사 관계자들이 관련됐다는 사실이 속속 드러나고 있음에도 불구하고 정훈목 사장이 그렇게 말한 까닭은, 막강한 현대건설의 로비를 신봉하고 있었기 때문이 아닌가 하는 생각이 든다.

내가 직접 확인한 건 아니지만, 〈한겨레신문〉(6월 12일자)의 보도에 따르면, 현대에서 이번 사건을 무마하기 위해 '경찰 책임자와 검찰 총수를 통해 로비를 세게 했으며, 경찰의 수사 내용을 속속들이 현대에 알려줬고, 현대측이 이번 사건의 수습을 위해 수억 원을 쓰고 있다'고 했던 것이다. 나중에 이명박 회장을 처리한 결과만을 놓고 본다면 그런 풍문이 마냥 유언비어만은 아니라는 느낌이 강하게 든다.

어쨌든 정훈목 사장의 기자회견에도 불구하고 검찰이 최재한 이사를 소환한 것은 그 다음날 새벽이었다. 그리고 그날 오후 최이사와 강명호 총무부장은 납치 교사 혐의로 전격 구속되었다. 그날 검찰이 발표한 사건 내용을 보면 이렇다.

최재한 이사는 지난 5월 초, 서정의 씨 등 노조 설립 발기인 10명을 중역 10명이 한 사람씩 맡아 노조 설립 포기 각서를 받아내기로 했으나, 자기가 담당한 서정의 씨만 이를 거부해 회사측으로부터 무능력과 책임 의식 결여 등의 비난을 받게 될 것을 걱정, 서씨 납치를 결심했다는 것이다. 최이사는 이에 따라 지난 달 6일 오전 11시쯤, 자기 사무실에서 강부장에게 '비용은 내가 댈 테니, 서씨를 강제로라도 며칠 동안 외딴 곳으로 갈 수 있겠느냐' 고 부탁했으며, 강부장은 평소 잘 알고 지내던 이신천배를 생각, '마땅한 사람이 있다' 며 납치를 약속했다.

강부장은 이날 오후 2시쯤, 이씨가 자주 다니는 뉴월드호텔로 나가 이씨를 만난 뒤, 2천만 원을 줄테니 서씨를 납치해달라고 부탁한 후, 착수금 4백만 원을 건네주었다는 것. 나머지 1천6백만 원은 감금 장소에서 납치범들에게 주기로 했으나, 사건이 확대되면서 납치범들과의 연락이 끊겨 지급되지 않았다는 것이다. 한편, 행동책들인 이신천배와 박상전, 김규남 등은 사건이 의외로 크게 확대되자 서정의 씨를 풀어준 뒤 5월 17일 오후 3시부터 7시간 동안 서울 평창동 소재 북악파크호텔에서 모여 대책을 논의한 끝에, '사건이 의외로 커져서 더 이상 견딜 수가 없다. 당국에서도 서씨를 의심하고 있으니, 서씨의 자작으로 만들자' 고 합의하여 박상전과 김규남이 자수하고, 이신천배를 숨기기 위해 조병찬이란 가공의 인물을 내세우기로 했다는 것이다.

최이사를 비롯한 범인들의 그 진술은 진위성 여부는 차치하고서라도, 납치사건 발생 한 달 가까이 되어 진술한 내용들이다. 작위성이 농후함은 물론 수사 내용을 경찰로부터 수시로 보고받고, 그에 따른 대책을 협의 했으며, 다시 새로운 수사 내용이 나오면 그에 따라 새로운 대비책을 강구하고 하던 끝에 나온 진술인 것이다.

그런 심사숙고 끝에 한 진술임에도 불구하고 최이사의 진술 속엔 허점이 많다.

우선 납치범들에게 주기로 했다는 2천만 원 이상의 자금 조달 방법이다.

최이사는 검찰 진술에서 그 돈을 자기 돈을 먼저 준 뒤, 사후 결재를 받으려 했었다고 말한 모양이다. 그러나 그건 천만의 말씀이다. 현대건설 관행상 이사는 봉급만 많을 뿐이지, 자금 결재 면에서나 권한만은 부장만도 못하기 때문이다. 최이사 이상의 결재권을 가진 사람이 개입하지 않고선 어림도 없는 일인 것이다. 그 사실을 은폐하기 위해 최이사는 그런 식의 거짓말을 한 것이다. 최이사는 그동안 경찰 조사 과정에서 거짓말로만 일관하다가 검찰에 연행된 다음, 그 수법이 통하지 않자 자기 혼자 단독으로 계획하고 지시한 일이라면서 '강부장이 검찰에 연행된 뒤인 6월 1일, 이 사실을 이회장에게 보고했다' 고 또 거짓말을 했다.

검찰은 그 말을 믿은 모양이지만, 나는 믿지 않는다.

이회장은 사건 내용을 발생 이전부터 훤히 알고 있었다. 경찰에서 심증이 가더라도 확증이 없는 건 말하지 말라고 자주 당부해서 그동안 말을 하지 않았다 뿐이지, 나에겐 그럴만한 심증이 충분히 있다. 우선 납치사건 이틀 전인 5월 4일 나와 단둘이 만난 자리에서' 노조를 결성하지 말고 노사협의회를 활성화시키자' 는 이회장의 제안에, 내가 '전체 노조원에게 그 뜻을 물어, 좋다고 하면 그렇게 하겠다' 고 대답하자, **'복선 깔지 말라. 그렇다면 물리적 충돌밖에 없다'** 고 한 말이 바로 그것이다. 이회장이 말한, 그 물리적 충돌이란 무엇을 말하는 것인가. 바로 내 납치사건을 두고 말하는 것이 아니겠는가.

　그리고 또 나중에 아내로부터 들어 알게 된 사실이지만, 지난 5월 7일 나의 납치사건을 회사측과 의논하기 위해 학교 후배인 이종태가 최이사를 방문했을 때 '이회장한테 보고했더니, 이회장이 총무부장한테 지시를 내려 수사기관의 베테랑급 수사관들이 수사를 진행 중이다' 라고 한 말이 그것이다.

　자신의 입으로 분명히 그런 말을 했음에도 불구하고 최이사가 검찰에서 그렇게 진술한 까닭은 최이사 선에서 책임을 지기로, 누군가의 결정이 있었기 때문이다. 즉, 최이사가 십자가를 지고 입을 다물기만 하면, 그 뒷바라지를 해주겠다는 묵인이 이루어졌기 때문이다. 나중에 회사에서 최이사와 강부장에 대해 처리한 인사 결과를 보면, 내 어림짐작은 과히 어긋나지 않는다. 즉, 최이사는 7월 11일자로 해고 조치됐으나, 봉급은 11월까지 그대로 지급됐고, 다시 복귀하여 전무까지 승진하였다. 그리고 강부장은 오히려 승진을 해서 현대 계열의 현대백화점 이사로 발령을 받고, 나중에는 현대유니콘스의 사장이 되었다.

　그 사실은 무엇을 말함인가. 최이사가 만약 그의 말대로 납치사건을 자기 혼자 계획하고 지시했으며, 또 강부장이 그 지시를 충실히 이행해서 폭력배들에게 범행을 교사한 게 사실이라면, 회사에서 과연 그런 식으로 상식 밖의 인사 조치를 취했을까. 아니다. 괘씸해서라도, 그 즉시 해고해버리고 말았을 것이다. 그들 때문에 입은 회사측의 손실이 이만저만이 아니기 때문이다.

　그럼에도 불구하고 그런 식으로 상식 밖의 인사 조치를 취한 까닭은 내 어림짐작 그대로 중역 회의에서 그런 결정이 내려졌거나 아니면 그렇게라도 해서 그들의 입을 꼭 막아두지 않으면 안 될, 무슨 난처한 일이 있었기 때문일 것이다. 그래서 많은 사람들의 비난에도 불구하고, 그런 조치를 취한 것이다.

　그리고 또 한 가지 검찰 내용 중 이해가 잘 가지 않는 부분은, 범인들이 범행 당시 가지고 있었다던 명함판 사진에 대해 일언반구 언급이 없었다는 사실이다.

확인 결과, 그 사진은 해외인력개발부에 보관되어 있던 나의 여권용 사진인 것으로 밝혀졌다. 해외 현장(이라크)으로 파견 근무를 할 때, 여권을 만들기 위해 찍은 사진인 것이다. 박상전은 그 사진을 김규남으로 부터 받았고, 김규남은 이신천배한테서 그리고 또 이신천배는 강부장으로부터 받았다고 한다. 그런데 그 다음부터가 영 오리무중이었다. 강부장은 물론 해외인력개발부의 그 누군가로부터 내 사진을 넘겨받았을 것이다. 그 의문을 검찰이 명쾌하게 밝혀주지 않은 것이다.

나는 그 사실을 이렇게 생각한다.

납치사건에 해외인력개발부 등 여러 부서가 관련되어 있다는 사실이 밝혀지면 현대건설의 입장이 더 난처해질까봐, 그 사실을 일부러 밝히지 않는 것이라고 말이다. 그렇지 않아도 국내 공사관리부와 총무부가 관련되어 있어, 이회장이 납치사건의 최고 지시자가 아닌가 하는 의심을 받고 있는 판국에, 해외인력개발부 등 여러 부서가 연관되었다면, 이건 누가 보더라도 거사(擧事)적인 일이기 때문이다. 즉, 2개 부서 이상을 움직이려면 이회장이 아니고서는 도저히 안 되는 일인 것이다. 그래서 이회장을 보호하기 위해 사진 관련 부분을 싹 누락시킨 것 같다.

어쨌거나 최이사가 연행 즉시 구속 수감되고, 그동안 사내(社內)에서 공공연히 떠돌던 비밀이 사실로 확정되어 나타나자, 노조원들이 가만히 있으려하지 않았다. 진상을 철저히 밝혀야 한다면서, 집단적인 움직임을 보이기 시작한 것이다. 그래서 그 다음날, '노조 탄압 진상 보고 및 단합대회'를 개최했다.

본사 지하 2층 대강당에서 개최된 단합대회엔 노조원 6백여 명이 참석했다. 그 대회에선 참으로 많은 이야기들이 나왔었다. 그러나 무엇보다 중요한 건 진상 파악이었으므로, '검찰은 현대건설 노조위원장 납치사건에 대해 엄정하고 신속하게 조사에 임해, 한 점의 의혹도 없이 진실을 규명해야 하며 배후의 사주를 끝까지 밝혀 엄벌에 처하라'는 공식 발표만 했다. 그와 함께 정주영 회장과 이명박 회장은 이번 사건과 관련 공개 사과하고, 중간 경영진은 노조활동에 적극 동참하며, 언론은 무책임한 보도 태도에 대해 공개 사과하라는 결의문을 채택했다.

노조에서 그런 결의문을 채택한 이유는 검찰 때문이었다. 이신천배를 체포할 때까지만 해도 '이신천배 진술로 현대건설 강명호 총무부장의 범행 관련 사실이 확인된 만큼 수사를 계속 확대하여 납치 교사 배후 세력을 철저히 색출, 엄단할 방침'이라고 자못 기세등등하던 검찰이, 그러나 강명호 총무부장과 최재한 이사를 연행, 구속한 다음부턴 사건을 축소하여 수사할 조짐을 보이기 시작했기 때문이다. 즉, 최이사를 구속, 수사한 다음 막상 이명박 회장을 소환, 조사할 단계에 이르자, '설령 이회장이 납치사건에 관련됐다 하더라도 구속된 최이사가 이회장으로부터 납치 지시를 받았다는 진술을 하지 않는한, 이회장을 처벌할 수 없다' 면서 검찰 수사의 한계를 미리 못박아버렸던 것이다.

내가 어림짐작한 그대로, 최이사는 자기 선에서 사건을 마무리 짓기로 하고 검찰 연행에 응한 사람이다. 회사 차원의 숫한 대책회의 끝에 희생양이 되기로 한 그가, 이회장으로부터 납치 지시를 받았다는 진술을 하지 않을 것임은 너무도 뻔했다. 그런 정황을 잘 알고 있는 검찰이, 이회장을 수사하기 전부터 그런 한계를 미리 그어놓은 것은, 다시 말해 이회장에 대한 수사를 적극적으로 하지 않겠다는 것이나 마찬가지이다.

그 점이 우려되어 노조 명의로 그런 결의문을 채택하게 된 것이다. 그럼에도 불구하고 아니나 다를까, 우리들이 우려한 그대로 검찰은 최이사를 구속시켜놓고서도 이회장에 대한 수사를 계속 지연시켰다. 그러면서 변죽만 살살 울렸다. 즉, 이번 사건이 최이사와 강부장 선에서 계속 실행되기 어려운 사건이고, 특히 납치 청부자금 2천만 원은 이사급에서 결재할 수 있는 액수가 아니며, 최이사와 강부장이 명령 계통상 상사와 부하 직원으로 직접 연결되어있지 않다는 점 등을 들어 최이사 윗선에서 범행을 지휘했을 가능성이 충분히 있다고 보고, 그 점을 집중 추궁하고 있다는 식으로 발표했던 것이다. 그러면서 이회장은 최이사를 계속 더 조사하고 나서 며칠 뒤에나 소환, 조사할 예정이라고 밝혔다. 비등해진 국민 여론을 의식하자니 이회장을 조사하긴 해야겠는데, 자칫 이회장을 잘못 조사했다간 더 큰 문제점이 발생할까봐 엉거주춤하고 있는 것 외엔 아무것도 아니었다.

그러자 신문에서도 그런 점을 예리하게 지적했다. '정주영 씨도?… 검찰 수사 어디까지 가나? 라는 제목을 붙인 6월 4일자 〈한겨레신문〉을 보면, 검찰이 재벌 기업의 눈치를 살필 게 아니라, 이번 기회에 실추된 명예를 회복해야 한다고 촉구했던 것이다.

… 중략(前略) … 이 사건을 수사 중인 서울지검 동부지청은, 이회장 등 고위 간부가 개입된 사실에 심증을 굳히고 반드시 밝혀내고 말겠다는 의지를 보이고 있다.

동부지청의 한 관계자는 "5공화국 당시, 부천경찰서 성고문 사건, 박종철 씨 고문 사건 등으로 실추된 검찰의 명예를 다시 찾는다는 각오로 사건 전모를 밝혀내겠다"고 말했다. 그러나 검찰일각에서는 이회장 등이 설사 이 사건에 개입됐다 하더라도, 납치의 구체적인 방법 등에 관해 지시하지 않았다면 납치 교사죄를 적용할 수 없다는 주장이 벌써부터 나오고 있다.

이와 함께 이회장이 인연이 닿는 검사들에게 수사 진전 상황과 대책 등에 관해 문의했다는 얘기도 들리고 있어, 그동안 재벌들이 권력과 유착하여 못하는 일이 없는 것을 보아온 국민들은, 이번에도 검찰이 5공화국 때의 숱한 비리 사건에서와 같이, 제대로 수사를 하지 못할 것이 아니냐는 우려를 하고 있다. 부산 지방 변호사회 소속 문재인 변호사는 이에 대해 "이제까지 경찰수사 과정에서 회사의 개입이 상당히 들어났는데도, 간부들의 강제 소환을 미룸으로써 알리바이를 조작하고 사건을 은폐할 수 있는 시간을 주었는데, 검찰 수사 과정에서도 납득할 수 없는 태도를 보인다면, 노동자와 사용자에게 공평하게 법 집행을 한다는 평가를 받지 못할 것"이라고 지적했다.

노동 관계자들은 "대재벌의 노조 탄압에 조직 깡패까지 동원된 이번 사건을 두고 재벌의 도덕성, 윤리성이 얼마나 타락했는가를 보여준 대표적 사례로써, 인권 차원에서라도 진상을 철저히 규명, 책임자를 처벌해야 한다"고 말하고 있다.

김말룡 카톨릭노동문제 상담소장은 "그동안 경찰 수사 과정은 사용자와 그를 비호하는 권력 기관 사이에서 판을 치는 구시대의 폭력을 보는 느낌"이라면서 "이번 사건을 노사의 차원이 아니라 인권 차원에서 당국은 철저히 배후를 파헤쳐 법의 존엄성을 보여주어야 한다"고 말했다.

권력 기관의 하나인 경찰은 수사 과정에서 "확증이 나와야만 수사를 하겠다"면서 서씨의 자작극일 가능성이 높다는 정보를 계속 흘려, 현대건설에 대한 수사를 기피하는 태도를 보였다. 만약 검찰까지 경찰과 같이, '확증이 나와야 수사를 확대하겠다' 든지, '법 적용의 한계' 운운으로 이 사건을 얼버무려 끝낸다면, 모처럼 잡은 새로운 검찰상을 정립할 좋은 기회를 또다시 놓치고 말 것이다.

〈한겨레신문〉의 지적 그대로, 검찰은 내 사건을 신뢰 회복의 기회로 삼았어야 옳았다. 그래야 국민들로부터 존경받는 검찰로 다시 태어날 수 있는 것이다. 그러나 검찰은 그렇지 못했다. 이회장이 범행에 개입했다는 심증을 굳히고 있었으면서도, 그 사실을 입증하지 못했던 것이다.

그러나 검찰보다 더 딱한 건 경찰이었다. 그 날짜 〈조선일보〉의 '길'이라는 칼럼을 보면, 경찰은 편파 수사의 변명을 엉뚱한 곳에서 찾고 있었다. '딱 5분만 달았으면…'이라고 하는 섬뜩한 제목을 붙인 그 칼럼은, 박상전을 딱 5분 정도만 고문했었더라면 범행 전모를 충분히 밝힐 수 있었노라고, 참으로 한심한 변명을 늘어놓았던 것이다. 그 칼럼 전문을 발췌해보면 이렇다.

현대건설 노조위원장 徐廷義 씨 납치사건이 검찰로 넘어간 뒤부터 빠른 속도로 풀려가고 있다.

지난 달 30일 사건이 송치되자, 바로 다음날 교사범 이신천배란 인물이 검거됐고, 이어 이에게 납치를 청부한 회사 간부들의 이름이 떠올랐다. 그 다음날인 1일 관리이사 최재한 씨와 총무부장 강명호 씨 등 회사 관계자가 소환되면서 徐씨 납치를 계획한 '현대 커넥션'의 전모가 거의 밝혀졌다. 하루가 다르게 사건의 의혹이 한 꺼풀씩 벗겨지고 있는 것이다. 이 모든 게 검찰 수사 불과 3일만의 일이다.

시민들은 '우리나라 최대의 재벌기업 간부들이 설마 그럴 리야…' 하는 일말의 기대감이 허물어지는 허전함에도 불구하고, 진실 규명 차원에서 검찰의 신속한 수사력에 박수를 아끼지 않고 있다. 그러나 정작 무거운 짐을 벗어던진 듯 홀가분해야 할 경찰 입장은 썩 유쾌한 것만은 아닌 것 같다.

"우리도 박상전 씨 등이 거짓 진술을 하고 있다는 심증을 갖고 있었습니다. 그렇지만 요즘에야 밀실로 데리고만 가도 인권 문제에 걸려 자백의 증거

능력은 물론, 형사 개인의 신변에까지 영향을 끼치지 않습니까.”

사건 수사를 맡았던 서초경찰서의 한 간부는 “딱 5분만 朴씨를 달았으면 우리도 까짓것 이신천배를 잡아들이는 것은 여반장이었을 것”이라며, “요즈음 세상이 어떤 세상이냐”는 말을 몇 차례씩 되풀이했다.

‘단다’는 말은, ‘매단다’는 말의 속어(俗語)로, 경찰관들 사이에서는 고문을 이렇게 표현하고 있다. 요컨대 고문을 할 수 없었기 때문에 25일씩이나 수사를 했는데도, 이번 사건의 핵심 문제인 현대건설 간부들의 관련 여부에 대해서는 진술을 받아내지 못했다는 푸념이다. 경찰은 고문을 하지 않으면 수사도 못한다는 얘기인지, 아니면 검찰이 이처럼 빨리 진상을 밝혀낸 게 고문 때문이란 말인지, 그 어떤 경우라 해도 경찰관들의 머릿속에 무엇이 들었는지를 의심케 하는 부분들이다.

경찰의 편파 수사와 늑장 수사를 누구보다 속속들이 경험했고, 그 때문에 자칫 자작극의 누명을 쓸 뻔 하기까지 했었던 나로선, 충분히 공감할 수 있는 칼럼이 아닐 수 없다. 그 기사 그대로였던 것이다.

어쨌거나 수사가 아직도 계속 진행 중이긴 했지만, 회사 고위 간부가 범행을 지시했고, 어쩌면 이회장마저 소환, 수사할는지 모르겠다는 검찰 발표가 있자, 신문마다 사설을 통해 현대건설의 시대착오적인 만행을 규탄하기 시작했다.

그 중 대표적인 것이 〈한국일보〉이다. 즉, 6월 4일자 〈한국일보〉 사설을 보면, ‘이렇게 우둔한가’라는 제목 아래 사건 내용을 다음과 같이 중간 결산했던 것이다.

현대건설 노조위원장 徐廷義 씨 납치사건은 회사측이 노조 설립 와해를

노려 기도한 청부 납치 공작이었음이 검찰 수사로 명백히 드러났다. 우리는 이 사건이 죄질이 지극히 나쁜데다 결코 일어나서는 안 될, 통탄할만한 愚行임을 지적하면서, 분명히 배후 수사와 사후 수습을 촉구한다.

우리가 통탄할만한 愚行으로 이번 일을 지적하는 것은,

첫째, 나라를 대표할만한 국제적 대기업에서 어떻게 노동법은 물론이고, 형법 등 갖가지 법을 위반해가며 악명 높은 폭력단 두목과 야합, 노조위원장을 강제 납치할 수 있는가 하는 기업 윤리의 타락상 때문이다. 민주화 과정에서 상호 신뢰에 바탕으로 한 건전한 노사 관계의 정립이 어느 때보다 절실한 지금이 아닌가.

두 번째는 사건 발생 후에도 회사측이 관련하지 않았다는 잇단 발뺌 성명을 내고, 관련 하수인들의 위장 자수를 연출했을 뿐 아니라, 도리어 피랍자의 자작극으로 몰려고 기도하는 등, 감히 국민과 수사당국을 우롱한 점이다. 설혹 노조에 대한 피해의식이 지나쳐 분별을 잃고, 한번 범행을 저질렀다 해도 일단 사건이 표면화된 이상 솔직히 잘못을 시인, 응분의 책임을 지고 사태의 수습에 나서야 했었다. 그런데도 계속해서 은폐를 기도, 호미로 막을 일을 가래로 막아야 할 더 큰 어리석음마저 저지른 것이다.

세 번째 말하고 싶은 것은 경찰이 20여 일간의 독자 수사과정에서 보인 석연치 않은 수사 태도이다. 피랍자 본인은 물론 범행 하수인들마저 속속 나타났는데도, '확증이 없다', '자작극일 가능성' 운운하며 늑장을 부려 범행의 은폐를 결과적으로 도와준 게 아닌가 하는 의혹마저 국민들에게 심어왔다.

검찰이 수사 개입 불과 3일만에 회사 관련 사실을 쉽사리 밝혀낸 것은 이 같은 의혹의 가능성을 짙게 해주는 것이 아닌가 싶다. 이 때문에 그동안의 수사 과정에 대해서도 규명해야 한다는 말까지도 나오고 있다.

네 번째 지적은 이번 사건이 재벌기업의 이미지 실추는 물론이고, 나라 망

신일 수도 있다는 점과 앞으로의 올바른 노사 관계정립에 지극히 나쁜 영향을 끼칠 것 같아 더욱 걱정스럽다는 점이다. 문제의 현대건설 노동조합측도 이미 성명을 발표, 회사측의 공개 사과와 노조 탄압 경위 공개 및 검찰의 신속, 엄정한 배후 수사를 촉구했으며, 노조 탄압 진상 보고 및 단합대회를 열기까지 했다고 한다.

지금 현대그룹은 모기업인 현대건설의 이번 사건에 겹쳐 현대자동차와 현대정공마저 공장 폐쇄 및 무기한 휴업에 들어가는 등 극심한 노사 분규에 휩싸여 그룹 전체가 어려움을 겪고 있다. 그룹의 수많은 종사원은 물론이고, 나라 경제를 위해서도 정말 가슴 아픈 일이 아닐 수 없다. 하지만 통탄할만한 愚行과 범죄 행위에 대한 진상은 끝까지 짚고 넘어가야 하고, 그 책임 또한 끝까지 짚고 넘어가야 하고, 그 책임 또한 철저히 추궁되어야 한다. 이 길만이 재벌기업의 또 다른 실수를 막고 잘못된 발상도 전환시켜 노사 관계를 더욱 탄탄히 하는 디딤돌이 될 것으로 우리는 믿는다.

한편, 한국노총(위원장 직무대리 李時雨)도 가만히 있지 않았다. 규탄 성명을 발표했다. 즉, 정부는 사건 배후를 철저히 수사해서 법정 최고형에 처할 것과 대기업들에 의해 자행된 노조 파괴 및 구사대의 집단 폭력을 재조사할 특별위원회를 설치, 운영할 것. 그리고 현대그룹의 정주영 명예회장은 사건 진상을 밝히고 국민 앞에 공개 사죄할 것 등의 6개 항이었다.

그러나 현대그룹은 노총의 규탄 성명에도 아랑곳하지 않았다. 검찰 수사로 불똥이 이명박 회장에게까지 튈 것 같은 조짐이 보이자, 사건 내용을 축소시키고 이회장에게 피해가 돌아가지 않게 하기 위한 공작에만 전념했다. 그 첫 번째 공작이 바로 검찰에 소환돼 조사를 받은 부장급 이상 간부 사원들의 한결같은 진술이었다.

노조 설립을 방해하는 이명박 회장의 유인물을 초고해서, 노조 탄압의 결정적 물증을 남겨놓은 전용한 기획부장과 노조 설립 발기인들에게 포기 각서를 종용하고, 아울러 그들을 지방으로 분산, 격리시키는데 압력을 행사한 것으로 알려진 박용성(가명) 전기사업본부장, 김의수(가명) 건축사업본부장 그리고 유영찬(가명) 경리부장 등, 이렇게 4명이 검찰에 불려가 조사를 받은 것이다. 그들은 검찰 조사에서 회사측의 부당 노동행위에 대해선 모두 다 시인했다고 한다. 그러나 이회장의 납치사건 관련 부분에 대해선 전혀 관련되지 않았다고 입을 모아 합창하듯이 진술했다는 것이다.

사용자의 부당 노동행위는 노동조합법상 1년 이하의 징역이나 또는 1천5백만 원 이하의 벌금에 처할 수 있으나, 1986년 12월 31일에 신설된 새로운 조항 즉, 반의사불벌죄(反意思不罰罪)에 따라 피해자가 처벌을 원하지 않을 경우 처벌을 받지 않을 수도 있다는 사실을 알고, 형사처벌 대상인 납치사건 관련 부분은 부인하고 노조 탄압 사실이 명백하게 드러난 부당 노동행위 부분만 인정한 것이다.

회사측의 두 번째 공작은 발기인들을 대상으로 한 설득 작업이었다. 즉, 이회장의 처벌을 원치 않는다는 진술서를 받아 내려한 것이다.

노사 협상 과정에서 사용자측과 동등한 자격으로 협상 테이블에 나설 수 있는 노조 발기인들이지만, 일단 소속 부서에 복귀해서 평상 근무를 할 땐, 그들도 평범한 직원에 지나지 않는다.

다른 말단 직원들과 마찬가지로, 부서장의 업무 지시를 받아야 한다. 만약 부서장의 눈치 밖으로 드러난다면, 그 결과가 어떨는지 너무나 뻔하다. 인사 고과 점수가 푹 깎여 승진이 제자리걸음을 할 것이고, 그렇게 되면 봉급 수령에서도 차이가 생겨 가족들을 언제까지나 가난뱅이로 만들 것이다. 경우에 따라선 부서장과의 불화가 원인이 되어 사표를 쓰게 될는지도 모른다.

그래서 지난번 포기 각서 사건 때도 울며 겨자 먹기 식으로 포기 각서를 써준 것이다. 그때와 마찬가지 심정으로 이회장의 처벌을 원치 않는다는 진술서를 써주지 않을 수 없었다. 그러나 내 경우는 달랐다. 나는 포기 각서를 써주지 않은 유일한 사람이고, 그 때문에 납치를 당하기까지 한 피해 당사자이다.

내 진술 여부가 이회장 처벌에 상당한 비중을 차지하고 있음은 물론이다. 때문에 회사에서도 나에겐 많은 신경을 썼다. 정훈목 사장이 나에게 직접 사과를 했던 것이다.

6월 4일이었다. 정사장이 나를 보자고 하더니, 이번 사건으로 회사가 여론으로부터 집중 공격을 당하고 있다. 그러나 사태 수습을 위해 서대리가 도와줘야겠다는 말을 했다. 그 자리에서 나는 그 점은 나도 동감한다. 그러나 그러기 위해선 우선 회사측의 사과가 선행되어야 하고, 정주영 명예회장이 노조의 활성화를 보장하겠다는 약속이 있어야 한다. 그 두 가지 조건만 이행되면 나도 회사의 발전을 위해 큰 결심을 하겠다고 대답했다.

그에 대해 정사장은 가타부타 말이 없었다. 그에겐 결정권이 없었기 때문이다. 특히 노조의 활성화를 보장하겠다는 정주영 회장의 약속이 그러했다. 그래서 정훈목 사장과의 만남은 아무런 소득도 없이 끝나버리고 말았다.

그 다음날인 6월 5일은 일요일 그리고 또 그 다음날인 6월 6일은 현충일, 연휴였다. 나는 휴식도 취할 겸, 부모님께 안부 인사도 드릴 겸해서 가족들과 함께 부산으로 내려갔다. 그런데 뜻밖에 정훈목 사장이 부산까지 나를 따라 내려왔다. 가족들에게 사과를 하기 위해서라는 것이었다.

부산 현장에 근무하고 있는 천진욱 차장으로부터 그 이야기를 전해 들었을 때 나는 대뜸 '무슨 속셈이 있구나' 하는 생각을 했다. 그렇지 않고선 정사장이 부산까지 일부러 내려올리 만무했던 것이다. 어쨌거나 직장 상사가 사과를 하러 일부러 왔다는데, 안 만날 수가 없었다.

그래서 아내와 함께 정사장을 만났다.

정사장은 정말 사과를 하러온 진사(陳士)처럼 행동했다. 아내한테까지 사과를 극진히 했던 것이다. 그 외에 별다른 말은 하지 않았다. 사과의 말 이외에 다른 말을 일체 하지 않는 정사장의 태도가 조금 이상하긴 했지만, 상대방에서 먼저 거론하지 않는 이상, 나도 굳이 그 문제는 거론하고 싶지 않았다.

그래서 부산에서의 만남도 그렇게 싱겁게 끝나버리고 말았다. 정훈목 사장이 그의 속셈을 톡 까보인 것은 정작 서울로 돌아오고 나서였다.

6월 7일이었다.

출근하고 나서 얼마 지나지 않았는데, 사장 비서실로부터 연락이 왔다. 사장실로 오라는 것이었다. 사장실엔 정훈목 사장 말고도 고교 선배인 김기항(가명) 변호사 그리고 현대그룹의 방계 회사인 ○○회사의 정장한(가명) 사장이 함께 앉아있었다. 나는 그들에게 공손히 인사하고 자리에 앉았다. 말을 먼저 꺼낸 사람은 정훈목 사장이었다. 이명박 회장의 부당 노동행위 처벌을 유보하자는 것이었다. 나는 가만히 있었다. 그러자 김기항 변호사가 나섰다. '최이사가 이미 검사에게 모든 사실을 다 털어놨고, 진실 또한 거의 다 밝혀졌다' 고 하더니, 방금 전에 정훈목 사장이 이야기한 것과 마찬가지로 서대리가 진정 회사를 사랑한다면, 회사를 다치게 해선 안 되지 않느냐는 식의 말을 했다.

그러면서 이미 작성된 상태의 진정서를 내밀었다. 한 번 읽어 보고나서 도장을 찍으라는 것이었다. 진정서의 내용은 대충 사용자 즉, 이명박 회장의 부당 노동행위를 처벌하지 않았으면 좋겠다는 것이었다. 나는 검찰에 출두해서도 그렇게 말했지만, 그 자리에서도 분명히, '납치 및 감금 치상 부분에 대한 형사처벌 문제와는 별개로 회사의 부당 노동행위에 대해선 처벌을 원하지 않는다'라고 말했었다. 그러나 그것은 법인체가 아닌 개인의 처벌까지를 원하지 않는 것은 결코 아니었다. 회사는 특정 개인이 아닌 법인체이기 때문이다.

나의 그러한 진술에도 불구하고 검찰에 소환돼 조사를 받은 이명박 회장은 결국 불구속 입건되었다. 감금 교사 부분에 대한 혐의는 무혐의로 처리되었고, 노조에 대한 부당 노동행위만 인정된 것이다. 그동안 '이회장이 설령 납치사건에 관련됐다 하더라도, 구속된 최이사가 이회장으로부터 납치 지시를 받았다는 진술을 하지 않는 한, 이회장을 처벌할 수 없다'면서 신중을 기하다가, 나를 비롯한 노조 발기인들의 진술서가 접수된 이후에야 이회장을 소환한 검찰 태도로 미루어보아, 그의 불구속 입건은 어쩌면 당연한 것일는지도 모르겠다. 불구속의 조건이 다 충족된 다음에야 그를 소환, 조사했으니 말이다. 이를 두고 〈한겨레신문〉에서는 '현대그룹의 승리'라고 해도 과언이 아니라고 비꼬았다.

다른 건 몰라도 이명박 회장에 대해서만은 현대의 뜻대로 처리되었기 때문이다. 이회장이 검찰에 소환돼 한창 조사를 받고 있을 때인 6월 8일 정훈목 사장은 신문지상에 현대건설 명의로 사과문을 발표했다. '서정의 씨 사건으로 사회에 물의를 일으킨데 대해, 국민 여러분에게 거듭 죄송스럽게 생각한다'면서, '회사 간부 2명이 이 사건에 관련된 사실이 밝혀졌으므로, 회사 대표로서 깊이 사과한다'는 내용이었다.

정훈목 사장은 그와 함께 '그동안 서정의 위원장이 겪은 심신의 고통에 대해서도 심심한 위로의 뜻을 전한다'고 하고, '앞으로 이 사건을 계기로 노사가 더욱 협력하여 원만한 노사 관계를 유지할 것이며, 종업원의 복지 증진과 회사 발전에 최선을 다할 것'이라고 밝혔다. 사실 정훈목 사장은 이번 사건과는 전혀 관계가 없는 분이었다. 그는 세계금융(IBRD) 출신으로서 자금을 주로 담당하는 분이었다.

어쨌거나 세상 사람들을 깜짝 놀라게 하고, 분노하게 하고, 탄식하게 만들었던 현대건설 노조위원장 납치사건은 최이사와 강부장 그리고 이신천배를 비롯한 행동대원들까지 모두 합해 10명을 감금 치상 교사 및 그 행사 혐의로 구속하고, 이명박 회장과 전용한 기획부장은 노동조합법 위반으로 불구속 입건하는 것으로 일단락되었다. 사건 발생 36일만인 6월 12일이었다.

적어도 법적으로는 수사가 종결된 것이다. 그러나 나는 그렇게 생각하지 않는다. 진상이 절반 정도도 밝혀지지 않은 것이다. 그동안 수사 과정에서 드러난 혐의만 해도 납치사건이 최이사 이상의 선에서 기획된 게 분명해졌고, 관련자 또한 검찰 발표보다 더 많은 것이다. 회사와 경찰과의 유착 관계, 그리하여 경찰 수사가 한동안 자작극 쪽에서 맴돌았던 의문도 분명히 밝혀져야 할 부분이다.

왜냐하면 그런 의문점들이 완전히 밝혀져서 국민들이 현대건설을 감시하지 않는 한 제2, 제3의 납치사건과 같은 범죄 행위가 현대그룹 내에서 일어날 가능성이 얼마든지 있었기 때문이다. 나의 그 예상은 그 얼마 후 발생한 현대중공업 테러사건에서 불행하게 적중하긴 했지만….

수사를 맡았던 김진태 검사가 나에게 "당신은 권력과 금력 앞에서 홀로 싸워 이겼다"라고 한 말이 아직도 귀전에 맴돌고 있다.

나의 고교 선배인 동부지검장은 후배를 죽이게 할 수 없다며, 위로부터의 압력을 버텨 최이사와 강부장을 잡아넣었다는 후문이 있었다.

어쨌거나 국민의 인권을 보호해 줘야 할 공권력이 오히려 특정기업과 밀착해서 국민의 인권을 탄압하고 유린한다면, 정부가 표방한 정의사회 구현은 어림도 없다. 때문에 공권력은 항상 엄정하고 공평해야 한다는 것이다.

그러나 내 사건에서 볼 수 있었던 것과 마찬가지로, 이 나라의 공권력은 별로 그렇지 못했다. 강한 자엔 약하고, 약한 자에겐 강한 면모를 여실하게 보여준 것이다. 양심의 최후 보루라고 하는 사법부 역시 마찬가지였다. 납치 사건 관련자들의 사법 처리 결과를 보면 그런 점이 여실히 들어난다. 즉, 최재한 이사를 비롯한 8명은 7월 29일 열린 1심 공판에서 징역 1년에서 10월까지라는 이례적인 판결에 집행유예 2년과 1년을 선고받아 석방되었고, 가장 죄가 무겁다는 강명호 총무부장과 박상전도 각각 징역 1년을 선고 받았지만, 11월 12일에 거행된 2심 공판에서는 각각 징역 8월에 집행유예 1년 그리고 징역 1년에 집행유예 2년으로 그 형량이 줄어들었다. 특히 강명호 총무부장은 2심 계류 중인 8월 27일에 보석 허가를 받아 이미 가석방되기도 했다.

이 모두가 다 현대그룹의 집요한 로비 활동 덕분이다. 12월 18일자 〈한겨레신문〉을 보면, 현대그룹은 1심과 2심 재판을 거치는 동안 그룹 차원의 총력 로비 활동을 한 것으로 되어 있다. 로비에 동원되거나 청탁을 받았다고 거론된 사람만도 20여 명에 이르며, 로비 대상도 말단 수사관에서부터 최고위층까지 걸쳐있었다는 것이다. 로비의 대가로 정주영 명예회장이 일해재단 이사장직을 내놓기로 했다는 소문도 떠돌았다고, 〈한겨레신문〉은 전했다.

그것이 사실이든 아니든 간에, 문제는 현대그룹의 로비가 아니다. 현대그룹에서 공권력을 떡 주무르듯이 할 수 있다고 생각하고 있는 이상(불행하게도 내 사건에서 그 사실이 입증되었지만), 법치 국가인 이 나라에서 불법적인 행위를 얼마든지 할 수 있다는 사실이다.

현대그룹은 결코 안 되는 것을 되게 하고, 있는 것을 없게 만드는 무소불위(無所不爲)의 절대적인 기업이 아니다.

국민 속에 뿌리를 내리고 국민과 함께 더불어 성장해서, 국민의 사랑을 받아야 하는, 이 나라의 대표적인 기업이다. 때문에 국민으로부터 지탄을 받는 행위를 저질러선 절대로 안 된다. 국민의 사랑을 받지 못하는 기업은 끝까지 살아남을 수 없기 때문이다.

납치 | 총책은 누구인가?

공사관리부 부서장인 최재한 이사가 총무부 부서장인 강명호 부장에게 납치를 지시했다는 검찰수사 결과는 손바닥으로 하늘을 가리는 꼴이었다.

노조 설립 9일째인 1988년 5월 12일에 발표한 현대건설 조합원 일동의 속보를 보면,

"노조가 설립되자마자 이명박 회장이 조회를 하고 '노조운영의 문제점'이라는 유인물을 통하여 노조활동을 방해한 것은 명백한 부당 노동행위입니다. 더욱이 회사측은 발기인들에게 노조 포기 각서를 강요하고 간부들이 발기인들의 신체와 자유를 구속하면서까지 각기 다른 지역으로 끌고 다니는 불법을 저질러 오던 중 마침내 노조위원장 서정의 대리를 납치하여 사직서를 받아내는 사태를 야기하였습니다. 이에 대해 회사측은 자신들의 소행이 아니라고 애써 발뺌하지만, 누가 보아도 납치의 지시자는 최고경영자라는 것이 명백합니다."

또한 1988년 6월 2일자 그 당시 노조운영위원회에서 발표한 성명서를 보면,

'1. 정주영·이명박 회장은 기만과 술수로서 국민을 우롱하고 직원들을 배신한 서정의 위원장 납치사건과 노조탄압에 대해 경위를 밝히고 국민 앞에 사과하라.

2. 우리들은 누구보다도 회사의 생리를 잘 알기에 납치사건 그것도 수천만
　　원이 오가는 사건이 단지 총무부장의 선에서 결정되었다고 믿을 수 없다.'
그렇다면 정주영 회장인가?

현대건설은 완전히 이명박 회장의 손아귀에 있었다. 정주영 회장이 직접 현장에 오고 가며 지휘하는 것은 직영공사였지, 수주한 공사에 대해서는 실적 보고만 받을 뿐이었다. 그래서 정주영 회장한데 보고하며 지시를 받는 것은 직영공사인 자체 공사의 현장소장이었다.

그리고 정주영 회장에게 지시를 받거나 보고를 할 정도의 직책은 적어도 부사장급 이상이었지, 일개 부서장은 어림없는 위치였다.

"요즘 정회장님이 출근하면서 싱글벙글하며 들어오는 것은 좀처럼 보기 드문 일입니다"

라며 엘리베이터를 기다리고 있는 나에게 수위대장이 다가와 말하는 것이었다.

"그래요?"

하고 엘리베이터를 타고 가면서 나는 이해가 가지 않았다. 노조위원장 납치사건이 났는데, 왜 싱글벙글 할까? 이런 의문을 풀어준 것은 사내에 돌고 있는 풍문을 듣고 나서였다.

그 풍문은 이명박 회장이 현대건설을 떠날 테니 지금까지의 업적으로 인천제철을 달라고 정주영 회장에게 요구를 하였다는 것이었다. 그런 과정에 납치사건이 터졌으니 정주영 회장님이 출근할 때마다 기분 좋게 출근을 한 모양이었다.

정주영 회장이 납치사건과 전혀 관련이 없다는 것을 나름대로 확인한 것

은 5공 청문회였다. 당시 다른 의원들은 증인으로 나선 정주영 회장에게 '회장님'이라는 호칭을 쓰면서 질의를 할 때 당당히 답변하던 정주영 회장에게 노무현 의원만이 '증인'이라는 용어를 쓰면서 서정의 납치사건에 대해 묻자, 정주영 회장은 "우리 서대리는~"하면서 '우리'라는 말을 쓰는 것을 보고 정주영 회장이 납치사건과 관련이 없다는 것을 직감적으로 느꼈다.

정주영 회장의 비서였었던 입사 동기 홍사성에게 "혹시 나를 납치하라고 지시한 사람이 정주영 회장이 아닐까?"라고 물어보니 "내가 회장님을 모셨지만 결코 그런 분은 아니다. 회장님은 시인을 좋아하고 교류할 정도로 괜찮은 분이다"라는 것이다.

노조 탄생, 그 험난한 가시밭길의 예고

징말 지독했다. 그렇게 어렵게 탄생된 노조이건만 또다시 공작이 시작되고 있었다. 그것은 나를 위원장으로 인정하지 못하겠다는 심사로 '어용노조'를 만들려고 한 것이다. 그러한 과정(1. **불안한, 그러나 확실한 걸음마** 2. **음모의 싹** 3. **집행부 내분 표출** 4. **집행부에 뻗친 사용자측의 마수** 5. **어릿광대** 6. **안하무인격인 부당 노동행위** 7. **어려운 결단, 임원 총사퇴** 8. **재출마 결심을 얻기까지** 9. **조합원들의 진정한 뜻, 大義** 10. **다시 또 前의 길로**)을 건너뛰는 것으로 하는 이유는 한때 어용을 했던간에 그들의 이름들이 나오기 때문이다. 그래도 어려운 여건 속에 함께 한 동지들이 아닌가.

다만 다시 노조위원장 선거에 나의 출마의 변이라는 유인물 한 장만으로 모든 유인물을 대신하였고 '진실은 하나'라는 그 유인물은 3번째의 고비를 맞이한 내 심사였다.

진실은 하나

아! 이럴 수가….
차라리 이 글이 추천의 글이었더라면
아니 임금협상이라도 끝내놓았더라면

진실을 말하면 비방의 글이라 주장할 것이고
침묵을 지키면 그들의 주장이 옳다고 할진데,
차라리 그들의 주장처럼 '녹슨 훈장이라도 달고 소영웅주의에 빠져
전제주의적으로 권한을 행사' 했었더라면
허탈 속에 빠지지도 않았을 텐데.
그러나 어떻게 탄생된 노조인데!
노조가 있기에 비빌 언덕이 있어 좋다고 하던
어느 조합원의 말처럼
자신의 권익을 지키려는 조합원들이 너무나 많기에
노조가 자주적이어야 하고, 그것을 지키기 위해서는
고백하는 심정으로 있는 사실을 알리리라.

내 비록 '조직운영의 달인' 도 못되고
위원장 감이 못될지 모르지만,
자신있게 말할 수 있는 것은
그들의 주장은 진실되지 못하다는 것이다.

모든 분노와 허탈감을 딛고서

어떤 압력에도 굴하지 않으며,

남은 임기 1년 동안 내 모든 것을 던져

조합원의 권익을 실체적, 구체적으로

실현시키도록 최선의 노력을 다하리라.

|제4장|
10년간 몸담았던
현대를 떠나다

제4장

10년간 몸담았던
'현대'를
떠나다

내가 현대를 떠날 수밖에 없었던 이유는 3가지였다.

첫째는 노조를 설립하고 다시 노조위원장 선거를 치르면서 심신이 지쳐있었고 존경하는 고 조영래 변호사를 만나는 것조차 직원들에게 서위원장이 외부 불순세력과 결탁을 하고 있다는 유언비어를 퍼뜨리며 끊임없이 노조를 무력화시키려는 최고경영진의 자세에 버틸 힘이 없었고,

둘째는 존경하는 통일민주당 김영삼 총재께서 정치를 함께 하자는 여섯 번의 간곡한 권유를 뿌리칠 수가 없었기 때문이었다.

셋째는 노동정책은 경제정책의 중요한 부문으로써 서민경제에 도움이 되는 정책을 만들어 노조위원장의 한계를 극복하고 싶었다.

사표를 내면서 일순간 10년간 현대에 몸담은 추억들이 주마등처럼 지나갔다.

이명박 **회장과의 인연**

　내가 졸업을 할 당시 4대그룹(현대, 삼성, 대우, LG)의 입사시험은 같은 날이었다. 현대와 삼성에 입사원서를 제출한 나는 어느 그룹으로 입사시험을 볼까 결정을 못한 상태에서 시험을 하루 앞두고 부산에서 상경하였다. 그날 밤 황소 고삐를 쥐고 끌고 가는 꿈을 꾸었다. 황소의 이미지를 생각하고 지원한 것이 현대건설이었다. 현대건설 사장 자리를 목표로 삼고 입사 5년 후에 그 가능성이 있는지 나를 점검하기로 마음먹었다. 그래서 ‘내가 사장이라면’ 이라는 가정 하에 항상 문제의식을 가지고 진취적인 자세로 회사를 다녔다. 입사한지 달포 지나 본사에서 맨 먼저 문제로 보인 것은 결제 도장을 7, 8개를 찍어야만 자금집행이 되는 것을 보고 너무 많다는 생각을 가졌었다.

　현장수습으로 부산 신항 건설현장에 배치되었다. 그런데 나에게 일을 시키지 않는 것이었다. 책상만 지키고 앉아있으려니 좀이 쑤셨다. 그래서 직계 상사인 서동석 대리에게 할 일을 달라고 하였더니 기다리라며 혼자 주판을 놓으며 열심히 서류작업을 하고 있었다. 일주일째 되는 날 나는 도저히 참을 수가 없었다. 그래서 나는 “회사를 그만 두겠다”고 하였더니 눈이 둥그레 커지면서 서동석 대리는 “아니 왜 그만 두려느냐?”고 하였다. 그래서 나는 또 “놀면서 월급 받고 싶은 마음은 없으니까 그렇다”고 말했더니 서대리는 “신입사원에게 맡길만한 서류도 아니고, 인수인계를 하는 과정이라 바쁘니까 바쁜 일이 끝나면 일을 주겠다”고 하였다.

　그래서 나는 마음을 고쳐먹고 스스로 일을 찾고 만들어보자는 생각이 들었다. 도서관에 가서 건설에 관한 책들을 사 읽었는데, 그때 건설의 3대 목적을 알게 되었다.

그것은 가장 질 좋으면서, 가장 빠른 시기에, 가장 값싸게 만드는 것이며, 품질관리, 공정관리, 원가관리를 하게 되는 것을 알게 되었고, 3가지 관리의 최적화가 되는 것이 건설의 목표점인 것을 알게 되었다. 나의 부서가 하는 일이 원가관리라는 것을 알게 된 것이다. 그래서 나의 상사가 너무나 바빠 원가관리를 어떻게 하는지 가르쳐 줄 수 없다면 기술부서인 공정관리부, 품질관리부에 뻔질나게 들락거렸다. 토목기술자들은 모르는 것을 물으면 잘도 가르쳐 주었다.

PERT/CPM이라는 새로운 공정관리를 현장에 막 도입할 때였다. 나는 미군 부대에서 전산 업무를 하였던 삼촌이 학원을 차리는 바람에 IBM360의 전산을 다루는 프로그램을 배울 수 있었다. 아마 한국에서는 최초의 전산학원인 걸로 알고 있다. 펀치된 카드로 읽는 컴퓨터가 IBM360이었으니까.

그러는 바람에 토목부 차장, 부장들과 대화를 나누면서 PERT/CPM 자료를 얻어 열심히 연구를 하였다. 그로 인해 건설현장을 관리하는 방법을 동기보다 먼저 알게 되었고, 단독 현장을 나간 것이 입사 1년만이었다. 그곳이 바로 정주영 회장이 울산에 가면 꼭 들린다는 금강유원지 모텔 공사현장이었다.

그런데 곽부사장이 나를 보더니 정회장님이 보면 머리가 긴 것을 싫어하니 짧게 깎으라며 호통을 치는 것이었다. 제가 머리를 깎아 경영이 잘 된다면 얼마든지 깎겠습니다. 현장관리와 무슨 상관이 있느냐며 이의를 제기하니, 더 이상의 강요는 하지 않았다.

3년 후인 1984년 서산 간척 현장에서 나의 머리를 깎으라는 분이 있었다. 현대프랜지 김영주 회장이었다. 그런데 그 분은 "서대리, 정회장님이 오시는데, 회장이라 생각지 말고 할아버지가 오신다고 생각하고 머리를 깎으면 좋겠다"며 권유를 하는 것이었다. 그래서 두 말 않고 머리를 깎고 나니, 김회장은 머리가 긴 직원들이 보이면 무조건 보따리를 싸라며 호통을 치는 것이었다. 지금도 이해가 안 가는 것은 김회장이 왜 나에게만 그리 부드럽게 권유를 했는지….

이명박 회장을 처음 대면하여 만난 것은 1980년 여름 사장실이었다. 그 당시 사장이었던 이명박 씨는 우리 현장(부산 신항 건설)의 자금(5백만 원)을 가지고 부산 주변의 현장 직원들에게 격려의 자금으로 사용하였다. 그런데 현장 돈을 사용했으면 돌려주어야 하는데, 받지 못한 신입사원이었던 나는 미정리로 처리하고 있었다. 현장의 관리책임자에게, 본사의 공사관리 부서장에게 이명박 사장으로부터 돈을 받아달라고 해도 용기있게 나서지 않는 것이었다. 그래서 제가 달라고 할까요 하니, 반갑게 아, 좋지. 자네가 가서 받아 오라는 것이었다. 그래서 사장실로 가서 자초지종을 설명하고 돈을 받은 것이 그와의 첫 대면의 순간이었다.

또 다른 인연은 이명박 회장의 먼 인척으로 소문난 공사관리부 부서장인 이상훈(가명) 이사가 있을 때였다. 단양에 있는 한라시멘트 공사 현장에서 소장과 관리책임자가 짜고 2억에 가까운 자금을 착복하고 공사비로 투입된 것인 양 서류를 꾸민 일이 나에게 적발되었었다. 예산 항목에는 없었지만, 현장 공사관리와 1%라도 관련되면 비용(그들이 주로 술값, 식대라고 주장하기에)으로 처리해도 8천여 만 원이 부족하였다. 그래서 소장에게 3천만 원, 관리책임자에게 2천만 원을 배상하겠다는 약속을 받고 이상훈 이사에게 보고하였다.

그런데 처리를 하지 않고 차일피일 미루어 한번은 이상훈 이사에게 왜 빨리 처리하시지 않느냐고 묻자, "서대리, 자네 돈 받을 자신이 있는가?"라며 질책하기에 "이사님, 저는 실무자로서 보고를 할 뿐입니다. 그들도 돈을 내놓기로 했는데, 왜 받지 못합니까. 만약 돈을 못 받는다면 내 돈이라도 넣겠습니다. 그 대신 대정기계와 관련한 사람이 이명박 회장이라 하더라도 회사를 떠나야 할 것입니다"라고 6층에 있는 모든 직원이 다 들을 정도로 언성을 높였다. 결국 내가 현장 소장의 소속인 기계부 부서장 및 그 본부장한테 찾아가 나의 직장관을 설명하면서 내가 사표를 내든지, 아니면 소장 사표를 받든지 담판을 벌여 그들의 사표와 횡령자금을 받아내었다.

이상훈 이사는 다른 부서에서 협조 결재를 받으러오면 진 빠지게 기다리게 하는가 하면 또한 진지하게 듣는 것이 아니라 설명을 듣다가 다른 일을 보는 둥, 하여튼 부서에서 평판이 안 좋았다. 그러나 부서장에게 누구 하나 입을 열지 못하고 있었다.

그래서 최병수 과장, 김균일(가명) 부장에게 내 의사를 미리 밝히고 이상훈 이사에게 "제가 한 말씀 올리겠다"고 하니, 언감생심 좋아라 하며 아무도 결재 서류가 올라가지 않도록 막아주었다.

"이사님, 우리 회사를 위해서 그리고 우리 부서를 위해서라도 조용히 떠나주십시오"라고 말하자, 그렇게 안하무인격 같은 상사도 얼굴이 울구락 불구락하면서 떨고 있는 것을 보았다. "서대리, 내가 무엇을 잘못했다고 그러는가? 내가 근무시간에 골프를 좀 치고 자리를 좀 비었다고 그러느냐?" 며 몇 가지의 잘못된 사항을 들며 묻는 것이었다.

"이사님, 저는 사소한 그런 일을 가지고 말씀드리는 게 아닙니다. 무지개 색깔을 명확히 구분을 할 수는 없지만, 전체적으로는 구분할 수 있습니다. 이사님이 잘못하고 있는 것도 마찬가지입니다. 이사님이 떠나지 않는다면 제가 회사를 떠나겠습니다"하고 나와 퇴근해버렸다.

회사를 나가지 않은지 이틀이 지나자 최과장으로부터 연락이 왔다. 이상훈 이사가 꼭 만나자는 것이다.

이이사를 만나자 지금까지 행동한 직원들에 대한 태도를 시정하겠다며 "서대리, 앞으로는 근무를 잘하겠다. 그러니 우리 모든 것 다 털어버리고 출근토록 하라"하기에 나는 더 이상 나의 주장을 펴지 않아도 될 것 같았다.

"'모난 나무는 둥근 나무의 구멍을 메운다'는 성철스님의 법어도 있는데, 앞으로 잘하시겠다고 하니 감사합니다. 그리고 저를 현장으로 보내 주십시오"라고 하며 정중히 말씀드렸다.

"그래, 서대리 원하는 현장으로 보내줄 테니 말해 보아라."

"아닙니다. 모두가 가기 싫다는 곳으로 저를 보내 주십시오."

그리하여 나간 것이 서울 목동 현장이었다.

노조를 만들기 1년 전의 일이었다.

현대건설이 부실에 빠지기 시작한 것은 사우디에서 불가피하게 철수를 당하여, 대신에 이라크 공사에 올인하면서부터였다. 일본은 이란과 전쟁을 하자 이라크에서 철수를 하는데, 현대건설은 오히려 수주에 열을 올렸다. 그런데 계약서를 보니 하나같이 이라크 현지 돈(디나르)으로 계약을 하고 계약금 중 60%만 달러로 받는 조건이었다. 전쟁을 치르는 나라에서 현지화의 가치가 폭락할 것은 경제를 모르는 삼척동자도 알 수 있는 자명한 사실이 아닌가!

말단 주임이었던 나는 중역들인 현장소장과 다른 현장의 관리책임자들에게 이와 같은 사실을 지속적으로 말을 했지만, 그들은 전혀 반응이 없었다. 더구나 사우디에서 넘어온 장비 부품들은 하나같이 쓸 수 없는 폐품들이었다. 그런데 감가상각을 하지 않은 장부 가격으로 재고 자산으로 처리하고, 공사의 총 계약금(디나르의 공식 환율로 계산, 실제 암시장에서는 형편없는 폭락임에도 불구하고)으로 원가계산을 하니 장부상으로는 이익이 남는 것이지만, 실제로는 엄청난 적자였다. 그러니 정주영 회장에게 보고하는 실적은 좋게 나올 수밖에 없었다. 그렇게 해야만 경영진은 자리를 보존할 수 있으니까, 알면서도 별다른 반응이 없었던 것이다. 그러한 것들이 결국 현대건설이 부실의 늪에 빠져들게 한 원인이 되었던 것이다. 나는 당시의 현대건설 이명박 회장의 책임을 묻지 않을 수 없다.

정주영 회장과의 인연

직영공사인 금강유원지 모텔 공사현장에서 정주영 회장님은 자주 들러 시공 중인 것을 뜯어고치라며 설계를 자주 바꾸었다. 그런데 정회장님이 오시면 모두가 도망가기 바빴다. 안 보이는 곳에 있는 것이 상책이라나. 그러나 신입사원이었던 나는 그러지 못했다. 한번은 식당에서 식사하시는 정회장님에게 "회장님, 시공 중인 것을 자주 바꾸시면 공사비가 많이 들어갑니다"라고 건의하자, "내가 말야, 그렇게 하는 이유는 시공하는 놈들이 자기 돈이 아니라 아무 생각 없이 시공하기 때문에 교육시키려는 뜻이 있는 거야"라고 조용히 말씀하시는 것이었다.

그 후 노조위원장으로서 정회장님을 뵙게 된 것은 울산 중공업에서 일어난 제임스 리의 폭력사태로 인해 울산의 전 노조위원장들이 서울로 올라와 항의를 할 때였다. 그런데 그때가 마침 정주영 회장님은 북한에 들어갈 시점이라 엄청 바빴다. 통일민주당 당사에서 울산의 노조위원장들이 항의 농성을 할 때였는데, 김문일(가명) 씨도 참석하였다. 그는 나중에 5·3 인천 사건의 관련자였다. 정주영 회장이 공항에 나갈 때 계란을 던지자는 김문일 씨의 의견에 나는 반대하였다. 어쨌거나 남북화해를 위해 북으로 가시는 정주영 회장에게 안녕히 잘 다녀오시라고 환송을 하는 것이 좋겠다. 그리고 내부의 문제는 돌아와서 항의를 해도 좋지 않겠느냐고 의견을 내놓자, 권용묵 위원장을 비롯한 모든 위원장이 나의 의견에 따르기로 하였다. 정몽준 회장도 걱정이 되어서 그런지 나에게 아무 일 없이 정회장님이 나갈 수 있도록 부탁하기에 "염려하지 않아도 된다. 오히려 환송을 할 것이다"라고 하였다. 그리고 "제가 직접 공항에 나가 그런 일이 없도록 할 테니 염려하지 않아도 된다"며 안심시켰다.

북한을 다녀 온 정회장이 바쁜 와중에도 나를 보고서 엘리베이터를 같이 타자 하여, 그 속에서 울산 노조위원장들이 회장님에게 면담을 요청한다고 건의하였다. 정회장은 자신이 너무 바빠 시간을 낼 수 없으니, 정세영 회장을 만나라며 밑에 직원에게 지시를 하며 나에게 악수를 청하였다. 내 손이 뜨거울 정도로 정회장님의 손은 따뜻하였다. 지금도 그 열기를 잊지 못한다. 내가 만난 현대그룹의 노조위원장들을 비롯한 간부들 모두가 정주영 회장에 대한 존경심을 가지고 있었다.

정세영 회장실에서 울산의 현대그룹 노조위원장들과 면담이 이루어졌다.

서먹한 분위기 속에서 노조위원장들의 절제되지 못한 용어를 사용하여 정세영 회장님은 미간을 찌푸리기 시작하였다. 내가 나서서 조정을 할 수밖에 없었다.

"회장님, 하느님이 두 눈을 주고 두 귀를 준 것처럼 사용자의 입장에서만 보고 듣지 마시고, 노조의 입장에서도 보고 듣고 나서 사용자의 입장에서 말씀해 주십시오."

노조위원장들에게도 마찬가지의 말을 했다.

"노조의 입장에서만 보고 듣지 말고, 본인이 사용자라는 입장에서 보고 듣고 나서 노조의 입장에서 말하는 것이 좋겠다. 그리고 어쨌거나 정세영

회장님은 연세로 보아도 아버지뻘이시니까 예의를 갖추면서 대화를 하는 것
이 좋겠다."

한 시간 정도 면담을 작정했던 정세영 회장님은 오히려 자꾸 말씀을 하시
는 바람에 3시간이나 면담이 이루어졌다.

그 분은 나에게 "현대그룹에서 노무 일만 맡아주면 40%의 일을 덜 수 있
을 텐데"라고 말씀하였지만, 그럴 수는 없었다.

'서박사'의 옹고집

나의 상사들은 나를 서대리라고 부르다가 '서박사'라는 호칭을 사용하였
다. 나는 3개의 월간지(조선, 신동아, 중앙)를 5~6년간 정기구독하면서 정치,
경제, 교육, 과학, 음악, 미술 등 많은 분야의 지식을 얻을 수 있었다. 그래서
회사 일뿐만 아니라 정치, 경제, 교육, 과학 등 이슈에 관한 이야기를 나누면
내 나름대로의 주관을 말해서 그런지 주위 사람들로부터 서박사라는 호칭을
얻었는데, 싫지 않았다.

바그다드에 있는 하이파 현장에서 일어난 일 중 하나는 20만 달러짜리 크
라샤(돌을 쪼개어 자갈을 만드는 기계)를 구입하려고 공무부에서 품의를 올
려 관리부의 협조를 구하는 것이었다. 그러나 나는 항상 현장관리를 할 때
에는 현장에 직접 나가 스펙처럼 일을 하는지 체크를 하고 덤프트럭의 운반
시간을 알기 위해 덤프트럭을 타고 4시간이나 걸리는 골재장까지 모두 살펴
보았다.

그리해야만 원가분석을 제대로 할 수 있고 절약할 수 있는 방안을 모색할
수 있기 때문이다. 그런데 내가 볼 때에는 크라샤가 필요 없을 것 같았다.

반대의견을 올렸지만, 기술자인 현장소장(이○○ 이사)은 같은 기술자인 공무부의 의견을 듣고 구매를 요청했다. 하지만 그것은 결국 공사가 끝날 때까지 한번도 사용하지 않았다.

그런데 사건은 다른 곳에서 터졌다. 파일박기 하청을 맡은 인도에서 온 회사가 공정이 많이 늦어져, 현장소장은 좌불안석이었다. 같은 공정을 맡은 영국과 독일에서 온 하청 맡은 회사들은 공정대로 제때에 일을 처리하고 있었기 때문에 인도 회사를 철수시키고 못 다한 일을 독일 회사에 넘겨주려고 했었다.

인도 회사가 요구하는 대로 처리해 주기로 결정하고 현장소장은 나에게 본사에 텔렉스를 보내 달러 송금을 요청하도록 하였다. 그러나 그럴 수는 없었다. 왜냐하면 계약서의 부속서류를 보면 공정이 늦어지면 하루에 지연 비용을 물게 되어 있고, 오히려 백만 달러를 받아야 하는 것이었다. 분명 인도 회사의 잘못이고 파일을 박는 항타 작업도 스펙대로 되지 않았다. 그래서 품의를 올리며 그런 사실과 계약서를 유첨하여 올렸지만, 현장소장은 막무가내로 달러를 송금해 주라는 것이었다. 그래도 나는 그 말을 듣지 않았다. 인도 회사 간부가 와서 소장님의 지시를 왜 따르지 않느냐며 항의를 하였다. 현장소장은 또다시 지불해 주라는 지시를 하였지만, 나는 "품의서를 한번 보시고 결정해 주십시오"라고 건의했다. 하지만 그는 막무가내였다. 나중에는 "서주임, 책임은 내가 진다 말야"면서 좀처럼 욕을 하지 않던 점잖은 분이 욕설까지 퍼붓는 것이 아닌가.

나의 상사인 관리과장도 "고집부리지 말고 소장이 시키는 대로 하라"는 것이었다.

마지막으로 나는 현장소장에게 말씀드렸다.

"꼭 이 품의서를 읽어 보시고 나서도 소장님이 지시하시면 그렇게 따르겠다."

그렇게 간청하여 품의서를 읽게 만들었다. 그제서야 인도 회사가 잘못되어 지연 비용을 물 수 있다는 사실을 알게 된 소장은 모든 전권을 나에게 맡기면서, "빨리 철수시킬 수 있도록만 하라"는 것이었다.

칼자루를 쥔 나는 그들에게 계약서의 부속서류를 보여주며 지연 비용을 청구할 수 있다고 하자, 어제까지의 고자세는 사라지고 사정사정하는 것이었다. 결국 우리는 회사의 유리한 지불조건을 내세우고 빠른 시일 내로 철수시켜, 예정된 공정에 맞출 수 있게 되었다.

현장소장은 간부들이 있는 자리에서 "자기 같았으면 서주임처럼 행동하지 못했을 것이다. 그렇게 욕을 먹으면서도 나를 제대로 보좌해 준 것이 너무나 고맙다. 서주임은 마음대로 술을 먹어도 좋다. 술값은 결제처리해 주겠다"며 공개적으로 선포하였다. 그 후로는 소장의 신임을 받아 원만히 일들을 처리해 나갔다.

'황소를 타고 가는 꿈을 꾸었다면 사장이 되었을 텐데. 고삐를 쥐고 가는 바람에 결국은 노조위원장이 되었다' 는 이야기를 농담 삼아 동료들과 담소했던 추억을 되새기면서, 나는 현대를 떠났다.

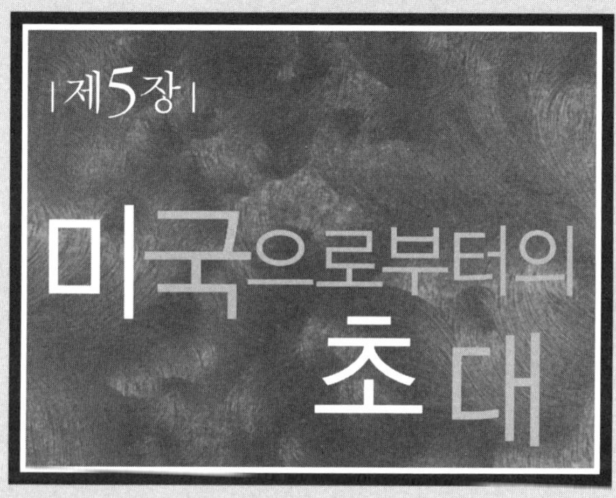
제5장
미국으로부터의
초대

제5장

미국으로부터의
초대

(93. 10. 16~93. 11. 14)

그레이그 주한 미대사로부터 미국을 방문해달라는 초청장이 날라 왔다. 내가 만나고 싶은 사람, 가보고 싶은 도시들을 선정해 주면 가능한 한 모두 만나게 해주겠다는 것이었다. 모든 비용은 미국에서 부담하겠다고 하니 이렇게 신나는 여행이 어디 있을까 하면서도, 한편으로는 왜 나를 초청하는지 자못 궁금하였다.

그래서 나는 여러 인종으로 구성된 미국의 거대한 힘은 어디에서 오는지 알고 싶었다. 그래서 정치인, 관료, 학계, 사업가, 교사, 예술가 등 다양한 인사들을 만나고 싶다는 의견을 말하고 워싱턴, 뉴욕, 시카고, 디트로이트, 멤피스, 샌프란시스코, 하와이를 선정하였다.

1993년 10월 16일

워싱턴에 도착하니 통역관 겸 에스코트를 담당할 USIA의 직원인 유지식 씨가 공항에 나와 있었다. 내가 미국을 떠나는 날까지 함께 자고, 통역도 해주실 분이었다.

1993년 10월 18일 - 한승수 대사의 조언

주말을 보낸 나는 미국 국무성 산하의 USIA(United States Information Agency)의 사무실에서 Barbara Browm 씨와 Slavik 씨를 만났는데, Slavik 씨는 30년 전 10월 16일에 YS가 나와 같은 초청으로 미국을 방문하였다고 설명하여, 참 묘한 인연이라 생각하였다.

숙박비를 비롯한 미술관 관람료까지 포함한 일체의 비용으로 4천4백70달러의 수표를 주면서 좋은 여행을 하기를 바란다고 하였다. 물론 유지식 통역관에게도 똑같은 금액의 수표를 주었다(월급은 따로 받음). 그리고 주미대사를 만나고 싶다면 연락을 해주겠다고 하여 한승수 주미대사를 찾아뵈었더니, 앞으로 만나는 미국 인사들과는 귀국 후에도 꾸준한 교류를 갖도록 조언을 해주었다.

1993년 10월 19일 - NAFTA 및 중재 조정

첫 공식적인 만남을 가진 인사는 Douglas Brooks 씨였는데, 그는 AFL-CIO 관계자였다. 부위원장이 33명이며, 2천3백만 회원을 가진 미국의 노총으로서 정부정책에 막강한 영향력을 발휘하고 있으며, AFL-CIO 역사를 설명해 주었다. 그러면서 초창기에는 귀하처럼 노조위원장들이 피랍, 살해된 경우가 많이 있었다는 것이다.

두 번째 만남은 Mark Hankin 씨였는데, 그는 아시안계 미국인들의 노동

단체의 관계자로서 미국의 노동정책의 흐름을 설명해 주며, 각국의 노동운동과 미래의 노동운동에 대하여 서로의 의견을 나누었다. 특히 다국적 산업에 있어서의 노동운동과 그 당시 미국의 현안인 NAFTA에 대한 AFL-CIO의 의견을 피력하였다.

나에게 NAFTA에 대한 의견을 묻기에 "미국은 중산층이 두터운 나라로 알고 있는데, 그 중산층의 몰락(?)을 가져올 것 같다"는 의견을 피력하고 "첨단산업에 종사하는 노동자들은 많은 혜택이 오겠지만, 제조업은 설 자리가 점점 부족하여 노동력의 유연성을 발휘하는 정책이 없는 한 중산층이 줄어들 것"이라는, 그 이유를 설명하였다. 한 가지 느낀 점은 노동운동의 핵심인사가 ALL-CIO에 반하는 정책이 나와도 반대운동보다는 보완책을 더 생각하는 균형적인 사고를 가지고 있다는 것이, 한국의 노동운동 인사와는 다른 점이었다.

그 다음 만난 인사는 연방 중재 및 조정청(Federal Mediation and Conciliation Service)의 디렉터(Director)인 Power 씨였다.

FMCS는 안정적인 노사관계의 발전을 증진시키는 공익을 대표하는 곳이다. 조정을 통해 분쟁을 해결하는데 행정적인 권한은 없고 정부의 책임 또한 없으며, 노사로부터 요청이 있을 경우에만 참여한다. 반면에 우리나라에는 노사 양측이 지정하는 인사들로 구성되어진 중재위원회가 있는데, 회의에 불과하여 실질적인 조정이 이루어지는 경우가 거의 드물고 파업에 앞서 법적으로 거쳐야만 하는 형식적인 절차과정으로 전락해버렸다.

미국은 조정자(주로 단독)가 노·사를 따로 만나 토론을 하는데, 토론된 내용은 비밀이 보장되는 신의있는 인사이며, 중립성이 있는 인사이다. 월급은 정부로부터 받는데 장관급의 대우를 받는 조정자, 차관급의 대우를 받는 조정자 등 급이 다른 조정자가 있는데, 조정의 대상이 미치는 영향에 따라 조정자가 결정된다.

특히 조정자들은 정부(관료)의 냄새가 전혀 나지 않는 인물을 내세운다. 그리고 조정의 타결 후에는 노사불신의 원인을 분석하고 향후 관계개선이 최우선이 되도록 윤활유 역할을 하는 것이다.

현대중공업이 파업을 하면 위원장을 비롯한 기백명의 노조원이 서울 본사로 올라오곤 하였다. 그러면 지원 요청할 겸해서 현대그룹의 모기업인 현대건설 위원장인 나를 만나곤 하였다. 나는 타결되지 않은 사항들을 물어보면서 토론을 하였다. 그러면서 꼭 타결되어야 할 사항과 전략적인 요구사항을 물어 파악하였다. 경우에 따라서는 이 사항은 너무 무리한 요구라며, 그들을 설득시켜 전략적인 요구사항으로 만들기도 하였다. 그리고 나서 사용자측의 믿을만한 통로와 대화를 나누면서 사용자측에서 받아들일만한 사항, 절대 받아들일 수 없는 사항, 조정의 여지가 있는 사항으로 구분하여 파악하였다.

물론 사용자측의 의도를 노조측에게, 노조측의 의도를 사용자측에게 절대 표출이 되지 않도록 하였다.

그리하여 노조를 설득시키고, 사용자측에게도 설득시켜 조정을 하여 파업이 종료된 적이 있었다.

그들이 나를 신임할 수 있었던 것은 피랍된 노조위원장이라는 사실도 있었지만, 장기파업으로 경찰과 대치하며 폭력이 난무하고 더구나 파업에 참여하다가 직장에 복귀하는 노조원을 폭행하는 그런 상황에서 내가 울산에 내려가,

"진정으로 약자를 돕기 위해서 나는 먼저 약자의 잘못을 지적하지 않을 수 없다. 폭력은 폭력을 유발시키고, 그것은 약자의 커다란 족쇄가 될 뿐이다. 그리고 불가피하게 현장에 복귀하는 노조원들의 심정도 이해를 하여야

한다. 여러분들을 좌경세력으로 몰고 가는 것은 내 모든 것을 바쳐서라도 막아보겠다"

며 경찰과 대치된 노조원들에게 마이크로 호소한 적이 있었다.

그 이후 폭력이 없어지자, 현대그룹의 사장단이 울산에 내려와 파업이 종식된 적이 있었다. 그러한 나의 행동이 그들에게 신임을 주었던 것이 아닌가 생각한다.

이런 나의 경험으로 미루어볼 때 우리나라의 중재위원회가 미국의 방법으로 전환시킬 필요가 있다고 본다.

1993년 10월 20일 - NGO 및 예비 정치지도자 양성

아침 일찍 백악관 방문 투어를 하고 나서 만난 인사는 IRI(International Republican Institute)의 아시아 및 중동 담당디렉터인 Spiess 씨였다. IRI는 정치적인 정당과 국제적인 NGO와 함께 일하면서 민주주의를 양육시키는 단체이다. 제3세계에서 민주주의를 세우고 연구를 증진시키는, 특히 라틴 및 중앙아메리카에 중점적으로 프로제트를 진행하고 있는 단체였다.

그녀는 60개국에서 민주화를 위한 입법과 행정훈련을 지원하며, 인권 및 여권신장이 되도록 지원을 하고 있다는 것이다. 연방 정부 예산 및 다국적 기업으로부터 자금 지원을 받는다는 것이다.

나는 한국의 민주화 과정을 설명하면서 절대적 빈곤 하에서는 민주화가 되기 어렵다는 역사적 사실을 예로 들면서 중국은 경제문제를 우선으로 하는 민주화 과정으로 인해 혼란 없이 진행되고 있는 반면, 러시아는 정치문제를 우선으로 하는 민주화 과정으로 인해 정국 혼란을 부추기면서 경제적 어려움이 가속되고 있는 양국의 차이점을 피력하면서 중국의 민주화 과정이 옳았다고 하였다. 북한의 민주화 과정을 염두에 둔 발언이었다.

그녀는 공산권의 민주화 과정 방법에 대한 나의 독특한 설명에 탄복을 하며 전적으로 공감하였다.

그 다음 만난 인사는 ACYPL(American Council of Young Political Leaders)의 디렉터인 Cobb 씨였다.

ACYPL는 1966년에 만들었는데, 이 기구의 목적은 장차 미 의회 지도자를 양성하기 위한 기구로써 국제적인 문제에 대한 안목을 갖도록 하기 위해 전 세계로부터 온 젊은 예비 정치지도자(국회의원이 되기 전)와 회합하여 세미나, 토론, 연구를 주선하는 기구이다. 한국에는 그런 기구가 없으니 만들어 교류하자는 제안을 하였다. 그 당시 호소카와 일본 수상도 예비 정치지도자의 한 사람이었다는 것이었다.

현재 35개국에서 기구가 형성되어 있고, 미국에서는 정부, 민주당, 공화당에서 지원하며 양 당의 균형을 위해 동 수의 인원을 참석시킨다는 것이다. 매회 2주의 정치 연수 및 세미나를 열며, 행정부 장관 계통, 국회 계통, 각 지방행정 및 주지사 계통의 최고 프로그램을 만들어 놓고 있다.

국제적으로는 1년에 한차례 나라별로 돌아가면서 모임을 갖는다고 하였다.

우리나라는 지역적인 정당으로 인해 아무리 실력이 있어도 공천을 받지 못하면 의회에 진출하기는 하늘의 별따기이다.

공천을 받으려면 실력자와 학연, 지연, 자금 등의 관계가 되어야만 하고, 일명 ‘눈도장’ 을 자주 찍어야만 가능하기 때문에 국제적인 안목과 세계 각 국의 정치지도자와의 오랜 친분을 만들 수가 없는 것이다. 정책이나 이슈에 대한 토론장을 보면 토론하면서 수정, 보완하여 발전된 정책을 만들어나가는 것이 아니라, 자기 주장 혹은 소속된 당의 입장만 내세우며 싸움만 하다가 마치는 것이 허다하다. 그런데 어떠한 정책이라도 장단점을 가지고 있기 마련이다. 가령 정부의 정책을 무조건 비호하는 여당 의원이나 무조건 비판만하는 야당 의원으로서는 정치인의 자질이 부족한 것이다. 정치라는 것은 정책에 대해서 이해관계가 대립되는 국민들이 소수이든, 다수이든 있게 마련이고 국민의 갈등이 최소화되도록 정책을 만드는 것이며, 그 정책의 문제점에 대한 보완책을 만들어나갈 때 비로소 가능한 것이다.

아무튼 이 글을 읽는 젊은이들 중 장차 국제적인 안목이 있는 정치지도자가 되고자 한다면 하루빨리 그런 조직을 만들어 세계 각국의 조직과 교류하기를 권하고 싶다.

1993년 10월 21일 - 환율정책

국가조정위원회(National Mediation Board)의 Kimberly 의장을 만났다. NMB는 철도, 항공과 같은 국가 기간산업의 분쟁을 조정하는 기구로, 의장은 장관급이었다.

우리나라와 달리 조정하는 기간은 몇 개월이나 걸린다고 한다. 충분한 조정을 거쳐 기간산업의 파업이 발생하지 않도록 한다는 것이다. 우리가 타산지석으로 삼아야 할 점이었다.

또한 미국의 노동관계에 관한 법제도가 직업안전보장법, 여성 및 소수인종에 대한 민권법, 노동법원, 은급제정법 등으로 복잡, 다양하였다. 많은 시행착오를 거쳐 오랜 노사대립에서 노사안정으로 이끌고 있는 결과물들이었다.

그 다음 만난 인사는 NLRB(National Labor Relations Board)의 디렉터인 David B. Parker 씨였다.

NLRB는 고용주나 노조에 의해 불공평한 노무를 시정 및 방지하기 위해 설립된 노동부 산하기구였다. 노무장관과 상무장관 공동주최로 노사협력 체제를 구축하고 노사 쌍방의 혜택을 위해 생산성 향상에 주력한다는 것이다. 그와 대화를 하면서 느낀 것은 노무장관이 노동자의 입장에서 노력하고, 상무장관은 고용주의 입장에서 노력하기 때문에 상당히 합리적인 노사관계를 증진시키는 역할을 하고 있다는 점이다. 그래서 노무장관은 노동계의 전폭적인 신뢰를 갖고 있음을 알 수 있었다.

분배(노동정책)와 성장(상무정책)은 일시적으로 보면 대립적인 관계처럼 보이지만, 실상은 보완적인 관계이다. 노사는 대립적인 관계가 아니라 동반자적인 관계라는 것을 제대로 인식할 때 한국의 노동운동은 성숙될 것이며, 기업은 노무보다 기술개발에 더 집중할 수 있는 것이다. 내가 다른 기업의 노조위원장을 비롯한 간부들을 만날 때마다 강조한 것은 파업이라는 무기는 칼집에서 칼을 빼려는 그 순간이 가장 큰 위력을 발휘하지만 칼집에서 칼을 뽑았을 때의 위력은 엄청 줄게 마련이며, 하나를 얻기 위해 열을 잃는 경우가 허다하다고 강조하였다. 그래서 파업이라는 극단적인 처방보다 태업이나 원칙적인 근무가 더 큰 위력을 발휘하는 경우가 많다는 것을 강조하였다.

오늘 일정의 마지막 만날 인사는 미 무역대표부(USTR) 아시아 및 태평양 담당인 Robert Cassidy 씨였다. 그는 NAFTA의 의회 인준과 미국의 대외통상 정책을 설명하였다. 그러면서 의회가 결정권을 가지려고 한다는 것이었다.

나는 그에 앞서 지난 주말에 한 노숙자와 대화를 나누면서 알게 된 사실이 있었다. 그는 가구 공장에 다니는 목수였는데, 직장에 다닐 때만 해도 남부럽지 않은 중산층이었다. 그런데 경쟁력이 떨어진 공장이 폐쇄, 실직하여 1년간은 실업수당을 받으며 직장을 구하려고 해도 구할 수가 없었다. 그리고 몇 년간 실업자 생활을 하다 보니 이혼 당하고 거주지가 없다 보니 직장을 구할 수 없는 처지가 되어, 결국에는 거리를 누비는 노숙자가 된 것이다.

나는 그 예를 들면서 NAFTA의 문제점을 피력하였다. 중산층이 엷어질수록 다양한 인종으로 구성된 미국의 정치적 안정을 해칠 것이라는 의견도 피력하였다. 또한 미국의 환율정책에 대한 문제점과 세계 경제 성장률을 올리면 '제로섬게임' 이론이 성립되지 않기 때문에 통상 마찰의 해소를 어느 정도 할 수 있다고 했다. 그러하자 그는 나의 의견에 동의하면서 NAFTA를 체결하면 미국은 지적 및 첨단산업과 금융산업이 더욱 발전하고 그로 인한 부가가치는 더욱 클 것이며, 수입 물품으로 인하여 물가 안정을 도모할 수 있기 때문에 미국 전체적으로는 이익이라는 말을 했다. 그리고 세계 경제 성장률 문제는 G7 정상회담에서 의제로 논할 사항이라는 의견을 내놓았다.

미국은 재정 적자를 국가별 환율정책을 펴며 달러화 가치를 떨어뜨려 실질적인 이득을 보고 있었다. 미국이 중국의 위안화를 절상시키라고 압력을 넣는 것은 중국과 경쟁되는 물품 때문이 아니라 중국이 보유하고 있는 1조 달러화의 가치를 떨어뜨려보자는 속셈이 있는 것이다. 달러 보유고가 적은 국가에 대해서는 달러화의 가치를 높이고 신용평가기관을 내세워 자본 이득을 취하는 것이다. 미국의 달러가 세계 긴축통화가 아니었더라면 엄청난 경제적 곤란을 겪었을 나라임에 틀림없다.

1993년 10월 22일 - 북한 핵문제

아침부터 일찍 만난 인사는 노무성 국제노동국(Bureau of International Labor Affairs U. S. Department of Labor)에 근무하는 Glenn Halm 씨였다. 그로부터 미국 노무성의 기구와 전반적인 업무현황을 들었다. 눈길을 끈 것은 외국과의 무역정책이나 통상협의할 때에는 상무성과 함께 참여한다는 사실이었다.

그 다음 만난 인사는 IRS(Industrial Relations Specialist)인 Robinson 씨였다. 그로부터 클린턴 대통령의 노동정책에 관한 방향을 듣고, 생산성을 향상시키기 위한 노사협력 방안에 대해 서로의 의견을 주고받았다.

국무성 한국 담당자인 Elizabeth 씨를 만나 냉전 이후의 안보문제, 민주주의 증진, 세계적 시장개방이라는 3대 국무성 정책방향에 대한 이야기를 들으면서 북한 핵문제에 대해 토론을 벌였다.

김일성은 핵무기는 없다고, 만들 돈도 없다고, 뜻도 없다고, 쓸 곳도 없다고 4번이나 말을 바꾸어가며 이야기했지만, 최종 결정권자는 김정일이라는 것이었다. 그러면서 그는 "북한 핵문제는 남북간의 문제가 아닌가?"라고 묻는 것이었다.

나는 이에 대해 "북한이 핵을 개발하면 일본도 핵을 개발하려고 할 것이고, 결국은 한국도 핵을 개발해야 할지 모른다. 그리고 북한 핵이 중동에 영향을 주게 되는 상황을 설명하면서 북한 핵은 단순한 지정학적인 문제가 아니라 세계적인 문제로 보아야 한다"고 주장하였다. 그리고 북한 핵문제를 해결하기 위한 중국의 역할을 설명하며, "시드니 올림픽 개최를 북경으로 하였다면 훨씬 좋았을 것"이라고 하였다. 아울러 러시아의 민주화 과정과 중국의 민주화 과정의 차이점도 설명하였다.

끝으로 21세기 미국의 변화에 대해 많은 의견을 주고받는 과정에서 얻은 소득은 한반도 정세변화가 큰 변수이이지만, 군사적으로는 철군을 시작할 것이라는 점이었다.

AFL-CIO로부터 독립적인 기구인 UAW(United Auto Workers)의 디렉터인 John Christensen 씨와 점심 미팅을 하였다. 자동차산업 전반에 대해 의견을 나누면서 미국 자동차산업에 대한 미래의 고민을 털어놓았다. 눈여겨보아야 할 점은 다른 산업과 달리 자동차산업은 전후방 경제효과가 너무나 크기 때문에 별도의 기구를 만들어 자동차 관련 정책에 많은 영향을 미치고 있다는 것이다.

이는 한국도 타산지석으로 삼아야 할 기구라고 본다.

점심을 먹고 나서 만난 인사는 아태소위원회의 디렉터인 Russell 씨였다. 45인의 하원의원으로 구성된 그 위원회는 미국과 관련된 국제관계를 비롯하여 외국의 론, 전쟁선언, 보호무역조치, 미국 시민 보호, 유엔기구, 국제경제 정책, 수출 조절, 세이프가드, 핵기술과 부품을 포함한 국제 물자 거래문제, 적국과의 무역, 국제교육, 국제어업 동의와 국제금융 및 통화기구 등 전반적인 일을 다루는 기구였다. 대통령제 하의 국가 중에 의회의 힘이 막강한 나라가 미국임을 실감할 수 있었고, 아태소위원회의 위치를 알 수 있었다. 한국을 위한 로비스트가 이곳에서 지속적으로 활동해야 할 곳이었다.

일정에 없던 곳을 공식적으로 초청해 준 사람은 부르킹즈 연구소에 근무하는 Ms. Kim(가명으로 남김)이었다.

그녀가 나에게 전달하고 싶은 이야기 때문에 초청하였다는 것이다. 내가 미국 정부의 공식적인 초청을 받았는지 어떻게 아느냐고 물었더니, 당신과 토론을 벌인 인사는 토론 내용과 소견을 보내면 어느 곳에서 취합하여 연구소로 자료가 온다는 것이다. 그리고 최종적인 자료는 하와이에서 취합한다는 것이다. 그래서 알게 되었다고 하였다. 전해 주고 싶은 이야기는,

"일본 기업은 1년에 2~3회 정도 연구소에 기부를 하는데, 그 금액은 1만 달러 이하"라는 것이다. 그리고 그들은 거르지 않고 꾸준히 기부를 한다는 것이다. 그러면 기부자 및 기부금 표시를 게시판에 붙인다고 한다. 그러면 부르킹즈 연구소에서는 관련 자료를 꾸준히 보내준다는 것이다. 그런데 한 번은 정주영 회장께서 큰 금액(기백만 달러? 정확한 금액이 기억 안남)을 기부한 적이 있다는 것이다. 그것은 상당한 반응이 있었다고 하였다. 그러나 지속적이지 않기 때문에 오히려 일본과 같은 효율적인 기부를 하지 못하는 점이 아쉽다고 하였다. 참으로 애국적인 그녀였다.

워싱턴에서 만난 마지막 인사는 Arent Fox 법률회사의 Mr. David J. Aronofsky라는 변호사였다.

그의 사무실을 들어서자 중진 변호사만 250여 명이나 되는 큰 로펌이었다. 국제적인 상거래는 말할 필요가 없고 경제개혁에 대한, 노동정책에 대한 법적 뒷받침과 정부의 법적 충고 및 법적 해결방안을 모색하는 일을 한다며, 한미간의 인권문제, 민주화문제의 의견을 주고받았다. 그리고 그가 알고 싶었던 것은 김영삼 대통령의 개혁정책에 관한 것이었다.

오전, 오후 나누어 미팅할 때마다 2시간 가까이 토론을 하며 의견을 교환한 4일간의 워싱턴 일정은 나를 무척 피곤하게 만들었지만 많은 소득이 있었고, 이밖에도 틈나는 대로 화랑, 자연사박물관, 그리고 저녁에는 미국인들이 즐겨 찾는 통술집 등 미국 사회를 조금이라도 더 알려고 노력하였다. 그리고 정해영 〈조선일보〉 특파원과 〈MBC〉 김상균 특파원 등 여러 특파원들과 저녁을 먹으며 의견을 나누었다.

일요일 아침 암트랙을 타고 뉴욕으로 달려갔다.

USIA의 뉴욕센터에서 예약한 호텔에 들어서자, 내일 만날 인사들의 명단과 뉴욕에 대한 자료를 주었다. 그리고 뉴욕의 브로드웨이 극장 티켓을 사는 방법까지 알려줄 정도로 불편함이 없도록 세심한 배려를 해주었다.

1993년 10월 25일 - 이민정책 및 미래 경제의 중심

내가 미국의 이민정책을 알게 된 것은 콜롬비아대학의 경제학 교수인 Merit E. Janow 씨와 Robert M. Lmmerman 씨와의 미팅에서였다. 그들은 동아시아 연구소의 선임 연구원들이었다.

미국의 경제정책과 동아시아의 경제정책이 주요 토론 주제였다. 나는 미국

인사들과 경제문제에 관한 토론을 벌이면 미국이 한국과의 경제협력 체제를 강화해야만 하는 필요성을 절실히 인식되도록 하는데 역점을 두었다.

역사적인 측면에서는 경제의 중심이 유럽에서 아시아로 넘어가는 추세이기 때문에 대서양 경제협력 체제가 태평양협력 체제로 전환되어야 한다는 점과 앞으로 크게 성장할 중국의 시장을 파고들려면 일본보다 한국과의 협력이 더 중요하다는 점을 강조하였다. 중국인의 중화사상, 중국인의 일본에 대한 인식, 중국의 기술수준이 너무 낙후되어 기술이 훨씬 앞선 일본보다 중간적인 한국의 기술을 도입하기가 더 적합하다는 나름대로의 근거를 제시하였다.

그리고 경제학적인 측면에서 인구의 중심 → 자원의 중심 → 정보화를 중심으로 한 경제에서 나는 더 나아가 21세기는 문화가 경제의 중심으로 설 것이라고 역설하였다.

미국의 경제 성장률에서 인구 증가율만 뺄 것이 아니라, 노인 증가율도 빼어야만 미국의 실질 성장률이 나올 것이라고 하였다.

그러자 Merit 교수는 노인 증가율을 상쇄하기 위해 이민정책을 쓰며, 노동력을 곧바로 투입할 수 있는 장점을 설명해 주었다.

일본이 미국과의 관계를 돈독히 하기 위해 물심양면으로 노력하는 것을 알게 된 것은 미일재단(U.S.-Japan Foundation)의 Dr. Ronald Aqua 씨를 만나 대화를 나누면서였다.

미국은 로비가 법제화되어 있고, 일본이 어떻게 미국의 의회지도자와 침목을 도모하는지 알 수 있었다. 미국은 파티문화가 발달한 곳이다. 따라서 파티를 통해 서로의 의견을 주고받으면서 로비를 하는 것이다. 기업인이 주최하는 파티에는 미 의원들이 참석하지 못하도록 되어 있지만, 미국의 의원들과 일본의 의원들의 모임에는 기업인이 참석하는 것이 허용된다는 것이다.

미일재단을 만든 이유도 미국의 의원들과 친목을 돈독히 하기 위해서다. 그러면서 어떤 이슈가 있을 때만 파티를 여는 것이 아니라 꾸준히 열어 개인적인 친분이 두터워지도록 한다는 것이다.

일본 정부가 직접 하지 못하는 일을 미일재단 같은 곳에서 나서서 처리하는 경우가 허다하다고 한다.

우리나라의 경우에 한미 친선외교모임은 있으나, 어떤 법안에 대하여 로비할 정도까지 친선이 되리라고는 생각되지 않는다.

그는 일본인과 한국인을 구분하기 어렵다 하여, 나는 치아를 보면 색깔이 누렇거나 치아가 고르지 못하면 일본인으로 보면 될 것이라고도 덧붙였다. 과거의 아픔이 있지만 지정학적으로 가까우면서도 먼 한일관계에 대한 대화를 나눴다. 나는 그에게 "한국인은 역사적으로 일본을 도와왔다. 다른 나라를 침략한 적이 없는 민족이다. 그런데 일본은 한국에 대해 제대로 사과를 한 적이 없다는 사실 때문에 일본에 대한 친밀성이 떨어지는 반면, 일본은 한국에 대한 콤플렉스를 가지고 있다. 그것은 문화에 대한 콤플렉스"라고 단정하였다.

생소한 나의 주장에 그는 의아한 모습으로 귀를 기울였다. 나는 일본문화의 뿌리는 한국문화로부터 파생된 것이다. 기모노의 탄생 과정을 설명하며 '아침'을 뜻하는 '아사'라는 일본어는 신라의 옛 말이라는 사실도 들려주었다. 그리고 그 나라의 문화의 깊이를 알려면 음식문화를 보면 알 수 있는데, 일본의 음식문화와 한국의 다양하고 오랜 역사를 가진 음식문화를 비교해가며 설명을 하니, 그때서야 그는 쉽게 수긍하였다.

1993년 10월 26일 - 후배들에게 고함

내가 영어회화가 부족하여 뼈저리게 후회스럽게 한 사건은 John D. Dolan 씨를 만나 쪽지를 받고 나서였다. 구정중(具定中, Ting C. Pei) 회장은 Pei Group을 이끌고 있는 분이었는데, 그(I. M. Pei의 아들)가 중국으로 출장 갈 때 나를 꼭 만나고 싶다는 쪽지였다. 중간 내용전달이 잘못되어 나는 페이그룹이 중국에 있는 줄 알고 중국 쪽으로 알아봐도 알 수가 없었다. 그래서 무관심으로 흘려보냈는데, 미안하여 어쩔 줄 몰랐다. 그런데 통역관이자 에스코트를 해주는 유지식 씨는 그의 명함을 받고나서 다른 사람과 개인적으로 대화를 나누는 바람에 페이그룹이 무엇을 하는지, 왜 나를 만나려고 했는지를 몰랐다.

모든 사실을 나중에 알았는데 I. M. Pei는 유명한 건축 설계가였다. 루브르 박물관의 유리로 만든 피라미드 모양의 출입구, 홍콩차이나 뱅크 등 유명한 건물을 설계한 분이었고, 2001년 상해의 푸둥지구에서 많은 설계를 하였다고 한다. 그래서 페이 회장은 중국문제는 자기가 나서서 도와주고, 한국문제는 나에게 도움을 받으려고 했다는 것이었다. 절친한 관계였던 Jack이 나를 소개한 것이기 때문이었다. Labor Consultant라는 직함을 보고서는 알 수 없었는데, 유지식 씨는 그가 'Big Man' 이라는 것이었다.

그는 또 나에게 IMF 직후인 2000년 미국의 거부들을 소개해 주었다. 한 분은 다이몬드 광산주를 소개하며 그의 전담변호사 Kenneth F. Mccallion 씨를 소개해 주었는데, 한국에 10억 달러를 투자하겠다며 한미은행 인수를 하려다가 실패하였다.

또 한 분은 도널드 드럼프에 못지않은 부동산가인 Tishman Speyer의 Robert J. Speyer 씨를 2000년 1월 4일 직접 소개받았다.

또 다른 한 분은 시카고에 있는 RITA의 회장을 뉴욕으로 불러 함께 만났다. 그러나 영어대화가 능숙하지 못한 나로서는 좋은 기회들을 놓쳤다. 이 글을 읽는 후배들은 필히 영어를 열심히 해두기를 바란다. 그래서 준비된 사람만이 기회를 잡을 수 있다는 것을 강조하고 싶다.

그는 해마다 맨해튼 해군기지창에서 세계 골동품 전시회를 개최하였다. 입장권이 5천달러나 하는 전야 파티를 열면 미국의 최상류층 인사들이 모이는 것이다. 입장권 수익은 전액 불우한 빈민층에 쏟아 넣었다. 거지들도 지나가는 그를 보자, "my brother"라며 인사를 하는가 하면, 식당의 종업원들이나 IMF 때 그와 함께 만난 부동산 재벌가인 Spireman 씨 등도 그를 "Good friend"라고 하였다.

저녁 비행기로 도착한 곳은 자동차의 도시 디트로이트였다.

1993년 10월 27일 - 지방자치

아침 일찍 만난 것은 디트로이트 시의회 의장인 Maryann Mahaffey 씨였다. 그녀는 디트로이트 시의회 역사를 설명해 주며 16년마다 새로운 헌장 여부를 결정한다고 하였다. 그리고 선거를 통해 행정책임자를 뽑는 시장과 시의회에 의해 고용되는 city manager에 의해 행해진다는 것이었다. 나를 시의원들과 방청객들에게 소개를 하면서 의원석에 자리를 마련해 주었다. 회의의 목적은 공사를 맡을 업자를 선정하는 것인데, 적정 마진이 있는지, 저소득층에 대한 봉사 실적이 있는지, 지역으로부터 평판이 좋은지 등을 살펴 결정하는 것이 상당히 이채로웠다.

지방자치의 진수가 무엇인지를 알 수 있는 좋은 경험이었다.

오후에는 Comerica Bank의 부사장인 David Littman 씨를 만났다. 그로부터 미국의 실물경제 현황을 들을 수 있었다.

클린턴의 국민보건 개선책으로 말미암아 재정 적자가 가속화되고 경제 성장률이 60년대 4%, 70년대 3.5%, 80년대 3%, 90년대에 와서는 2%로 2차 세계대전 이후로 최저치라며, 85년에는 GNP의 14%를 수출하였는데, 지금은 7%라는 것이다. 그리고 미국의 산업정책이 대기업 중심으로 전환되어 1,800만 개의 소기업이 1,100만 개의 소기업으로 줄어들었다는 것이다. 특이한 것은 공무원의 노조원 수는 늘고, 산업현장의 노조원 수는 줄어들고 있다는 것이다. 한마디로 경제적 노령화로 되어가는 모습을 디트로이트시는 샘플로서 보여주고 있었다.

그날 저녁은 시장 후보인 Dennis Archer 씨의 선거기금 모금행사에 초대받아 참여하였다. 그는 많은 지지자 앞에서 나를 소개해 주었다. 7의 의미를 설명하며, 7일이 지나면 투표하는 날이고 나 역시 생일과 결혼일 등 7과 관련된 일이 많다면서 꼭 승리를 할 것으로 믿는다는 덕담을 던졌다. 그의 참모 tory 씨로부터 선거 전략에 대한 설명을 듣고 축제하는 기분으로 선거를 하고 있다는 것을 알 수 있었다. 다행히도 그가 시장에 당선되었다는 소식이 날아온 것은 엘비스 프레슬리의 고향 멤피스에 머물 때였다.

1993년 10월 28일 - 노조 지도자의 변화

포드자동차를 방문하였다. Robert E. Missler 씨와 UAW -Ford의 교육훈련센터의 원장인 Jusan 씨 등과 함께 노사협력에 관한 의견을 주고받았다. 포드에서는 노동자의 질을 향상시키는 것이 제품의 질을 향상시키는 지름길이라며, 인간교육을 통해 자기 작업에 대한 태도개선을 위해 노력하고 있다는 것이다. 형사 처벌을 받은 자, 마약 판매자, 정신이 불안한 자, 약물복용 및 중독자, 전투적인 자 등을 재교육시켜 나간다는 것이다. 한국 같으면 벌써 해고를 당해도 몇 번이나 당할 그런 자질의 노동자들이었다.

그리고 임금협상은 3년마다 한다는 것이다. 시급은 단순노동자는 시간당 16.6달러, 숙련노동자는 시간당 17.6달러라는 것이다. 현대자동차의 시급과 비교해보니 10~15% 정도 높았다.

그러면서 노사의 공동 목표를 사람을 더 쓰고, 인건비는 싸게 하면서 생산의 질을 높이자는 것이었다. 또한 과거에는 숙련공 노동자가 노조위원장을 맡았다는 것이다. 80년대에는 선동적인 후보자가 노조위원장으로 많이 선출되었는데 말투가 거칠고 전투적이며, 정치적인 색깔로 인해 실패를 하고, 90년대에 들어와서는 새로운 노사관계가 정립되면서 인품이 좋고 일에 대한 적극적인 인물이 노조위원장을 맡고 있다고 했다.

그리고 한국 자동차는 미국 시장에 지속적으로 진출하는 반면, 미국 자동차의 한국 시장 진출이 부진하다는 불만을 늘어놓았다.

한국의 자동차회사는 미국의 소비자의 요구사항이 무엇인지, 선호도가 어떻게 변화해 나갈지를 예측, 연구하여 자동차를 만들어 수출하는데, 미국의 자동차회사는 판매에 대한 연구가 부족하다고 하였다. 한국이나 일본은 땅덩어리가 적고, 인구는 많다. 따라서 도시의 인구밀도나 주택의 밀도가 아주 높아서 도로에 달리는 자동차의 밀도는 미국과는 엄청난 차이가 있다. 따라서 한국의 소비자나 일본의 소비자가 미국의 커다란 차를 선호하지 않는다는 사실을 말하고 나서, 나는 미국의 자동차회사가 한국 지형이나 일본 지형에 맞는 자동차를 생산한다면 좋은 결과가 있을 것이라는 의견을 제시하였다. 2~3년 후 새로 나온 포드의 중형차는 빅히트를 쳐 대박을 터트렸다.

1993년 10월 29일 - 미국생활

오전 경비행기로 도착한 곳은 일리노이주의 Geneso였다.

미국의 가정집에서 하룻밤을 지내기로 한 것은 좀 더 미국생활을 알기 위한 방책이었다. 은퇴한 노부부 집이었는데, 결혼한 딸과 양아들 그리고 손자가 함께 있는 조그마한 집이었다. 더구나 한적한 시골이었다. 많은 토론을 하면서 복잡해진 머리를 식히기 위해서는 안성맞춤이었다. 여장을 풀고 담소를 나눈 후 오후에 찾아간 곳은, 농기계를 비롯한 임산장비를 생산하는 150년 역사를 가진 Deers였다.

1993년 10월 30일 - 농부의 경영

점심 초대를 해준 분은 대학을 나온 Kevin 씨와 Karen 씨라는 젊은 농부였는데, 슬하에는 귀여운 두 자녀가 있었다. 연한 송아지 고기를 맛있게 먹고 나서, 농장을 둘러보았다. 528에이커(647,328평)의 농장이었는데, 일꾼 없이 부부가 모든 일을 한다고 했다. 더구나 그의 부인은 집에서 8마일이나 떨어진 학교에서 교사로 근무하고 있었다. 컴퓨터 단말기로부터 콩, 밀 등 농작물의 선물 시세를 파악하여 적당한 가격에 매도를 하고난 후 농사를 짓는다고 하였다. 아주 안정된 농사를 짓는 것을 보고 부러웠다.

1993년 10월 31일

렌터카로 150마일 떨어진 시카고를 향했다.

1993년 11월 1일 - 태평양시대

아침 일찍 서둘러 방문한 곳은 시카고 곡물거래소(Chicago Board of Trade)였다. 곡물거래소라는 것은 곡물에 대한 선물시장을 말하는 것이다.

직원의 안내를 받으며 2층에서 유리창을 통해 바라보는 것이 일반적인데 반해, 나는 직접 현장으로 내려가 중개인들의 생생한 중개 역할을 보며 설명을 들을 수 있었다. 중개인들의 멤버십 비용은 2천만 달러였다. 일본 중개인이 있는 것은 이해를 했지만, 중국 중개인이 있다는 사실에 깜짝 놀랐다. 그리고 더 놀란 사실은 중개인들에게만 보내주는 기후에 대한 자료였다. 그 자료는 미국이 가지고 있는 모든 기술을 동원해 만든 자료였다

1~2년 후의 기후변화를 예측하는 자료는 말할 것도 없고, 10년 후의 기후변화를 예측하는 자료를 보내준다는 것이었다.

일본이나 중국이 중개 멤버십을 취득하는 이유가 그 자료를 얻기 위해서라고 해도 지나친 말이 아니라고 하였다.

자국의 농업을 위해 뛰어든 중국을 볼 때 우리나라의 농업을 위하는 관료들의 부족한 안목이 안타깝다는 느낌이 채 가시기도 전에 만난 인사는 시카고대학 D. Gale Johson 경제학교수였다.

사전에 받은 주요 토론 논제는 미국 경제의 스태그플레이션(stagflation)과 클린턴 행정부의 국제무역정책이었다.

그는, 은퇴한 노인들은 사회보장제도와 복지제도로 혜택을 받는 반면, 젊은이들의 부담은 늘고, 연금은 고갈되어 은퇴시 혜택을 제대로 받지 못할까 염려되어 세대간의 갈등이 큰 이슈로 떠오르고 있다고 했다. 그리고 미국 경제의 문제점인 재정 적자와 실업, 생산성 저하 등으로 인한 스태그플레이션을 설명하면서 수출은 줄고, 수입은 늘어 350억 달러의 농산물과 2,000억 달러의 가공품이 수입되는데, 85년 이후 50%나 늘었다는 것이다. 이것은 GNP의 5%나 되는 수치였다.

그러면서 미국의 경제구조가 S/W, 서비스업이 50%를 차지하고 있다는 것이다.

나는 워싱턴, 뉴욕, 디트로이트, 시카고 등의 도시의 화랑에서 본 그림을 보고 느낌을 전했다. 즉, 워싱턴과 뉴욕의 그림들은 색상이 블랙 엔 화이트가 주를 이루는 반면, 그래도 시카고는 조금은 밝은 색을 띄고 있다. 그 시대

의 자화상을 먼저 그리고 가장 잘 나타내는 것은 그림, 음악, 문학 등의 예술 분야이다. 또한 뉴욕의 다리나 공항을 볼 때 동부지역의 전성기 즉, 대서양시대는 이미 기울어졌음을 뜻하는 것이며, 그에 반해 LA나 곧 방문할 샌프란시스코는 분명 활기찬 색상의 그림들을 볼 수 있을 것으로 예상된다고 하였다. 왜냐하면 역동적인 태평양시대가 열리고 있기 때문이라 말했다.

그림은 패션, 음악은 인간의 속마음과 밀접한 관계에 있으므로 경제의 흐름을 그림에서 캐치하는 나의 생소한 주장에 그는 격찬하면서 동의하였다. 경제사적 측면에서 경제의 중심축이 인구에서 자원으로, 자원에서 정보화시대로, 정보화시대에서 문화시대로 변해갈 것이라고 내 나름의 예측을 설명하였다. 그러면서 미국의 경제문제를 환율정책으로 풀려고 하는 국제무역정책은 통상마찰만 더 커질 뿐이지, 근본적인 대책은 되지 않을 것이라고 덧붙였다.

아울러 제로섬게임 이론을 적용하여 세계 경제 전체의 부가가치를 올리려는 정책만이 무역마찰을 완화하면서 개별적 국가의 경제성장을 도모할 수 있나고 하였다. 그러기 위해서는 새로운 산업의 창출과 중국, 아프리카 같은 후진국가의 발전을 도모하여 새로운 소비창출을 만들어 나가는 것이 급선무라고 전망했다.

1993년 11월 2일 - 선물시장

어제처럼 아침 일찍 찾아간 곳은 시카고 상업거래소(Chicago Mercantile Exchange)였다. 나를 반갑게 맞이하며, CME의 역사적 배경과 현황을 설명해 준 분은 Michael Gorham 부사장이었다. 처음에는 곡물을 제외한 농산물 즉, 버터, 계란, 소고기, 돼지고기 같은 것을 선물거래하는 곳에서 금융상품을 중심으로 한 선물거래소가 되었다.

주식투자는 해봤지만, 설명을 들어도 잘 알 수가 없었다.

일본의 막대한 무역 흑자 때문에 145엔/달러를, 110엔/달러로 낮추기로 한 1986년(?) G7 정상회담의 합의가 한국 경제에 미치는 영향이 지대한 것을 알게 된 이후로, 환율정책에 지대한 관심을 가진 나는 통화에 대한 헤징 기법을 배우는데 큰 도움이 되었다.

1993년 11월 3일 - 미래의 관광도시

시카고의 도시를 알 수 있게 해 준 그는 Tomas Riley 씨였다. 시카고에서는 똑같은 건물은 지을 수 없다는 점과 연간 10억 톤의 물을 정수할 수 있는 정수장치, 호수보다 더 깨끗한 물을 방류하는 오수장치 등으로 인해 시카고를 현대의 가장 아름다운 도시로 정평 나게 한 이유였다.

세계 최초의 쓰레기 소각기술을 가지고 있으며, 뛰어난 제설기술을 보유한 도시라는 것도 이때 알았다. 그러면서 PRT2000에 대해 설명해 주었다.

나는 유럽을 여행할 때마다 부러운 점이 있었다. 그것은 후세들이 조상의 덕을 톡톡히 보고 있다는 점이었다. 즉, 관광과 관련된 관광산업의 수입이 GNP의 상당부분을 차지하고 있다는 점이다.

조상들이 남긴 것은 건물의 아름다움이었다. 그 당시에는 사치스러울 정도로 화려한 건물이었지만, 이를 잘 보존하여 현대의 각박함을 씻어버리는, 보고도 또 찾아보고 싶은 도시들이 아닌가 말이다.

현대화된 도시 중 방문하고 싶도록 만들어 나가는 도시는 시카고가 선두주자임이 틀림없다. 도시공학의 본보기였다.

우리나라의 경우에는 세월이 갈수록 운치가 있는 도시가 되는 것이 아니라, 점점 죽어가는 도시가 되고 있으니 말이다.

우울한 마음을 떨쳐버릴 겸 날아간 곳은 엘비스의 고향 멤피스였다.

1993년 11월 4일 - 미국의 음악

미국을 제대로 이해하기 위해 그 빠른 방편으로 미국 음악을 알아보려고 하였다. 미래의 꿈이 없는 도시의 흑인들은 체념과 불만을 노래로 승화시킨 힙합음악이 있다. 하지만 그래도 미국 음악의 양대 축인 컨트리 음악과 재즈 음악의 탄생도시를 각기 방문하고 싶었지만, 여건상 한 도시를 선택할 수밖에 없어서 클린턴의 고향인 아칸소를 방문할 겸해서 선택한 것이 멤피스였다. 그 외 남부 미국인의 생활도 알고 싶었다.

3만 5천명의 인구를 가진 멤피스는 그렇게 목가적일 수 없었다. 마치 정오의 도시 같았다. 여유로움이 넘치는 환경이 엘비스 프레슬리 같은 전설적인 가수를 탄생시키지 않았을까 생각하면서 그의 음악을 들었다. 노예로 팔려온 흑인들의 고통을 승화시킨 재즈 음악과는 참으로 대조를 느꼈다.

1993년 11월 5일 - 인종차별과 교육

나는 멤피스에 소재한 Graigmont High School을 방문하였는데, 교장선생님을 비롯한 선생님들과 학생들이 정문에서 반갑게 맞이하여 주었다. 그런데 반가운 얼굴들을 볼 수 있었다. 두 자매가 이 학교에 다니는 유일한 한국학생들이었다. 교장선생님이 직접 나가 맞이하는 것을 보고 그들도 한국인이라는 뿌듯한 기쁨이었다며, 나를 살갑게 대해 주었다. 그리고 방문 며칠 전부터 동료학생들과 열심히 연습을 했다는 스포츠 춤도 보여주고 교실 곳곳에 태극기를 걸어놓았다는 것이다. 고등학교 시설들을 돌아보며 커리큘럼 등 교육과 관련된 문제들을 교육위원들(Lisa Flake Dufur 씨와 Ducan R. Teague 씨)과 토론하는 것이 주요 일정이었는데, 교장선생님이 학생들에게 덕담을 부탁하였다.

나는 외로운 학교생활을 하고 있는 한국인 자매를 염두에 두고 이야기를 풀어나갔다.

"시카고에서 경비행기를 타고 멤피스로 올 때 대지를 쳐다보면서 참으로 비옥하다는 것을 느꼈다. 정말 하느님으로부터 축복받은 땅이라는 것을 여러분들은 먼저 알아야 할 것이다. 또한 과학실에서 여러분과 함께 본 우주의 행성이든, 달이든 인간이 서로 만난다면 상대방의 얼굴이 검든, 희든 얼마나 반갑겠는가. 이처럼 여러분들의 얼굴색이 서로 달라도, 아주 소중한 인간이므로 서로 사랑을 해야 할 것이다. 비행기에서 내려다 본 집과 집 사이의 담은 볼 수가 없었다. 이처럼 조금 더 멀리 쳐다보면 서로간의 간격 즉, 담이 없는 생활을 할 수 있고, 축복받은 이 땅에서 함께 생활한다는 것을 감사하는 마음으로 살아가주기를 바란다."

미국 교육제도와 한국 교육제도를 비교해 가며 의견을 주고받았다. 나는 교육의 목표를 첫째는 인성교육을 통한 삶의 확고한 가치관을 정립시켜 주는데 필요한 토양을 제공하는 것, 둘째는 장래 국가의 발전을 리드할 수 있는 인재를 키우는 교육으로 제시하였다.

첫째 목표를 통해 서로를 존중하는 인간의 존엄성과 각자의 삶의 가치관으로 정립된 개체성 확립을 사회의 물질만능시대를 벗어나 사회갈등을 완화시킬 수 있고, 둘째 목표를 통해 창의력 있는 인재를 만들어 국가의 발전을 도모할 수 있다는 의견을 구체적 사례를 들면서 내놓았다.

1993년 11월 6일 - 농업정책

아프리카 흑인들이 노예로 팔려와 미국에 도착한 곳이 미시시피강을 끼고 있는 뉴올리언스였고 그곳에서 탄생된 음악이 재즈였다. 그 노예들이 일한 곳은 목화, 콩의 주산지인 중남부 농업 지역이었다. 중남부 지역의 중심인 멤피스에서 미국의 농업정책을 제대로 알 수 있는 기회를 얻은 곳은 Nation cotton council이었다.

미국의 농산물은 1년에 1억 5천만 달러의 정부지원을 받으며 시장 확대를 하고 있었다. 면화업계는 1,400만 달러의 지원을 받고 있었다.

미국 면화를 60% 이상 사용한 제품은 NCC 로고를 사용할 수 있고, 50% 이상을 사용한 제품은 NCC에서 홍보를 해주는데, 가령 한국 기업이 광고비로 1달러를 제공하면 NCC에서 2달러의 광고비를 보태어 3달러의 광고를 할 수 있다는 것이다. 또한 미국 정부의 신용보장제도에 의한 GSM(일종의 신용장) 발급으로 미국 면화 구입을 위한 장기융자 자금을 지원하고 있었다. NCC에 가입한 주는 14개 주였다.

중남부 지역에서 가장 영향력을 가진 지방 언론사(Memphis Flyer)의 정치담당 편집장인 Jackson Banker 씨로부터 중남부 지역의 민주당과 공화당의 세력 관계, 투표 성향, 여러 종류의 지방 선거, 영향력이 큰 조직 현황 등 많은 정보를 얻을 수 있었다.

다음 여정인 샌프란시스코를 가기 전야에 홀리데이인호텔의 창업자로부터 환송 만찬을 초대받았다. 아칸소주의 상원의원인 Mike Everrett 씨, Health & House 건설회사의 PM인 Michael J. Small 씨와 함께 담소를 나누었다. 재미있는 것은 대통령의 고향 아칸소임에도 불구하고 그들은 클린턴 대통령보다 힐러리 여사를 더 열렬히 지지하고 있다는 점이었다.

1993년 11월 7일 - 집착에 대한 탈피

한국을 떠난지 22일째 되니 귀국하고 싶은 마음이 뭉게구름처럼 솟아올랐다. 그러나 주어진 일정과 미국을 하나라도 더 알고 싶은 마음 때문에 참을 수 있었다.

일요일이라 숙소 근처의 공원으로 산책을 나갔다. Mary Delave라는 화가가 자신의 그림을 팔고 있었다. 마음에 드는 그림이 있어 흥정하여 매입하려는데, 돈이 부족했다. 내가 가진 돈으로는 도저히 팔 수 없다고 하였다. ‘이 카드를 소지한 자는 미국 정부로부터 초대받은 자이므로 이 사람을 도와주는 것은 정부를 도와주는 것입니다’ 라고 쓰인 카드를 보여주며 사정하였더니, 흔쾌히 팔았다. 그래서 주제에 대하여 이야기를 해보았다. 그녀는 고통스러운 노숙자의 얼굴을 화폭에 담는 것을 주 소재로 하고 있다는 것이다.

나는 어쩌면 그들이 우리보다 더 평화스러울지 모르겠다고 생각한다. 왜냐하면 더 이상 잃어버릴 것이 없는 체념의 상태에서는.

그러면서 현대인은 소유에 대한 집착과 과거에 대한 집착으로 스트레스를 받으며, 스트레스로 인하여 병을 얻는다고 하였다.

그러자 아, 그럴 수도 있겠다며 고통스러우면서도 환희스러운 얼굴을 그려보겠다고 하였다.

1993년 11월 8일 - 인체경제학

나를 반갑게 맞이해 준 분은 연방준비위원회(the Federal Reserve bank of San Francisco)의 부사장 Reuven Glick 씨였다.

연방준비위원회는 거시경제학, 금융경제학, 국제경제학의 학위를 받은 22명의 경제학 박사로 구성되어 있다. 그러면서 향후 10년의 미국 경제의 모습은 아시아 경제 성장에 달려있다는 것이다.

은행과 금융의 제도상의 문제점을 해결하고, 채권시장, 증권시장 동향을 살피면서 금융유통단계가 고속관계인가의 여부에 따라 이자율을 결정한다는 것이었다. 이로써 금융정책(산업정책과 재정정책)을 새롭게 배울 수 있었다.

나는 인체경제학(p333 **참조**)을 설명하면서 한국은행의 통화정책에 대한 문제점 즉, 첫째는 설과 추석 등 명절을 앞두고 자금을 풀었다가 명절이 지나자마자 곧 자금을 환수하여 통화량을 조절하는 것이 문제라고 하였다. 통화량과 유통 속도는 반비례하기 때문에 급속히 회수하는 것은 통화량의 유통 속도를 빠르게 함으로써 통화량 회수의 효과가 반감된다고 보았고, 통화의 종류가 4가지 있다고 하였다. 즉, 은행과 같은 제1금융권의 통화와 제2금융권의 통화, 증권시장의 통화, 부동산시장에 돌고 있는 통화를 들었다. 통화의 교류의 밀접성은 제1금융권 통화 > 제2금융권의 통화 > 증권사장의 통화 > 부동산 시장의 통화로 본다.

안정성을 위주로 채권투자를 하는 사람의 통화는 제1, 제2금융권에 주로 머물고, 수익성을 위주로 증권시장에 투자하는 통화는 부동산시장의 통화와 밀접성이 더 강하다고 강조하였다.

따라서 통화량을 회수하더라도 곧바로 영향을 미치는 통화는 주로 제1, 2금융권의 통화이다. 통화량의 유통 속도가 일정하지 않아 한쪽은 빠르고, 다른 한쪽은 더디기 때문에 불균형으로 인해 인플레이션을 유발시킨다고 주장하였다.

이론에도 없는 독창적인 주장이지만, 상당히 실물경제의 흐름을 꿰뚫고 있는 주장이라 논문을 만들어도 좋겠다며 권유하였다.

1993년 11월 9일 - 문화와 김치

버클리대 노동연구소 소장 Mary Ruth Gross 씨로부터 초청받았는데, 마침 폴란드 자유노조 지도자 4명도 초청받아 함께 노동운동에 관한 의견을 교환했다.

오후에 방문한 곳은 골든게이트대학이었다.

경제학장인 Dr. Joe Fuhrig 씨와의 토론논제는 하이테크기술교류에 관한 것이었다. 그런데 예정에 없던 4명의 교수들이 참가하였다. 그는 20년 후에는 교역이 국제화가 되어갈 것이며, NAFTA를 체결하는 이유도 자유무역의 추세로 갈 수밖에 없다고 하였다. 미국 산업의 번창 이유도 자유무역에 있으며, 능률적인 힘은 소기업을 중심으로 나온다는 것이다. 그 소기업은 하이테크기술을 장착하고서 말이다.

나는 변화하지 않는 기업, 변화를 따라가지 못하는 기업은 도태할 수밖에 없고, 변화를 예측할 수 있는 기업만이 성장을 할 수 있다고 하였다. 내가 노조를 만들 때 이명박 회장과 담판(?)하면서 주장했던 기업의 '맘모스론'을 다시 설명하였다. 규모의 경제를 위해 덩치를 키우는 것도 필요하지만, 조직이 맘모스처럼 커지면 하부구조의 의사가 신속히 전달되지 못하여 변화에 민감하게 대처하지 못하고 타성에 젖는 조직이 되고 만다. 맘모스는 기후의 변화를 대처하지 못하여 멸종하였지만, 신속하게 변화하여 진화한 동물이 살아남은 예를 들었다.

정보화의 시대에서 보호무역으로는 하이테크기술을 확보할 수도 없고 시장의 역기능으로 인해 기업의 경쟁력이 떨어질 수밖에 없으며, 결국은 사회의 경쟁력, 국가의 경쟁력이 떨어질 수밖에 없다고 강조하였다. 그러면서 하이테크기술에 문화를 접목하면 독창적인 경쟁력을 가질 수 있다고 하였다.

문화를 접목시킨 하이테크기술이라는 나의 주장에 많은 관심을 갖고 많은 질문을 던졌다.

공식일정을 마치고 숙소로 돌아오자 Travel Directions의 오너인 Christine Grabitzky 씨로부터 그녀의 집에서 저녁을 함께 하자는 초청을 받았다. 그녀의 친구, 장성한 그녀의 아들 그리고 한국인 직원인 유모 씨였다. 이 회사는 주로 터키여행을 전문으로 하는 여행사라고 했다. 담론 중에 그들이 놀라고 한국인에 대한 부러움을 알게 해준 것은 족보와 김치이야기였다.

내가 500여 년 된 족보이야기를 하자, 입을 다물지 못하며 놀라움을 금치 못했다. 그리고 서양인들은 대장암이 잘 걸리는데 반해, 한국인들은 대장암에 잘 걸리지 않는다. 그 이유는 유산균과 섬유질이 많은 김치를 먹기 때문인데, 삼국시대부터 먹기 시작한 백김치의 역사와 임진란 이후 먹기 시작한 매운 김치의 역사를 말해 주었다.

1993년 11월 10일 - 실리콘밸리

샌프란시스코를 떠나 산호세로 가는 도중에 엄청난 비가 쏟아졌다. 마치 물동이로 쏟아 붓는 것 같았다. 미국 본토에서 마지막 미팅이었다. 산호세시의 경제발전소 전문가인 Joe Hedge 씨를 만났다. 실리콘벨리의 역사와 개발에 대한 것을 들을 수 있었다.

2,000여 개의 전자회사가 몰려있고 반도체, 항공, 전자, 통신, 컴퓨터 등 하이테크산업이 있는데, 재정 부족이나 경영능력 부족으로 2년 안에 1/2이 도산한다고 한다. 그래서 전 세계 벤처캐피털 회사의 1/2이 이곳에 몰려있다는 것이다. 참으로 부러운 것은 주변의 세계적인 일류대학인 버클리대학과 스탠포드대학, 산호세대학의 공대교수와 학생들에게 기자재, 현금, 연구실 보조, 장학금을 회사가 지원하는데, 그것은 회사가 교육의 중요성을 느끼고 있기 때문이라고 하였다. 실리콘벨리에 입주하면 주 정부와 산호세시의 각종 인센티브가 주어지고 있었다. 점심을 먹고 그의 안내로 산호세대학을 방문하였다.

Graduate and International Affairs의 이사인 Lu lewando waski 씨를 만나 국제경영과 노사협력에 대하여 의견을 나누었다.

국제경쟁력을 어떻게 만들어나갈 것인가? 그러기 위해서는 종합적인 매니지먼트를 해야 하고, 국제간의 문화교류의 중요성을 강조하였다. 나는 노사협조를 원활히 하기 위해서는 협동결정 체제를 가지고 현장에서 노사간에 신속히 결정하는 것도 한 방편이라고 하였다. 그녀는 산호세주립대학의 Terry Christensen 정치학 교수를 만나기를 권했다. 그녀의 안내로 그를 만났는데, 함께 나온 사람은 한국인 공동성 씨였다. 그런데 그는 산호세대학의 정치학 조교수였다. 참으로 반가웠다. 그로부터 들을 수 있었던 것은 젊은 미국인들이 정치에 어떻게 참여하는가에 대한 이야기였다.

1993년 11월 11일 - 동서문화의 융합

고국에서 떠날 때는 여행한다는 들뜬 마음으로 왔는데, 한번 미팅을 할 때마다 최소 한 시간, 보통 두 시간씩 토론을 하다보니 온 몸의 진이 빠진 것 같았다. 이제는 휴양지 하와이로 날아가니 마음이 한결 가벼웠다.

하와이에서의 공식일정인 하와이대학과 동서문화센터 방문이 남아있었다. 동서문화센터의 Senior Community Relations officer인 Karen Knudsen 씨, Community Relations officer인 Linda Moriarty 씨, Program Assistant인 Forrest Hooper 씨, Assistant Director인 Merry Lee Corwin 씨 등과 함께 동서문화의 하모니(조화)에 대한 이슈로 토론을 가졌다.

나는 '문화란 형이하학적인 면과 형이상학적인 면의 혼합의 결과물'이라고 하였다. 율곡의 '이기일원론'과 퇴계의 '이기이원론'을 간략히 설명하면서 '이치와 순리는 별개의 것으로 보이지만, 결국은 같은 것'이라고 강조하였다. 이치를 중요시하는 서양문화의 근본적인 사상을 가장 대변할 수 있는 아인슈타인만한 천재 과학자가 없는데, 그도 상대성 원리에 의해 우주 본질의 원리를 발견하였다. 하지만 마지막 순간에서는 신의 존재를 믿었다. 이와 달리 동양문화는 이치보다 순리를 더 중요시하는 형이상학적인 면에 의해서 형이하학적인 면을 발견하는 것이 동서양 문화가 다를지 모르지만, 서로 보완적인 관계라고 덧붙였다. 그리스의 철학자도 인간은 소우주라고 하였다. 인간의 혈의 개수는 360개가 되지 않는 320여 개이다. 그것은 미완성 우주를 말한다. 그래서 부족한 혈의 수를 보완하는 것이 정신이고, 정신의 본질은 '심상'이라고 하였다. 서양 의사들이 과학적으로 증명할 수 없는 침방의 세계처럼 서양 의사들이 동양의 사상의학을 공부하는 이유가 바로 거기에 있다고 피력하였다.

1993년 11월 12일 - 여성의 사회 진출

하와이대학교 경영대학 태평양아세아경영연구소(Pacific Asian Management Institute)의 소장인 Wolf D. Reisperger 교수를 만나 경영에 관한 이슈로 토론을 가졌다.

하와이주 의회 부의장인 Jackie Young 교수를 만났다. 그녀는 일본에서 16년간 살아 왔었으며, 언어학을 전공한 한국인 하와이대 교수이기도 하였다. 그녀의 할아버지는 이승만 대통령이 만든 국민회의 의원이었다.

그녀와 토론한 이슈는 북한 핵에 대한 미국의 입장, 미국이 한국을 보는 관점, 21세기를 대비한 교육의 중요성, 여성문제 등이었다. 나는 북한 핵에 대해서는 미국 본토에서 여러 번 토론하면서 피력했던 나의 의견을 재차 말하고, 교육은 인간의 존엄성을 서로 지키며, 목적의식을 가진 개체성을 확립시키며, 부가가치를 확대, 생산시키는 등 중요성을 가지고 있다고 하였다. 그리고 부모의 재력에 의해 교육을 받았다 하더라도 그것은 사회의 도움을 받은 것인데, 고학력의 여성들이 결혼하자마자 전업주부가 되는 것은 문제가 있다고 하였다. 아울러 여성들이 공무원으로 많이 진출되었으면 좋겠다고 하였다. 그 이유는 부정부패를 하게 되면 남성보다 가정이 파탄날 가능성이 더 높기 때문에 부정부패를 할 확률이 남성보다 적고, 선진국의 여성 기혼자들은 직장을 갖거나 파트타임을 하여 노동의 보람을 느끼면서 가정의 소득에 이바지한다. 그러므로 국가 경영에서 개인의 소득보다 가계의 소득을 증진시키는 것은 사회의 안정과 윤택을 가져온다고 하였다.

1993년 11월 15일 - 미국의 힘

모든 공식일정을 마친 나는 망망대해에서 나 홀로 낚시를 하며 주말을 보낸 후 귀국하였다. 이번 미국 방문에서 나는 큰 견문을 넓히는 계기가 되었다. 미국의 힘은 자원이 많아서도 아니요, 막강한 군사력도 아니다. 진정한 미국의 힘은,

첫째로는 사회질서에 있다고 본다. 즉, 전 세계의 다민족으로 이루어진 나라임에도 불구하고 돈이 있든, 권력이 있든 기다리며 질서를 지키는 것이다.

둘째로는 법의 집행이 형평의 원칙을 벗어나지 않는다는 것이다. 즉, 돈이 있든, 없든 높은 자리에 있든, 없든 모든 사람에게 법의 집행은 동일하게 집행된다는 사실이다. 그러한 사실로 개인의 가치관을 확립하며, 자유를 만끽하는 것이다.

셋째로는 미국을 건너온 청교도 정신이 곳곳에 스며든, 깊은 뿌리를 바탕으로 한 투철한 봉사정신에 있다고 본다.

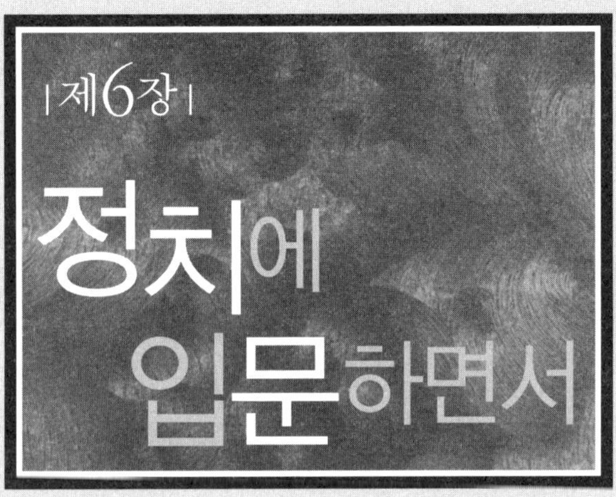
제6장
정치에
입문하면서

제6장

정치에
입문하면서

YS와의 만남과 정치 입문

월간 〈노사〉라는 잡지사로부터 인터뷰 요청이 들어왔다. 편집위원 가운데 한승헌 변호사는 평민당 김대중 총재와 대담하기를 원하는데, 통일민주당 김영삼 총재와 김대중 총재 중 한 분과 인터뷰를 하자는 것이었다. 그래서 나는 김영삼 총재와의 대담을 택했다. 그것이 나중에 내가 정치계에 들어가는 인연의 끈이 되었다.

한번은 방배동 곱창 집으로 저를 초대한 YS는 김기수 실장만 대동하여 나왔다. 단 둘이 마주앉았다.

"서동지, 이인제 의원이 청문회에서 아주 잘하제."

YS는 흐뭇하게 생각하며 동의를 구했다.

"예, 그렇습니다. 그런데 노무현 의원님도 못지않게 잘하던데요."

"아, 그래."

YS는 흡족한 표정을 지었다.

재야와 평민당에서는 강경하게 전두환 대통령을 구속하라는 성명들을 내고 있는 상황에서 전두환 전 대통령 처리문제로 고심하고 있던 김영삼 총재는,

"서동지는, 전 대통령 처리문제를 통일민주당에서는 어떻게 성명을 내는 게 좋은가?"

나의 의견을 물은 것이다.

"제 생각에는 '법적 조처하라' 라고 하는 것이 좋을 것 같습니다."

"아, 그래. 왜 그렇지?"

나는 통일민주당이 너무 강경하게 나가면 안정을 바라는 보수층의 이탈이 염려가 되고, 너무 온건하면 재야의 반대에 부딪칠 염려도 있고 하니, 법적 조처하라는 것이 가장 무난하다고 답변했다.

그 다음날 나는 '법적 조처하라' 는 통일민주당의 성명을 듣고 깜짝 놀라며, 김영삼 총재를 더욱 더 존경하게 되었다. 정치 문외한인 어린 나에게 의견을 묻고 받아들였다는 것은 큰 정치인이 아니고서는 있을 수 없는 일이었다. 함께 정치를 하자는 YS의 권유를 '살아 있는 생선은 먹을 때 회로 잡아 먹어야 가치가 있습니다. 미리 잡아다가 냉장고에 넣어두면 회로는 먹지 못합니다. 그러니 제가 총재님이 꼭 필요하실 때에는 언제든지 쓰십시요' 라고 말하며 뿌리쳤다. 그 후 상도동 자택에서, 롯데월드 양식집에서 등 6번의 정치 권유가 있었다.

정치를 함께 하자는 권유를 받아들이면서 통일민주당 동대문을 지구당 위원장을 맡게 된 것이 1989년 11월이었다. 1989년 12월경 어느 날 YS와 독대를 하면서 JP와 만나기로 했는데, 서동지는 어떻게 생각하느냐고 물었다.

나는 평소 JP의 언행을 보고 두 가지 면을 말씀드렸다. 한편으로는 대사(大蛇)이면서, 한편으로는 아주 낭만적인 분이라 속지만 않으면 큰 도움을 받을 수 있을 것이라고 하였다.

그때만 해도 민정당까지 합당할 것이라고는 전혀 생각지 못했다. 그러나 그 다음해 정초 3당 합당선언이 나왔다.

강삼재 대변인이 나에게 "서위원장은 꼭 할 일이 있으니 함께 가자"고 한다는 YS의 말을 전한 것이었다.

결정을 못하고 있는데 박찬종, 이철 의원 쪽에서 야당을 같이하자는 전갈이 왔다. 그래서 당원들을 불러 모아 내 의사를 밝히지 않은 채, 투표를 실시하여 당원의 의견에 따르기로 마음먹었다. 결과는 YS를 따라 가자는 의견이 85%였다. 그래서 위원장으로서 나의 의견을 말할 수 있었다. 주요 요지는 첫째 소련은 곧 멸망할 것이다, 둘째는 10년 후에는 남북간의 관계에 엄청난 변화가 올 것이다. 셋째는 엘빈 토플러의 정보화시대에서 문화의 시대로 갈 것이다. 나는 그 변화를 대비하여, '호랑이 잡으러 굴속에 들어가겠다'는 YS를 따라 가자고 하면서, 반대하던 당원들을 설득시켰다.

그리고 조직을 김영구 의원에게 다 넘겨주었다. 김영구 의원이 ○○○호텔 고문 자리를 마련해 줄 테니 어떠냐고 묻기에, 그럴 필요는 없다. 다만 YS를 대통령 만드는데 지지할 것인가 물으니 자기는 이한동 계파라 그 분이 나서지 않으면 YS를 지지하겠다는 다짐만을 받았다.

김현철 씨와의 만남

상도동으로부터 연락이 와서 YS를 뵈었다. YS는 독대를 마치고 현관 계단까지 배웅해 주시면서 "내가 바빠 서동지에게 직접 전하지 못하면 현철이를 통해서 의견을 전달할 것이고, 서동지도 나에게 의견이 있으면 직접 와서 해도 좋고, 아니면 현철이를 통해서 해도 좋다"고 말하고, "이 이야기는 우리 세 사람만 아는 것으로 하자"며 다짐을 받았다.

중앙조사연구소의 소장이었던 김현철은 젊지만 예의가 바른 사람이었다. 중앙조사연구소 이전에는 주로 감이나 언론을 통해 대략적인 여론을 파악하고 있었지만, 야당 자체적으로 과학적인 여론조사를 본격 실시한 것은 중앙조사연구소가 처음인 것으로 안다. 그런데 소장이라는 직함 때문에 구설수에 올라 김소장한테 다른 사람을 내세우고 소장 자리를 맡지 않는 게 좋겠다 하여, 형식적으로 다른 사람을 소장으로 내세운 것으로 안다.

'내각제 파동' 뛰어넘기

3당 합당 당시 내각제를 하기로 약속한 것이 드러나면서 YS가 어려움에 처해 있었다. '국민이 원한다면 내각제를 하겠다'고 말하는 것이 그 파동을 빠져나올 수 있는 방법이라는 것을 YS에게 전해달라며, 김소장에게 말했다. 곧 YS는 "국민이 원한다면 내각제를 하겠다"면서 3당 합당시 내각제 실시 약속을 파기해버렸다. 그러면서 내부 투쟁에 들어가 대통령제를 받아들이지 않으면 당무를 거부하겠다며 제주도로 내려가버렸다.

또다시 나는 김소장을 만나 YS에게 전해달라고 하였다.

대통령제를 받아들이라는 압박을 더 이상 할 필요가 없다. 내각제는 YS가 찬성하지 않는 한 할 수 없을 것이다. 그렇다면 민정계, 공화계에서 내각제의 미련을 빨리 버리고 대통령 후보를 만들기 시작하면 소수의 민주계로서는 싸움에서 이길 수가 없다. 그렇다면 저쪽에서 내각제에 대한 미련을 갖고 있으면 있을수록 대통령 후보를 만들기가 쉽지 않다. 그러니 시간을 우리 편으로 하여 어쩔 수 없이 대통령제를 받아들일 수밖에 없는 시간대까지 압박을 할 필요가 없다. 그러면 그 시간 이후에는 서로 대통령을 하려는 민정계 내부의 싸움에서 '후보단일화'라는 타협을 만들 시간이 부족한데, 그것이 상책이다.

YS는 제주도를 다녀와서는 더 이상 논란을 만들지 않았고, 그 후 대통령 후보가 되었다.

대통령 후보의 연설문

YS의 연설문은 박종웅 의원이 맡아 작성하면 김태환 비서관에게 보내졌다. 그러면 그것을 YS의 말투로 바꾸어 작업하는 것이 김태환 비서관의 몫이었다. 가령 경제를 '갱제'로 표기하는 것이다.

한번은 김소장에게 이런 말을 하였다

"YS의 연설문이 중학생 수준이라면 DJ의 연설문은 대학생 수준이다. 그 이유는 경제문제가 빠져있기 때문이다. 그러니 이제부터는 여러 분야의 전문가가 파트별로 나누어 쓰고 카피라이터가 그것을 종합적으로 연설문을 만들어야 할 것이다."

그런데 경제 분야에서 다툼이 생겼다. 코엑스에서 대선출정식이 있었는데, 비서진으로 발탁된 경제기획원 관료출신 한이헌 씨와 학계의 박재윤 씨와의 마찰이 있었다. 한이헌 씨는 다툼이 생겨 미안하게 생각한다며 나에게 말을 했다. 그래서 나는 당연한 다툼 아니냐고 말했다. 학계의 이론적인 경제와 실물경제와는 엄청난 차이가 있는데, 그것을 인정하지 않는 쪽이 잘못된 고집이라는 나의 의견을 말해 주었다.

'문민정권'의 아쉬운 점

YS가 대통령이 되었어도 김소장은 예전처럼 나를 대해 주었다. 그 기간은 아마 1년 정도인 것 같다. '문민정권' 1년 후부터는 나의 쓴 소리가 싫어서 그런지 모르겠지만 만날 수 없었고, 나 역시 만날 생각을 하지 않았다. 마지막으로 그를 만난 것은 서울구치소 면회를 가서였다.

김덕룡 의원과 김소장과의 갈등을 기사화한 월간지를 보고 나는 김소장을 만났다. 그 기사화한 내용이 사실인지를 물으면서 그런 소문이 돌아서는 안 된다고 하였다. YS가 대통령이 된 것도 중요하지만, 훌륭한 대통령으로 마무리하는 것도 매우 중요하다고 말했다. 아들이 대통령을 만들려고 노력한 것은 당연하지만, 한편으로는 훌륭한 대통령이 되도록 하는 것도 매우 중요한 일이기 때문이다.

문민정권 초기 1년간 나는 국정을 모니터하면서 나의 의견을 문서로 작성하여 김소장을 통해 대통령에게 보냈다. 특히 경제를 잘 모르는 김영삼 대통령을 위해 경제문제를 쉽게 이해할 수 있도록 만든 것이 인체경제학(?)이다.

여러 문서 중 하나를 소개하면 다음과 같다.

누구나 알기 쉬운 한국 경제구조의 병폐적 모습

1. 서(序)

환자의 병을 일시적이 아닌 근본적인 치료를 하기 위해서는 병의 근본적인 원인들을 정확하게 파악하여야만 한다. 근본적 원인에 따라, 체질에 따라, 주어진 환경에 따라, 수술이나 양약을 쓰기도 하고 때에 따라서는 한방으로 치료하는 경우가 있다.

한국 경제가 침체화되고 있는 까닭은 일시적 현상이 아니라 구조적 병폐로 인해 일어나고 있다는 점에 대해서는 모두가 인식을 같이 하고 있다. 따라서 한국 경제구조의 병폐적 요인들을 정확하게 진단할 필요가 있다. 그러한 요인들이 단기적으로 발생된 것이 아니라는데 치료의 어려움을 더욱 가중시킬 것이며, 미봉적인 치료는 일시적으로는 외양상 활력을 찾을지 모르지만 구조적 병폐를 누적시켜 나갈 수 있다. 그러한 요인들이 서로 유기적이고 복합적인 관계로 발생되기 때문에, 각기 처해있는 입장에 따라 시각을 달리하여 치료방안을 내놓고 있는 것이 더 큰 문제이다.

경제구조는 개인과 개인, 개인과 집단, 집단과 집단간의 경제 행위로써 복잡하고 유기체적인 관계로 이루어져있다. 복잡한 현상을 쉽게 파악하기 위해서는 현상을 단순화, 우회화시켜볼 필요가 있다. 왜냐하면 경제학 박사일지라도 이해하기 어려운데, 하물며 이해관계가 얽힌 국민들에게는 말할 필요가 없다. 치료방안에 대해서는 이해가 각기 다른 국민들을 이해와 설득을 통하여서만 갈등 없이 받아들이고 고통을 분담할 수 있는 것이다. 경제를 전공하지 않은 많은 국민들에게 쉽게 경제구조를 이해시킬 수 없을까?

인간의 인체는 유기체적이며 복합적인 상관관계를 가지고 있다는 데서 착안,

경제구조를 인체화하여 한국 경제의 구조적 병폐를 살펴보고자 한다.

2. 인체구조와 경제구조와의 대비

가. 거시적 대비

- 몸 전체 : 한국 경제
- 머리부문 : 정책 당국과 정치 및 언론, 학계
- 심장부분 : 통화당국
- 인체의 골격 : 산업구조
- 하체부분 : 중소기업과 대기업
- 팔부분 : 농업과 서비스업
- 손발부분 : 노동분야
- 기후 : 국제경제 환경

등으로 파악하고 신체적 성장에 따라 유아기, 소년기, 청년기, 장년기, 노년기의 경제구조로 파악한다.

1) 유아기의 특성 : 산업구조가 미약하여 외부로부터 경제원조에 의해 유지. 자칫하면 회복 불능적인 미숙아가 될 수 있음

   50년대의 한국 경제, 방글라데시를 비롯한 빈민국

2) 소년기의 특성 : 어느 정도 성장은 했으나, 자립적이지 못한 취약적인 경제구조. 경제 차관에 의해 성장 가능, 회복 불능한 저능아나 성장은 하되, 소아마비 같은 장애아적인 경제구조를 가질 수 있음

   60, 70년대의 한국 경제, 개발도상국

3) 청년기의 특성 : 경제 차관 없이 자립적인 성장 상태이나 세련된(내적) 경제구조를 이룩하지 못했음. 장년기를 거치지 않고 곧바로 노령화된 경제구조를 가질 수 있음

80년대에서 오늘날의 한국 경제, 신흥공업국

4) 장년기의 특성 : 노련한(내·외적 건강) 경제구조를 이룩하여 외부에 경제원조

나 차관 등 경제협력을 하면서 시장을 창출하는 여유로운 경제구조

일본, 미국, 영국 등 선진공업국

5) 노년기의 특성 : 경제구조가 쇠퇴하여 외부로부터 차관 없이는 지탱할 수 없

는 경제구조 및 노동 생산성이 취약한 경제구조

70년대의 영국 경제, 아르헨티나

나. 머리 부분과의 대비

1) 가치관 : 시대에 따라 변하지 않는 공동이념(인간답게, 골고루, 잘 살 수 있는

사회) 즉, 인권과 분배 및 성장의 3대 요소가 최적화될 수 있도록 하는 철학

2) 큰 뇌 기능 : 정책 당국

경제의 모든 부문이 잘 돌아가도록 자원을 분배하는 기능

3) 작은 뇌 기능 : 대통령 및 정치인, 학계

통치철학의 기준(가치관)에 따라 큰 줄기를 잡아 병들고 허약한 부문을 치유

하는 기본정책 수립. 정책 당국에 지시하여 경제구조의 각 부문이 성장할 중

장기적인 방책 수립

4) 눈 기능 : 앞을 바라보는 안목(비전)

외부의 변화를 보고 중단기적인 경제현황을 파악하는 기능

5) 안경기능 : 중장기적인 경제 환경을 예측하고 대책을 세우는 자문단 혹은 위

원회의 기능

6) 눈썹 기능 : 청와대 경제 참모진의 역할

7) 귀 기능 : 언론

8) 코 기능 : 경제 주체들에게 윤리관, 도덕관을 불어넣는 기능

9) 중추신경 : 정보기능 및 정보산업

10) 입 기능 : 원자재 혹은 부분 가공된 원자재의 수입 기능

다. 심장부분과의 대비

심장은 금융에 해당되고

배출(동맥)의 심방기능 : 여신기능

배입(정맥)의 심방기능 : 수신기능

심장판막의 기능 : 조절기구(통화량, 이자율, 통화량의 유통 속도)

혈액 : 통화로 비교를 하며, 심장이 4심방으로 되어 있는 것을 한국은행의 역할,

제1금융권의 역할, 제2금융권의 역할, 증권시장의 역할로 대비가 되고, 지하경제

는 심장부분에 붙어있는 암세포 혹은 체지방

라. 골격구조와의 대비

골격의 구조는 산업구조의 기능과 같다.

척추 뼈는 기간산업,

척추 뼈와 바로 연결된 부문은 2차 산업의 구조,

그 다음 연결된 골격 부문은 3차 산업의 구조로 대비

마. 하체부분과의 대비

하체부분은 공업부문으로 파악하고, 한쪽 다리는 대기업, 다른 한쪽 다리는 중소

기업

바. 팔 부분과의 대비

한 팔은 농업, 또 다른 한 팔은 서비스업

사. 손발 부분과의 대비

노동부분(공업, 농업, 서비스업의 노동)

자. 기후 부분과의 대비

국제 경제 환경 부문에 해당하며, 기후 환경이 인체의 구조에 따라 감기, 몸살 혹은 독감증세를 나타내듯이 경제현상도 그러하다.

차. 그 외의 기능

- 살 : 부가가치
- 혈액 : 통화
- 정맥 : 여신기능
- 동맥 : 수신기능
- 혈압 : 이자율
- 혈액의 흐름 : 자금(통화)의 흐름
- 소화기능 : 원자재를 가공하여 부가가치를 생산하는 기능
- 항문기능 : 폐기물을 처리하는 환경기능
- 쓸개기능 : 첨단산업을 연구하는 연구기능
- 간 기능 : 경제 독소인 부정부패를 사정하는 기능

3. 한국 경제 구조의 병폐적 모습

한국 경제의 병리현상을 쉽게 이해하기 위해서는 우선 인체적 병리현상을 파악하는 것이 경제학을 모르는 국민들에게는 쉽게 이해를 구할 수 있으며, 경제정책을 판단하고 결정하는 통치권자에게 도움을 줄 수가 있다. 또한 올바른 진단을 할 수가 있으며, 중장기적인 처방책을 얻을 수 있다.

가. 기후환경

냉전체제 하에서는 매서운 북풍(북방세력 : 소련을 위시한 사회주의 국가)과 따뜻한 남풍(해양세력 : 미국을 위시한 자본주의 국가) 사이에 한반도가 놓여져 있었으나, 탈냉전 이후 엄청난 기후변화를 가져와 이제는 남풍이 찬바람으로 변하여 불어 닥치고 있는 상황이다.

나. 한국 경제구조

오늘날의 한국 경제는 청년기를 맞고 있다. 그러나 불행하게도 신체적 결함을 가진 채 중병을 앓고 있는 상태이다.

1) 총체적 신체 결함

(가) 불균형적인 하체구조

중소기업이 대기업보다 취약한 상태이며, 수직적인 관계로 설정되어 있고 대기업은 뼈대가 약한 비만적 상태

(나) 허약한 팔

유아기적인 농업

(다) 눈곱 낀 근시

부정과 편법 속의 근시안적 안목

(라) 편향적인 사고방식

자신의 처해져 있는 입장에서만 수구적 자세(개혁을 부르짖지만). 머리부터 썩고 있음

(마) 쓸개의 미발달로 소화기능이 70% 정도

생활기술과 첨단기술의 부족으로 부가가치 생산이 취약

(사) 배 부분에 체지방 가득한 배불떼기

불노소득의 급증, 일할 의욕상실증

(자) 심장의 허약

- 심근경색증 : 관치금융에 의해 비탄력적인 상황
- 부정맥 : 정책금융의 지배로 인한 금융기관의 자율성 상실로 자율조절 기구인 심장판막의 기능 저하
- 동·정맥 경화증
- 혈관에 붙어있는 노폐물('꺾기', 급행료, 커미션 등)로 부위마다 혈액의 흐름이 현격히 달라 하부구조로 갈수록 빈혈현상

2) 총체적 병증현상

(가) 황달 증세 : 사정기관의 경화현상

(나) 부기현상 : 버블경제로 인한 경제탄력 상실

(다) 각 부위에 나타난 음성, 양성 종기

뿌리가 깊은 종기로 썩는 냄새가 만연되어 무취감 속에 진통 호소

(라) 어지럼증 : 가치관의 혼동으로, 일관성 없는 경제정책 때문

(사) 노령증세 : 소시적 자랑만하고 노화현상을 못 느낌

(자) 온 몸에 때가 끼어 피부가 갈라짐. 즉, 환경의 오염이 매우 심함

4. 원인

총체적인 신체 결함의 원인은 고도성장을 위한 불균형 성장정책에 따라 불가피(?)하게 발생된 것이며, 그것을 보완하지 않은 이유는 정통성이 결여된 군사정권의 사고방식(군사문화)과 통치 때문이다. 아울러 그들과 공생한 수구세력의 편협적인 사고와 저항 이 그 원인이다. 또한 그로 인하여 총체적 병증현상을 가져왔다고 할 수 있다. 지금까지 총체적 병리현상을 알면서도 제대로 치유하지 못한 것은 자신이 처해져 있는 입장에서만, 다시 말하면 통치자의 비위를 맞추며 수구적인 입장에서 주관적 판단을 해왔던 경우가 허다했기 때문이다. 정권적 차원에서 혹은 자리에 연연하기 위해서 근시적이고 미봉적인 치료를 했던 것이

원인이다. 다행스럽게 도덕성이 돋보이는 문민정권의 탄생으로 근본적인 치유를 가능케 한다.

김영삼 대통령이 스스로 청렴성을 선언했기 때문에, 또한 편협적인 경제지식을 가지고 있지 않기 때문에 근본적인 치유를 할 수 있다.

5. 대책방안

병을 치료하기 위해서는 응급조치를 하고, 각 부문의 의사진단과 치유방법을 총체화시켜 단기, 중기, 장기적으로 구분하여 치료계획을 세우고, 차질 없이 검증치료한다.

가. 대통령은

첫째, 앞에서 언급한 공동이념이라는 잣대를 기준으로, 통치하겠다는 확고한 의지와 청렴성을 유지하겠다는 자세를 끝까지 견지한다.

둘째, 편파적인 사고를 가지지 않도록 주변 인물을 잘 고른다.

셋째, 정실에 이끌리지 않으며, 자기 성찰을 꾸준히 한다.

넷째, 정책 결정을 하기 전에는 반드시 단점(부작용)에 대한 보완책을 강구토록 한다.

다섯째, 총체적 안목을 키운다(어느 분야이든).

나. 주변 조치

첫째, 머리에 걸친 장신구를 우선 떼어낸다. 즉, 주변부터 사치적이고 낭비적인 부분을 정리한다.

둘째, 머리에 걸친 권위주의적인 표피를 제거한다. 가령 청와대길, 인왕산, 국회의사당 등을 개방 조치한다.

셋째, 권력층 인사부터 재산을 공개하여 청렴, 도덕성을 유지하도록 한다.

넷째, 텃밭인 집권당부터 재산을 공개하고 감량경영을 한다.

다. 응급조치

온 몸을 씻어낸다. 즉, 관료적, 군사문화적, 권위주의적인 표상부터 제거한다. 또한 황달증을 치료하기 위해서 굳어진 간경화 부분을 도려낸다. 중추신경을 왜곡 내지 마비시킨 정보기관을 정화시키다.

마. 경제정책

병든 한국 경제를 치유하기 위한 치료방법은 단기적, 중기적, 장기적 치료책이 있으며, 서로 상호보완적인 관계로 이루어져야 한다.

1) 단기적 경제정책

(가) 경제구조를 썩게 하는 부정부패 가운데 우선적으로 인적 부정부패를 척결한다. 즉, 권력형 부정부패와 관변형 부정부패를 일소한다.

(나) 권력층과 정치지도층으로부터 도덕성을 회복하여 어지럼증을 치료한다.

(다) 중소기업에 지불되고 있는 어음기간을 1개월로 확정한다.

(라) 금융기관의 꺾기 관행을 타파한다.

(마) 금리가 인하되도록 환경을 조성한다.

(사) 대출제도를 간소화한다.

(자) 버블경제화되지 않도록 토지정책을 강화한다.

(차) 토지개발공사의 이익을 최소화하는 정책을 수립한다.

2) 중기적 경제정책

(가) 금융 실명제를 단계적으로 도입한다.

(나) 부도방지 보험제도를 도입한다.

(다) 부가가치를 중심으로 하는 수출드라이정책으로 전환한다.

(라) 첨단연구소뿐만 아니라 생활기술연구소를 육성시킨다.

(마) 장기적으로는 성장정책을 보완하는 노동정책을 수립한다.

3) 장기적 경제정책

(가) 기술변화에 탄력적인 중소기업을 강화시키다.

(나) 규모의 경제가 손실 없는 범위 내에서 경제력 집중을 강화시킨다.

(다) 균형적인 산업정책

(마) 질적인 성장정책

나는 개혁 정책은 집권 초기인 1~2년 안에 제도적으로 마무리 되어야 하며, 그 개혁으로부터 오는 고통은 정권교체로부터 오는 고통이라 국민들이 참을 수 있지만, 지속되면 그 고통은 문민정권으로부터 오는 고통으로 받아들이게 되어, 경우에 따라서는 비난의 칼이 되어 돌아온다고 하였다.

더불어 5년의 단임 기간에 모든 것을 다 바꾸려고 할 때에는 설익은 개혁정책이 될 것이라고도 하였다. 따라서 5년의 재임기간을 집권 초기정책, 집권 본격정책, 집권 마무리정책으로 나누어 밑그림을 그려야 한다고 하였다.

문민정권 초기에는 개혁정책을 펴 많은 국민들로부터 80% 이상의 지지를 받았다. 그런데 개혁정책과는 동떨어진 세계화정책의 등장은 안타까웠다. 더구나 한국 경제가 준비가 안 된 상태에서의 OECD 가입은 너무나 안타까웠다. 성공한 대통령이 되지 못할 것 같았다. 노동법 날치기 통과는 문민정권의 지지율을 곤두박질치게 하는 계기가 되었다. 일명 '해고법' 이라는 노동법을 노동과 관련된 인사들과 상의만 했었어도 해고법이라는 용어가 나오지 않도록 만들 수도 있었는데, 나는 정말 화가 났었다.

나는 정책위 의장이던 황병태 의원에게 이런 제안을 하였다. 즉, 절대적 빈곤층에게 절대적 빈곤으로부터 탈피할 기회를 제공할 수 있다. 일본의 경우를 들면서 일본은 자본시장 개방화를 시도하기 전에 이미 주식을 국민들이 미리 사도록 하였기 때문에, 외국자본이 들어와도 국민들이 산 가격보다 높은 가격으로 구매

하기 때문에 외국자본에 의한 자본시장의 주도권을 넘겨주지 않았다. 따라서 우리도 자본시장을 개방하기 전에 연금이나 혹은 재정자금으로 저소득층이 주식을 매입할 자금을 대출해 주고 한전, 포스코 등 기간산업의 주식을 매입토록하며, 대출금의 담보는 매입한 주식으로 하면 된다. 대출 이자는 배당금으로 대치하면 된다. 그리고 어느 일정기간에는 주식 처분을 하지 못하도록 하고, 자본시장을 개방하면 절대 빈곤층으로부터 탈출할 기회가 된다고 하였다. 만약 나의 의견을 정책화하였다면 우리나라의 주식시장을 외국인이 좌지우지 못하였을 뿐만 아니라 많은 저소득층에게 생활의 터를 다질 수 있는 자본을 형성할 수 있었을 것이라는 큰 아쉬움이 남는다. 결국 OECD 가입으로 인하여 불가피하게 자본시장을 개방함으로써 헐값에 주식을 매집한 외국인 투자자들이 주식을 사면 오르고, 팔면 떨어지는 '땅 집고 헤엄치기식'의 손쉬운 먹이감이 되고 말았다.

지방선거 참패의 책임은 대통령에게 있다

신한국당의 참패로 끝난 지난 94년 지방선거 후 타워호텔에서 최형우, 김수환, 김명윤, 서석재, 황명수, 서청원, 강인섭, 황병태, 김덕룡, 이원종, 강삼재 등 민주계 실세를 포함한 민주계 위원장들의 모임을 가졌다.

인사말과 축사, 건배사 등 공식적인 스피치가 끝난 후 하고 싶은 말이 있으면 누구든지 나가 말할 수 있는 기회가 주어졌다. 나는 민주계 모임을 가질 때마다 선배들의 이야기를 듣는 것으로 참석의 의미를 가졌었다. 그날 나는 처음으로 마이크를 잡고 "막내인 서정의가 한 말씀 올리겠습니다. 이번 지방선거의 참패의 책임은 대통령 각하에게 있습니다"라고 하자, 덕담을 나누며 화기애애한 분위기의 행사장이 찬물을 끼얹은 듯 조용해지고 말았다.

"부평 조세 횡령사건처럼 지자체 단체장들이 개혁의 대상인데 그들을 단체장 후보로 내세운 것은 개혁의 드라이브정책에 반하고, 지역구 위원장들에게 전권을 위임하다시피한 책임이 당 총재인 대통령에게 있습니다."

이러한 요지로 말을 끝내자, 모임은 파장이 되고 말았다.

철옹성에서의 정몽준 의원과의 대결

14대 총선이 다가오면서 소위 재벌당인 국민당이 탄생되었다.

정주영 회장이 대통령선거에 나올 것으로 판단한 YS는 나에게 국민당의 심장부라 할 수 있는 울산 동구에 출마해달라는 요청이 있었다. 울산 동구는 예전부터 정몽준 의원의 철옹성이었다. 김현철 씨가 운영하던 중앙조사연구소에서 정몽준 의원을 상대로 울산이 고향인 최형우 장관을 비롯한 여러 인사를 대입하여 여론조사를 해보아도 정몽준 의원은 70% 가까운 지지율이 나오고 있었다.

그런 곳에 연고가 없는 나에게 울산 동구에서 출마하라는 것은 당선의 목적보다 다양한 전략 때문이었다.

첫째는 재벌의 아들과 노동자의 대결이라는 이벤트를 만듦으로써 국민당은 '재벌당' 이라는 이미지를 더욱 부각시키고, 다른 지역에서의 선전을 노리려는 전략이었고,

둘째는 3당 합당된 민자당에서 소수파인 민주계로써 YS가 대통령 후보가 되기 위해서는 자파의 위원장 확보가 매우 중요하기 때문이었다.

나는 내 자신의 이득보다 YS가 대통령이 되고, 문민정권의 탄생을 위해서 희생할 각오가 있었기 때문에 수락하였다.

내가 그곳에서 당선되기 어렵다는 것을 잘 알고 있던 김덕룡 의원도 내가 울산 동구로 내려가기 전날, 나에게 당에서 내려주는 자금만으로 선거를 치러야 한다고 고맙게도 당부하였다.

노조위원장 출신이 무슨 자금이 있겠는가만, 나도 그런 사정을 잘 알고 내려가는 처지라 나 역시 그런 생각을 하고 있었다.

지역 유권자의 90%는 현대중공업, 현대중전기, 현대미포조선, 현대엔진 등 현대그룹의 직원이거나 현대그룹과 연관된 하청관계자였다. 더구나 민자당을 상대로 투쟁을 했던 노동운동의 지도자들이 나를 밀어주려고 하니 민자당이라는 간판이 걸리고, 반대하자니 함께 노동운동을 했던 처지라 많은 갈등을 느낀다고 호소하였다. 또한 나를 위해 선거운동을 하다가 걸리면 출장을 보내거나 근무처가 바뀌는 등의 어려운 처지를 호소하는 동지들도 많았다.

내가 현대건설 노조위원장일 때 부위원장이었던 도호섭 씨조차도 남모르

게 사무실로 들어오곤 하였다. 그러면서 하청 일로 먹고살자니 그럴 수밖에 없다는 자신의 입장을 설명하였다.

간담회를 하면 즉각 근무 중인 남편에게 연락이 가고, 남편은 집으로 연락하여 파장되는 것이 다반사였다. 마치 이북에서 선거운동을 치르는 격이었다.

반면에 정몽준 의원 쪽은 선거운동 책임자로 각사의 대표이사들이 맡았다. 'YS가 출마해도 이길 자신이 있다' 고 호언하던 정몽준 의원이었다.

YS와 IMF 파동

IMF 파동의 원인을 'YS 때문' 이라고 하는 것은 경제를 모르고 하는 소리이다. 근본적인 원인은 한국 경제의 구조적인 문제 때문이기도 하지만, 직접적인 문제는 국제 핫머니들의 농간 때문이다.

가령 이익을 내는 기업도 갑자기 자금을 쪼으면 흑자 부도가 나기 마련이다. 자금을 회수하더라도 준비할 수 있는 시간을 주는 것과 준비할 시간을 주지 않고 회수하는 것은 결과가 엄청나게 차이가 난다. 나는 지금도 한국이 겪은 IMF 파동은 국제금융의 농간이었다고 생각한다.

파동 당시 IMF 처방을 받아들이는 정책 당국을 보고 너무나 한심스럽고 내가 국회의원이라는 직책이 있었다면 정곡을 찌르고 싶었는데, 그렇지 못하는 것이 그렇게 안타까울 수가 없었다. 그 심정으로 쓴 시가 다음과 같다.

IMF 처방전에 놓아 난 한국 경제

중환자실에 실려온

변화의 바람에 둔감한 청년

내놓으라는 박사들 온갖 처방을 해도 소용없고

마침내 IMF 의사들 처방전 내놓는데

과연 나을지 걱정스럽다

어디 한번 쳐다보자

또래보다 몸집은 큰 데, 요상하게 생겼구나

머리는 장신구로 치장하여 권위 내세우기에 급급하고,

근시인 사팔뜨기에다 눈곱은 잔뜩 끼어 앞을 제대로 보긴 틀렸구나

때 낀 온몸의 피부는 쩍쩍 갈라지고

심겹살 배불떼기에 소녀 같은 팔이라

한쪽은 다 자라지 못한 소년의 다리요

또 다른 한쪽은 뼈대가 허약한 비만의 다리인데

지금까지 지탱해온 것만 해도 대견스럽구나

어디 증세를 살펴보자

수구적 자세를 견지하다 편협적 사고로 굳어 있고

노화현상 못 느끼는 노령증세에

어지럼증 호소하는 걸 보니

가치관이 혼동되어 일관성 없이 머리 쓴 결과로구나

황달증세에다 부기가 심하고

여기 저기 음성종기 양성종기가 돋아나고

썩는 냄새 만연한데 무취 속에 고통스럽다 하네

어디 속을 들여다 보자

척추뼈는 그런대로

염증있는 뼈연골들 유연치 못하고

부정맥이 있는 심근색 경화증에다 심장판막증도 있고

노폐물로 쌓인 혈관 흐름은 들쑥날쑥하여

고혈압 저혈압 빈혈이 여기저기

간경화증에 다 자라지 못한 쓸개

허약한 소화기능에

왜곡된 중추신경 일부는 마비가 되었네

IMF 처방전을 살펴보니 큰일이로세, 큰일이야

급성 빈혈에 응급 수혈은 좋은데

고혈압 유지하라고 팔다리 쪼으고

심장수술하면서 내과, 외과, 정형수술

한꺼번에 이루어지니 사람 잡을 수술이로구나

실험수술 아니고서는 이해할 수 없는 수술이로세

세기를 앞두던 정초에

서정의가 피를 토하다.

문민정권에서 초기처럼 꾸준한 개혁으로 마무리 했으면, 세계화정책으로 선회하지 않고 OECD 가입을 늦추었다면 하는 아쉬움이 매우 컸었다.

국민의 정부에서 외환보유고가 바닥이라는 당선자의 말은 충격이었다. 바닥 자체가 충격이 아니라 경제적 문제를 정치적으로 활용함으로써 한국은 세계 자본의 좋은 먹이사냥감이 된 것이 충격이었다.

경기활성화정책으로 아파트 분양가의 자율화와 비정규직 도입은 큰 실책이었다. 불가피하게 도입되어야 한다면 한시적, 탄력적으로 도입했었어야 하는데 큰 아쉬움이 남는다. 오늘날의 양극화 문제를 심화시키는데 단초를 제공한 정책이었다.

참여정부는 역대 어느 정권에 비해 경제적 환경은 최상의 조건이었다. 그러나 과거청산하며 치유한다는 것이 사회갈등을 더욱 조장하는 꼴이 되었다. 어느 코스로 올라가든 일단 정상에 오르면 사방을 쳐다 보아야 하는데 올라 온 코스만을 바라보며 문제점을 파악한 것은 큰 실책이었다. 자본집약적이고 기술집약적인 산업구조로 급속히 탈바꿈하고 있는 선진 경제구조 하에서는 서민경제에 대한 정책이 있었어야 했는데 없었고, 허둥지둥 내놓는 부동산정책으로 말미암아 상대적 박탈감을 심화시키는 꼴이 되었다.

참여정부, 열린우리당은 말 그대로 폐쇄적인 코드인사가 아닌 모두가 참여할 수 있는 정부나, 과거에 집착하는 닫힌 정당이 아니었더라면 하는 아쉬움과 권위와 권위주의를 구분하지 못하는 무지는 국민을 매우 실망케 했다.

이명박 전(前) 회장의 서울시장 선거

TV토론에서 김민석 후보가 서정의 노조위원장 납치사건을 들먹인 모양이다(나는 그 토론을 보지 못했음). 그래서 이재오 의원으로부터 나를 만나자는 연락이 왔다. 이명박 시장을 도와달라는 것이었다. 나는 그가 진정으로 사과를 한다면 고려하겠다고 하자, 서린동 코오롱빌딩 커피숍에서 이명박 시장 후보와 함께 오후 6시에 만나기로 하였다. 구로 연설을 마치고 오기로 한 이명박 후보는 약속시간에 오지 않았다. 함께 기다리던 이재오 의원은 이명박 후보로부터 전화를 받고, 차가 밀려서 오지 못한다며 전화를 건네주었다.

전화상으로도 사과를 받지 못한 나는 이재오 의원에게 나의 피랍사건을 설명하면서 나의 아버지가 돌아가시게 된 사유도 설명하였다. 그러자 이의원은,

"동생은 동생을 위해 나서지 않는 게 좋겠다. 나도 선거대책본부장이지만, 그의 속을 모르겠더라. 속을 드러내지 않으니까."

김민석 후보측에서 나에게 그 사건의 실체를 물었더라면 상세히 말해 주었을 것이다.

'문민정부' 공기업에서의 활동

문민정권이 탄생되었다. 모두가 걸맞는 자리를 하나둘씩 찾아가고 있었다. 지구당위원장을 맡고 나서 달포 만에 3당 합당이 되어 나는 어느 중진들 속에도 속하지 못하였다. 즉, 최형우 쪽 사람이나 김덕룡 쪽 사람도 아닌 외톨이 신세였다. 나를 통일민주당에 영입한 사람이 김영삼 총재였기 때문에 그런 형국 속에서 나를 챙겨줄 사람은 대통령뿐이었다.

김태환 비서관이 나에게 충고해 주기를 "YS는 울어야 자리를 준다. 그러

니 자주 청와대로 들어와서 홍인길 수석비서관한테 자리를 달라고 하라”는 것이었다. 그러나 나의 성격상 그러지도 못하고, ‘필요하면 쓰겠지’ 하며 기약 없는 ‘백수생활’을 하고 있었다. 그러던 중 자리가 날 때까지 토지개발공사의 자회사인 시설관리공단에 와있어달라는 김우석 토지공사 사장의 권유로 들어가게 되었다.

한번은 우리가 발주하고 삼성물산에서 시공한 분당의 서현 역사 및 삼성플라자 건축공사의 카펫시공과 납품을 하려는 업자가 있었다. 그는 신한국당 모 의원한테 청탁을 한 업자였다. 나는 그들의 제안서 중 여러 가지를 검토해 보았으나, 스펙(설계 내역)과 다르고 업자 선정은 시공사의 권한이었기 때문에 그를 그대로 받아줄 수 없었다. 그러자 그는 또 다른 야당의원한테 부탁을 하였다. 그럼에도 나는 받아들일 수 없는 사항들을 설명하면서 정중히 거절하였다.

그러자 토개공 사장에서 건설교통부장관으로 영전한 김우석 장관으로부터 다시 연락이 왔다. 그래도 나는 그럴 수 없다고 거절했다. 김장관은 나의 거절 사유를 듣기도 전에 불호령부터 치며 전화를 끊어버렸다.

한 시간 정도가 지나 김장관으로부터 다시 전화가 왔다. 화가 어느 정도 가라앉은 차분한 목소리여서 나는 거절할 수밖에 없는 이유를 차근차근 설명하였다.

“더구나 이 건은 여야의원들한테도 청탁을 받았던 사항인데, 뒤늦게 장관님의 청탁을 받아들이게 되면 거절당한 여야의원들의 입장과 여기저기 떠벌리는 그런 업자로 인하여 장관님의 입장이 더 난처해질 수 있다고 판단하여 거절한 것입니다. 죄송합니다.”

그러자 김장관은 호탕하게 웃으면서 “내가 잘못 판단했는데, 그렇게 해주어 고맙다”는 말씀을 하였다. 김우석 장관은 역시 호걸이었다.

들어간지 1년만에 시설관리공단이 청산되어 또다시 백수가 되었다.

어느 덧 김영삼 정권이 3년차에 접어들고 있었다.

오월 어느 날 차를 몰면서 나는 정치에 입문할 때 가지고 있던 꿈은 점점 사라지며, 내 자신을 반추해 보니 울화가 치밀었다. 그런데 5월의 햇살이 연록 빛 잎새를 뚫고 내 눈에 들어왔다. 그 순간 차를 세우고 "나에게 저렇게 아름다운 모습을 볼 수 있다는 것만 해도 너무나 감사합니다" 하며 하느님에게 기도를 올렸다.

그리고 나서 김영삼 총재님을 대통령으로 만들고, 문민정권 탄생에 일조한 것만으로도 만족하니 '자리'에 대한 불만은 없어지게 되었다.

그 이후로 시 습작을 시작하였다. 또한 주식시장이 활황국면이라 주식투자로 경제적 문제를 해결하였다.

정치에 뛰어든 이상 내 갈 길로 가야겠다는 생각에서 강삼재 총장을 만나 김영삼 대통령에게 내 뜻을 전해달라고 하였다.

그러자 김종민 민정비서관을 만나보라는 연락이 왔다.

나는 청와대로 들어가서 김종민 민정비서관을 만났다. 그는 나에게 "서위원장님이 토개공 시설관리공단에서 근무할 때 많은 투서가 있었습니다. 그러나 철저히 조사해보니 모두 모함을 하는 투서였습니다. 너무 올곧게 근무하는 바람에 생긴 일 같습니다. 방송공사의 자회사 사장자리로 보내라고 하는데, 내가 볼 때에는 월급이 제일 많은 마사회 총무이사 자리를 추천하고 싶습니다. 그리고 그곳에 가시게 되면 물이 너무 맑으면 고기가 모이지 않으니 아래 사람들을 조금은 풀어주는 게 좋겠습니다"라고 조언까지 해주었다.

나는 토개공 시설관리공단에 근무하면서 아래 사람들에게 시공사로부터 식사 대접을 받지 않도록 당부하였다. 우리 건물을 지으려고 노력하는 그들에게 감사하는 마음으로 대해 주도록 당부하였다. 그리고 하청업자 선정에 청탁을 하지 못하도록 하였다. 나는 현장을 갈 때마다 시공사 소장을 비롯한 간부들과 점심식사를 하였고, 계산은 나의 업무카드로 처리하였었다. 그렇게 한 이유는 현대건설에 근무하면서 감독관이나 발주처 직원들의 고분한 자세를 많이 보았고, 시공사의 입장을 잘 알고 있었기 때문이었다.

김종민 비서관의 조언을 새긴 나는 마사회에서 근무하면서 직원들에게 "의사결정 이전에 커피 한잔도 대접받지 말라. 그러나 의사결정이 끝나고 난 후 식사대접을 받는 것까지는 막지 않겠다"고 하였다.

임기가 3개월 정도 남은 오경의 회장은 관람대 증축공사를 발주하려고 하여 나는 "회장님이 연임하시고 난 뒤에 발주하든지, 아니면 후임 회장이 발주하는 것이 어떻겠느냐"고 했다. 그러자 오경의 회장은 흔쾌히 나의 건의를 받아주기도 했다.

관람대 증축공사를 발주하기 전부터 ○○건설회사가 수주할 것이라는 소문이 나돌았다. 그것은 연고를 내세운 건설회사의 담합이었다. 그 담합을 깨려고 발주를 늦추자 김환일(가명) 회장으로부터 불호령이 떨어졌다. 어쩔 수 없이 발주하여 입찰한 결과는 소문대로 K회사가 낙찰되었다. 오경의 회장 시절부터 조직에도 없는 시설고문 자리에 ○○○씨를 근무시키고 있었다. 그런데 김환일 회장은 그를 시설이사로 두기 위해 안간힘을 썼다. 그러나 나는 반대하였다. 조직에 없는 시설이사 자리를 만드는 것은 '옥상옥'의 자리이고, 더구나 그는 조달청에 근무할 당시 뇌물을 받은 혐의로 파직당한 자였다.

1년 가까이 김회장과 투쟁하여 그를 시설이사로 앉히지 못하게 하였다. 하청업자 선정을 비롯해 여러 가지 청탁을 총무이사인 나를 통해야 하는데, 시설이사를 두면 총무이사는 그 업무에서 자동적으로 손을 놓게 되고, 그를 통해 여러 가지 청탁을 할 수 있는 유혹의 손길을 떨쳐버리지 못한다. 만약 부정의 연루가 생기게 되면 연루된 사람만 욕을 들어먹는 것이 아니라, 민주계 전체가 욕을 들어먹는 일이 되기 때문이었다.

공기업에서 근무하면서 부정한 돈을 받다

나는 공기업에 근무하면서 두 번의 검은 돈을 받았다.

입찰을 할 때 일반적으로는 예정가를 달리 적은 봉투를 열개 만들어 입찰 참가자에게 봉투 하나를 뽑아 예정가를 정하는데 반해, 나는 둘을 뽑도록 하고 그 금액의 합의 평균으로 예정가를 정하였다. 그렇게 되면 예정가를 적은 나조차 예정가가 얼마가 될지 모르기 때문이다. 그런데 낙찰자가 자격심사에서 탈락이 되고 말았다. 그 이유는 자격심사를 통과한 업체만이 입찰에 참가할 수 있는데, 낙찰된 그 업자는 허위 서류를 제출하는 바람에 자격 미달이 되어 차상위 업체가 낙찰된 것이었다. 그 업체는 행운이었다.

그래서 고맙다고 인사하며 놓고 간 것은 현금 3백만 원이 든 봉투였다. 난생 처음으로 받은 뇌물이었다. 그 돈을 돌려주려고 차 트렁크에 싣고 다니다가 내가 잘 아는 어린이 연극에 혼신을 쏟던 연극인이 있었는데, 대화 중에 영혼이라도 팔고 싶다는 딱한 사정을 듣고서 그 사람에게 그 돈을 봉투째로 주어버렸다.

동계유니버시아드대회를 무주에서 열면서 스키장과 콘도 그리고 골프장을 지었다. 콘도는 각국 선수의 숙박으로 쓰고 나서 분양을 해야 하는 것이었다. 법률적으로 그 콘도를 공기업이나 정부에서 매입하도록 정해져 있었다. 그런데 대회가 끝난 후 콘도의 미분양이 쌓이고, 자금 압박을 심히 받고 있었다. 그 회사의 부회장이 나를 찾아와서 콘도 구입을 해달라고 사정하였다. 딱한 입장이었다. 왜냐하면 법률적으로 자원하기로 했으면 당연히 해야 함에도 불구하고 하지 않는 바람에 전북의 유일한 대기업인 쌍방울이 어려움에 처했던 것이다. 그 회사의 부회장이 회사의 사정을 이야기하면서 부탁하고 나가면서 놓고 간 것은 5백만 원이 든 봉투였다. 곧바로 그를 불러 돌려줄까 생각하다가 3일 후 그를 불렀다.

"내가 이 봉투를 받으면 오히려 돕고 싶어도 오히려 돕지 못합니다. 뇌물을 받고 일을 하는 것처럼 내 스스로 생각하게 되어 직원에게 매입하라고 적극적으로 지시할 수 없게 됩니다. 내가 곧바로 불러 돌려드릴까 생각했었는데, 나이 많으신 부회장님의 곤혹스러운 입장이 될까봐 오늘 돌려 드리려고 만나자고 한 것입니다."

|제7장|

2007년 정치 단상

제7장

2007년
정치 단상

경제 **대통령**

우리는 향수에 젖어있는지 모른다. 아니 착각을 하고 있는 것이다. 경제 규모가 작은 관주도 하의 경제시절이나 독제체제에서는 경제 대통령이라는 말이 나올 수 있다. 그러나 오늘의 한국 경제는 관주도 하의 경제체제도 아니요, 개발도상국의 경제 규모도 아니다. 더더구나 각 이해단체가 저마다 소리를 낼 수 있는 민주주의체제 하에 있다.

교역량만 해도 세계 10위 안에 들 정도로 거대한 민간경제의 주도 하에 있다.

국민이 원하는 강력한 리더십을 가진 경제 대통령은 어떠한 대통령을 말하는 것일까? CEO의 경력을 가졌다고 해서 경제 대통령이 될 수 있을까?

성숙된 민주주의 국가에서 강력한 리더십을 가진 지도자가 되려면 첫째, 무엇보다도 도덕적으로 하자가 없는 사람이어야 한다. 정치적 이해관계로 대통령이 사면복권을 했다고 해서 국민이 사면을 해준 것은 결코 아니다. 따라서 범법자는 범법자일 뿐이다.

둘째, 공과 사를 명확히 구분하여 행동한, 철저한 자기관리가 몸에 밴 인물이어야 한다. 즉, 권한을 가진 자리에 있을 때 친인척이나 개인적인 친분관계 때문에 권한을 행사한 적이 없는 사람이어야 하는 것이다. 회사의 오너조차도 친인척에게 일방적인 이익을 가져다주는 행위를 하게 되면 비난을 받게 마련인데, 월급을 받는 회장이 처남에게 수의계약으로 공사를 맡긴 처신은 철저한 자기관리가 되어 있지 않은 것이다.

셋째, 신뢰를 할 수 있는 인물이어야 한다. 즉, 자신이 뱉은 말로 인해 손실이 있다고 하더라도 그 약속을 지킬 수 있는 인물이어야 하는 것이다.

이와 같은 자격 조건은 강력한 리더십의 필요조건이지 필요충분조건은 아니다.

넷째, 민주주의를 신봉하는 국가관(조직관)이 몸에 배어야 하는 것이다. 인간은 존엄성을 가지고 있으며, 평등하다는 기본원칙 하에 더불어 자유롭고 인간다운 삶을 추구할 권리가 있는 것이다. 또한 그 권리를 보장할 수단으로 도입한 시장경제체제인 것이 오늘날의 민주주의 국가이다. 따라서 이해관계가 서로 다른 집단의 갈등을 해소하기 위해서는 국민 전체(조직원 전체)의 이익이라는 기준 하에 설득과 조정, 화해를 몸소 실천한 국가관이 배어있어야 하는 것이다.

이와 같은 자격을 갖추어야만 강력한 리더십을 발휘할 수 있는 것이다.

오늘날의 한국 경제를 더욱 부흥시키기 위해서는 확고한 경제철학과 미래를 바라보는 혜안이 있어야만 한다.

성장과 분배는 서로 상반된 것이 아니라, 상호 보완적 관계라는 인식을 철저히 가지고 있어야만 한다. 소비 없는 생산은 있을 수 없고, 생산 없는 소비도 있을 수 없다.

왜곡된 분배를 지속적으로 시정(개혁)시켜 나가야만 성장의 속도를 가속화시킬 수 있는 것이다. 왜곡된 분배구조 하에서는 상대적 박탈감을 주기 때문에 사회 갈등이 증폭되는 것이다. 민주주의 국가에서는 힘으로 그 갈등을 막을 수 없고, 합리적인 정책을 통해서만 가능한 것이다.

나는 이윤극대화라는 사훈들을 볼 때마다 눈살을 찌푸리지 않을 수 없다. 왜냐하면 극대화 속에는 많은 희생이 요구되기 때문이다. 경제학에서는 최적화라는 용어가 있다. 최적 점은 주어진 요소들의 각 극대점이 서로 만나는 점을 말한다. 가령 자본과 노동의 최적화, 성장과 분배의 최적화, 성장과 인권의 최적화, 국가발전과 개인발전의 최적화, 회사발전과 회사원발전의 최적화 등을 들 수 있는 것이다.

오늘날의 글로벌 경제 하에서는 과거와 다른 특징들이 있다.

첫째, 엄청난 발전을 거듭하고 있는 정보화시대이고

둘째, 기술의 발전이 엄청난 속도로 가고 있다는 것이고

셋째, 새로운 산업이 태동하고 있다는 점이고

넷째, 국가의 장벽이 무너져버린 세계화의 추세에 놓여있다는 점이다.

정보화시대로 말미암아 왜곡된 시장경제는 경쟁력 상실의 원인이 되고 기술의 발전으로 말미암아 제품의 사이클이 짧아지기 때문에 끊임없는 연구와 기업간의 기술공유가 일어나고 있으며, 기술의 발전만큼 소비가 따라오지 못하는 바람에 새로운 분야의 산업이 태동하고 있는 것이다.

그럼에도 불구하고 과거의 향수에 젖어 한반도 대운하 건설이라는 공약은 한 치의 앞도 내다보지 못하는 정책이다.

그 이유로는,

① 막대한 재정이 요구된다.

② 운하를 여행하는 관광객은 없다.

·③ 삼 면이 바다로 이루어진 우리나라에서 그곳으로 물류를 이동할 이유가 없다.

④ 부동산 투기 및 지가 앙등으로 분배구조만 더욱 가중시킨다.

⑤ 처치곤란의 골재가 쌓이게 된다.

⑥ 국민의 식수에 영향을 준다.

⑦ 환경에 악영향을 준다.

⑧ 고용창출은 제3국인의 고용창출이 대부분이다.

국가경제정책에서 가장 중요한 점 가운데 하나가 자원의 효율적인 배분이다. 국경 없는 경제전쟁 속에서 우리와의 경쟁 국가는 원천적 기술을 확보하고, 시장의 선점을 차지하려고 혈안이 되고 있다. 그들은 과학기술대국을 이루려는 치밀한 계획 하에서 많은 재정을 쏟아 붓고 있는 것이다. 국가경쟁력에 도움이 되지 않는 한반도 대운하에 투입되는 재정은 낭비일 뿐이라는 사실이다.

또한 선창 밖으로 보이는 것은 강둑뿐일 텐데 2~3일 걸리면서 배를 타고 가는 외국관광객은 없다는 사실이다. 유럽에 여행간 사람 중 1~2일 걸리면서 운하를 여행한 사람이 한 사람이라도 있을까?

외국에서 수입한 물동량을 부산항에서 하역하고, 그것을 운하를 거쳐 서울로 보내는 물류비용이, 인천항에서 하역하여 서울로 보내는 물류비용보다 훨씬 더 비싸다는 것은 상식이다. 또한 부산항에 하역한 모든 물류가 서울로 가는 것이 아니라는 사실과 육상운반의 시간보다 몇 배의 시간이 소요된다는 사실은 운하로 물류를 운반해야 할 하등의 이유가 없다.

충청도로 수도권을 이전하겠다는 노대통령의 공약은 '충청표'를 얻었지만, 한편으로는 서민의 고통을 가중시키고 왜곡된 분배의 구조로 말미암아 상대적 박탈감을 많은 국민들에게 안겨주었다. 그로 말미암아 서울을 비롯한 수도권과 지방의 갈등을 유발시켰으며, 강남과 강북이라는 갈등을 증폭시켰다. 그렇다고 충청도민 전체가 혜택을 본 것도 아니다. 땅을 가진 지방 유지와 돈 많은 서울 사람의 배만 채워주었다.

만약 한반도 대운하를 건설하게 된다면 대한민국 전 국토가 한바탕 투기 바람이 일 것이며, 그 바람은 노무현 대통령이 만든 바람보다 훨씬 강하고 지속적일 것이다.

지방의 미분양 아파트가 점점 적체되고 있는데, 대운하 건설로 발생된 골재와 모래는 처치 곤란한 상황에 봉착될 것이다.

생수를 사먹는 부유층을 제외하고 대부분의 국민의 식수는 강물을 취수원으로 하고 있다. 배로부터 나온 기름찌꺼기와 오물로 인한 식수원인 강이 오염될 것이라는 사실은 자명한 일이며, 환경에 악영향을 주는 것은 불가피할 것이다.

강력한 리더십을 발휘하고 세계 경제의 흐름을 꿰뚫어볼 수 있는 혜안을 가진 대통령만이 진정한 경제 대통령이 될 수 있는 것이다.

남북통일에 대하여

남북 어느 쪽이든 통일을 서둘러서는 안 된다는 사실이다. 남북 위정자를 비롯한 많은 정치인과 지식인들이 통일을 운운하는 것은 남한 국민이든, 북한 인민이든 모두가 통일을 반대하지 않기 때문에 인기에 영합한 구호임에는 틀림없다. 그러나 한반도 역사를 보면 삼국시대를 비롯하여 고려시대에도 한민족은 분열되어 살아왔었다. 피지배층인 백성들의 입장에서는 삶 그 자체가 중요했던 것이다.

오늘날 서민의 입장에서 실제적으로 파악해 보면 혼란스러운 통일이나 남북간의 경제적 격차가 극심한 상태에서의 통일보다는 남한이라는 국가와 북한이라는 국가의 실체적 존재를 상호 인정하고, 정치를 제외한 모든 분야에서 활발히 교류하는 것이 더욱 중요하다. 그러한 교류는 상호간의 불신의 벽을, 증오의 벽을 허물 수가 있다. 과거의 한·중관계에서 오늘날의 한·중관계를 보더라도, 과거의 한·베트남 관계에서 오늘날의 한·베트남 관계를 보더라도 얼마든지 과거의 남북관계를 오늘날의 한·중관계보다 더 돈독히 할 수 있다.

북한 경제가 절대적 빈곤에서 탈피하고 베트남 정도의 경제수준에 이르게 된다면 남북 국민들의 자유로운 여행(거주는 제한)의 기회가 올 것이다.

여야 정치인을 비롯한 언론매체에서도 북한의 개방정책이나 개혁정책이라는 용어를 사용할 필요가 없으며, '햇빛정책' 이라는 용어도 사용할 필요가 없다. 그러한 용어 자체가 북한에게 내정간섭을 한다는 느낌을 줄 수가 있고, 자존심을 건드릴 수 있는 일이다. 남북 서로가 내정간섭을 할 필요가 없는 것이다.

개방을 하든, 개혁을 하든 그들 스스로가 필요에 의해서 정책이 선택되어지는 것이다. 또한 그렇게 하도록 하는 것이 가속화된 개방과 개혁을 이룰 수 있는 것이다. 그러므로 통일을 너무 조급하게 서둘러서는 안 된다.

교육에 대하여

국가의 교육정책의 목표를 명확하게 설정하어야 한다. 그래야만 사회 갈등을 완화시키며, 국가발전의 원동력을 유지하고 점증시킬 수 있다. 또한 인력의 수급불균형을 지양하여 실업의 증진을 막을 수 있을 뿐만 아니라, 문화를 창출할 수 있다.

그럼으로써 그 정책에 걸맞는 입시제도도 만들 수 있는 것이다.

1) 인성교육

국민의 심성이 거칠지 않게 하는 중요한 요소이며, 사회범죄율을 줄이는 첩경이다. 또한 물질만을 추구하는, 그런 가치관을 갖는 천민사상을 없애는 지름길이며, 국민 개개인의 개체성(가치관)을 확립시키는 역할을 하게 된다.

2) 정보의 획득능력 향상

부를 획득하는데 중요한 요소는 남보다 빠른 정보획득에 있다. 따라서 배분적 평등의 기회를 주기 위해서는 학교 교육만이 아닌, 다른 통로를 통해 지식과 정보를 얻을 수 있도록 하여야 한다. 그것은 한편으로는 향상된 노동력을 만들어나갈 수 있고, 그로 인해 유연한 노동 이동이 가능한 것이다.

3) 미래의 고급기술 인력배양

국가의 경쟁력은 자원보다 기술의 발전에 달려있다. 기술의 발전은 소수에 의해서 이루어진다. 그러므로 머리가 뛰어난 인재들이 경쟁을 통해 더 뛰어난 인재를 양성할 필요가 있는 것이다. 그러기 위해서는 오늘날의 평준화교육은 지양되어야 할 것이다.

4) 창의력 향상

인간은 만능하지 않다는 사실을 염두에 두어야 한다.

머리를 사용하여 사회발전을 기여하는 경우와 육적인 노력에 의해 기여하는 경우가 있다. 수학적 머리가 뛰어난 경우도 있지만, 예술에 뛰어난 머리도 있다. 또한 머리는 뛰어나지 않지만, 손재주가 있는 경우도 있다. 그러므로 여러 가지 각 분야에서 창의력을 발휘할 수 있도록 하는 것이 매우 중요하다.

이러한 교육정책에 맞는 입시제도가 필요한 것이다.

입시제도라는 것은 경쟁을 통하여 한정된 인원을 선출하는 제도이다. 따라서 경쟁을 어떤 방식을 도입하는가에 따라 인성교육 및 창의력을 병행하는 입시제도를 만들 것인가, 아니면 무한경쟁을 통해 우수인재(?)를 우선적으로 뽑는 입시제도를 만들 것인가에 있다.

《 무한경쟁 → 만능 인간추구 》

① 공교육만으로는 입학경쟁을 할 수 없는 점

　　내신 성적을 반영하는 과목이 너무 많다, 거기에다 논술마저

② 입학경쟁을 위해서는 사교육이 필수조건이 되어버렸고, 그로 인해 감당할 수 없는 교육비가 든다는 점

③ 만능의 능력을 가지도록 하는 입시제도로 인해 공교육이 무너져버렸다는 사실

④ 가난의 대물림을 가속화시키는 교육의 대물림 현상이 일어나고 있다
　는 점
⑤ 양극화의 원인

규제 완화에 대하여

시장경제와 관련된 규제와 비시장경제와 관련된 규제로 나눌 수 있다.

시장경제의 논리는 링 위에 올리는 선수의 체급과 관련이 있다. 급이 너무 차이 나는 경우에는 한쪽의 진입을 막고, 그 우수한 급을 해외 쪽으로 돌려야 한다. 시장경제에서 시장경제 논리로만 가지고 다룰 수 없는 것이 공익의 경제와 사회보장적인 경제이다. 그러므로 규제 완화를 하는 것이 무조건 다 옳은 것은 아니다.

노동정책과 노동운동

노동정책은 경제정책의 중요한 부분을 차지하며, 분배정책의 일환으로써 성장정책과는 상호보완적인 관계이다. 따라서 노동정책을 어떻게 펴는가에 따라 대립의 노사관계를 신뢰적인 노사관계로 이끌어나갈 수 있다.

노동정책은, 기업에게는 양질의 노동력을 지속적으로 공급할 수 있도록 하며, 노동자에게는 나은 임금을 받는 안정적인 직장이 되도록 하는 것이다.

노동력 수요와 공급의 균형발전을 위해서는 교육부의 책임이 막중하다. 교육부는 산자부를 비롯한 관련부서와 협의하여 장기적인 인재양성, 시대의

흐름에 뒤처지지 않는 인재양성을 위해 유연한 교육제도가 필요한 것이다. 또한 양질의 노동력을 지속적으로 공급하기 위해서는 교육과 훈련과정이 수시로 그리고 지속적으로 이루어지도록 제도화시켜야 한다. 아울러 사양화되어가는 노동력을 대체 노동력으로 전환하기 위해서는 정보제공 및 교육이 필요한 것이다. 그렇게 할 때 유연한 노동력의 이동이 가능하다. 기업의 측면에서는 사내교육이 필요 없이 즉각적이고 유용한 노동력의 공급을 받을 수 있다.

노사간의 임금협상도 해마다 할 것이 아니라 2년마다 하는 것이 적당하다. 금년도의 임금 인상률은 내년도의 기업 성장률(매출 증가 및 이익 증가)을 예측하여 산정하고, 예측에 대한 실적과 대비하여 상여금제도를 활용한다면 예측 가능한 제도로 인해 노사의 신뢰를 쌓아갈 수 있다.

IMF 파동으로 기업의 어려움을 감안하여 비정규직제도를 도입하였는데, 그때 일시적, 제한적으로 제도화하였다면 오늘과 같은 문제점이 없었을 것이다. 개별 기업의 성장에 따라 비정규직 비율을 탄력적으로 운용하는 정책을 도입하였다면 사회문제화가 되지 않고, 모두가 더불어 사는 사회가 되었을 것이다.

진보와 보수 그리고 개혁

진보와 보수의 개념 정립이 시급하다. 모든 사람들은 사안에 따라 진보적인 입장을 취하는 경우도 있고, 보수적인 입장을 취하는 경우도 있다. 그런데 진보인사 하면 모든 사안에 대해 진보적인 입장이고, 보수인사하면 모든 사안에 대해 보수적인 입장일 것이라는 이분법적 구별을 하는 것은 갈등만 유발시킬 뿐이지 해결점, 혹은 타협점을 찾지 못하는 것이 오늘날의 현실이다.

모든 사안에 대해서 한결같이 진보적인 입장을 취하는 사람이나 보수적인 입장을 취하는 사람들은 진정한 진보인사도 아니며, 보수인사도 아니다. 그저 사회의 혼란을 조장하고 편가르기에 앞장서는 인물로밖에 보이지 않는다. 즉, 진정성이 가지 않기 때문에 사회발전에 도움을 주지 못하는 것이다.

무엇을 개혁할 것인가.

구체적 사항도 없이 막연하게 '개혁개혁' 부르짖는다고 개혁인사가 되는 것이 아니며, 그래서는 진정한 개혁을 할 수가 없다.

개혁은

첫째, 우선 사회 정의라는 잣대를 가지고 비교해야만 한다. 그렇지 않으면 자신의 입장이나 관점에서만 바라보는 개혁은 침묵을 지키는 국민에게 피해를 줄 뿐이다.

둘째, 국민 공감대가 형성된 것인가, 아닌가의 여부이다.

셋째, 소수의 보호를 위한 것인가의 여부이다.

초침이 돌지 않으면 시침은 돌지 않는다. 큰 개혁보다 더 시급한 것은 국민의 민원이 줄어들 수 있는 현실적인 개혁이다.

이 글을 마무리하는 순간에도 '지역구를 맡든지, 아니면 기관장 자리를 줄테니(그가 대권을 잡게 되면) 그 캠프에 가는 것이 어떤가?'라는 나를 위한(?) 유혹의 손길이 있었다.

오히려 잘못된 판단을 하고 계신 그분을 위해 마지막 순간까지 설득해 보려고 면담신청을 하였으나, 성사되지 못하고 출판에까지 이르게 된 것이 나는 너무 가슴 아프다.

먼저 이 글은 특정인을 겨냥해서 쓴 것은 아니었다.

첫째는 자식에게 물려줄 변변한 재산은 없지만, 아버지가 걸어온 길을 자식에게 들려줌으로써 나보다 더 나은 훌륭한 사회의 일꾼이 되기를 바라는 마음에서 기록한 글이었고,

둘째는 국민들이 올바른 판단을 할 수 있게끔 진실을 밝히는 것이 나의 마지막 할 일이라고 생각하기 때문이며,

셋째는 나도 인생을 더 살고 싶고, 더욱이 이 조국 땅에서 살고 싶기 때문이다.

만약 그가 대통령이 된다면 국회 앞에서 나는 헌법전(憲法典)을 껴안고 불속

에 뛰어들고 싶은 마음이라고 하니, 아내는 차라리 이민을 가자고 했다.

나에게 세상을 향한 마이크가 주어진다면 살기 위해서라도 전국 방방곡곡에 진실을 알리고 싶은 마음뿐이다.

정권교체라는 미명 하에, 아름다운 경선이라는 미명 하에, 동지라는 미명 하에 진실을 감추는 것은 국가와 국민 앞에 대죄를 짓는 것이다.

여당이든, 야당이든 국회의원이라 해도 최소한의 도덕적인 자질과 자기관리가 되지 않고서는 있을 수 없는 일인데, 하물며 한 나라의 대통령은 더 말할 나위가 없다.

어찌하여 이런 상황까지 오게 되었는가.

독립을 위해, 나라를 지키기 위해, 조국의 발전을 위해, 민주화를 위해 목숨을 바친 선열들에게 어떻게 고개를 들 수 있단 말인가.

나는 정치적으로 정파를 선택하고 싶어도 선택할 수 없고, 나를 선택할 정파도 없다. 이 글의 진실성을 유지하기 위해서 말이다.

썩은 고기를 서로 먹으려고 으르렁대는 하이에나처럼 '개거품'을 물고 흑색 선전이라고 떠들어댈 그들을 나 홀로 막을 생각을 하니 막막하기만 하다. 하지만 진실은 언제나 정의의 편에 있다는 확신으로 이 책을 세상에 내놓는다.

 ‘문민정권’ 은 개혁의 정권으로, ‘국민의 정권’ 은 화합의 정권으로, ‘참여정권’ 은 서민의 정권으로 올바로 자리매김되었더라면 얼마나 좋았을까 하는 아쉬움이 너무 크다. 따라서 차기 대통령은 ‘통합의 대통령’ 이 되기를 진심으로 바란다.

 피랍사건의 내용은 사건 종결 후인 1988년 6월경 쓴 글임을 밝히면서 ‘피로 얼룩진 자국은 사랑으로 메우라’ 는 은사님의 말씀처럼, 개인적으로는 나를 납치한 사람이나, 교사한 사람이나, 그 일에 관련된 회사의 모든 관련자들에게 원한의 감정, 미움의 감정은 이제 없어졌다.
 망각하고 싶은 지난날을 회자할 수밖에 없는 오늘의 현실을 이해해주기를 바라며, 그들에게 지면으로나마 사과드린다.

2007년 6월

서정의